Gabriele D'Annunzio

Das Feuer (Autobiographischer Roman) - Vollständige deutsche Ausgabe

e-artnow 2017

Leseempfehlungen (als Print & e-Book von e-artnow erhältlich)

Jane Austen, Emily Brontë
Die starken Frauenseelen der Weltliteratur (26 Romane in einem Sammelband) - Vollständige deutsche Ausgaben: Stolz und Vorurteil + Sturmhöhe + Jane Eyre ... + Kleopatra + Effi Briest und vieles mehr

George Sand
George Sand: Geschichte meines Lebens (Autobiografie) - Vollständige deutsche Ausgabe: George Sands leidenschaftlicher Kampf um ein Leben als Schriftstellerin

Emmy von Rhoden, Else Wildhagen
Der Trotzkopf (Illustrierte Gesamtausgabe: Buch 1-4): Der Trotzkopf, Trotzkopfs Brautzeit, Aus Trotzkopfs Ehe & Trotzkopf als Großmutter - Die beliebten Romane der Kinder- und Jugendliteratur

Jakob Wassermann
Christoph Columbus - Der Don Quichote des Ozeans (Vollständige Biografie): Historischer Roman

Alexandre Dumas
Napoleon Bonaparte (Vollständige deutsche Ausgabe): Biographie des französischen Kaisers

Franz Werfel
Der veruntreute Himmel (Vollständige Ausgabe)

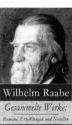

Wilhelm Raabe
Gesammelte Werke: Romane, Erzählungen und Novellen (49 Titel in einem Buch - Vollständige Ausgaben): Die schwarze Galeere + Die Chronik der Sperlingsgasse ... Großen Kriege + Keltische Knochen und mehr

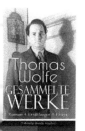

Thomas Wolfe
Gesammelte Werke: Romane + Erzählungen + Essays (Vollständige deutsche Ausgaben): Schau heimwärts, Engel!, Von Zeit und Strom, Die Geschichte eines Romans, ... wie die Zeit, Die vier verlornen Männer...

Dora Duncker
Marquise von Pompadour - Vollständige Ausgabe

Frances Hodgson Burnett
Der kleine Lord (Vollständige deutsche Ausgabe): Klassiker der Kinder- und Jugendliteratur

Gabriele D'Annunzio

Das Feuer (Autobiographischer Roman)
Vollständige deutsche Ausgabe

Die Liebe ist wie der Krieg: ein Sieg macht zwei Besiegte!

Übersetzer: W. Gagliardi

e-artnow, 2017
Kontakt: info@e-artnow.org
ISBN 978-80-268-5537-8

Editorische Notiz: Dieses Buch folgt dem Originaltext.

Stelio, klopft Ihnen das Herz nicht zum erstenmal?« – fragte die Foscarina mit schwachem Lächeln, die Hand des schweigsamen Freundes, der an ihrer Seite saß, leicht berührend. – »Ich sehe Sie ein wenig bleich und nachdenklich. Welch schöner, sieghafter Abend für einen großen Dichter!«

Mit einem Blick ihrer empfänglichen Augen umfaßte sie die ganze göttliche Schönheit, die der letzte Dämmerschein des Septemberabends ausströmte. In diesem leuchtend dunkeln Himmel umkränzten Lichtgirlanden, vom Ruder im Wasser erzeugt, die aufragenden Engel, die in der Ferne auf den Glockentürmen von San Marco und San Giorgio Maggiore schimmerten.

»Wie immer« — fuhr sie mit ihrer süßesten Stimme fort – »wie immer ist alles Ihnen günstig. Welche Seele könnte sich an einem Abend, wie heute, den Träumen verschließen, die Sie durch Ihre Worte heraufbeschwören werden? Fühlen Sie nicht schon, wie die Menge bereit ist, Ihre Offenbarung zu empfangen?«

So umschmeichelte sie den Freund in zarter Weise, liebkoste ihn mit Schmeichelworten, hob seine Stimmung durch unablässiges Lob.

«Man konnte kein prächtigeres und ungewöhnlicheres Fest ersinnen, einen so reizbaren Dichter, wie Sie, aus dem elfenbeinernen Turm zu locken. Ihnen allein war die Freude vorbehalten, zum erstenmal zu einer Menge zu sprechen an einem so erhabenen Ort, im Saal des Großen Rates, auf der Tribüne, von dereinst der Doge zu der Versammlung der Patrizier sprach, das ›Paradies‹ des Tintoretto als Hintergrund und über sich den ›Ruhm‹ des Veronese.«

Stelio Effrena blickte ihr in die Augen.

»Wollen Sie mich berauschen?« – sagte er mit plötzlicher Heiterkeit. – »Das ist der Becher, den man denen reicht, die zum Tode geführt werden. Nun wohl, meine Freundin, ich gestehe Ihnen, mein Herz klopft ein wenig.«

Der Lärm geräuschvoller Zurufe tönte von dem Traghetto San Gregorio herüber, hallte wider über den Canale Grande und wurde von den beiden kostbaren Disken aus Porphyr und Serpentinstein zurückgeworfen, die das Haus der Dario schmücken, das geneigt steht, wie eine gealterte Courtisane unter der Pracht ihres Geschmeides.

Die königliche Gondel fuhr vorüber.

»Sehen Sie hier die unter Ihren Hörerinnen, der beim Beginn zu huldigen die Etikette Ihnen vorschreibt« – sagte die schmeichelnde Frau, auf die Königin anspielend. – »In einem Ihrer ersten Bücher, dünkt mich, gestehen Sie Ihren Respekt und Ihre Vorliebe für alles Zeremonielle. Eine Ihrer seltsamsten Phantasien hat einen Tag Karls des Zweiten von Spanien zum Motiv.«

Da die königliche Barke dicht an ihrer Gondel vorbeifuhr, grüßten die beiden. Die Königin wandte sich, als sie den Dichter der ›Persephone‹ und die große Tragödin erkannte, in unwillkürlicher Neugier: blond und rosig, von ihrem schonen unermüdlichen Lächeln verklärt, das sich in dem lichten Gewoge der buranesischen Spitzen verlor. An ihrer Seite saß die Herrin von Burano, Andriana Duodo, die auf der kleinen betriebsamen Insel einen Garten von Spitzen zog, in dem antike Blumen in wunderbarer Weise neu erstanden.

»Scheint es Ihnen nicht, Stelio, als ob das Lächeln dieser beiden Frauen einander gleicht wie Zwillinge?« – sagte die Foscarina und blickte auf das Wasser, das in der Furche der enteilenden Barke aufflammte, auf der der Widerschein des zwiefachen Lichts sich zu verlängern schien.

»Die Gräfin hat eine reine und herrliche Seele, eine jener seltenen venetianischen Seelen, in denen die alten Bilder sich lebendig spiegeln« – sagte Stelio mit Dankbarkeit. »Ich hege eine tiefe Bewunderung für ihre sensitiven Hände. Es sind Hände, die vor Entzücken beben, wenn sie eine schöne Spitze oder schönen Samt berühren, und sie verweilen darauf mit einer Anmut, die fast sich schämt, allzu weich zu sein. Eines Tages als ich sie durch die Säle der Academia begleitete, blieb sie vor dem ›Bethlehemitischen Kindermord‹ des ersten Bonifazio stehen (– Sie erinnern sich gewiß des grünen Gewandes bei der zu Boden geworfenen Frau, die der Soldat des Herodes eben töten will: ein unvergeßlicher Ton! –); sie blieb lange davor stehen, auf ihrem Gesicht leuchtete die Freude über diesen vollkommenen Genuß, dann sagte sie zu mir: ›Führen Sie mich fort, Effrena. Ich muß *meine Augen auf diesem Gewand lassen* und kann nichts anderes mehr sehen.‹ Ach, teure Freundin, lächeln Sie nicht! Sie war offen und aufrichtig, da sie so sprach:

sie hatte in Wirklichkeit ihre Augen auf jenem Stückchen Leinwand gelassen, das die Kunst durch ein bißchen Farbe zum Mittelpunkt eines unendlich erhabenen Mysteriums gemacht hat. Und in Wirklichkeit führte ich eine Blinde, von tiefer Ehrfurcht ergriffen für diese bevorzugte Menschenseele, über die die Macht der Farbe eine solche Gewalt hatte, daß sie für einige Zeit jede Spur des alltäglichen Lebens verwischte und jede andere Mitteilung verbot. Wie wollen Sie das nennen? Den Kelch bis zum Rande füllen, dünkt mich. Das ist es zum Beispiel, was ich heute abend tun wollte, wenn ich nicht entmutigt wäre.«

Neues Rufen, stärker und anhaltender, erhob sich zwischen den beiden schützenden Granitsäulen, als die Prunkgondel bei der belebten Piazetta anlegte. Die schwarze und dichte Menge wogte dazwischen hin und her, und die leeren Nischen der herzoglichen Loggien füllte ein wirres Geräusch, wie das Brausen, das die Höhlen der Seemuscheln zu beleben scheint. Dann plötzlich stieg erneutes Rufen in die leuchtend klare Luft auf, brach sich oben an dem schlanken Marmorwald, erhob sich über die Köpfe der hohen Statuen, erreichte die Zinnen und die Kreuze und verlor sich in der abenddämmernden Ferne. Unveränderlich, erhaben über die Bewegung unter ihr, verblieb in der neuen Pause die vielfältige Harmonie der heiligen und profanen Gebäude. Und darüber zogen sich, wie eine leichte, bewegliche Melodie, die jonischen Modulationen der Bibliotheca hin, und erhob sich die Spitze des kahlen Turmes wie ein mystischer Schrei. Und diese stumme Musik der unbeweglichen Linien war so mächtig, daß sie die fast sichtbare Vision eines schöneren und reicheren Lebens erzeugte, die erhabener war als das Schauspiel der unruhigen Menge. Die Menge fühlte die Göttlichkeit der Stunde; und in dem jauchzenden Zuruf, den sie dieser neuen Form von Königshoheit zollte, die an dem antiken Ufer landete, dieser schönen blonden Konigin, die von einem unversiegbaren Lächeln verklärt war, strömte sie vielleicht das dunkle Sehnen aus, die engen Schranken des Alltagslebens zu durchbrechen und die Gaben der ewigen Poesie zu empfangen, die über diesen Steinen und diesen Wassern verstreut sind. Die habgierige und starke Seele der Väter, die den heimkehrenden Triumphatoren auf dem Meere zujubelten, erwachte unklar in diesen durch die öde Langeweile und die Drangsal der langen Tage niedergedrückten Menschen; es war darin etwas von der Luft, die noch von dem Flattern der mächtigen Kriegsbanner bewegt war, wenn diese gleich den Fittichen der Siegesgöttin nach beendetem Flug eingezogen wurden, oder von dem Knirschen der Helden, das unversöhnlich blieb, auch wenn das Geschwader in die Flucht geschlagen war.

»Kennen Sie Perdita« – fragte Stelio plötzlich – »kennen Sie irgendeinen anderen Ort der Welt, der in gewissen Stunden imstande ist, die menschliche Lebenskraft anzuregen und alle Wünsche bis zum Fieber zu steigern, wie Venedig? Kennen Sie eine gewaltigere Verführerin?«

Die Frau, die er Perdita nannte, hielt ihr Haupt geneigt, wie um sich zu sammeln, sie antwortete nicht; aber in allen Nerven fühlte sie das unbeschreibliche Beben, das die Stimme des jungen Freundes ihr verursachte, wenn sie plötzlich zur Offenbarerin einer leidenschaftlichen und ungestümen Seele wurde, zu der sie eine grenzenlose Liebe und eine grenzenlose Furcht zog.

»Frieden! Vergessen! Finden Sie diese Dinge dort unten im Grunde Ihres einsamen Kanals, wenn Sie heimkehren, erschöpft und fiebernd von der Luft des Parketts, die eine Bewegung von Ihnen zu frenetischem Jubel hinreißt? Ich für meinen Teil fühle, wenn ich auf diesem toten Wasser bin, mein Leben sich vervielfältigen mit schwindelnder Schnelle; und zu manchen Stunden scheint es mir, als ob meine Gedanken sich entzündeten, wie beim Ausbruch des Deliriums.«

»Die Kraft und die Flamme sind in Ihnen, Stelio« – sagte die Frau fast demütig, ohne die Augen zu erheben.

Er schwieg absichtlich, denn in seinem Geiste erstanden Bilder und leidenschaftliche Melodien, wie durch plötzliche Befruchtung, und er freute sich an dem Reichtum, der ihm unerwartet zuströmte.

Noch dauerte die Stunde des Vesperläutens, die er in einem seiner Bücher die Tizianische Stunde genannt hatte, weil dann alle Dinge gleich den nackten Geschöpfen dieses Künstlers in ihrem eigenen reichen Licht zu strahlen und fast den Himmel zu erleuchten schienen, statt ihr Licht von ihm zu empfangen. Aus seinem eigenen grünlichen Schatten tauchte der achteckige Tempel auf, den Baldassare Longhena einem Traume des Polifilo nachbildete, mit seiner

Kuppel, seinen Voluten, mit seinen Statuen, seinen Säulen, seinen Pilastern, seltsam und prächtig, wie ein Meerschloß, das den gewundenen Formen der Muschel nachgebildet weißlich wie Perlmutter schimmert, und auf dem sich in den Höhlungen der Steine durch den feuchten Salzgehalt etwas Frisches, Silbriges und Funkelndes abgesetzt hatte, das die Vorstellung weckte von perlmutterfarbenen Muscheln, die sich auf den heimischen Wassern öffnen.

»Perdita« – sagte der Dichter, der sein ganzes Sein wie von einem geistigen Glücksrausch ergriffen fühlte, als er sah, wie seine Phantasien alles um ihn her belebten – »scheint es Ihnen nicht, als folgten wir dem Trauerzug des gestorbenen Sommers? In einer Trauerbarke ruht die Göttin des Sommers, in Gold gekleidet wie eine Dogaressa, wie eine Loredana, oder eine Morosina oder eine Soranza des leuchtenden Jahrhunderts, und der Trauerzug geleitet sie nach der Insel Murano, wo ein gebietender Geist des Feuers sie in einen opalschillernden Glasschrein betten wird, auf daß sie, in die Lagune versenkt, wenigstens durch ihre durchsichtigen Lider dem weichen Spiel der Algen zuschauen und sich einbilden kann, um den Körper noch immer das wollüstige Wogen ihres Haares zu spüren, während sie der Stunde der Auferstehung entgegenharrt.«

Ein unwillkürliches Lächeln erschien auf dem Gesicht der Foscarina, das von den Augen ausging, die die schöne Erscheinung in Wahrheit gesehen zu haben schienen. Dieses improvisierte Gleichnis – das Bild, wie der Rhythmus – gab in der Tat die Stimmung wieder, die rings umher über allen Erscheinungen lag. Wie der bläuliche Milchton des Opal voller verborgener Feuer ist, so barg das gleichmäßig bleiche Wasser des großen Beckens einen versteckten Glanz, den die Ruderschläge enthüllten. Jenseits des starren Waldes von Schiffen, die vor Anker lagen, stand San Giorgio Maggiore wie eine große rosenfarbene Galeere, den Bug der Fortuna zugewendet, die sie von der Höhe ihrer goldigen Sphäre an sich zog. Dazwischen öffnete sich der Kanal der Giudecca, gleich einem friedlichen Hafen, in den die auf Flußstraßen hergereisten Lastschiffe mit der Ladung frischen, gespaltenen Holzes zugleich den Geist der Wälder zu tragen schienen, die sich über ferne Ströme neigten. Und von dem Molo, wo über dem Doppelwunder der der Volksgunst geöffneten Säulengänge das rot und weiße Mauerwerk aufragte, bestimmt, die Gesamtheit der herrschenden Gewalten einzuschließen, dehnte sich das Ufer in weicher Bogenlinie den schattigen Anlagen, den fruchtbaren Inseln zu, als wollte es den Gedanken, der durch die kühnen Symbole der Kunst erregt war, mittels der natürlichen Formen zur Ruhe geleiten. Und fast, als gelte es die Beschwörung des Herbstes zu begünstigen, glitt eine Reihe mit Früchten hochbeladener Barken vorüber, großen schwimmenden Körben vergleichbar, die den Duft der Obstgärten über die Wasser trugen, in denen sich das unveränderliche Blattwerk der Giebel und Kapitäle spiegelte.

»Ist Ihnen, Perdita« – begann Stelio von neuem, indem er mit heller Freude auf die gelben Trauben und die lila Feigen blickte, die nicht ohne eine gewisse Harmonie vom Bug bis zum Steuer des Schiffes aufgespeichert lagen – »ist Ihnen eine höchst anmutige Eigentümlichkeit aus der Chronik der Dogengeschichte bekannt? Zur Bestreitung der Kosten für ihre Prunkgewänder genoß die Dogaressa einige Privilegien von dem Zoll der Früchte. Ist es nicht ein hübscher Einfall, Perdita? Die Früchte der Inseln kleideten sie mit goldenen Gewändern und gürteten sie mit Perlen. Pomona, die Arachne den Lohn reicht: eine Allegorie, die Veronese in das Deckengewölbe des Vestiario malen könnte. Ich freue mich, wenn ich mir die Dame auf den hohen diamantengeschmückten Schuhen vorstelle und dabei denke, daß sie etwas Herbes, Frisches zwischen den Falten ihres schweren Gewandes trägt: den Zins der Früchte. Welch frischen Duft erhält dadurch ihr Prunk! Nun, meine Freundin, stellen Sie sich vor, daß diese Trauben und diese Feigen des neuen Herbstes den Preis des güldenen Kleides zahlen, in das die tote Sommergöttin eingehüllt ist.«

»Welch köstliche Phantasie, Stelio!« – sagte die Foscarina, die, sich in ihre Jugend zurückversetzend, verwundert lächelte, wie ein Kind, dem man ein Bilderbuch zeigt. – »Wer nannte Sie doch eines Tages den *Bilderreichen*?«

»Ah, die Bilder!« – rief der Dichter, ganz ergriffen von befruchtender Glut der Empfindungen. – »Wie man in Venedig nur Musik empfinden kann, so kann man nur Bilder denken. Von allen Seiten strömen sie uns zahllos und mannigfaltig zu, sie sind wirklicher und lebendiger als die Menschen, die uns in den engen Gassen mit dem Ellbogen streifen. Wir können uns zu ihnen neigen, um die Tiefe ihrer verfolgenden Blicke zu erforschen, wir können die Worte, die sie zu uns sprechen werden, aus dem Schwung ihrer beredten Lippen erraten. Einige sind tyrannisch gleich herrischen Liebhabern und halten uns lange im Joch ihrer Macht. Andere wieder erscheinen uns ganz in Schleier gehüllt, wie die Himmelsbräute, oder fest gewickelt, wie die Neugeborenen, und nur wer es versteht, die Hüllen zu zerreißen, kann sie zu vollkommenem Leben erheben. Heute morgen, beim Erwachen schon, war meine Seele ganz voll davon. Sie glich einem schönen mit Chrysaliden beladenen Baum.«

Er hielt inne und lachte.

»Wenn heute abend sich alle öffnen« – fügte er hinzu – »so bin ich gerettet. Bleiben sie geschlossen, dann bin ich verloren.«

»Verloren?« – sagte die Foscarina, ihm mit Augen so voller Vertrauen ins Gesicht blickend, daß unermeßliche Dankbarkeit ihn erfüllte. – »Sie können sich nicht selbst verlieren, Stelio. Sie sind Ihrer selbst immer sicher. Ihr Schicksal tragen Sie in Ihren Händen. Ich glaube, daß Ihre Mutter niemals für Sie gezittert haben kann, nicht einmal in den schlimmsten Zeiten. Nicht wahr? Nur in Stolz erzittert Ihr Herz...«

»Ach, teure Freundin, wie liebe ich Sie, und wie dankbar bin ich Ihnen hierfür!« – gestand Stelio aufrichtig, ihre Hand ergreifend. – »Sie sind es, die meinen Stolz nährt und mir die Illusion gibt, als besäße ich schon alle jene Gaben, nach denen ich unablässig strebe. Zuweilen dünkt es mich, als hätten Sie die Macht, den Dingen, die meiner Seele entspringen, irgendeine göttliche Eigenschaft mitzuteilen, so daß sie meinen eigenen Augen fern und anbetungswert erscheinen. Sie erzeugen zuweilen in mir das religiöse Staunen jenes Bildhauers, der, nachdem er am Abend die Bildsäulen der Gotter, noch warm von seiner Arbeit, und fast möchte ich sagen, noch mit dem Abdruck seines plastischen Daumens, in den Tempel gebracht hatte, sie am Morgen darauf auf ihren Piedestalen erblickte, eingehüllt in eine Wolke von Wohlgerüchen und aus allen Poren des spröden Stoffes, in dem seine vergänglichen Hände sie geformt, ihre Gottheit ausströmend. Wenn Sie in meine Seele dringen, ist es nur, um solche Begeisterung zu entfachen. Und so kommt es, daß jedesmal, wenn mir ein gütiges Geschick gestattet, an Ihrer Seite zu weilen, Sie mir unentbehrlich scheinen zu meinem Leben. Und dennoch kann ich in den allzu langen Trennungszeiten leben, und Sie können leben, obwohl wir beide wissen, welcher Glanz von der vollkommenen Vereinigung unserer beiden Leben ausgehen könnte. Und trotzdem, obwohl ich weiß, was Sie mir geben und mehr noch, was Sie mir geben könnten, betrachte ich Sie als für mich verloren, und in dem Namen, mit dem ich Sie so gerne nenne, will ich diese meine bewußte Empfindung ausdrücken und mein unendliches Bedauern...«

Er unterbrach sich, da er das Beben der Hand fühlte, die er noch in der seinen hielt.

»Wenn ich Sie Perdita nenne« – fuhr er nach einer Pause mit leiserer Stimme fort – »so scheint es mir, als müssen Sie sehen, wie mein Wunsch Ihnen naht, den tödlichen Stahl in der keuchenden Flanke. Und gelingt es ihm dennoch, Sie zu fassen, so ergreift der Tod schon mit eisigem Erstarren die Spitzen seiner beutegierigen Finger.«

Sie empfand einen ihr wohlbekannten Schmerz bei diesen schönen und vollendeten Worten, die von den Lippen des Freundes mit einer Natürlichkeit flossen, die bewies, daß sie aufrichtig waren. Sie hatte auch vorher schon eine Unruhe und eine Furcht empfunden, die sie sich selbst nicht zu deuten wußte. Es schien ihr, als verliere sie das Bewußtsein ihres eigenen Lebens und sei in eine Art intensiven, blendenden Scheinlebens versetzt, in dem sie nur schwer atmen konnte. Hineingezogen in diese Atmosphäre, die die Glut einer Schmiede ausströmte, fühlte sie sich fähig, alle die Verwandlungen zu erdulden, die der Beleber an ihr vollzog, um sein beständiges Bedürfnis nach Schönheit und Poesie zu sättigen. Sie fühlte, daß ihr eigenes Bild in dem dichterischen Geist der toten Sommergöttin glich, die in dem opalschimmernden Schrein verschlossen ruhte, und zwar so deutlich, daß es greifbar schien. Und eine fast kindische Lust ergriff sie, sich in seinen Augen wie in einem Spiegel zu erblicken, um den Reflex ihres wirklichen Seins zu sehen.

Was ihren Schmerz noch peinvoller machte, war die Erkenntnis einer unbestimmten Übereinstimmung zwischen dieser Erregung und der Sehnsucht, die sich ihrer bemächtigte, sich in das phantastische Bild hinein zu versetzen, um ein erhabenes Geschöpf der Kunst zu verkörpern. Lockte er sie nicht hinauf, um in dieser Sphäre eines erhabeneren Lebens zu leben? Und damit sie ihrer Alltagspersönlichkeit ledig in die Erscheinung treten könne, bedeckte er sie nicht mit glänzenden Larven? –

Aber während es ihr nicht gegeben war, auf so angespannter Höhe zu verharren, es sei denn mit einer äußersten Kraftanstrengung, sah sie den andern sich dort mit Leichtigkeit behaupten, wie in seiner natürlichen Daseinssphäre, und sich ohne Ende an einer Wunderwelt freuen, die er in beständiger Schöpferkraft erneute.

Ihm war es gelungen, in sich selbst die innige Verbindung der Kunst mit dem Leben zu vollenden und im Innern seiner Wesenheit eine unversiegbare Quelle von Harmonien zu finden. Es war ihm gelungen, in seinem Geiste ohne Unterbrechungen die geheimnisvolle Eigenschaft lebendig zu erhalten, der das Werk der Schönheit entspringt, und so mit einem Mal die flüchtigen Erscheinungen seines wechselreichen Lebens in ideale Gestalten umzuwandeln. Auf diese seine Fähigkeit wies er hin, als er einer seiner Gestalten die Worte in den Mund legte: »Ich beobachtete in meinem eigenen Innern die beständige Genesis eines höheren Lebens, in dem alle Erscheinungen sich verwandelten, wie durch die Kraft eines Zauberspiegels.« Er war mit einer ungewöhnlichen Gabe des Wortes ausgestattet, und ihm gelang es im Augenblick, selbst die kompliziertesten Arten seiner Sensibilität mit einer Exaktheit und lebendigen Plastik in seine Sprache zu übersetzen, daß sie zuweilen, kaum ausgesprochen, nicht mehr zu ihm zu gehören schienen, durch die isolierende Kraft des Stils gegenständlich wurden. Seine klare und durchdringende Stimme, die die musikalische Figur jedes Wortes mit einer scharfen Kontur zu umziehen schien, verstärkte noch den Eindruck dieser Besonderheit seiner Sprache. So daß in denen, die ihn zum erstenmal hörten, ein aus Bewunderung und Abneigung gemischtes Gefühl entstand für ihn, der sich selbst in so bestimmten Formen offenbarte, die sich aus einem Willen zu ergeben schienen, der beständig darauf bedacht war, zwischen sich und den Außerhalbstehenden eine tiefe, unübersteigliche Kluft festzustellen. Aber da seine Sensitivität seinem Intellekt gleichkam, so war es für die, die ihm nahe standen und ihn liebten, ein leichtes, durch den Kristall seiner Rede hindurch die Wärme seiner leidenschaftlichen und ungestümen Seele zu empfangen. Sie kannten die unendliche Mannigfaltigkeit seiner Empfindungs- und Einbildungskraft, sie wußten, aus welchem Feuer die schönen Bilder erstanden, in die er die Wesenheit seines inneren Lebens umzuwerten pflegte.

Wohl wußte sie es, die er Pierdita nannte. Und wie der fromme Mensch vom Herrn den überirdischen Beistand für seine Erlösung erwartet, so schien sie darauf zu warten, daß er sie endlich in den notwendigen Gnadenzustand versetze, damit sie sich zu jenem Feuer erheben und darin verharren könne, zu dem sie getrieben wurde von einem tollen Wunsch, in Flammen aufzugehen und sich aufzulösen, aus Verzweiflung, auch die letzte Spur ihrer Jugend verloren zu haben, und in der Furcht, sich allein in grauer Einsamkeit zu finden.

»Jetzt sind Sie es, Stelio« – sagte sie mit ihrem schwachen, lauschenden Lächeln, indem sie ihre Hand sanft aus des Freundes Hand löste – »jetzt sind Sie es, der mich berauschen will.«

»Sehen Sie« – rief sie, um den Zauber zu brechen, auf eine schwerbeladene Barke deutend, die ihnen langsam entgegenkam – »sehen Sie Ihre Granatäpfel.«

Aber ihre Stimme klang bewegt. Und sie sahen in dem traumhaften Dämmerlicht auf dem Wasser, dessen zartes Silbergrün an die neuen Blätter der Flußweide gemahnte, die Barke vorübergleiten, hoch beladen mit der symbolischen Frucht, die die Vorstellung von reichen und verborgenen Schätzen erweckte, fast wie scharlachrote Lederschreine, die die Krone des königlichen Gebers zierte, einige geschlossen, andere über den innen angehäuften Edelsteinen halb geöffnet.

Mit leiser Stimme sprach die Frau die Worte, die Hades in dem erhabenen Drama an Persephone richtet, während die Tochter des Demeter von der verhängnisvollen Frucht genießt:

»Wenn du die Herbstzeitlose in der Blüte wirst pflücken auf den weichen Wiesen der Oberwelt, zur Seite deiner Mutter in dem blauen Peplon – und wenn die schönen Okeaniden dann eines Tages mit dir spielen werden, mit dir auf weichem Rasen –, dann wird in deinen unsterblichen Augen Unmut sich plötzlich zeigen, Unmut, des Ursach' Licht:
dein Herz wird schlagen, o Persephone, die große Seele, des tiefen Traumes eingedenk, Persephone, beraubt des unterirdschen Reichs. Du wirst die Mutter dann im blauen Peplon abseits im Schweigen Tränen weinen sehen.
Und du wirst zu ihr sprechen: – O Mutter, mich rufet in des Reiches Tiefe Hades; mich rufet, fern vom Tag zu herrschen über Schatten, Hades; mich ruft allein in nimmersatter Liebe Hades...«

»Ah, Perdita, wie Sie verstehen, Ihre Stimme zu beschatten!« – unterbrach sie der Dichter, der das Gefühl hatte, als ob eine melodische Nacht die Silben seiner Verse verdunkelte. – »Wie Sie verstehen, nächtlich zu werden vor Einbruch der Nacht! Erinnern Sie sich der Szene, in der Persephone hinabsteigen will in die Unterwelt, während der Chor der Okeaniden wehklagt? Ihr Gesicht gleicht dem Ihren, wenn es sich verdüstert. Regungslos in ihrem safranfarbenen Peplon neigt sie das gekrönte Haupt nach hinten, und es ist, als ob durch ihre blutlos gewordenen Adern die Nacht rinne und sich unter dem Kinn, in den Augenhöhlen, um die Nasenflügel verdichte und sie in eine düstere tragische Maske verwandle. Es ist Ihre Maske, Perdita. Die Erinnerung an Sie half mir die göttliche Gestalt heraufbeschwören, als ich an meinem Mysterium arbeitete. Das Bändchen von safranfarbenem Samt, das Sie fast immer um den Hals tragen, brachte mich auf die richtige Farbe für Persephones Peplon. Und eines Abends, als ich mich in Ihrem Hause von Ihnen verabschiedete, auf der Schwelle eines Zimmers, in dem die Lampen noch nicht angezündet waren (an einem stürmischen Abend des verflossenen Herbstes, wenn Sie sich erinnern), gelang es Ihnen durch eine einzige Bewegung, in meiner Seele das Geschöpf lebendig zu machen, das bis dahin noch verborgen ruhte; und dann verschwanden Sie, ohne die plötzliche Geburt zu ahnen, die Sie herbeigeführt, im inneren Dunkel Ihrer Unterwelt. Ach, ich war sicher, Ihr Schluchzen zu hören, und dennoch durchströmte mich eine unbezähmbare Freude. Ich habe Ihnen das nie erzählt, nicht wahr? Ich hätte Ihnen mein Werk widmen müssen, wie einer idealen Lucina.«

Sie litt unter dem Blick des Belebers; sie litt unter der Maske, die er auf ihrem Gesicht bewunderte, und unter der Freude, die sie in seinem Innern unablässig sprudeln fühlte wie einen unversiegbaren Quell. Sie litt unter ihrem ganzen Selbst; unter der Veränderlichkeit ihrer eigenen Züge; unter der mimischen Fähigkeit ihrer Gesichtsmuskeln und unter jener unfreiwilligen Kunst, die ihren Gesten die Bedeutung verlieh, und unter jenem ausdrucksvollen Schatten, den sie so oft auf der Bühne in einer Minute bangen Schweigens über ihr Gesicht breiten konnte wie einen wunderbaren Schleier des Schmerzes; und unter dem Schatten, der jetzt die Furchen füllte, die die Zeit in ihr nicht mehr junges Fleisch gegraben hatte. Sie litt grausam durch diese Hand, die sie anbetete. Durch diese Hand, die so zart und so vornehm war und ihr dennoch so weh tun konnte mit einem Geschenk oder einer Liebkosung.

»Glauben Sie nicht, Perdita« – sagte nach einer Pause Stelio, indem er sich dem lichten und gewundenen Gang seiner Gedanken hingab, der wie die Windungen des Flusses, die Inseln im Tal bilden, sie umgürten und ernähren, in seinem Geist einsame, dunkle Flecken ließ, von denen er wohl wußte, daß er dort in gelegener Stunde neue Schätze entdecken würde – »glauben Sie nicht an die gute Vorbedeutung der Zeichen? Ich spreche nicht von der Wissenschaft der Sterndeutung, noch von horoskopischen Zeichen. Ich meine, daß gleich denen, die glauben, sich mit den magischen Kräften eines Sternbildes in Verbindung bringen zu können, wir eine ideale Wechselbeziehung herstellen können zwischen unserer Seele und irgendeinem Gegenstand, der im Erdreich wurzelt, in der Weise, daß dieser, indem er allmählich unsere Wesenheit in sich aufsaugt und sich in unserer Einbildungskraft zu großer Bedeutung entfaltet, uns fast als die Verkörperung unserer unbekannten Schicksale erscheint und fast eine geheimnisvolle Gestalt annimmt, die in gewissen Zeitverhältnissen unseres Lebens in die Erscheinung tritt. Das, Perdita, ist das Geheimnis, unserer ein wenig verdorrten Seele wieder einen Teil der ursprünglichen Frische zuzuführen. Ich weiß aus Erfahrung, welch wohltätigen Einfluß die innige Verbindung mit einem im Erdreich wurzelnden Gegenstand auf uns ausübt. Es ist notwendig, daß unsere Seele von Zeit zu Zeit der Hamadryade gleich wird, um die frische Lebenskraft des mitlebenden Baumes in sich kreisen zu fühlen. Sie haben schon verstanden, daß ich mit meinen Worten auf die Äußerung anspiele, die Sie vorher beim Vorübergleiten jener Barke taten. Sie haben mit dunkler Kürze diese Gedanken ausgedrückt, als Sie sagten: ›Sehen Sie *Ihre* Granatäpfel!‹ Für Sie und für alle, die mich lieben, können es nur *meine* sein. Für Sie und für diese andern ist der Gedanke meiner Person unauflöslich mit der Frucht verknüpft, die ich mir zum Sinnbild erkoren, und auf die ich mehr ideale, bedeutungsvolle Eigenschaften gehäuft habe, als ihr Inneres Kerne birgt. Wenn ich in jener Zeit gelebt hätte, in der die Menschen beim Ausgraben der griechischen Marmorgötter in der Erde auf die noch feuchten Wurzeln der antiken Sagen stießen, so hätte mich kein Künstler auf der Leinwand darstellen können ohne den Granatapfel in meiner Hand. Von diesem Symbol meine Person trennen, es wäre dem arglosen Künstler gewesen, als löse er einen lebendigen Teil von mir; denn seiner heidnischen Auffassung würde es erschienen sein, als sei die Frucht mit dem Menschenarm verwachsen, wie mit ihrem natürlichen Zweig; er hätte, wie gesagt, von meinem Wesen keine andere Anschauung gehabt, als er sie von Hyacinthos oder Narcissus oder Ciparissus haben mußte, die ihm bald als pflanzliche Erscheinungen, bald in Jünglingsgestalt vorschweben mußten. Aber es gibt auch in unserer Zeit manchen lebhaften und phantasiebegabten Geist, der den Sinn meiner Erfindung begreifen und seinen vollen Wert würdigen kann. Sie selbst, Perdita, ziehen Sie nicht in Ihrem Garten einen schönen Granatbaum, um mich in jedem Sommer blühen und Früchte tragen zu sehen? Einer Ihrer Briefe, beflügelt wie ein göttlicher Bote, schilderte mir die anmutige Feier, in der Sie den ›effrenischen‹ Strauch mit güldenen Ketten schmückten, an dem Tag, an dem das erste Exemplar der *Persephone* an Sie gelangte. So habe ich also für Sie und für jene, die mich lieben, einen alten Mythos erneuert, indem ich mich in idealer und symbolischer Weise in eine Form der ewigen Natur verwandle, so daß, wenn ich tot sein werde (und die Natur wolle mir vergönnen, daß ich mich ganz und gar in meinem Werke offenbare, bevor ich sterbe!), meine Schüler mich unter dem Zeichen des Granatapfels ehren werden; und in der spitzen Form des Blattes und in der flammenden Farbe der Blüte und in dem rubinartigen Fleisch der Frucht werden sie manche Eigenschaften meiner Kunst erkennen, und ihre Intellekte werden von diesem Blatt, von dieser Blüte und von dieser Frucht wie durch posthume Ermahnungen ihres Meisters in ihren Werken zu dieser Klarheit, zu dieser Flamme und zu diesem inneren Reichtum geführt werden. Jetzt, Perdita, entdecken Sie den tiefen Sinn. Ich selbst bin durch Wahlverwandtschaft dazu geführt, mich entsprechend dem herrlichen Genius der Pflanze zu entwickeln, in der ich so gerne mein Trachten nach einem reichen und glühenden Leben versinnbildliche. Mir scheint, daß dieses mein pflanzliches Abbild imstande ist, mich zu überzeugen, daß meine Kräfte sich immer naturgemäß entwickeln, um auf natürlichem Wege das Ziel zu erreichen, für das sie bestimmt sind. ›Natur hat mich dazu bestimmt‹, war das Lionardische Motto, das ich auf das erste Blatt meines ersten Buches setzte. Nun wohl, der blühende und fruchttragende Granatbaum wiederholt mir unaufhörlich dieses einfache Wort. Und wir gehorchen nur den Gesetzen, die eingeschrieben sind in unsere Wesenheit. Und deshalb bleiben wir, trotz aller Zersetzung, unversehrt in einer Einheitlichkeit und Fülle, die unsere Freude sind. Es ist kein Mißklang zwischen meiner Kunst und meinem Leben.«

Er sprach voller Hingabe, fließend, fast, als sähe er den Geist der gespannt lauschenden Frau sich öffnen wie einen Kelch, um diesen Strom der Beredsamkeit in sich aufzunehmen und sich bis zum Rande zu füllen. Ein immer klareres intellektuelles Glücksgefühl ergriff ihn, gleichzeitig mit einem vagen Bewußtsein des geheimnisvollen Vorgangs, durch den sein Geist sich für den nächsten Ansturm bereitete. Dann und wann, während er sich zu der einsamen Freundin neigte und dem Ruderschlag lauschte, der das aus den unendlichen Lagunen aufsteigende Schweigen durchmaß, sah er, wie in einem Blitz, das Bild der vielköpfigen Menge, die sich in dem tiefen Saal zusammendrängte; und ein flüchtiger Schauder beschleunigte die Schläge seines Herzens.

»Es ist recht sonderbar, Perdita« – begann er wieder, seine Augen über die ferne, farblose Wasserfläche gleiten lassend, wo bei der niedrigen Flut der Meerschlamm schwärzlich zu schimmern begann, – »wie leicht der Zufall unsere Phantasie unterstützt, dem Zusammenströmen gewisser Erscheinungen bei einem uns vorschwebenden Ziel einen geheimnisvollen Charakter zu verleihen. Ich begreife nicht, warum die heutigen Dichter so voller Unwillen gegen die Vulgarität unserer gegenwärtigen Zeit sind und bedauern, zu früh oder zu spät geboren zu sein. Ich denke, daß jeder Mann von Intellekt, heute wie immer, seine eigene schöne Fabel im Leben schaffen kann. Man muß in das wilde Gewühl des Lebens mit demselben phantastischen Geist blicken, mit dem den Schülern Lionardos von ihrem Meister geraten wurde, die Flecke auf den Wänden, die Asche im Feuer, den Straßenkot und andere ähnliche Sachen zu betrachten, um darin ›Wunderbare Ersinnungen‹ und ›unendliche Dinge‹ zu finden. In derselben Weise, fügte Lionardo hinzu, werdet Ihr in dem Ton der Glocken jedes beliebige Wort und jeden Vokal hören. Dieser Meister wußte wohl, daß der Zufall – wie schon der Schwamm des Apelles beweist – immer Freund des genialen Künstlers ist. Für mich zum Beispiel sind die Leichtigkeit und die Anmut, mit der der Zufall die harmonische Entwicklung meiner Erfindung unterstützt, eine beständige Quelle des Erstaunens. Glauben Sie nicht, daß der finstere Hades seine Gemahlin die sieben Kerne essen ließ, um mir den Stoff zu einem Meisterwerk zu liefern?«

Er brach in sein jugendlich-frisches Lachen aus, daß die angeborene Lebensfreude, die ihm im Grunde eigen war, so deutlich offenbarte.

»Sehen Sie selbst, Perdita« – fuhr er lachend fort – »sehen Sie selbst, ob ich die Wahrheit sage. An einem der ersten Oktobertage des vergangenen Jahres war ich bei Donna Andriana Duodo in Burano eingeladen. Den Vormittag verbrachten wir in dem Spitzen-Park, am Nachmittag besuchten wir Torcello. Da ich damals schon angefangen hatte, mich mit dem Mythus der Persephone zu tragen, und das Werk schon im geheimen in mir Gestalt gewann, so hatte ich das Gefühl, auf stygischen Wassern zu schwimmen und in das ›jenseitige‹ Land zu gleiten. Nie habe ich reinere und süßere Todesfreuden empfunden, und dieses Gefühl verlieh mir eine Leichtigkeit, daß ich über die mit Asphodelos bewachsenen Wiesengründe hätte wandeln können, ohne eine Spur zu hinterlassen. Es war eine graue, feuchte und weiche Luft. Die Kanäle schlängelten sich zwischen den mit farblosen Gräsern bedeckten Sandbänken hindurch. (Sie kennen Torcello vielleicht bei Sonnenschein.) Aber inzwischen sprach, disputierte, deklamierte irgend jemand in dem Nachen des Charon! Ein klingendes Lob weckte mich. Mit einer Anspielung auf mich bedauerte Francesco de Lizo, daß ein vornehmer Künstler von so köstlicher Sinnlichkeit – das waren seine Worte – gezwungen sei, abseits zu leben, fern von der stumpfsinnigen und feindlichen Menge, und die Feste ›der Töne, der Farben und der Formen‹ im Palaste seines einsamen Traumes zu feiern. Und mit lyrischem Schwung erinnerte er an das glänzende gefeierte Leben der venetianischen Künstler, an die Zustimmung des Volks, die sie wie ein Wirbelwind zu den Gipfeln des Ruhmes emportrug, an die Schönheit, die Kraft und die Freude, die sie um sich her vervielfältigten, und die sich in zahllosen Bildern an den gewölbten Decken und an den hohen Wänden widerspiegelten. Da sagte Donna Andriana: ›Nun wohl, ich verspreche feierlich, daß Stelio Effrena sein Triumphfest in Venedig haben soll.‹ Die Dogaressa hatte gesprochen. In diesem Augenblick sah ich auf dem niedrigen, grünlich schimmernden Ufer, wie eine Halluzination, einen früchtebeladenen Granatbaum die endlose Eintönigkeit unterbrechen. Donna Orsetta Contarini, die neben mir saß, stieß einen Jubelschrei aus und streckte beide Hände ungeduldig danach aus. Es gibt nichts, was mich so entzückt, wie der reine und starke Ausdruck des Begehrens. ›Ich liebe die Granatäpfel über alles!‹ rief sie, als spürte sie schon den herb-lieblichen Geschmack auf der Zunge. Und sie war ebenso kindlich, wie ihr Name archaistisch! Ich war gerührt; aber Andrea Contarini schien die Lebhaftigkeit der Gattin ernsthaft zu mißbilligen. Er ist ein Hades, der, wie es scheint, kein Vertrauen hat in die von dem legitimen Gatten erprobte mnemonische Kraft der sieben Kerne. Aber auch die Bootführer waren gerührt und stießen die Barke ans Land, so daß ich als erster herausspringen konnte auf das Gras, und ich machte mich daran, den blutsverwandten Baum zu plündern. Man konnte hier mit heidnischem Mund die Worte des heiligen Abendmahls anwenden: ›Nehmet hin und esset; das ist mein Leib, der für euch gegeben ist; tut solches zu meiner Erinnerung.‹ Was meinen Sie dazu, Perdita? Glauben Sie nicht, daß ich erfinde. Ich spreche die Wahrheit.«

Sie ließ sich verführen von diesem freien und feinen Spiel, in dem er die Beweglichkeit seines Geistes und die Leichtigkeit seiner Redegabe zu erproben schien. Es war in ihm etwas Wogendes, Flackerndes und Mächtiges, etwas, das in ihr die zwiefache und verschiedenartige Vorstellung von Flamme und Wasser weckte.

»Nun« – fuhr er fort – »hat Donna Andriana ihr Versprechen gelöst. Geleitet von dem Geschmack antiker Prachtliebe, der sich in ihr so lebendig erhalten hat, hat sie in dem Dogenpalast eines jener wahrhaft fürstlichen Feste vorbereitet, wie man sie am Ausgang des Cinquecento feierte. Sie hat daran gedacht, die *Ariadne* des Benedetto Marcello der Vergessenheit zu entreißen, und läßt sie an demselben Ort klagen, wo Tintoretto die Tochter des Minos gemalt hat, in dem Augenblick, da sie von Aphrodite die Sternenkrone empfängt. Erkennen Sie nicht in der Schönheit dieses Gedankens die Frau wieder, die ihre lieben Augen zurückließ auf dem unvergleichlichen grünen Gewand? Und nun nehmen Sie dazu, daß diese Musikaufführung in dem Saal des Großen Rates ein antikes Seitenstück besitzt. In demselben Saale wurde im Jahre 1573 eine mythologische Schöpfung von Cornelio Frangipani mit Musik von Claudio Merulo zu Ehren des allerchristlichsten Heinrich III. aufgeführt. Gestehen Sie, Perdita, daß meine Gelehrsamkeit Sie verblüfft. Ach, wenn Sie wüßten, wieviel ich über diesen Gegenstand gesammelt habe. Wenn Sie einmal eine schwere Strafe verdient haben, werde ich Ihnen meine Rede vorlesen.«

»Aber diese Rede, werden Sie sie nicht heute abend halten auf dem Fest?« – fragte die Foscarina erstaunt und beunruhigt, in der Furcht, er möchte bei seiner bekannten Pflichtvergessenheit den Entschluß gefaßt haben, die allgemeine Erwartung zu enttäuschen.

Er verstand die Unruhe der Freundin und wollte sie nicht beschwichtigen.

»Heute abend« – antwortete er mit ruhiger Bestimmtheit – »werde ich bei Ihnen im Garten einen Sorbet nehmen und mich an dem Anblick des unter dem Firmament im Juwelenschmuck strahlenden Granatbaumes erfreuen.«

»Oh, Stelio! Was wollen Sie tun?« – rief sie aus und stand auf.

In ihrem Wort wie in ihrer Bewegung lag ein so lebhaftes Bedauern, und gleichzeitig rief sie eine so seltsame Vorstellung der wartenden Menge hervor, daß er davon betroffen war. Das Bild des schreckhaften Ungeheuers mit den zahllosen menschlichen Gesichtern tauchte wieder vor ihm auf zwischen dem Gold und dem dunkeln Purpur des gewaltigen Saales, und er fühlte im voraus den festen Blick und den heißen Atem auf seiner Person und bemaß plötzlich die Gefahr, der zu trotzen er beschlossen hatte, indem er sich einer einzigen momentanen Eingebung überließ, und er empfand Entsetzen über diese plötzliche Geistesverdunklung, diesen plötzlichen Schwindel.

»Beruhigen Sie sich,« – sagte er – »ich habe gescherzt. Ich werde *ad bestias* gehen; und ich gehe unbewaffnet. Haben Sie vorher das Zeichen nicht gesehen? Glauben Sie, daß es umsonst war, nach dem Wunder von Torcello? Auch als Warnung ist es mir einst erschienen, daß ich keine andern Pflichten auf mich nehme, als wozu Natur mich bestimmt. Sie wissen nun recht gut, liebe Freundin, daß ich nur von mir selbst sprechen kann. Ich muß also von dem Throne der Dogen herab zu der Versammlung von meiner teuren Seele sprechen, unter dem Schleier irgendeiner verführerischen Allegorie und mit dem Zauber einer schönen harmonischen Kadenz. Das werde ich *ex tempore* tun, wenn der Feuergeist des Tintoretto mir von seinem *Paradies* die Leidenschaft und den kühnen Mut mitteilt. Das Wagnis reizt mich. Aber auf welch sonderbaren Irrtum war ich verfallen, Perdita. Als die Dogaresse mir das Fest ankündigte und mich einlud, ihr die Ehre zu erweisen, machte ich mich daran, eine pomphafte Rede auszuarbeiten, weitschweifig und feierlich, wie einer der violetten Talare, die in den Glasschränken des Museo Civico eingeschlossen sind; nicht ohne einen tiefen Kniefall vor der Königin in der Einleitung und einen dichten Blätterkranz für das Haupt von Serenissima Andriana Duodo. Und für einige Tage gefiel es mir ganz besonders, in dem Geiste eines venetianischen Edelmannes aus dem 16. Jahrhundert zu leben, einer Zierde aller Wissenschaften, wie der Kardinal Bembo war, der der Schule der Uranici oder der Adorni angehörte, ein treuer Besucher der muranesischen Gärten und der asolanischen Hügel. Gewiß, ich fühlte eine Ähnlichkeit zwischen dem Bau meiner Perioden und den massiven Goldrahmen, die die Bilder in dem Saale des Rates einfassen. Aber ach, als ich gestern in der Frühe in Venedig eintraf und, über den Canale Grande gleitend, meine Müdigkeit in dem feuchten und durchsichtigen Schatten badete, und der Marmor noch seine nächtlichen heiligen Schauer ausströmte, fühlte ich, daß meine Aufzeichnungen wertloser waren als die toten Algen, die die Flut hereinspült, und sie schienen mir ebenso fremd wie die darin erwähnten und besprochenen Triumphe des Celio Magno und die Seegeschichten des Anton Maria Consalvi. Was also tun?«

Er forschte mit den Blicken umher am Himmel und auf dem Wasser, wie um eine unsichtbare Gegenwart zu entdecken, irgendeine plötzliche Erscheinung wahrzunehmen. Ein gelblicher Schimmer breitete sich dem Lido zu aus, der sich am Horizont in feinen Linien, wie die undurchsichtigen Adern im Achat, abzeichnete; weiter zurück nach Maria Della Salute war der Himmel mit leichten rosigen und violetten Dunstwölkchen bestreut, einem grünlichen, von Medusen bevölkerten Meere gleichend. Von den nahen Gärten sanken die Düfte des mit Licht und Wärme gesättigten Laubwerks so schwer nieder, daß sie fast aromatischen Ölen gleich auf dem bronzefarbenen Wasser zu schwimmen schienen.

»Fühlen Sie den Herbst, Perdita?« – fragte er die in Gedanken versunkene Freundin mit der Stimme des Weckers.

Die Vision der verblichenen Sommergöttin, in dem opalschillernden gläsernen Schrein verschlossen und in die Tiefe der algenreichen Lagune versenkt, tauchte wieder vor ihr auf.

»Er lastet auf mir,« erwiderte sie mit melancholischem Lächeln.

»Haben Sie ihn nicht gestern gesehen, als er sich über die Stadt senkte? Wo waren Sie gestern bei Sonnenuntergang?«

»In einem Garten der Giudecca.«

»Ich hier, auf der Riva. Scheint es Ihnen nicht so? Wenn menschliche Augen ein solches Schauspiel von Schönheit und Freude genießen durften, müssen die Lider sich für immer senken und fest versiegelt bleiben. Ich möchte heute abend von diesen intimen Stimmungen sprechen, Perdita. Ich möchte in meinem Innern die Hochzeit Venezias mit dem Herbste feiern, und mit einer Farbenharmonie, die nicht zurückstehen sollte hinter Tintorettos Farbenglanz auf seinem Bilde, *die Hochzeit der Ariadne und des Bacchus*, in dem Saale des Anticollegio: – himmelblau, purpur und gold. Gestern ganz plötzlich öffnete sich in meiner Seele der alte Keim eines Gedichts. Ich erinnerte mich des Bruchstückes eines vergessenen Poems, in neunzeiligen Strophen, das ich vor einigen Jahren begonnen hatte, als ich zum erstenmal im Anfang des Septembers zu Schiff nach Venedig kam. Die *Allegorie des Herbstes* war der Titel, nicht mehr mit Weinlaub bekränzt nahte der Gott, sondern mit Edelsteinen gekrönt, wie ein Fürst des Veronese, und flammende Leidenschaft in den wollüstigen Adern, in die meerentstiegene Stadt mit den marmornen Armen und den tausend grünen Gürteln einzuziehen. Damals hatte der Gedanke noch nicht die innere Reifekraft erreicht, die zu der künstlerischen Entfaltung notwendig ist, und instinktiv verzichtete ich auf die Anspannung des Geistes, die die Ausführung erfordert hätte. Aber da im lebendigen Geist wie in fruchtbarem Erdreich kein Samenkorn verloren geht, so ersteht er mir jetzt im gelegenen Augenblick von Neuem und verlangt mit einer Art Dringlichkeit nach Ausdruck. Welch geheimnisvolle und gerechte Mächte regieren die Sinnenwelt! Es war notwendig, daß ich diesen ersten Keim schonend behandelte, damit er heute in mir seine vervielfältigte Kraft ausbreiten konnte. Dieser Vinci, der mit seinem Blick jede Tiefe ergründet hat, hat zweifellos eine solche Wahrheit mit seiner Fabel von dem Hirsekorn ausdrücken wollen, das zur Ameise sagt: ›Wenn du so freundlich sein willst und meine Keimlust mich genießen lassen, *so will ich mich dir hundertfältig wiedergeben.*‹ Bewundern Sie diesen anmutigen Griff der Finger, die das Eisen zersplitterten! Ah, er ist immer der unvergleichliche Meister. Wie kann ich ihn vergessen, um mich den Venetianern hinzugeben?«

Plötzlich verließ ihn die heitere Selbstironie, die in seinen letzten Worten lag, und er schien ganz in seine Gedanken zu versinken. Mit geneigtem Haupt, in der ganzen Haltung etwas krampfhaftes, das der äußersten Anspannung seines Geistes entsprach, suchte er jetzt eine der geheimen Analogien zu entdecken, die die mannigfaltigen und verschiedenartigen Bilder mit einander verbinden sollte, die ihm wie in kurzen Zwischenpausen schnell aufeinander folgende Blitze erschienen. Er versuchte jetzt einige der Hauptlinien festzustellen, innerhalb deren die neue Gestaltung sich entwickeln sollte. So groß war seine Erregung, daß man die Muskeln seines Gesichts unter der Haut zittern sah; und das Weib, dessen Augen auf ihm ruhten, empfand den Widerhall dieses Schmerzes, wie sie ihn empfunden haben würde, wenn er vor ihren Augen mit übermäßiger Anstrengung hätte versuchen wollen, die Sehne eines Riesenbogens zu spannen.

»Es ist schon spät, die Stunde naht« – sagte er, von einem plötzlichen Schauder geschüttelt, wie von Angst gefoltert, denn von neuem war ihm das furchtbare Ungeheuer mit den zahllosen Menschengesichtern erschienen, das den gewaltigen Raum des akustischen Saales füllte. – »Ich muß beizeiten im Hotel sein, um mich umzukleiden.«

Und bei dem Neuerwachen seiner jugendlichen Eitelkeit dachte er an die Augen der unbekannten Frauen, die ihn heute abend zum ersten Male sehen würden.

»Nach dem Hotel Daniele« – befahl die Foscarina dem Ruderer.

Und während das gezahnte Eisen des Buges sich auf dem Wasser mit langsamem Schwanken, das den Anschein von etwas lebendig Tierischem hatte, wandte, empfanden beide, sie und Stelio, eine verschiedenartige, aber große Bangigkeit bei dem Gedanken, das unendliche Schweigen der Lagune, die schon unter der Herrschaft des Schattens und des Todes stand, hinter sich zu lassen, um sich zu der prächtigen und verführerischen Stadt zu wenden, in deren Kanälen sich wie in den Adern eines wollüstigen Weibes das nächtliche Fieber zu entzünden begann.

Sie schweigen eine Weile, verzehrt von dem Aufruhr, der in ihrem Innern tobte und sie bis an die Wurzeln ihres Seins erschütterte, als gälte es, sie auszureißen. Aus den Gärten stiegen die Düfte und schwammen wie Öle auf dem Wasser, das hie und da in seinen Furchen einen Glanz wie alte Bronze zeigte. In der Luft lag es wie eine Vision von alter Pracht, die die Augen ebenso empfanden, wie sie beim Betrachten der durch die Jahrhunderte düster gewordenen Paläste in der Harmonie des unverwüstlichen Marmors den verblichenen Goldton empfunden hatten. Es schien, als ob an diesem zauberhaften Abend sich der Hauch und der Widerschein des fernen Orients erneute, den mit geblähten Segeln und gewölbten Flanken einst die mit schwerer Beute beladene Galeere herüberbrachte. Und alle diese Dinge erhöhten die Lebenskraft in ihm, der das ganze Weltall an sich ziehen wollte, um nicht mehr zu sterben, und in ihr, die ihre verdüsterte Seele auf den Scheiterhaufen werfen wollte, um rein zu sterben. Und beider Herzen klopften in steigender Bangigkeit, sie lauschten auf die Flucht der Zeit, als eilte das Wasser, auf dem sie dahinglitten, in eine furchtbare Klepsydra.

Beide fuhren zusammen bei dem plötzlichen Krachen einer Salve, die die Flagge grüßte, die auf dem Heck eines bei den Gärten vor Anker liegenden Kriegsschiffes eingezogen wurde. Sie sahen von der Höhe des schwarzen Molo die dreifarbige Fahne sinken und sich zusammenfalten wie ein Heldentraum, der sich verflüchtigt. Für einige Sekunden erschien das Schweigen noch tiefer, während die Gondel im düsteren Schatten hinglitt, die Flanke des gepanzerten Kolosses streifend.

Perdita, kennen Sie« – fragte unerwartet Stelio Effrena « »jene Donatella Arvale, die in der *Ariadne* singen wird?«

Seine Stimme, die in dem dunklen Schatten von dem Panzer zurückgeworfen wurde, hatte einen seltsamen Klang.

»Sie ist die Tochter des großen Bildhauers Lorenzo Ardale« – antwortete die Foscarina nach einem Augenblick des Zögerns. – »Sie ist eine meiner liebsten Freundinnen, und sie ist auch mein Gast. Sie treffen sie also bei mir nach dem Fest.«

»Donna Andriana sprach mir gestern abend von ihr mit sehr viel Wärme, wie von einem Wunder. Sie sagte mir, daß ihr der Gedanke, die *Ariadne* auszugraben, gekommen sei, gerade als sie von Donatella Arvale die Arie ›Come mai puoi – Vedermi piangere‹ so göttlich schön habe singen hören. Wir werden also in Ihrem Hause, Perdita, eine göttliche Musik haben. Wie ich danach lechze! Dort unten in meiner Einsamkeit höre ich während langer Monate keine andere Musik als das Meer in seiner ganzen Furchtbarkeit.«

Die Glocken von San Marco gaben das Zeichen des englischen Grußes; und das mächtige Dröhnen breitete sich in langen Wellen über den Spiegel des Wasserbeckens aus, zitterte in den Segelstangen der Schiffe, pflanzte sich weit, weit fort, der unendlichen Lagune zu. Von San Giorgio Maggiore, von San Giorgio dei Greci, von San Giorgio degli Schiavoni, von San Giovanni in Bragora, von San Moisé, von der Salute, von der Erlöserkirche, und nach und nach aus dem ganzen Bereich des Evangelisten, von den äußersten Türmen der Madonna Dell'Orto, von San Giobbe, von Sant'Andrea antworteten die ehernen Stimmen, vermischten sich zu einem einzigen gewaltigen Chor, breiteten über die stumme Vereinigung von Stein und Wasser eine einzige mächtige Kuppel aus unsichtbarem Metall, die in ihren Schwingungen das Funkeln der ersten Sterne zu zeugen schien. Eine unbegrenzte ideale Größe verliehen die heiligen Stimmen der Stadt des Schweigens in der Abendreinheit. Ausgehend von den Zinnen der Tempel, von den schroffen, dem Seewind geöffneten Zellen sprachen sie zu den bangenden Menschen die Sprache der unsterblichen Menge, die die Dunkelheit der tiefen Kirchenschiffe jetzt barg oder das flackernde Licht der Votivlampen geheimnisvoll bewegte; sie brachten den vom Tagewerk erschöpften Geistern die Botschaft der überirdischen Wesen, die ein Wunder verkündeten oder eine auf den Wänden geheimer Kapellen, in den Nischen der inneren Altäre dargestellte Welt versprachen. Und alle die Erscheinungen der trostspendenden Schönheit, von dem einstimmigen Gebet heraufbeschworen, erhoben sich auf diesem gewaltigen, klingenden Brausen, sprachen in diesem schwebenden Chor, bestrahlten das Angesicht der Zaubernacht.

»Können Sie noch beten?« – fragte leise Stelio und blickte auf die gesenkten und unbeweglichen Lider der Frau, die, die Hände auf den Knien gefaltet, ihr ganzes Wesen nach innen gewandt, dasaß.

Sie antwortete nicht, ja, ihre Lippen preßten sich noch fester aufeinander. Und beide hörten auf den Klangwirbel, sie fühlten die Bangigkeit und die Gefahr von neuem einsetzen, wie der nicht mehr vom Katarakt unterbrochene Fluß seinen eiligen Lauf wieder aufnimmt. Beide hatten ein unklares und dennoch fast bedrückendes Bewußtsein von der seltsamen Unterbrechung, in der unerwartet zwischen ihnen ein neues Bild aufgetaucht und ein neuer Name ausgesprochen worden war. Das Gespenstige der plötzlichen Empfindung, als sie in den Schatten des befestigten Kriegsschiffes getreten waren, schien in ihnen etwas wie ein abgesondertes Hemmnis hinterlassen zu haben, wie ein unbestimmter und dennoch beharrlicher Punkt inmitten einer Art undurchdringlicher Leere. Die Bangigkeit und die Hochflut ihrer Gefühle ergriff sie plötzlich mit erneuter Heftigkeit; und sie zog sie zu einander und umstrickte sie mit solcher Gewalt, daß sie nicht wagten, einander in die Augen zu blicken, aus Furcht, einer allzu brutalen Begehrlichkeit zu begegnen.

»Werden wir uns heute abend nach dem Fest nicht wiedersehen?« – fragte die Foscarina mit einem Beben in der erloschenen Stimme. – »Sind Sie nicht frei?«

Es trieb sie jetzt, ihn festzuhalten, ihn gefangen zu nehmen, als wollte er ihr entfliehen, als hoffte sie in dieser Nacht einen Liebestrank zu finden, der ihn auf immer an sie fesseln sollte! Und während sie fühlte, daß die Hingabe ihres Leibes jetzt zur Notwendigkeit geworden war, erkannte sie mit abscheulicher Klarheit, durch die Flamme hindurch, die sie ergriffen hatte, die Armseligkeit dieser so lange verweigerten Gabe. Und schmerzhafte Scham, gemischt aus Furcht und Stolz, schien die verblühten Glieder krampfhaft zusammenzuziehen.

»Ich bin frei; ich gehöre Ihnen« – antwortete der junge Mann mit leiser Stimme, ohne sie anzusehen. – »Sie wissen, daß für mich nichts dem gleichkommt, was Sie mir geben können.«

Auch er erbebte im Innersten seines Herzens, da er die beiden Ziele vor sich sah, nach denen an diesem Abend seine Kraft sich spannte wie ein Bogen: die Stadt und das Weib, beide verführerisch und unergründlich, müde vom zuviel leben, niedergedrückt vom zuviel lieben, und von ihm im Traum allzu sehr verherrlicht, und bestimmt, seine Erwartungen zu enttäuschen.

Für einige Augenblicke blieb seine Seele überwältigt von einer anstürmenden Flut von Bekümmernissen und Wünschen. Der Stolz und der Widerwille gegen seine harte und ausdauernde Arbeit, sein zügelloser und maßloser, in ein zu enges Feld gezwungener Ehrgeiz, seine bittere Unduldsamkeit gegen die Mittelmäßigkeit im Leben, sein Anspruch auf die Privilegien der Fürsten, die in ihm schlummernde Neigung zur Tat, die ihn der Menge als der besseren Beute zutrieb, der Traum einer größeren und gebieterischen Kunst, die einst in seinen Händen zum Signal des Lichts und zum Werkzeug der Unterjochung werden sollte, alle seine hochfliegenden und purpurnen Träume, alle seine unersättlichen Begierden nach Herrschaft, nach Ruhm und nach Genuß, stiegen in ihm auf, wirbelten wild durcheinander, blendeten und erstickten ihn. Und eine lastende Traurigkeit zog ihn zu der Liebe dieser einsamen und unsteten Frau, die für ihn in den Falten ihrer Kleider, stumm und gefaßt, die Raserei der fernen Menge zu tragen schien, aus deren kompakter Vertiertheit sie durch einen Schrei der Leidenschaft oder eine herzzerreißende Wehklage oder ein tödliches Schweigen den blendenden und göttlichen Schauer der Kunst geweckt hatte, ein unreines Verlangen trieb ihn zu dieser wissenden und verzweifelten Frau, in der er die Spuren aller Wollust und aller Seelenschmerzen zu entdecken glaubte, und zu diesem nicht mehr jungen Körper, der, erschlafft von all den Liebkosungen, ihm bisher unbekannt geblieben war.

»Ein Versprechen?« – sagte er, gesenkten Hauptes, ganz in sich zurückgezogen, um seine Bewegung zu bemeistern. – »Endlich!«

Sie antwortete nicht; aber sie heftete einen Blick auf ihn, aus dem eine fast wilde Glut brannte. Er sah ihn nicht.

Sie blieben im Schweigen, während das Dröhnen des Erzes mit solcher Stärke über ihre Häupter zog, daß sie meinten, es an den Wurzeln ihrer Haare zu fühlen wie einen körperlichen Schmerz.

»Leben Sie wohl« – sagte sie bei der Landungsstelle. – »Wir treffen uns beim Hinausgehen im Hof, beim zweiten Brunnen nach der Seite des Molo.«

»Leben Sie wohl« – sagte er – »und richten Sie es so ein, daß ich Sie unter der Menge herausfinde, wenn ich das erste Wort spreche.«

Ein wirrer Lärm drang von San Marco mit dem Läuten der Glocken herüber, breitete sich aus nach der Piazzetta und verschwebte der Fortuna zu.

»Alles Licht auf Ihre Stirn, Stelio!« – wünschte ihm die Frau und reichte ihm mit leidenschaftlicher Gebärde ihre mageren Hände.

Als Stelio Effrena durch die südliche Tür in den Hof eintrat und die Scala dei Giganti besetzt fand von einer schwarz-weißen Menge, die sich auf und ab bewegte bei dem rötlichen Licht der in den eisernen Kandelabern befestigten Fackeln, empfand er einen plötzlichen Widerwillen und blieb im Torgang stehen. Er fühlte aufs schärfste den schreienden Gegensatz dieser mesquinen Eindringlinge zu diesen durch die ungewohnte Beleuchtung noch erhabener wirkenden Architekturen, in denen sich in so verschiedenartigen Harmonien die Kraft und die Schönheit der vergangenen Zeit offenbarten.

»O Jammer!« – rief er aus, sich zu den Freunden wendend, die ihn begleiteten – »Im Saale des Großen Rates, von der Loge des Dogen herab, ein paar Gleichnisse zu finden, um tausend gestreifte Vorhemden zu rühren! Laßt uns umkehren: wir wollen den Atem der andern Menge, der wahren Menge spüren. Die Königin hat den Palast noch nicht verlassen. Wir haben Zeit.«

»Bis ich dich nicht auf dem Podium sehe« – sagte lachend Francesco de Lizo - »bin ich nicht sicher, daß du sprechen wirst.«

»Ich glaube, Stelio würde die Loggia dem Throne vorziehen und lieber zwischen den beiden roten Säulen zu dem aufrührerischen Volke reden, das drohte, Feuer an die neuen prokurazien und die alte Bibliothek zu legen« – sagte Piero Martello, der der Vorliebe des Meisters für Meuterei und seinem aufwieglerischen Geist schmeicheln wollte, den er selbst affektierte, um ihm nachzuahmen.

»Ja, sicher« – sagte Stelio – »wenn die Rede dazu diente, eine unwiderrufliche Tat zu verhindern oder zu beschleunigen. Ich meine, das geschriebene Wort soll gebraucht werden, um eine reine Form der Schönheit zu schaffen, die das unbeschnittene Buch enthält und einschließt, wie ein Tabernakel, dem man sich nur naht aus freiem Willen, mit derselben festen Entschlossenheit, deren es bedarf, um ein Siegel zu brechen. Aber mir scheint, das gesprochene Wort, das zu einer Menge gesprochene Wort darf zum Endziel nur die Tat haben, und sei es selbst eine Gewalttat. Nur unter dieser einzigen Bedingung kann ein kühner Geist, ohne sich selbst herabzusetzen, durch die sinnliche Kraft der Stimme und der Gebärde mit der Menge in Verbindung treten. In jedem andern Fall ist sein Spiel Komödie. Darum reut es mich bitter, dieses Amt eines Schmuck- und Unterhaltungsredners angenommen zu haben. Ihr alle solltet bedenken, wieviel Demütigendes für mich in der Ehrung liegt, mit der man mich ausgezeichnet hat, und wie unnütz die Anstrengung ist, die mir bevorsteht. Alle diese fremden Leute, die sich für einen Abend ihren untergeordneten Beschäftigungen oder ihren liebsten Ruhestunden entzogen, kommen hierher, um mich zu hören, in derselben nichtigen und dummen Neugier, mit der sie kommen würden, um irgendeinen ›Virtuosen‹ zu hören. Für die Hörerinnen wird die Kunst, mit der meine Krawatte geschlungen ist, zweifellos weit wertvoller sein, als die Kunst meiner Satzbildung. Und schließlich wird die einzige Wirkung meiner Rede in einem durch die Sordine der Handschuhe gedämpften Händeklatschen oder in einem kurzen und sanften Beifallsgemurmel bestehen, wofür ich mit einer anmutigen Verbeugung danken werde. Scheint es euch nicht, als sei ich im Begriff, den Gipfel meines Ehrgeizes zu erreichen?«

»Du käst unrecht« - sagte Francesco de Lizo - »du sollst dir Glück wünschen, daß es dir gelungen ist, dem Leben einer unvergeßlichen Stadt für einige Stunden den Rhythmus der Kunst aufzuprägen und uns die Erkenntnis zu bringen, zu welcher Herrlichkeit die neuerstandene Vereinigung der Kunst mit dem Leben unser Dasein verschönern könnte. Der Mann, der das Festtheater errichtete, wäre er gegenwärtig, würde dich dieser Harmonie wegen loben, die er verkündigt hat. Aber das Wunderbare ist, daß – obwohl du abwesend warst und von nichts wußtest – das Fest in deinem Geist gedacht zu sein scheint, m deinem Sinne angeordnet, nach einer Zeichnung von dir. Das ist der beste Beweis für die Möglichkeit, den Geschmack wiederherzustellen und zu verallgemeinern, selbst bei den gegenwärtigen barbarischen Zuständen. Dein Einfluß ist heute viel größer, als du glaubst. Die Dame, die dich heute feiern wollte – dieselbe, die du die Dogaressa nennst – fragte sich bei jedem neuen Einfall: ›Wird es Stelio Effrena gefallen?‹ Wenn du müßtest, wie viele heute unter den jungen Leuten dieselbe Frage an sich richten bei der Prüfung ihres inneren Lebens!«

»Für wen, wenn nicht für diese, wirst du sprechen?« –sagte Daniele Glauro, der inbrünstige und unfruchtbare Asket der Schönheit, mit seiner vergeistigten Stimme, in der sich die weiße und unauslöschliche Glut seiner Seele widerzuspiegeln schien, die der Meister als die treuste bevorzugte. - »Wenn du auf dem Podium stehen und um dich blicken wirst, erkennst du sie leicht an dem Ausdruck ihrer Augen. Und es sind ihrer sehr viele, viele auch aus der Ferne hergekommen, und sie warten mit einer bangen Sehnsucht, die du vielleicht nicht begreifen kannst. Es sind die, die deine Poesie getrunken haben, die. die von deinem Traum entstammte Luft geatmet, die die Klaue deiner Chimäre gespürt haben. Es sind alle, denen du ein schöneres und stärkeres Leben versprochen, denen du die Umgestaltung der Welt verkündigt hast durch das Wunder einer neuen Kunst. Es sind ihrer viele, es sind viele, die du verführt hast mit deiner Hoffnung und mit deiner Freude. Nun haben sie sagen hören, daß du in Venedig sprechen wirst, im Dogenpalast, an einem der glorreichsten und herrlichsten Orte der Erde! Sie werden dich sehen und hören können zum erstenmal, umgeben von einer unerhörten Pracht, die ihnen als der für deine Natur geeignete Rahmen erscheint. Der alte Palast der Dogen, der Nächte und Nächte im Finstern blieb, erhellt sich nun plötzlich und wird lebendig. Du allein hast für sie die Macht gehabt, die Fackeln wieder zu entzünden. Begreifst du also ihre bange Erwartung? Und scheint es dir nicht, das; du nur für sie sprechen müßtest? Die Bedingung, die du selbst für den aufstelltest, der zu vielen spricht, kann erfüllt werden. Du kannst in ihren Seelen eine

Bewegung erwecken, die sie auf immer den Idealen zuwendet und entgegenführt. Für wie viele von ihnen, Stelio, wird diese venetianische Nacht unvergeßlich bleiben!«

Stelio legte die Hand auf die vor der Zelt gekrümmten Schultern des mystischen Gelehrten und wiederholte lächelnd die Worte petrarkas: » *Non ego loquar omnibus, sed tibi sed mihi et his…*«

Er sah innerlich die Augen seiner unbekannten Jünger erglänzen; und nun hörte er in seinem Innern mit vollkommener Klarheit, wie eine tonische Formel, den Ausdruck, mit dem er seine Nede einleiten würde.

»Einen Sturm in diesem Meere erregen« – fügte er, sich an piero Martello wendend, heiter hinzu – »wäre immerhin eine angenehmere Beschäftigung.«

Sie waren bei dem Eckpfeiler des Säulenganges angelangt, in enger Berührung mit der gleichgestimmten und geräuschvollen Menge, die sich auf der piazzetta zusammendrängte, sich nach der Münze zu fortbewegte, vor den prokuratien verdichtete, den Uhrturm versperrte und alles überflutete wie eine formlose Woge, ihre Wärme dem Marmor der Säulen und der Wände mitteilend, gegen die sie in ihrem immerwährenden Fluten mit Macht andrängte. Von Zeit zu Zeit erhob sich in der Ferne am äußersten Ende des Platzes ein stärkeres Geräusch, das sich weiter fortpflanzte; und dann wieder fing es leise an, kam immer näher und stärker, bis es ganz in der Nähe wie ein Donner losbrach, und ein anderes Mal wurde es schwächer und schwächer, bis es ganz in der Nähe in einem Gemurmel verhallte. Die Bogen, die Loggien, die Spitzpfeiler, die goldenen Kuppeln der Basilika, die Attika der Logetta, die Architrave der Bibliothek erglänzten in zahllosen Flämmchen, und die Pyramide des ragenden Glockenturms, die mit den schweigsamen Gestirnen im Schöße der Nacht funkelte, wirkte auf die vom Geräusch trunkene Menge wie die Unendlichkeit des himmlischen Schweigens, beschwor das Bild eines Schiffers herauf, dem an der äußersten Lagune dieses Licht wie ein neuer Leuchtturm erschien, den Rhythmus eines einsamen Ruders, das auf dem schlafenden Wasser den Widerschein der Sterne bewegte, den heiligen Frieden, den dle Mauern eines Inselklosters umschlossen.

»Heute abend möchte ich mich mit der Frau, die ich begehre, zum erstenmal zusammenfinden, dort jenseits der Gärten, dem Lido zu, in einem schwimmenden Bett« – sagte der erotische Dichter Paris Eglano, ein blonder, bartloser Jüngling mit schönem purpurrotem lüsternem Munde, der einen Kontrast zu der fast ätherischen Zartheit seiner Züge bildete. – In einer Stunde wird Venedig irgendeinem unter dem Gondeldach verborgenen neronischen Liebhaber das dionysische Schauspiel einer Stadt gewähren, die sich im Delirium in Flammen setzt.«

Stelio lächelte, da er bemerkte, bis zu welchem Punkte seine Anhänger von seiner Wesenheit durchtränkt waren, und wie der Stempel seines Stiles sich ihren Intellekten aufgeprägt hatte. Das Bild der Foscarina leuchtete einen Augenblick vor seiner begehrlichen Seele, vergiftet durch die Kunst, wollüstigen Wissens voll, mit einem Zug von Reife und Verderbtheit um den beredten Mund, mit den fiebertrocknen Händen, die den Saft der trügerischen Früchte ausgepreßt hatten, mit den Spuren der hundert Masken auf dem Gesicht, das die Gewalt der tödlichen Leidenschaften geheuchelt hatte. So stellte er sie sich in seiner Begehrlichkeit vor; und sein Herz klopfte bei dem Gedanken, daß er sie in kurzem aus der Menge auftauchen sehen würde, wie aus dem Element, das ihr Untertan, und daß ihr Blick ihn in den notigen Rausch versetzen würde.

»Laßt uns gehen« – sagte er kurz entschlossen zu den Freunden. – »Es ist Zeit.«

Ein Kanonenschuß verkündete, daß die Königin das Schloß verlassen hatte. Eine große Bewegung ging durch die lebendige Masse, der ähnlich, die auf dem Meere dem Sturm vorangeht. Von der Riva San Giorgio Maggiore stieg mit lautem Zischen eine Rakete auf, erhob sich kerzengerade in die Luft wie ein Feuerstengel, warf eine donnernde Strahlenrose in die Höhe, neigte sich dann, teilte sich, zersplitterte in zitternden Funken, erlosch mit dumpfem Knall auf dem Wasser. Und der jubelnde Zuruf, der die schöne Frau auf dem Throne grüßte – der Name der weißen Sternblume und der reinsten Perle in einem einstimmigen Schrei der Liebe von dem Echo des Marmors zurückgeworfen – erweckte die Erinnerung an den Prunk der antiken Verlöbnisse, an den Triumphzug der Künste, die die neue Dogaressa zum Palast begleiteten, die endlose Woge der Heiterkeit, auf der Morosina Grimani zum Throne schwebte, leuchtend in ihrem Gold, während die Künste sich vor ihr neigten, reich beladen mit Gaben wie Füllhörner.

»Sicherlich wird die Königin« – sagte Francesco de Lizo – »wenn sie deine Bücher liebt, alle ihre Perlen anlegen. Du wirst einen Wall von Edelsteinen vor dir haben: den ganzen Erbschmuck des venezianischen Patriziates.«

»Sich nur, Stelio« – sagte Daniele Glauro – »am Fuß der Treppe ist eine Gruppe von Schwärmern, die auf dein Vorbeigehen wartet.«

Stelio blieb bei dem von der Foscarina bezeichneten Brunnen stehen. Und während er sich über den ehernen Rand neigte, fühlte er gegen die Knie die Reliefs der kleinen Caryatiden und gewahrte ln dem dunkeln Spiegel den unbestimmten Widerschein der fernen Sterne. Für einige Augenblicke sonderte sich seine Seele ab, verschloß sich den umgebenden Geräuschen, Zog sich in diesen Schattenkreis zurück, aus dem ein kalter Hauch aufstieg, der die stumme Gegenwart des Wassers offenbarte. Und er empfand die Qual der geistigen Spannung und den Wunsch, anderswo zu sein, und das unbestimmte Bedürfnis, den Rausch noch zu überbieten, den die nächtlichen Stunden ihm versprachen, und im innersten Grunde seines Wesens eine geheime Seele, die gleich diesem Wasserspiegel unbeweglich, fremd und unberührbar blieb.

»Was siehst du?« - fragte ihn Piero Martello, sich auch über den Rand beugend, der von den Eimerseilen durch jahrhundertlange Benutzung abgeschliffen war.

»Das Gesicht der Wahrheit« – erwiderte der Meister.

In den Räumen, die sich an den Saal des Großen Rates schließen und einst von dem Dogen, jetzt von heidnischen, aus alter Kriegsbeute herrührenden Statuen bewohnt wurden, wartete Stelio Effrena auf das Zeichen des Festordners, um auf dem Podium zu erscheinen. Er lächelte ruhig zu den Freunden, die mit ihm plauderten, aber ihre Worte drangen an sein Ohr wie die vereinzelten Töne, die der Wind aus der Ferne ab und zu herüberträgt. Von Zeit zu Zeit offenbarte sich seine übermäßige Erregung durch eine unwillkürliche Bewegung, er näherte sich einer Statue und betastete sie krampfhaft mit der Hand, als wollte er einen empfindlichen Punkt herausfinden, um sie zu zerbrechen; oder er betrachtete mit gespannter Aufmerksamkeit eine Medaille, als gälte es, ein unentzifferbares Zeichen zu enträtseln. Aber seine Augen sahen nichts; sein Blick war nach innen gerichtet, dort, wo potenzierte Willenskraft die stummen Formen zum Leben erweckte, die durch die biegsame Stimme die höchste Vollkommenheit der Musik der Sprache erreichen sollten. Sein ganzes Wesen spannte sich krampfhaft, um die Darstellung der seltsamen Empfindung, die ihn beseelte, zum höchsten Grade der Intensität zu erheben. Da er nur von sich selbst und seiner Welt sprechen konnte, so wollte er wenigstens die glänzendsten und eigenartigsten Eigenschaften zu einer Idealgestalt zusammenfassen und den nacheifernden Geistern durch Bilder erläutern, von welch unwiderstehlicher Macht des Verlangens er durch das Leben getrieben wurde. Auch wollte er ihnen noch einmal beweisen, daß, um über Menschen und Dinge den Sieg zu erlangen, nichts so wertvoll ist als die Beharrlichkeit in der Selbstbegeisterung und in der Verherrlichung des eigenen Traumes von Schönheit oder Herrschaft.

Über eine Medaille des Pisanello geneigt, fühlte er den Puls seines Gedankens mit unglaublicher Schnelligkeit gegen die glühenden Schläfen klopfen.

»Sieh, Stelto« – sagte Daniele Glauro etwas abseits zu ihm mit jener frommen Ehrfurcht, die seine Stimme verschleierte, wenn er von seiner Religion sprach – »sieh, wie die geheimnisvollen Bande der Kunst auf dich wirken, und wie ein unfehlbarer Instinkt deinen Gedanken in dem Augenblick, da er sich offenbaren soll, zwischen so vielen Erscheinungsformen auf das reinste Exemplar, auf ein Gepräge des erhabensten Stils lenkt. In dem Augenblick, da du deinen Gedanken prägen willst, neigst du dich in Wahlverwandtschaft über eine Medaille des Pisanello, du findest dich im Zeichen dessen, der einer der größten Stilisten war, die je gelebt: die reinste hellenische Seele der ganzen Renaissance. Und siehe, gleich ist deine Stirn durch ein Licht gezeichnet.«

Es war das Bild eines Jünglings mit schönem, welligem Haar, einem Cäsarenprofil, apollinischem Hals, ein Typus der Anmut und Kraft, in reiner Bronze und so vollkommen, daß die Einbildungskraft ihn sich im Leben nur gefeit gegen jeden Verfall und unveränderlich vorstellen konnte, wie der Künstler ihn in diesen Metallkreis gebannt hatte für die Ewigkeit. – *Dux equitum praestans Malatesta Novellus Cesenae dominus. Opus Pisani pictoris.* – Und daneben war eine andere Medaille aus der Hand desselben Schöpfers, die das Bildnis einer Jungfrau darstellte mit schmächtiger Brust, einem Schwanenhals, die Haare nach hinten in einen tiefen Knoten zusammengeschlungen, mit hoher, zurückgehender Stirn, die schon dem Heiligenschein geweiht war: Gefäß der Keuschheit, für immer verschlossen, hart, scharf und durchsichtig wie der Diamant; diamantenes Gefäß, in das eine Seele geschlossen war, wie die Hostie dem Opfer geweiht. *Cicilia Virgo filia Johannis Francisci primi Marchionis Mantuae.*

»Siehst du« – fuhr der schmächtige Exeget fort, auf die beiden seltenen Münzen deutend – »siehst du, wie Pisanello mit der gleichen wunderbaren Geschicklichkeit verstand, die stolzeste Blume des Lebens und die keuscheste Blume des Todes zu pflücken. Hier ist das Bild des weltlichen Begehrens und das Bild der himmlischen Sehnsucht in derselben Reinheit des Stils wiedergegeben. Erkennst du hier nicht die Analogien, die deine eigene Kunst mit dieser Kunst verbinden? Wenn deine Persephone von dem Granatbaum in der Unterwelt die reife Frucht pflückt, so liegt auch in dieser begehrlichen Geste etwas Mystisches, denn unbewußt entscheidet sie ihr Schicksal, wenn sie die Schale teilt, um die Kerne zu essen. Der Schatten des Geheimnisses begleitet also ihre sinnliche Handlung. Damit hast du den Charakter deines ganzen Werkes gekennzeichnet! Keine glühendere Sinnlichkeit als die deine; aber deine Sinne sind so geschärft, daß sie, während sie die Erscheinungsform genießen, bis ins Innerste eindringen und dem Mysterium begegnen und davorzurückschaudern. Deine Vision dringt hinter den Vorhang, auf dem das Leben seine wollüstigen Gestalten gezeichnet hat, in denen du dir gefällst. Indem du so in dir vereinigst, was unvereinbar scheint, indem du mühelos die beiden Endpunkte der Antithese in dir verbindest, gibst du heute das Beispiel eines vollkommenen und übermächtigen Lebens. Das mußt du deinen Hörern mitteilen, denn vor allem ist es wichtig, daß dies zu deinem Ruhm anerkannt wird.«

Und er hatte die ideale Verbindung zwischen dem kühnen Malatesta, dem Führer der Edelleute, und der verzückten mantovanischen Jungfrau Cecilia Gonzaga mit demselben Glauben gefeiert, mit dem der gute Priester vor dem Altar seines Amtes waltet. Und um dieses Glaubens willen liebte ihn Stelio, und weil er in keinem andern diesen Glauben an das Vorhandensein der poetischen Welt so tief und so aufrichtig empfand, und schließlich, weil er in ihm häufig eine Art von offenbarendem Bewußtsein wiederfand und in seinen Erläuterungen zuweilen eine plötzliche Erleuchtung seines eigenen Werkes.

»Eben kommt die Foscarina mit Donatella Arvale« - verkündete Francesco de Lico, der die vorübergehende Menge beobachtete, die die Scala dei Censori heraufstieg und sich in dem Riesensaal zusammendrängte.

Da wurde Stelio Effrena von neuem von Bangigkeit ergriffen. Und das murmelnde Geräusch der Menge vermischte sich in seinem Ohr mit dem Klopfen seiner Pulse, wie in einer unbestimmten Ferne, und in diesem Getöse vernahm er wieder Perditas letzte Worte.

Das Geräusch schwoll an, wurde schwächer, hörte auf, während er sichern und leichten Schrittes die Stufen zum Podium hinaufstieg. Als er sich der Menge zuwandte, sah er mit geblendeten Augen auf das furchtbare Ungeheuer mit den zahllosen Menschenköpfen zwischen dem Gold und dem düstern Purpur des Riesensaales.

Ein plötzlich erwachter Stolz half ihm die Selbstbeherrschung wiedererlangen. Er verneigte sich vor der Königin und Donna Andriana Duodo, die ihm beide mit ihrem Zwillingslächeln zulächelten, wie von der vorübergleitenden Prunkgondel auf dem Canale Grande. Er bemühte sich, mit den Augen in dem Funkeln der ersten Reihen die Foscarino zu erkennen; er durchlief die ganze Versammlung bis zum Hintergrund des Saales, der nur noch wie ein schwarzer Streifen erschien, mit unbestimmten hellen Flecken untermischt. Und nun glich ihm die verstummte, erwartungsvolle Menge einem ungeheuren vieläugigen Fabeltier, dessen Brust ein leuchtender Schuppenpanzer bedeckte, und das sich unter den Riesenvoluten eines reichen und schweren Deckengewölbes, einem schwebenden Schatze gleich, schwärzlich ausdehnte.

Wundervoll war dieser chimärische Oberkörper, auf dem sicher manches Geschmeide glänzte, dessen Feuer schon unter demselben Himmel beim nächtlichen Gastmahl einer Krönungsfeier gefunkelt hatte. Das Diadem und die Perlenschnüre der Königin – die vielfachen Perlenschnüre der Größe nach geordnet wie Lichtbeeren, die die Vorstellung erweckten von dem wunderbaren, sichtbar keimenden Lächeln –, die dunklen Smaragde von Andriana Duodo, einst dem Griffe eines grausamen Säbels entrissen, die Rubinen von Giustiniana Memo, in der unvergleichlichen Arbeit des Vettor Camelio, in der Form von Nelken gefaßt, die Saphire der Lucrezia Priuli, den hohen Stöckelschuhen entnommen, auf denen die erlauchte Zilia am Tage ihres Triumphes zum Throne geschritten war, die Beryllen der Orsetta Contarini, so zierlich in der Kunst Silvestro Grifos mit dem matten Gold vermischt, die Türkisen der Zenobia Corner, von einem niegesehenen bleichen Farbton, durch geheimnisvollen Zauber verwandelt in einer Nacht an dem feuchten Busen der Lusignana, die herrlichsten Juwelen, die die meerentstiegene Stadt in Jahrhundertfesten geschmückt hatten, alle hatten sich zu neuem Glanz entzündet auf dieser Brust des Fabeltiers, von der ein welcher Duft weiblicher Haut und weiblichen Hauches zu Stelio herüberströmte. Seltsam fleckig wirkte der übrige unförmliche Leib, der sich nach hinten fast schwanzartig ausdehnte, zwischen den beiden Riesengloben hindurch, die dem Bilderreichen die beiden ehernen Himmelskugeln in die Erinnerung riefen, die das geblendete Ungeheuer mit seinen Löwenklauen packt in der Allegorie des Giambellino. Und dieses ungeheure, tierische Lebewesen, das gedankenblind vor ihm saß, der allein in dieser Stunde denken mußte, mit jenem trägen Reiz der sphinxartigen Götzenbilder, vom eigenen Schweigen wie von einem Schilde gedeckt, der jede Schwingung auffangen und zurückwerfen kann, erwartete den ersten Schauer von dem allbeherrschenden Wort.

Stelio Effrena bemaß das Schweigen, in dem seine erste Silbe erzittern würde. Während das erste Wort den Weg zu seinen Lippen suchte, geleitet und gefestigt von seinem Willen gegen die instinktive Verwirrung, gewahrte er die Foscarina neben dem Geländer stehend, das die Himmelskugel umgab. Das bleiche Gesicht der Tragödin auf dem Hals, den kein Geschmeide zierte, und der reinen Form der nackten Schultern hob sich von dem Ringe mit dem Zeichen des Tierkreises ab. Stelio bewunderte das Künstlerische dieser Erscheinung. Und aus der Ferne seine anbetenden Blicke auf sie heftend, begann er mit abgemessener Langsamkeit zu sprechen, fast, als hätte er noch den Rhythmus des Ruders im Ohr.

»Ich glaubte kürzlich an einem Nachmittag – als ich heimkehre aus den Gärten durch die sanfte Biegung der Riva degli Schiavoni, die der Seele der schwärmenden Dichter zuweilen wie irgendeine verzauberte goldene Brücke erscheinen könnte, die über ein Meer von Licht und Schweigen zu einem Traum von unendlicher Schönheit führt – ich glaubte, oder vielmehr, in meinen Gedanken wohnte ich einem innigen Schauspiel bei, dem hochzeitlichen Bunde des Herbstes mit Venedig unter den freien Himmeln.

Allüberall herrschte ein lebendiger Geist, ein Gemisch von leidenschaftlicher Erwartung und verhaltener Glut, der mich verblüffte durch sein Ungestüm, der mir jedoch nicht neu erschien, denn ich hatte ihn schon unter der fast toten Unbeweglichkeit des Sommers in irgendeiner Schattenzone verborgen gefunden, und ich hatte ihn auch zwischen dem seltsamen Fieberdunst des Wassers hier von Zeit zu Zeit zittern fühlen, wie einen geheimnisvollen Pulsschlag. – So trachtet in Wahrheit – dachte ich – diese reine Stadt der Kunst nach einer höchsten Stufe der Schönheit, die für sie ein alljährlich wiederkehrender Zustand ist, wie für den Wald das Blütentragen. Sie möchte sich selbst in einer vollen Harmonie offenbaren, fast als wäre jener Wille zur Vollkommenheit immer mächtig und bewußt in ihr, aus dem sie geboren wurde, und aus dem sie sich in den Jahrhunderten gestaltet hat, wie ein göttliches Wesen. Unter dem unbeweglichen Feuer des sommerlichen Himmels schien sie ohne Pulsschlag und ohne Atem zu sein, tot in ihren grünen Wassern; aber mein Gefühl trog mich nicht, wenn ich erriet, daß im geheimen ein Geist des Lebens in ihr sich rührte, der stark genug war, das höchste der alten Wunder zu erneuern.

So dachte ich, während ich dem unvergleichlichen Schauspiel beiwohnte, das ich vermöge eines liebebegabten und dichterischen Gemüts mit aufmerksamen Augen betrachten konnte, deren Blick sich mir in eine tiefe und andauernde Vision verwandelte ... Aber vermöge welcher Kraft könnte ich je meinen Hörern diese meine Vision der Schönheit und der Freude mitteilen? Kein Morgenlicht und keine Abendröte gleichen einer solchen Stunde des Lichtes auf den Steinen und Wassern. Das plötzliche Erscheinen der geliebten Frau im blühenden Frühlingswald ist nicht so berauschend wie die tägliche, unerwartete Offenbarung der heroischen und wollüstigen Stadt, die in ihren marmornen Armen den reichsten Traum der lateinischen Seele trug und erstickte.«

Die Stimme des Redners, klar und durchdringend und im Anfang fast frostig, schien sich sofort an den unsichtbaren Funken zu entzünden, die die gespannte geistige Anstrengung der Improvisation in seinem Gehirn erregen mußte, und die von seinem überfeinen Ohr aufs sorgfältigste geregelt wurde. Während die Worte frei von seinen Lippen flossen und die rhythmische Linie der Periode sich gleich einer in einem Zug aus freier Hand gezeichneten Figur schloß, empfanden die Hörer unter dem harmonischen Wortfluß das Übermaß der Spannung, welche diesen Geist marterte, und sie wurden davon ergriffen wie von einem jener kühnen circensischen Spiele, bei denen die ganze herkulische Willenskraft eines Athleten sich in der Spannung seiner Sehnen und in dem Anschwellen seiner Adergewebe offenbarte. Sie empfanden das Lebendige, das Warme, das Unmittelbare in dem so ausgedrückten Gedanken, und ihr Genuß war um so größer, als er unerwartet war, denn alle hatten von diesem unermüdlichen Streber nach Vollkommenheit den einstudierten Vortrag einer sorgsam und fleißig ausgearbeiteten Rede erwartet. Die Jünger wohnten mit tiefer Ergriffenheit diesem kühnen Versuch bei, fast als hätte er vor ihnen die geheimnisvolle Werkstatt enthüllt, aus der die Formen hervorgegangen waren, die ihnen so viele Freudengaben gewährt hatten. Und diese anfängliche Regung, die ansteckend wirkte, sich unendlich vervielfältigte und einstimmig wurde, strahlte auf ihn zurück, der sie hervorgerufen hatte. Es schien ihn zu überwältigen.

Das war die Gefahr, die er vorausgesehen. Er schwankte, wie unter dem Anprall einer starken Woge. Und für einige Augenblicke erfüllte dichte Dunkelheit sein Gehirn. Das Licht seines Gedankens erlosch wie eine Fackel beim Wehen des Windes. Seine Augen verschleierten sich, als wollte ein Schwindel ihn ergreifen. Er fühlte die Schmach der Niederlage, wenn er dieser Verwirrung nachgäbe. Und mit einer Art grausamer Selbstzüchtigung, mit einem Schlag, wie der Stahl gegen den Stein, entzündete sein starker Wille in diesem Dunkel den neuen Funken.

Mit seinem Blick und seiner Gebärde hob er die Seele der Menge empor zu dem Meisterwerk, das über die Deckenwölbung des Saales einen Sonnenglanz ergoß.

»Ich bin gewiß« – rief er aus – »ich bin gewiß, so erschien sie dem Meister Paolo, während er in seinem Innern das Bild der triumphierenden Herrscherin suchte. Ich bin gewiß, daß er bis in die innersten Fibern erschauerte und sein Knie beugte, wie in Anbetung des Wunders, das erschüttert und blendet. Und als er sie auf diesen Deckenhimmel malen wollte, um den Menschen sein Wunder zu offenbaren, er – der verschwenderische Künstler, der alle die ausschweifendsten Phantasien der Satrapen in sich zu vereinen schien, der wundervolle Poet, dessen Seele dem lydischen Flusse glich, den die Griechen so wohllautend Chrysorroa nannten und dessen goldreichen Gewässern eine Dynastie von Königen entstammte, Besitzer unerhörter Reichtümer – er, der Veroneser, verschwendete Gold und Edelsteine, kostbare Gewebe, Purpur und Hermelin, alle denkbare Pracht, aber er konnte das hehre Antlitz nur darstellen in einem Schattenkreis.

Nur um dieses Schattens willen verdiente der Veronese, in den Himmel erhoben zu werden! Der ganze geheimnisvolle Zauber Venedigs liegt in diesem lebenswarmen und fließenden Schatten, der, kurz und dennoch unendlich aus lebendigen, aber unerkennbaren Teilen zusammengesetzt, eine Wunderkraft besitzt, wie jene Märchengrotten, in denen die Edelsteine Augen haben, und wo so mancher gleichzeitig die unvereinbar zwiefache Empfindung der Frische und der Glut verspüren kann. Dafür gebührt dem Veroneser der höchste Ruhm. Indem er die weltbeherrschende Stadt in menschlicher Gestalt darstellte, hat er verstanden, das Wesentliche ihres Geistes zum Ausdruck zu bringen: das – symbolisch ausgedrückt – nichts anderes ist als eine unauslöschliche Flamme, in einen Wasserschleier gehüllt. Und ich weiß von einem, der in dieser erhabenen Sphäre seine Seele lange Zeit untergetaucht hatte, und als er sie wieder dem Element entzog, war sie mit einer neuen Kraft begabt, und er arbeitete von da ab mit glühenderen Händen an seiner Kunst und an seinem Leben.«

War er nicht dieser eine? In dieser Bejahung seines Selbst schien er seine ganze Sicherheit wiederzufinden und sich nunmehr Herr seines Gedankens und seines Wortes zu fühlen. Die Gefahr war vorüber, und er war imstande, in den Zirkel seines Traumes das ungeheure, vieläugige Fabeltier zu ziehen, dessen Brust leuchtende Schuppen bedeckten, das bewegliche, vielgliederige Ungetüm, aus dessen Flanke, wie ein Sproß von ihm, die tragische Muse auftauchte, mit dem Haupt, das sich von dem Kreis der Gestirne abhob.

Seiner Gebärde folgend, hoben sich die zahllosen Gesichter auf zu der Apotheose. Die Binde von den Augen, sahen sie mit Staunen das Wunder, fast, als sähen sie es zum erstenmal, oder als sähen sie es in einem vorher nicht gekannten Lichte. Der große nackte Rücken der weiblichen Gestalt mit dem goldenen Helm hob sich mit so leuchtender, lebendiger Plastik von der Wolke ab, daß von ihm eine Verführung ausging wie von lebendigem Fleisch. Und von dieser über all den Dingen schwebenden leuchtenden Nacktheit, die Siegerin geblieben war über die Zeit, die alle die Heldendarstellungen der Belagerungen und der Schlachten unter ihr verdunkelt hatte, schien sich ein göttlicher Zauber zu ergießen, den die weichen Lüfte der Herbstnacht, die durch die offenen Balkone einströmten, noch süßer machten und das Blut erregten, fast wie die Duftwoge, die dem Rosenhag entströmt, während die hohen fürstlichen Damen dieses Hofes von der Balustrade zwischen den beiden gewundenen Säulen herab ihre in Leidenschaft glühenden Gesichter und ihre üppigen Busen zu ihren jüngsten weltlichen Schwestern herunterneigten.

In diesem Zauber befangen, strömte der Poet seine wohllautenden Perioden wie lyrische Strophen aus.

»Eine solche Flamme sah ich gestern auflodern in ungezügelter Gewalt und über Venedigs Schönheit einen nie gesehenen Ausdruck von Kraft ergießen. Die ganze Stadt entflammte vor meinen Augen in Begierde und erbebte in Bangigkeit, von ihren tausend grünen Gürteln umwunden, wie die Geliebte, die die Stunde der seligen Freude erwartet. Sie breitete ihre marmornen Arme dem spröden Herbst entgegen, dessen feuchter Hauch zu ihr drang, den Duft der fernen, mit dem köstlichen Tode ringenden Felder herübertragend. Sie spürte die leichten Dünste, die von den Ufern der stummen Lagune aufstiegen, und es schien ihr, als näherten sie sich ihr, heimliche Botschaften bringend. Sie lauschte in dem selbstgeschaffenen Schweigen gespannt auf die leisesten Geräusche, und der flüchtige Windhauch in ihren seltenen Gärten klang ihr wie eine melodische Cadenz, die über die Einfriedigungen hinausschwebte. Eine Art Erstarrung legte sich um die einsamen, gefangenen Bäume, die, entfärbt, in loderndem Feuer zu leuchten schienen. Das welke Blatt, das auf den vom Anlegen der Gondeln abgenützten Stein gefallen war, glänzte wie ein Edelstein; auf der Höhe der mit gelben Moosen geschmückten Mauer öffnete sich die in Reife geschwellte Frucht des Granatbaumes wie ein schöner Mund, dem ein herzliches Lachen die Lippen öffnet. Langsam und schwerfällig glitt eine Barke vorbei, hoch beladen mit Trauben wie das Faß, das zum Keltern bereit steht, und verbreitete über dem mit toten Algen bedeckten Wasser den luftigen Rausch der Weinlese und die Vision von sonnigen Weinbergen, die hellsingende Jugend bevölkert! Alle Dinge waren von tiefer Beredsamkeit, als ob ihrer sichtbaren Gestalt eine unsichtbare Bedeutung anhaftete und sie durch ein göttliches Vorrecht in der höchsten Wahrheit der Kunst lebten.«

»Gewiß also« – dachte ich – »gewiß lebt in der Stadt von Stein und Wasser wie in der Seele eines reinen Künstlers ein unwillkürliches und nie versiegendes Sehnen nach idealen Harmonien. Eine Art rhythmischer und dichterischer Intelligenz, scheint sie eifrig mit den Darstellungen beschäftigt, wie um sie einem Gedanken entsprechend zu gestalten und sie einem ersonnenen Ende nahe zu bringen. Sie scheint Wunderkraft in den Händen zu besitzen, um ihre Lichter und ihre Schatten zu einem beständigen Werk der Schönheit zu bilden, und sie scheint zu träumen, während sie ihr Werk schmückt, und aus diesem Traum – aus dem die vielfältige Erbschaft der Jahrhunderte in verklärtem Lichte leuchtet – spinnt sie das Gewebe der unnachahmlichen Allegorien, das sie einhüllt. Und da im Weltall nur die Poesie Wahrheit ist, so sieht der, der sie zu betrachten und kraft des Gedankens an sich zu fesseln versteht, davor, das Geheimnis des Sieges über das Leben zu erkennen.«

Bei diesen letzten Worten hatte er die Augen Daniele Glauros gesucht, und er hatte sie in Glück aufleuchten sehen unter der großen Denkerstirn, die eine ungeborene Welt zu wölben schien. Der mystische Gelehrte war dort, ganz nahe, mit seiner Schar: mit einigen jener unbekannten Jünger, die er dem Meister begierig und bangend geschildert hatte, voller Vertrauen und Erwartung, sehnsüchtig, die engen Schranken ihrer täglichen Knechtschaft zu durchbrechen und den freiwilligen Rausch der Freude und des Schmerzes kennen zu lernen. Stelio sah sie dort zu einer dichten Gruppe vereint wie einen Knäuel komprimierter Kräfte gegen die rötlichen Schränke gelehnt, in denen die zahllosen Bände einer vergessenen und ruhenden Wissenschaft begraben waren. Er unterschied ihre erregten und gespannten Gesichter, die vollen langen Haare, die in gleichsam kindlichem Staunen oder in sensitiver Heftigkeit zusammengepreßten Münder, die hellen oder dunklen Augen, deren Licht oder Schatten der Atem seiner Worte zu verändern schien, wie der Windhauch, der über ein Beet voll zarter Blumen weht. Es war ihm, als habe er ihre Seelen zu einer einzigen verschmolzen, und als könne er diese *eine* in seiner Hand schwingen oder in seiner Faust zusammenpressen oder zerreißen oder verbrennen wie ein leichtes Banner. Während des kühnen Auf- und Abschnellens seines Geistes bewahrte er eine seltsame Klarheit der äußeren Wahrnehmung, gleichsam eine getrennte Fähigkeit äußerlicher Beobachtung, die desto schärfer und deutlicher hervortrat, je beflügelter und wärmer seine Beredsamkeit wurde. Er fühlte allmählich die Anstrengung seines Geistes müheloser werden und seine Willenskraft durch eine freie Energie verdrängt, die gleich einem dunklen Instinkt in der Tiefe seiner Seele unter der Schwelle des Bewußtseins sich in einem geheimnisvollen, unerweisbaren Vorgang betätigte. Er erinnerte sich, wie ganz ähnlich in ungewöhnlichen Augenblicken – im Schweigen und der geistigen Erregung seines entlegenen Zimmers – seine Hand einen Vers auf das Papier geworfen hatte, der nicht seinem Gehirn zu entstammen, sondern von einer herrischen Gottheit diktiert zu sein schien, der das unbewußte Organ wie ein blindes Werkzeug gehorcht hatte. Ein ähnliches Wunder vollzog sich jetzt in ihm, als sein Ohr überrascht dem unerwarteten Tonfall der Worte lauschte, die seine Lippen sprachen. In der Gemeinschaft seiner Seele mit der Seele der Menge vollzog sich ein fast göttliches Mysterium. Etwas Großes und Starkes gesellte sich seinem gewohnten Empfindungsvermögen zu. Es schien ihm, als gewänne seine Stimme von Augenblick zu Augenblick an Kraft und Gewalt.

Er erschaute in diesem Augenblick die erträumte Erscheinung voll und lebendig in seinem Innern, und er schilderte sie in der Art der koloristischen Meister, die diesen Ort beherrschten, mit der Verschwendung des Paolo Veronese, mit der Glut des Tintoretto, in der Sprache der Poesie.

»Und die Stunde nahte, ja fast war sie schon gekommen, die Stunde des erhabensten Festes. Ein ungewohntes Licht breitete sich vom äußersten Horizont über den Himmel, als eilte der wilde Bräutigam auf einem Feuerwagen daher, sein purpurnes Banner schwingend. Und der Wind, den sein eiliger Lauf erzeugte, trug alle Düfte der Erde herüber und weckte bei den Wartenden auf dem Wasser, in dem vereinzelte Seegräser und Schilfe umherschwammen, die Vorstellung von den dichten, weißen Rosensträuchern, die sich nach und nach auflösen, wie Schneemassen, die gegen die Geländer der Gärten an den Brenta-Ufern sich verlieren. Das Bild des ganzen Ortes schien sich mir in der Kristallluft widerzuspiegeln gleich einer Fata Morgana der Wüste, und dieser Anblick der Natur lohnte es, die Auserlesenheit dieses Traumes von Kunst zu verherrlichen, denn keine Herbstpracht in Gärten und Wäldern war – in der Erinnerung – der göttlichen Beseelung und Verklärung des alten Steins vergleichbar.

Wahrlich, sollte sich nicht ein Gott der Stadt nahen, die sich ihm darbietet? fragte ich mich selbst, überwältigt von der Sehnsucht, dem Verlangen und dem Willen zu genießen, was die Dinge um mich her wie von einem rasenden Fieber der Leidenschaft ergriffen ausströmten. Und ich beschwor den gewaltigsten Künstler herauf, daß er mir in den kühnsten Formen und mit den glühendsten Farben den sehnsuchtsvoll erwarteten jungen Gott darstelle.

Und er nahte! Der umgekehrte Himmelskelch ergoß über alle Dinge eine Flut von Licht, die meine Augen erst nicht zu fassen vermochten. Sie überstrahlte an Glanz selbst die leuchtendste Pracht, die der entflammte Geist oder der unfreiwillige Traum ersonnen hatten. Wie eine unbekannte, veränderliche, metallische Materie, in die sich Myriaden von Bildern einer unbestimmten zerfließenden Welt abzeichneten, aus denen vermöge einer wunderbar mühelosen Zerstörungs- und Schöpfungskraft ein beständiges Rauschen immer neue Harmonien erzeugte, so erschien das Wasser. Der vielgestaltige und beseelte Stein, einem Wald und einem Volk vergleichbar – diese unermeßliche, stumme Masse, aus der der Genius der Kunst die geheimen Gedanken der Natur schöpfte, auf der die Zeit ihre Mysterien anhäufte, und in der der Ruhm seine Zeichen eingrub, durch deren Adern der menschliche Geist zum Ideal emporstieg, wie der Saft durch die Fasern der Bäume zur Blüte aufsteigt – der vielgestaltige und beseelte Stein nahm unter den beiden Wundern von einem Augenblick zum andern so intensive und neue Lebensgestalt an, daß es schien, als sei für ihn in Wahrheit das Naturgesetz gebrochen, und seine ursprüngliche Leblosigkeit erstrahle in wunderbarer Empfindungsfähigkeit.

Da erzitterte jeder Hauch wie in einem blitzartigen Aufleuchten. Von den Kreuzen auf der Höhe der vom Gebet geschwellten Kuppeln bis zu den feinen salzhaltigen Kristallen, die unter den Brückenbogen schwebten, erglänzte alles in jauchzendem Lichte. Und wie aus seinem Auslug der Matrose der unter ihm mit Ungeduld harrenden und wie ein Sturmwind bewegten Mannschaft den schrillen Schrei aus voller Lunge zuruft, so zeigte der goldene Engel auf der Spitze des höchsten Turmes endlich die flammende Verkündigung an.

Und er erschien. Er erschien auf einer Wolke sitzend, wie auf einem feurigen Wagen, den Saum seines Purpurmantels hinter sich schleifend, gebieterisch und sanft, zwischen den halbgeöffneten Lippen Waldesmurmeln und Waldesschweigen, die langen Haare um den starken Hals flatternd wie eine Mähne und mit nackter Titanenbrust, die dem Atem der Wälder sich anpaßt. Er neigte sein jugendliches Antlitz zu der schönen Stadt. Und von diesem Antlitz ging ein unsagbarer, nicht menschlicher Zauber aus, etwas von weicher und grausamer Bestialität, womit die Augen unter den schweren Lidern, aus denen tiefe Erkenntnis sprach, in Widerspruch standen. Und deutlich konnte man durch seinen ganzen Körper das ungestüme Klopfen und Rasen des Blutes verfolgen, bis in die Zehenspitzen der behenden Füße, bis in die äußersten Fingerspitzen seiner starken Hände, und etwas Geheimnisvolles war über sein ganzes Wesen gebreitet, das die Freude zu verbergen schien, wie die blühenden Trauben den Wein verbergen. Und all das rote Gold und der Purpur, den er mit sich trug, war wie die Kleider seiner Sinne – – –

Mit welch zuckender Leidenschaft in ihren tausend grünen Gürteln und unter ihren unermeßlichen Geschmeiden gab sich die schöne Stadt dem herrlichen Gotte hin!«

In die aufsteigende Region der Worte erhoben, schien die Massenseele plötzlich den Begriff der Schönheit erreicht zu haben wie einen nie zuvor erklommenen Gipfel. Und es ergriff sie fast wie Bestürzung. Die Beredsamkeit des Dichters wurde von dem Eindruck der ganzen Umgebung unterstützt: sie schien die Rhythmen, denen die ganze Kraft und die ganze Anmut der bildlichen Darstellungen folgten, wiederaufzunehmen und fortzusetzen. Sie schien die unbestimmten Harmonien zwischen den durch Menschenkunst geschaffenen Formen und den Eigenschaften der natürlichen Atmosphäre, in der sie fortbestehen, zusammenzufassen. Darum war die Stimme von solcher Gewalt, daher ergänzte so mühelos die Gebärde die Umrisse der Bilder, daher erhöhte die suggestive Macht des Tons bei jedem gesprochenen Wort die Bedeutung des Buchstabens. Es war hier nicht nur die übliche Wirkung einer zwischen dem Sprecher und dem Auditorium hergestellten elektrischen Verbindung, sondern auch der Zauber des wunderbaren Bauwerks, der durch die ungewohnte Berührung mit dieser zusammengedrängten und erregten Menschenmasse mit verstärkter Kraft wirkte. Die Erregung der Menge und die Stimme des Dichters schienen den vielhundertjährigen Mauern das ursprüngliche Leben wiederzugeben und in der kalten Kunstsammlung den ursprünglichen Geist zu erneuern: ein Knäuel mächtiger Gedanken, in den dauerhaftesten Materien zusammengefaßt und gegliedert, um den Adel eines Geschlechtes zu bezeugen.

Der Glanz göttlicher Jugend ergoß sich über die Frauen, wie in einem prunkhaften Alkoven; denn sie hatten in sich die Bangigkeit der Erwartung und die Wollust der Hingabe empfunden, wie die schöne Stadt. Sie lächelten in süßer Mattigkeit, fast erschöpft von einer überstarken Empfindung, mit den entblößten Schultern aus den Edelsteingirlanden emportauchend. Die Smaragden von Andriana Duodo, die Rubinen der Giustiniana Memo, die Saphire der Lucretia Priuli, die Beryllen der Orsetta Contarini, die Türkisen der Zenobia Corner, alle diese ererbten Juwelen, deren Feuer noch einen andern Wert als den des Materials besaß, wie der Schmuck des großen Saales noch einen anderen Wert als den Kunstwert barg, schienen auf die weißen Gesichter der Patrizierinnen den Widerschein eines heiteren und lockeren Lebens aus vergangener Zeit zu werfen; sie erweckten gleichsam in ihnen durch geheimnisvolle Kräfte den in dem tiefsten Grunde ihres Seins schlummernden Geist der Wollust, der dem Geliebten den in Myrrhen, Moschus und Ambra gebadeten Leib dargeboten und die geschminkten Brüste zur Schau getragen hatte.

Stelio sah diese weibliche Brust des ungeheuren vieläugigen Fabeltiers, auf der die Federfächer sich wollüstig auf und ab bewegten, und er fühlte, wie ein allzu heißer Rausch sich seines Gedankens bemächtigte, der ihn verwirrte und ihm fast lüsterne Worte einflößte, jene lebendigen, beinahe wesenhaften Worte, mit denen er die Frauen zu berühren verstand, wie mit liebkosenden und einschmeichelnden Fingern. Die von ihm erzeugte weitgehende Erregung, die nun auf ihn selbst mit vervielfältigter Kraft zurückstrahlte, erschütterte ihn so heftig, daß er das gewohnte Gleichgewicht verlor. Es schien ihm, als schwebe er über der Menge, ein hohler und klingender Körper, in dem die verschiedenen Resonanzen sich durch einen unbestimmten und dennoch unfehlbaren Willen erzeugten. In den Pausen wartete er angstvoll auf die plötzliche Kundgebung dieses Willens, während der innere Widerhall andauerte wie von einer Stimme, die nicht die seine war, und Gedanken ausgesprochen hatte, die für ihn völlig neu waren. Und dieser Himmel und dieses Wasser und dieser Stein und dieser Herbst, wie er sie geschildert, schienen nicht die geringste Zugehörigkeit zu seinen eigenen eben gehabten Empfindungen zu haben, sondern sie schienen einer Traumwelt anzugehören, in die er – während er sprach – wie in einer schnellen Aufeinanderfolge von Blitzen einen Blick getan.

Er staunte über diese unbekannte Macht, die in ihm wirkend die Grenzen des Einzelwesens aufhob und der einzigen Stimme die Klangfülle eines Chores verlieh.

Das also war der geheimnisvolle Lohn, den die Offenbarung der Schönheit dem täglichen Dasein der hungernden Menge geben konnte; das war der geheimnisvolle Wille, den der Dichter verleihen konnte, wenn er der fragenden Massenseele, die den Wert des Lebens erkennen und auch einmal sich aufschwingen wollte zum ewigen Gedanken, Antwort gab. – In dieser Stunde war er nur die Brücke, auf der die Schönheit den Menschen, die sich in einem durch Jahrhunderte menschlichen Ruhms geweihten Orte versammelt hatten, die göttliche Gabe des Vergessens brachte. Er tat nichts anderes, als die sichtbare Sprache, in der die alten Künstler das Streben und die Inbrunst des Geschlechts ausgedrückt hatten, in die Rhythmen des Wortes zu übersetzen. Und für eine Stunde mußten diese Menschen die Welt mit anderen Augen betrachten, sie mußten mit einer anderen Seele fühlen, denken und träumen.

Das war die höchste Gabe der offenbarten Schönheit; es war der Sieg der befreienden Kunst über die Jämmerlichkeiten, die Unruhen und die Ödigkeit der gemeinen Tage. Es war die glückliche Ruhepause, in der der Stachel des Schmerzes und der Notdurft aufhört und die geschlossenen Hände des Schicksals sich langsam zu öffnen scheinen. In Gedanken durchbrach er diese Mauern, die die erregte Menge wie in einen heroischen Kreis zusammendrängten, in einen Kreis von roten Dreiruderern und von befestigten Türmen und sieghaften Flotten. In der Begeisterung seines neuen Gefühls schien der Raum ihm beengt. Und wiederum zog es ihn zu der wirklichen Menge, zu der ungeheuren Vielheit mit einer Seele, die er vorher hatte fluten sehen in der marmornen Enge, und deren Geschrei aufgestiegen war in die Sternennacht, an der sie sich berauschte wie an Blut oder an Wein.

Und nicht nur zu dieser Menge, zu unendlichen Mengen schweiften seine Gedanken. Und er beschwor sie herauf, zusammengedrängt in großen Theatern, beherrscht von dem Gedanken der Wahrheit und der Schönheit, stumm und gespannt vor dem großen Bühnenraum, der sich auf einen wunderbaren Prospekt des Lebens öffnete, oder dem plötzlichen Glanz, den ein unsterbliches Wort ausstrahlte, mit Entzücken zujubelnd. Und der einst gehegte Traum von einer erhabeneren Kunst zeigte ihm von neuem die Menschen, ergriffen von Ehrfurcht vor den Dichtern, als denen, die allein es vermögen, auf Augenblicke die Sorgen der Menschen zu unterbrechen, den Durst zu stillen, Vergessen zu bringen. Und zu leicht erschien ihm die Aufgabe, die er erfüllte. Denn von dem Odem der Menge angeweht, hielt sein Geist sich für fähig, Gigantisches zu erdichten. Und das Werk, das er noch formlos in seinem Innern nährte, gab ein ungestüm zuckendes Lebenszeichen von sich. Indessen sahen seine Augen von dem Kreis der Gestirne die tragische Muse sich abheben, mit der Stimme der Verkünderin, die in den Falten ihrer Gewänder für ihn das andächtige und stumme Entzücken der fernen Mengen zu tragen schien.

Fast erschöpft von dem intensiven Leben, das er in der Pause gelebt, hub er mit gedämpfter Stimme wieder zu sprechen an.

»Wer sieht nicht« – begann er von neuem – »wer sieht nicht in dieser Erscheinung, die für mich zu jener Stunde so lebendig und wirklich war, daß sie mir fast greifbar schien, – wer von meinen Hörern sieht nicht die bedeutungsvolle symbolische Übereinstimmung?

Die gegenseitige Leidenschaft Venezias und des Herbstes, die beide zum höchsten Gipfel ihrer sinnlich wahrnehmbaren Schönheit steigert, hat ihre Ursache in einer tiefgehenden innerlichen Verwandtschaft: Venedigs Seele, die Seele, mit der die alten Künstler die schöne Stadt bekleideten, ist herbstlich.

Als ich die Ähnlichkeit des äußeren Schauspiels mit dem innern entdeckte, vermehrte sich mein Entzücken unsagbar. Die unabsehbare Menge der unvergänglichen Formen, die die Kirchen und die Paläste bevölkert, antwortete von ihren Plätzen den Harmonien des Tageslichtes mit einem so vollen und mächtigen Akkord, daß er in kurzem der dominierende wurde. Und – da das Licht des Himmels sich mit dem Schatten ablöst, aber das Licht der Kunst in der Seele des Menschen unauslöschbar andauert – als das verschwenderische Licht auf den Dingen verblich, fand mein Geist sich allein und verzückt unter den Wunderwerken eines idealen Herbstes.

Als solcher erscheint mir die Kunstschöpfung, die zwischen der Jugendlichkeit des Giorgione und dem Alter des Tintoretto liegt. Sie ist purpurn, vergoldet, üppig und ausdrucksvoll, wie die Erdenpracht unter dem letzten stammenden Sonnenstrahl. Wenn ich an die heißblütigen Schöpfer so gewaltiger Schönheit denke, stellt sich meinem Geist das Bild des Pindarschen Fragments dar: – ›Als die Centauren die Kraft des Weins, der süß wie Honig, kennen lernten, der die Menschen bezwingt, verbannten sie von ihrem Tisch alsobald die weiße Milch; und sie beeilten sich, den Wein aus silbernen Hörnern zu trinken...‹ –

Niemand auf der Welt kannte und würdigte den Wein des Lebens besser als sie. Einen leuchtenden Rausch wirkt er in ihnen, der ihre Macht vervielfältigt und ihrer Beredsamkeit eine befruchtende Tatkraft mitteilt. Und in den schönsten ihrer Geschöpfe scheint ihr eigener ungestümer Pulsschlag weiter zu leben und durch die Jahrhunderte fortzudauern, wie der Rhythmus der venetianischen Kunst selbst.

In wie reinem und poetischem Schlummer ruht die heilige Ursula auf ihrem jungfräulichen Lager! Ein tiefes Schweigen liegt über dem einsamen Raum, in dem die frommen Lippen der Schlafenden sich noch im Gebet zu bewegen scheinen. Durch die offenen Türen und Fenster dringt das schüchterne Morgenlicht und fällt auf das in die Ecke des Kissens geschriebene Wort. *Infantia* lautet das schlichte Wort, das das Haupt der Jungfrau wie mit Morgenfrische zu umgeben scheint: *Infantia*. Die schon dem heidnischen Fürsten verlobte und dem Martyrium geweihte Jungfrau schläft keusch, unschuldig und inbrünstig; ist sie nicht die Verkörperung der Kunst, wie sie die Vorläufer in der Reinheit ihrer naiven Auffassung erschauten? *Infantia*. Das Wort beschwört all die Vergessenen um dieses Kissen der Jungfrau: Lorenzo Veneziano und Simone von Cusighe und Cantarino und Jacobello und Meister Paolo und den Giambono und Semitecolo und Antonio und Andrea und Quirizio von Murano und die ganze arbeitsame Familie, für die die Farbe, die dann mit dem Feuer wetteifern sollte, in den Hochöfen der glühenden Insel vorbereitet wurde. Aber würden sie nicht selbst einen Schrei der Bewunderung ausgestoßen haben bei dem Anblick des Blutes, das der von dem Pfeil des schönen heidnischen Schützen durchbohrten Brust der Heiligen entströmte? So rotes Blut in einem Mägdlein, das sich von weißer Milch genährt! Das Blutbad gleicht fast einem Jubelfest: die Schützen tragen die auserlesensten Waffen, die reichsten Kleider, die gewähltesten Stellungen zur Schau. Und der Goldhaarige, der mit so kühner Anmut die Märtyrerin mit seinem Pfeil durchbohrt, scheint er nicht wahrlich der jugendliche Eros zu sein, vermummt und ohne Flügel?

Dieser zierliche Mörder der Unschuldigen (oder vielleicht einer seiner Brüder) wird sich morgen, wenn er den Bogen niederlegt, dem Zauber der Musik hingeben, um einen Traum der süßesten Wollust zu träumen.

Wohl ist es Giorgione, der ihm die neue Seele einstößt und sie mit unstillbarer Begierde entflammt. Die verführerische Musik ist nicht die Melodie, die noch gestern sich von Engelsharfen durch die gewölbten Bogen über die strahlenden Throne ergoß oder sich in dem Schweigen der heiteren Fernen auflöste in den Visionen des dritten Bellini. Sie steigt auch jetzt bei der Berührung frommer Hände aus der Tiefe des Klavichords auf, aber die Welt, die sie erweckt, ist eine Welt der Freuden und der Schmerzen, hinter denen sich die Sünde verbirgt.

Wer mit verständnisvollen Augen das *Konzert* gesehen hat, kennt ein ungewöhnliches und unwiderrufliches Moment der venetianischen Seele. Durch eine Farbenharmonie – deren bedeutungsvolle Gewalt unbegrenzt ist, wie das Mysterium der Töne – erzählt der Künstler uns von dem ersten Aufruhr einer begehrlichen Seele, der das Leben plötzlich als ergiebige Erbschaft erscheint.

Der Mönch, der am Klavichord sitzt, und sein älterer Gefährte haben keine Ähnlichkeit mit jenen, die auf dem Bilde des Vittorio Carpacci in St. Giorgio degli Schiavoni vor dem gezähmten Löwen des heiligen Hieronymus fliehen. Ihre Wesenheit ist stärker und vornehmer; die Atmosphäre, in der sie atmen, ist erhabener und reicher, günstig für das Erspießen einer großen Freude oder einer großen Traurigkeit oder eines stolzen Traums. Welche Noten mögen die schönen und sensitiven Hände den Tasten, auf denen sie verweilen, entlocken? Verführerische Noten ohne Zweifel, wenn sie vermögen, in dem Musizierenden eine so gewaltige Veränderung hervorzubringen. Er ist bei der Mitte seines irdischen Daseins angelangt, losgelöst schon von der Jugend, schon im Begriff, abwärts sich zu neigen, und nun erst offenbart sich ihm das Leben, geschmückt mit allen Gütern, wie ein Wald, der purpurne Apfel in Fülle trägt, deren frischen Samt seine auf andere Werke gerichteten Hände niemals kennen lernten. Da seine Sinnlichkeit schlummert, so fällt er nicht unter die Herrschaft eines einzigen verführerischen Bildes, obwohl er ein unklares Sehnen empfindet, in dem das Bedauern das Verlangen besiegt, während sich auf dem Gewebe der Harmonien, die er sucht, die Vision seiner Vergangenheit - wie sie hätte sein können und nicht war - gleich einem phantastischen Wahngebilde zusammenfügt. Der Gefährte, schon auf der Schwelle des stillen Alters stehend, errät den inneren Sturm; und sanft und schwer berührt er mit der Gebärde des Friedenbringers die Schulter des Leidenschaftlichen. Aber auch hier findet sich, auftauchend aus dem warmen Schatten, wie die Verkörperung des Begehrens, der Jüngling mit dem Federhut und dem unbeschnittenen Haarwuchs: die feurige Blume der Jünglingszeit, die Giorgione unter dem Einfluß jenes wunderbaren hellenischen Mythus geschaffen zu haben scheint, aus dem die Idealgestalt des Hermaphroditen hervorging. Er ist hier gegenwärtig, aber fremd, abgesondert von den andern, wie der es ist, den nichts kümmert als sein eigenes Wohl. Die Musik erhöht seinen unaussprechlichen Traum und scheint seine Genußfähigkeit unendlich zu vervielfältigen. Er weiß, daß er Herr jenes Lebens ist, das die beiden anderen flieht, und die Harmonien, die der Spielende anschlägt, scheinen ihm nur das Präludium seines eigenen Festes zu sein. Sein Blick ist gespannt seitwärts gewandt, als wollte er etwas verführen, was ihn verführt. Sein geschlossener Mund ist wie ein Mund, der das Gewicht eines noch nicht gegebenen Kusses trägt. Seine Stirn ist so hoch, daß nicht der dichteste Kranz sie beschatten würde, aber wenn ich an seine versteckten Hände denke, stelle ich sie mir vor, wie sie die Blätter des Lorbeers zerpflücken, um seine Finger in ihrem Wohlgeruch zu baden.«

Die Hände des Weckers veranschaulichten die Gebärde des Brünstigen, als preßten sie in Wahrheit den Saft aus dem aromatischen Blatte; und die Stimme verlieh der heraufbeschworenen Gestalt ein so plastisches Leben, daß die jungen unter seinen Hörern vermeinten, ihr unaussprechliches Begehren verkörpert, ihren geheimsten Traum von ununterbrochener und endloser Lust offenbart zu sehen. Von einer inneren Verwirrung ergriffen, empfanden sie eine dunkle Erregung verhaltener Leidenschaften und sahen neue Möglichkeiten, hielten jetzt eine schon aufgegebene und ferne Beute für greifbar. Stelio erkannte sie, hier und dort, durch die ganze Lange des Saales, gegen die großen rötlichen Schränke gelehnt, in denen die zahllosen Bände einer Vergessenen und unfruchtbaren Wissenschaft begraben waren. Sie standen in den Gängen, die um den Saal liefen; wie ein lebendiger Saum schienen sie die kompakte Masse einzufassen, und wie bei einer im Winde wehenden Fahne die Enden am stärksten flattern, so erzitterten sie beim Hauche der Poesie.

Stelio erkannte sie; einige erkannte er an der Eigentümlichkeit der Haltung, an der übermäßigen Ergriffenheit, die sich in den gepreßten Lippen oder in dem Zucken der Augenlider oder in den erglühenden Wangen offenbarte. Auf den Gesichtern einiger, die den offenen Balkonen zugewandt waren, erriet er den Zauber der Herbstnacht und die Wonne der aus der algenbedeckten Lagune aufsteigenden Brise. Die Blicke anderer zeigten ihm durch einen Strahl der Liebe, der aus ihnen hervorbrach, eine Frau, hingegossen auf ihrem Platze sitzend, gleichsam entkräftet von einem geheimen Genuß, mit einem unbeschreiblichen Ausdruck unkeuscher Erschlaffung, mit einem weichen, schneeweißen Gesicht, in dem der Mund sich wie eine feuchte Honigzelle öffnete.

Eine seltsame Klarheit war über ihn gekommen, und die Dinge erschienen ihm mit ungewohnter Deutlichkeit, wie in einer fieberhaften Halluzination. Alles lebte in seinen Augen ein intensiveres Leben: die Bilder der Dogen, die um den dazwischen weißlich schimmernden Fries laufen, atmeten wie die kahlköpfigen Alten dort im Hintergrunde, die er dann und wann sich mit gleichmäßiger Bewegung den Schweiß von den blassen Stirnen trocknen sah. Nichts entging ihm; nicht das beharrliche Tropfen der schwebenden Wachsfackeln in die bronzenen Gefäße, die das Wachs wie Bernstein auffingen; nicht die wundervolle Feinheit einer beringten Hand, die das Taschentuch auf die schmerzenden Lippen preßte, wie um einen brennenden Schmerz zu lindern; nicht der leichte Schal, der um nackte Schultern gezogen wurde, die in Kälte erschauerten vor dem kühlen Nachtwind, der durch die offenen Balkone hereinströmte. Und während er die tausend Augenblicksbilder bemerkte, bewahrte er dennoch in seiner Vision die Vorstellung von dem unübersehbaren vieläugigen Fabeltier, von der mit leuchtenden Schuppen bedeckten Brust, aus dessen Flanke die tragische Muse auftauchte, deren Haupt sich abhob aus dem Kreis der Gestirne.

Immer wieder kehrte sein Blick zurück zu der verheißenen Frau, die sich ihm zeigte, gleichsam die lebendige Stütze einer Sternenwelt. Er war ihr dankbar, daß sie diese Art und Weise gewählt hatte, um ihm so in dem Augenblick der ersten Zusammengehörigkeit zu erscheinen. Er sah jetzt nicht mehr die Geliebte einer Nacht in ihr, den in langen Liebesgluten gereiften Körper, erfahren in allen Künsten der Wollust; sondern er sah in ihr das bewundernswerte Werkzeug der neuen Kunst, die Verkünderin der großen Poesie, sie, die in ihrer wechselvollen Persönlichkeit das kommende Gedicht der Schönheit verkörpern, die den Völkern mit ihrer unvergeßlichen Stimme den Weckruf bringen sollte. Nicht des verheißenen Genusses halber, sondern wegen der Verheißung des Ruhmes verband er sich ihr jetzt. Und das Werk, das er in sich trug, formlos noch, erbebte noch einmal in zuckendem Leben.

»Wer von meinen Hörern« – fuhr er fort – »wer von meinen Hörern sieht nicht eine Ähnlichkeit zwischen diesen drei Giorgioneschen Symbolen und den drei Generationen, die zu einer Zeit leben, die die Morgenröte des neuen Jahrhunderts verklärt? Venedig, die sieghafte Stadt, offenbart sich in ihren Augen wie in der Herrichtung eines überherrlichen Festgelages, bei dem der ganze in Jahrhunderten des Krieges und des Handels angesammelte Reichtum in unbeschränktem Maß vorgeführt werden soll. Welche reichere Quelle der Wollust könnte das Leben der unersättlichen Begierde öffnen? Es ist eine Stunde des Aufruhrs, fast schwindelnder Erregung, die ihrer Reichhaltigkeit willen einer Stunde heroischer Gewalt gleichkommt. Verführerische Stimmen und Lachen scheinen von den Hügeln von Asolo herüber zu tönen, wo herrlich und in Freuden die Tochter San Marcos regiert. *Domina Aceli*, die in einem Myrtenhain auf Cypern den Gürtel der Aphrodite auffand. Und hier der Jüngling mit den weißen Federn scheint sich dem Feste zu nahen wie ein Anführer, gefolgt von seiner zügellosen Schar, und all die heiße Brunst brennt hier in Gestalt der Fackeln, deren Flamme ohne Unterlaß ein Sturmwind schürt.

So beginnt dieser göttliche Herbst der Kunst, dessen leuchtendem Glanz die Menschen sich immer mit innerer Erregung zuwenden werden, so lange in der menschlichen Seele die Sehnsucht wohnt, die engen Schranken des gemeinen Lebens zu durchbrechen, um ein intensiveres Leben zu leben oder eines edleren Todes zu sterben.

Ich sehe Giorgione herausragen aus diesem Wunderlande, ohne jedoch, was sterblich an ihm ist, zu erkennen; ich suche ihn in dem Mysterium der glühenden Wolke, die ihn umfließt. Er scheint mehr ein Mythus denn ein Mensch zu sein. Kein Dichterschicksal auf Erden gleicht dem seinen. Man weiß nichts oder fast nichts von ihm; und es gibt Leute, die sogar seine Existenz ableugnen. Sein Name ist in keinem Buche eingetragen, und es gibt Leute, die ihm kein Werk mit Sicherheit zuschreiben. Und dennoch scheint die ganze venetianische Kunst sich an seiner Offenbarung in Begeisterung entflammt zu haben, der große Vecellio scheint ihm das Geheimnis zu verdanken, in die Adern seiner Geschöpfe leuchtendes Blut zu gießen. Wahrlich, Giorgione bedeutet für die Kunst das Epiphaniasfest des Feuers. Er verdient es, ein zweiter Prometheus, ›Feuerbringer‹, genannt zu werden.

Wenn ich die Schnelligkeit erwäge, mit der die heilige Gabe von Künstler zu Künstler übergeht und von einer Farbenglut in die andere, so steigt unwillkürlich in meinem Geiste das Bild eines jener Fackelfeste auf, mit denen die Hellenen das Andenken des Titanensohnes des Japetos feiern wollten. Am Tage des Festes brach eine Schar junger athenischer Edelleute im schnellsten Laufe von Ceranikos nach Kolonos auf. Und der Anführer schwenkte eine Fackel, die man am Altar eines Sanktuariums entzündet hatte. Erloschen durch die ungestüme Bewegung des Laufes überreichte er sie dem Gefährten, der sie während des Laufes wieder entzündete; und dieser dem Dritten, und der Dritte dem Vierten, und so fort, immer im schnellen Lauf, bis der Letzte sie, noch rotglühend, am Altare des Titanen niederlegte. Dieses Bild hat für mich in seinem wilden Ungestüm etwas Bezeichnendes für das Fest der koloristischen venetianischen Meister. Ein jeder von ihnen, auch die minder ruhmreichen, hielt, und wenn nur für einen Augenblick, die heilige Gabe in Händen. Und mancher unter ihnen, wie der heilige Bonifazius, der verherrlicht zu werden verdient, scheint mit den unversehrbaren Händen die innere Blüte des Feuers gepflückt zu haben.«

Und er pflückte mit seinen Händen die bildliche Blüte in der Luft, wie von der unsichtbaren Höhe der Woge, die die heiße Seele des Fabeltiers dem Dichter, von dem es jetzt besiegt war, entgegentrug. Und seine Augen schweiften hinüber zu dem Himmelsglobus; stumm wollte er diese feurige Gabe jener Frau darbringen, die dort unten den göttlichen Sternenkreis der Tiere hütete. »Dir, Perdita!« Aber die Frau lächelte einer entfernt sitzenden Gestalt zu; sie lächelte zuwinkend.

Und diesem Lächeln folgend, traf sein Blick die Unbekannte, die ihm plötzlich aus einem Schattenkreis entgegenleuchtete.

War nicht vielleicht sie das musikalische Geschöpf, dessen Name von dem Panzer des Schiffes zurückgeworfen worden war in dem schweigenden Schatten?

Fast schien sie ihm ein Gebilde seiner Phantasie, plötzlich erzeugt in dem Teil seiner Seele, wo die visionäre Empfindung, die ihn im Schatten des Panzerschiffes unerwartet überkommen hatte, gleichsam ein unbestimmter isolierter Punkt geblieben war.

Für einen Augenblick war sie schön, schön wie in ihm die noch nicht ausgedrückten Gedanken.

»Eine Stadt, der solche Schöpfer eine so machtvolle Seele schufen« – fuhr er fort, sich leichtbeschwingt von der Woge der Empfindungen emportragen lassend – »wird von der Mehrzahl heute nur als eine große tote Reliquienkammer betrachtet oder als eine Zuflucht des Friedens und Vergessens!

Wahrlich, ich kenne keinen andern Ort der Welt - Rom ausgenommen –, wo ein starker und ehrgeiziger Geist besser die Tatkraft seines Intellekts anregen und alles Drängen seines Wesens nach dem Höchsten betätigen könnte, als auf diesem regungslosen Wasser. Ich kenne keinen Sumpf, der imstande wäre, in den menschlichen Pulsen ein heftigeres Fieber zu erzeugen, als jenes, das uns zuweilen plötzlich im Schatten eines schweigsamen Kanales überfällt. Nicht, wer im reifen Korn tiefe Mittagsruhe unter der glühenden Hundstagssonne hält, fühlt ungestümer das Blut gegen die Schläfen pochen, als wir, deren Blicke zuweilen von dem andrängenden Blut verdunkelt wurden, wenn wir uns über das Wasser neigten, um allzu gespannt zu suchen, ob wir nicht durch Zufall auf dem Grunde irgendein altes Schwert oder ein altes Diadem entdeckten.

Dennoch, kommen sie nicht hierher wie zu einem Zufluchthafen, die gebrechlichen Seelen und die eine heimliche Wunde zu verbergen haben, und die einen entgültigen Verzicht leisten, und solche, die eine erschlaffende Liebe entnervte und die das Schweigen suchen, nur um darin unterzugehen? Vielleicht erscheint ihren trüben Augen Venedig wie eine barmherzige Stadt des Todes, umarmt von einem einschläfernden stagnierenden Wasser. In Wahrheit bedeutet ihre Gegenwart nicht mehr, als die vereinzelten Algen, die um die Treppen der Marmorpaläste fluten. Sie erhöhen den seltsam krankhaften Hauch, den sonderbar fiebrigen Geruch, auf dem so süß ist zuweilen nach einem arbeitsvollen Tag das Gefühl der eigenen Überfülle zu wiegen, das zuweilen der Sehnsucht gleicht.

Aber nicht immer erbarmt sich die Verwandlungsreiche des Wahnes derer, die zu ihr als Friedensvermittlerin stehen. Ich weiß von einem, der inmitten seiner Ruhe entsetzt zusammenzuckte, wie jener, der, bei der Geliebten ruhend, ihre weichen Finger auf seinen müden Lidern fühlend, plötzlich Schlangen in ihren Haaren zischen hörte – – –

Ach, wenn ich zu sagen vermöchte, welch wundergleiches Leben für mich unter ihren tausend grünen Gürteln und unter ihren unermeßlichen Schätzen zu pulsieren scheint! Alltäglich saugt sie unsere Seele auf: und bald gibt sie sie uns wieder, unversehrt und frisch und neu, fast möchte ich sagen, in ursprünglicher Neuheit, auf der die Spuren der Dinge morgen mit unaussprechlicher Klarheit eingegraben sein werden, und bald gibt sie sie uns wieder, unendlich verfeinert und gefräßig, wie Glut, die alles zerstört, was ihr nahe kommt, so daß wir zuweilen des Abends unter der Asche und den Schlacken irgendwelche ungewöhnliche Sublimierung auffinden. Sie überzeugt uns alltäglich von dem Vorgang der Entstehung unserer Art: ein ewiges Streben, über sich selbst hinauszugehen; sie zeigt uns die Möglichkeit eines Schmerzes, der sich verwandelt in anspornende, durchdringende Tatkraft; sie lehrt uns, daß der Genuß das sicherste uns von der Natur gebotene Mittel zur Erkenntnis ist und daß, wer mehr gelitten, weniger wissend ist, als wer mehr genossen.«

Ein Gemurmel des Widerspruchs wurde hier und dort beim Publikum laut, bei diesem Satz, der allzu gewagt schien; die Königin schüttelte leicht den Kopf zum Zeichen ihrer Mißbilligung; einige Damen bekundeten einander durch Blicke ein anmutiges Entsetzen. Dann wurde alles übertönt durch das jugendliche Beifallsrufen, das von allen Seiten mit brausendem Ungestüm dem dargebracht wurde, der mit so offenem Wagemut die Kunst lehrte, vermittelst des Genusses zu höheren Lebensformen sich aufzuschwingen.

Stelio lächelte, als er die Seinen erkannte. Es waren deren viele: er lächelte, da er den Erfolg seiner Lehre sah, die schon bei mehr als einem Geist die Wolken der erschlaffenden Traurigkeit verjagt hatte und in mehr als einem die Feigheit unnützer Tränen getötet und mehr als einem für immer Verachtung der jammernden Klagen und des weichen Mitleids eingeflößt hatte.

Er war froh, noch einmal das Prinzip seiner Lehre ausgesprochen zu haben, die dieser Kunstseele, die er verherrlichte, auf natürliche Welse entquoll. Und die sich in eine Einöde zurückgezogen hatten, um ein trauriges Wahnbild anzubeten, das nur im Spiegel ihrer verschleierten Augen lebte; und jene, die sich zum König einer Königsburg ohne Fenster gemacht hatten, wo sie seit Menschengedenken einer Verkündigung harrten; und jene, die glaubten, unter Trümmern die Bildsäule der Schönheit ausgegraben zu haben, und es war nur eine verwitterte Sphinx, die sie mit ihren endlosen Rätseln quälte; und jene, die allabendlich in ihren Türen standen, um den geheimnisvollen Fremden mit dem gabengeschwellten Mantel kommen zu sehen, und in bleicher Erwartung das Ohr an die Erde legten, um den Schritt zu hören, der sich zu nähern und dann zu entschwinden schien: kurz alle, die ein in Ergebung getragenes Herzeleid unfruchtbar machte oder ein verzweifelter Stolz verzehrte, die ein nutzloser Eigensinn verhärtete, oder denen immer getäuschte Erwartung den Schlaf raubte, alle, alle hätte er rufen mögen, auf daß sie ihr Übel erkannten, in dem Glanze dieser alten und doch immer neuen Seele.

»Wahrlich« – sagte er mit jubelnder Stimme – »wenn das ganze Volk auswanderte, seine Häuser verließe, von fernen Gestaden gelockt, heute wieder, wie es schon in seiner heroischen Jugend verführt wurde von der Meerenge des Bosporus zur Zeit des Dogen Pietro Ziani, und kein Gebet mehr das tönende Gold der Mosaikhallen vibrieren ließe, und kein Ruder mehr mit rhythmischem Schlage die stille Andacht des stummen Steins fortsetzen würde, Venedig würde dennoch immer eine Stadt des Lebens bleiben. Die idealen Schöpfungen, die ihr Schweigen hütet, leben in der ganzen Vergangenheit und in der ganzen Zukunft. Wir entdecken in ihnen immer neue Übereinstimmungen mit dem ragenden Bau des Universums, unerwartetes Sichbegegnen mit dem gestern geborenen Gedanken, deutliche Verkündigungen für das, was in uns nur ein Vorgefühl ist, offene Antworten auf das, was wir noch nicht zu fragen wagen. Sie sind einfach und dennoch überreich an sinnbildlichen Bedeutungen; sie sind kindisch und dennoch in glänzende Tuniken gekleidet. Würden wir uns auf unbestimmte Zeit in ihren Anblick vertiefen, so würde sie nie aufhören, mit den verschiedenartigsten Wahrheiten unseren Geist zu erfüllen. Wenn wir sie jeden Tag besuchten, so würden sie uns jeden Tag ein anderes, unerwartetes Schauspiel bieten, wie die Meere, die Flüsse, die Wiesen, die Wälder, die Felsen. Zuweilen dringt, was sie uns sagen, nicht bis zu unserm Intellekt, aber sie offenbaren sich uns in einer Art unbewußter Glückseligkeit, in der unsere Wesenheit zu erzittern und sich in ihren innersten Tiefen zu weiten scheint. An einem hellen Morgen werden sie uns den Weg weisen, der zu dem entlegenen Wald führt, wo die Schöne, in ihr geheimnisvolles Haar gehüllt, seit undenklichen Zeiten uns erwartet.

Woher kommt ihnen diese unbekannte Macht?

Von der keuschen Naivität der Künstler, die sie schufen.

Diese großen Männer kannten nicht die unermeßliche Gewalt der Dinge, die sie zum Ausdruck brachten. Mit Millionen von Wurzeln in das Leben eingegraben, nicht nur gleich Bäumen, sondern ausgedehnten Wäldern gleich, saugten sie unendliche Elemente in sich auf, um sie umzugießen und in Ideal-Arten zu verdichten, deren Besonderheiten ihnen unbekannt bleiben, wie der Saft des Apfels dem Zweig, der ihn trägt. Sie sind die geheimnisvollen Pfade, durch die das nieversiegende Sehnen der Natur nach Gebilden befriedigt wird, die fehlerlos zu prägen ihr nicht gelingt. Darum, dieweil sie das Werk der göttlichen Mutter fortsetzen, *verwandelt sich ihr Geist in ein Ebenbild des göttlichen Geistes*, wie Lionardo sagt. Und da die schöpferische Kraft ihren Fingern zufließt, unaufhörlich, wie der Saft in den Knospen der Bäume, so schaffen sie in Freude.«

Die ganze glühende Sehnsucht des Künstlers nach dieser olympischen Gabe, sein ganzer Neid auf diese gewaltigen, niemals ermüdenden, niemals Zweifelnden Bildner der Schönheit, sein ganzer Durst nach Glück und Ruhm offenbarten sich in dem Ausdruck, den er in die zuletzt gesprochenen Worte legte. Wieder lag die Seele der Vielheit im Banne des Dichters, widerspruchslos, gespannt und vibrierend, wie eine einzige aus tausend Saiten gewundene Saite, bei der jede Resonanz bis ins Unendliche weitervibrierte, die dunkle Empfindung regte sich in ihr, als trage sie eine unklare Wahrheit in ihrem Innern, die der Dichter plötzlich in der Gestalt einer frohen Botschaft enthüllte. Sie fühlte sich nicht mehr fremd an diesem geweihten Ort, in dem eines der glänzendsten Menschenschicksale so tiefe Spuren seines Glanzes hinterlassen hatte; sondern sie fühlte um sich und unter sich den vielhundertjährigen Molo in seinen tiefsten Grundmauern leben, als umwehten ihn die nicht mehr im Schatten der Vergangenheit reglosen Erinnerungen gleich den freien Lüften im bewegten Walde. Jetzt in dem Zauberschweigen, das die Wunder der Poesie und des Traumes ihr brachten, schien sie die unzerstörbaren Zeichen der ersten Generationen wieder in sich selbst aufzufinden, gleichsam ein vages Abbild der entlegenen Aszendenz, und ihr Recht auf eine alte Erbschaft zu erkennen, der man sie beraubt hatte:

auf jene Erbschaft, die der Bote ihnen als noch unversehrt und wieder erreichbar ankündigte. Sie empfand die ungeduldige Angst dessen, der im Begriff steht, wieder in den Besitz eines verlorenen Gutes zu gelangen. Und in der durch die offenen Balkone hereinfunkelnden Nacht, während schon der rote Widerschein der feurigen Lohe sichtbar wurde, die das unten liegende Wasserbecken aufnehmen sollte, schien die Erwartung einer prädestinierten Wiederkehr zu schweben.

In dem klingenden Schweigen erreichte die einsame Stimme den Gipfel.

»In Freude schaffen! Das Kennzeichen der Gottheit! Der Geist auf seiner Hohe vermag nicht eine siegreichere Tat zu ersinnen. Die Worte selbst, die sie bezeichnen, tragen den Glanz der Morgenröte.

Und diese Künstler schaffen mit einem Mittel, das in sich selbst ein jubelndes Mysterium ist: mit der Farbe, die die Kraft des Stoffes scheint zur Lichtwerdung.

Und der neue Musiksinn, den sie von der Farbe haben, macht, daß ihre Schöpfung die engen Grenzen der symbolischen Gebilde sprengt und zur hohen Offenbarung einer unendlichen Harmonie wird.

Niemals erscheint uns der Ausspruch Lionardo da Vincis, dem die Wahrheit eines Tages mit ihren tausend geheimen Gesichtern wie in einem Blitz sich erschloß, so treffend, als vor ihren großen symphonischen Bildern: › *Die Musik darf nicht anders genannt werden, denn Schwester der Malerei* ‹ – Ihre Malerei ist nicht nur stumme Poesie, sie ist auch stumme Musik. Darum erscheinen uns die vornehmsten Forscher auserlesener Symbole, sie, die in die Reinheit der grüblerischen Stirnen die Merkmale eines inneren Weltalls legten, fast trocken, im Vergleich zu diesen großen unbewußten Musikern.

Wenn Bonifacio in der Parabel des reichen Epulonen auf einem Feuerton die mächtigste Farbenharmonie anstimmt, in der sich je die Wesenheit einer wollüstigen und stolzen Seele offenbarte, so fragen wir nichts nach dem blonden Herrn, der, den Tönen lauschend, zwischen den beiden wundervollen Courtisanen sitzt, deren Gesichter leuchten wie durchsichtige Bernsteinlampen, sondern das stoffliche Symbol übergehend geben wir uns mit Inbrunst der Zauberkraft hin, die diese tiefen Akkorde heraufbeschwört, in denen unser Geist heute das Vorgefühl zu empfinden scheint eines schönen schicksalschwangeren und herbstgoldenen Abends, der sich über einen Hafen breitet, still wie ein Becken duftenden Öles, in den in seltsamem Schweigen eine Galeere, von Oriflammen bewegt, einlenken wird wie ein Nachtfalter in den geäderten Kelch einer großen Blume.

Werden wir sie nicht in Wahrheit an einem glorreichen Abend mit unseren sterblichen Augen am Dogenpalast landen sehen?

Erscheint sie uns nicht wie an einem prophetischen Horizont in der Allegorie des Herbstes, die Tintoretto uns darbietet gleich einem erhabenen Bild, erschaffen aus unserm Traum von gestern?

Am Ufer sitzend, in Erwartung der Gottheit, empfängt Venetia den Ring aus der Hand des jungen, rebengeschmückten Gottes, der niederstieg zum Wasser, während darüber in der Luft die Schönheit schwebt, mit einem Sternenkranz den wunderbaren Bund zu krönen.

Sehet das Schiff in der Ferne! Eine Botschaft scheint es zu künden. Sehet den Schoß der symbolischen Frau! Den Keim einer Welt vermag er zu tragen.«

Der rauschende Beifall wurde übertönt von dem jugendlichen Jauchzen, das wie ein Orkan aufstieg zu ihm, der vor den unruhigen Augen eine so große Hoffnung aufblitzen ließ, zu ihm, der einen so leuchtenden Glauben an den verborgenen Genius der Rasse bewies, an die aufsteigende Kraft der von den Vätern überkommenen Ideale, an die souveräne Würde des Geistes, an die unzerstörbare Macht der Schönheit, an all die hohen Werte, dle die neueste Barbarei verachtet. Die Jünger drängte es zu dem Meister mit überströmender Dankbarkeit, mit ungestümer Liebe. Das flammende Wort hatte ihre Seelen gleich Fackeln entzündet, ihren Lebenssinn fast bis zum Fieber gesteigert. In jedem einzelnen lebte die Schöpfung Giorgiones wieder auf, der Jüngling mit den schönen weißen Federn, im Begriff, sich der unermeßlichen erworbenen Beute zu nähern; und in jedem von ihnen schien sich die Genußfähigkeit unendlich vervielfältigt zu haben. Ihr Schrei war ein so deutlicher Ausdruck ihres inneren Aufruhrs, daß der Befruchter bis ins Innerste davon erschüttert wurde, und eine Woge plötzlicher Traurigkeit ihn übermannte, als er an die Asche dieses flüchtigen Feuers dachte, dachte an das grausame Erwachen des kommenden Tages. Gegen wie schwere und unwürdige Hemmnisse mußte diese furchtbare Lebensgier ankämpfen, dieser leidenschaftliche Wille, dem eigenen Schicksal die Flügel der Siegesgöttin zu leihen und mit aller Seinskraft der höchsten Vollendung zuzustreben!

Aber die Nacht begünstigte die jugendliche Raserei. Alle die Träume von Herrschaft, Wollust und Ruhm, die Venedig in ihren marmornen Armen einst gewiegt und dann erstickt hatte, alle erstanden wieder aus den Grundmauern des Palastes, strömten ein durch die offenen Balkone, erzitterten wie ein wiedererstandenes Volk unter den gewaltigen Voluten dieses Deckenhimmels, der, reich und schwer, einem schwebenden Schatz glich. Die Kraft, die auf der weiten Wölbung und an den hohen Wänden die Muskulatur der dargestellten Götter, Könige und Helden schwellte, die Schönheit, die der Nacktheit der dargestellten Göttinnen und Königinnen und Dirnen wie sichtbare Musik entströmte, die menschliche Kraft und Schönheit, durch Jahrhunderte der Kunst geläutert, verbanden sich harmonisch zu einem einzigen Bild, das die Berauschten mit ihren wirklichen, lebendigen Augen vor sich zu sehen meinten, von dem neuen Dichter geschaffen.

Und ihren Rausch strömten sie aus in dem Jubelschrei zu ihm, der ihren verschmachtenden Lippen den Becher Weines geboten hatte. Alle sahen nunmehr die unverlöschliche Flamme durch den Wasserschleier. Und mancher sah sich schon dabei, die Blätter des Lorbeers zu brechen, um die Finger im Wohlgeruch zu baden; und mancher war schon entschlossen, das alte Schwert und das alte Diadem auf dem Grunde eines schweigenden Kanales zu finden.

Stelio Effrena war in den anstoßenden Räumen der Sammlung allein geblieben mit den Bildwerken; er fühlte einen Widerwillen gegen jede andere Berührung, er fühlte das Bedürfnis, sich zu sammeln und die ungewohnte Erregung zu besänftigen, in der sein ganzes Wesen sich gelöst und ergossen zu haben schien. Von den eben gesprochenen Worten war keine Spur in seinem Gedächtnis geblieben; von den eben geschauten Bildern kein Abglanz. Nur im Innersten seiner Seele brannte jene Feuergarbe weiter, die er zu Ehren des ersten Bonifazius entzündet und die er mit den eigenen unversehrbaren Händen gefaßt hatte, um sie der geliebten Frau zu reichen. Er dachte daran, wie in jenem Augenblick spontaner Hingabe die Frau sich abgewendet und wie er an Stelle des ausweichenden Blickes ihr Lächeln als Wegweiser gefunden hatte. Es war, als ob der Rausch im Augenblick des Verflüchtigens sich in ihm von neuem verdichten und die unbestimmte Gestalt jenes musikalischen Geschöpfes annehmen wolle; und als ob dieses nun, die Feuergarbe mit der Gebärde der Herrscherin tragend, auftauchte aus seiner inneren Bewegung, wie aus der unaufhörlichen Brandung eines sommerlichen Meeres. Und wie um dieses Bild zu verklären, drangen aus dem nahen Festsaal die ersten Töne von Benedetto Marcellos Symphonie zu ihm, deren fugierter Satz sofort einen Charakter großen Stiles verriet. Ein Gedanke, voll, klar und stark wie eine lebendige Persönlichkeit, entwickelte sich mit zunehmender Machtfülle. Und er erkannte in dieser Musik die Kraft desselben Prinzips wieder, um das er wie um einen Thyrsus die Kränze seiner dichterischen Begeisterung gewunden hatte.

Und nun tauchte der Name auf, der schon im schweigenden Schatten gegen den Panzer des Schiffes widergeklungen, jener Name, der sich in der ungeheuren Woge der Abendglocken verloren hatte wie ein rätselvolles Blatt; und er schien seine Silben dem Orchester wie ein neues Thema aufzugeben, das die Streichinstrumente ergriffen. Die Violinen, Violen und Violoncelli sangen ihn um die Wette; unvorhergesehene heroische Trompetenstöße verherrlichten ihn; endlich schmetterte ihn das gesamte Orchester mit einstimmiger Gewalt in den Freudenhimmel hinaus, an dem später die Sternenkrone erglänzen sollte, die Ariadne von der goldenen Aphrodite dargeboten wird.

Stelio empfand in der Pause eine eigentümliche Verwirrung, gleichsam einen religiösen Schrecken, angesichts dieser Verkündigung. Er verstand, welchen Wert es für ihn hatte, sich in diesem unschätzbaren lyrischen Moment allein unter makellosen und stummen Bildnissen zu finden. Ein Saum desselben Geheimnisses, das ihn schon unter den Flanken des Kriegsschiffes gestreift hatte, wie ein flüchtiger Schleier einen streift, schien jetzt vor seinen Augen zu schweben in diesem einsamen Zimmer, das doch dem menschlichen Treiben so nahe war. – So schweigt am Meeresgestade, ganz dicht bei der Brandung, eine Seemuschel. – Wieder glaubte er wie schon in anderen außergewöhnlichen Stunden seines Lebens die Gegenwart seines Schicksals zu fühlen, das dastand, um seinem Wesen einen neuen Impuls zu geben und vielleicht eine wundervolle Willenskraft in ihm zu lösen. Und während er die Mittelmäßigkeit all der tausend dunkeln Geschicke bedachte, die über den Köpfen der Menge schwebten, die jetzt den Erscheinungen einer idealen Welt hingebend zugewandt war, gefiel er sich darin, abseits jene glückverheißende, dämonische Gestalt anzubeten, die ihn hier heimlich zu besuchen kam, um ihm im Namen einer unbekannten Geliebten ein ungewolltes Geschenk zu reichen.

Beim plötzlichen Erklingen der menschlichen Stimmen, die den unüberwindlichen Gott mit triumphierendem Zuruf grüßten, fuhr er zusammen:

»Es lebe der Starke, es lebe der Große...«

Der geräumige Saal dröhnte wie ein riesiger in Schwingungen versetzter Resonanzboden; und der Widerhall pflanzte sich fort durch die Scala dei Censori, durch die Scala d'Oro, durch die Gänge und Hallen, durch die Vorsäle und Galerien, bis zu den Kellergewölben, bis zu den Fundamenten des Palastes, wie ein donnernder Jubel, der in die helle Nacht hinausjauchzte:

»Es lebe der Starke, es lebe der Große,
Der Sieger des niedergezwungenen Indien!«

Es schien, als wolle der Chor den wundervollen Gott begrüßen, dessen Erscheinung der Dichter über die meerentstiegene Stadt heraufbeschworen hatte. Es schien, als ob der Saum seines Purpurmantels sich in diesem Stimmklang zitternd bewegte, gleichwie Flammen in kristallnen Röhren. Das lebendige Bild schwebte losgelöst über die Menge, die es doch mit ihrem eigenen Traume nährte.

»Es lebe der Starke, es lebe der Große...«

In dem machtvollen fugenartigen Satze wiederholten die Bässe, Altstimmen und Soprane den jubelnden Zuruf an den Unsterblichen mit den tausend Namen und mit den tausend Blumenkränzen, ihn, »der aus unaussprechlichem Bündnis geboren«, ihn, »der einem Jüngling in der ersten Jugend gleicht«. Der ganze antike dionysische Rausch schien aus diesem göttlichen Chor aufzusteigen und sich zu verbreiten. Die ganze Lebensfülle und Lebensfrische im Lächeln des sorgenlösenden Bacchus, der allen Kummer aus den Herzen der Menschen scheucht, jubelte in einem Ausbruch von Freude heraus. Es flammten und knisterten die unauslöschbaren Fackeln der Bacchantinnen. Wie im orphischen Hymnus beleuchtete ein Widerschein der Feuersbrunst die Stirn des Jünglings, die von dunkeln Haaren gekrönt war. »Als die Wut des Feuers die ganze Erde überflutet hatte, war er es allein, der die prasselnden Wirbel der Flamme bezwang.« Wie in den Gesängen des Homer atmete hier der unfruchtbare Schoß des Meeres, hörte man das abgemessene Geräusch der zahlreichen Ruder, die das wohlgebaute Schiff nach unbekannten Ländern führten. Und wieder erschien plötzlich auf den Flügeln des Gesanges vor den Menschen der Blühende, der Fruchttragende, der den Sterblichen sichtbare Heilbringende, Dionysos der Befreier, und für sie kränzte er jene Nacht mit Glück wie einen übervollen Kelch, für sie breitete er von neuem alle sichtbaren Güter dieser Welt.

Der Gesang wuchs an Macht; die Stimmen verschmolzen in der Begeisterung. Der Hymnus feierte jetzt den Bezwinger von Tigern und Panthern, von Löwen und Leoparden. Mänaden schienen hier zu jauchzen mit zurückgeworfenen Köpfen, mit gelösten Haaren und lockeren Gewändern, Zimbeln schlagend und Schellen schüttelnd: – Evoë!

Aber plötzlich quillt aus dem heroischen Wohlklang ein breiter pastoraler Rhythmus, der den thebanischen Bacchus mit der reinen Stirn heraufbeschwört, auf der milde Gedanken wohnen:

»Ihn, der die Rebe in engen Banden der Ulme paart
und das Weinlaub befruchtet...«

Zwei einzelne Stimmen besangen in Sextenfolge ihre Vermählung, die schmiegsame Umschlingung der grünen Ranken und Zweige. Das Bild des Lagunenschiffes, das mit Trauben beladen war wie die Bütte, die zum Keltern bereit steht, das die Worte des Dichters schon vor die Augen der Menge gezaubert hatte, erstand von neuem vor ihnen. Und es war, als ob der Gesang von neuem das Wunder verrichte, des Zeuge der kluge Steuermann aus Medien war. »Und es floß ein süßer und milder Wein durch das schwarze und schnelle Schiff... Und es schoß eine Weinrebe empor bis hinauf in die Segel; und unzählige Trauben hingen herab. Und dunkler Efeu rankte sich um den Mast und war von Blüten ganz bedeckt. Und alle Ruderpflöcke trugen Blumenkränze...«

Jetzt nahm das Orchester das Thema der Fuge auf und verarbeitete es in schöner Durchführung, während die Stimmen in gleichmäßigem Rhythmus über dem Orchestergewebe schwebten. Und wie ein leichter Thyrsus über der bacchantischen Menge geschwungen wird, so setzte jetzt eine einzelne Stimme wieder mit der hochzeitlichen Melodie ein, aus der die ganze Anmut der ländlichen Vermählung lachte.

»Der Ulme und der Rebe
Lebensspendender, befruchtender
Erhalter, er lebe!«

Die Solostimmen erweckten so die Vorstellung schreitender Thyriaden, die in trunkenem Taumel wollüstig ihre mit Trauben und Weinlaub geschmückten Stäbe schwingen, in lange, krokusgelbe Gewänder gehüllt, mit glühendem Antlitz und erbebend wie jene Frauen des Paolo, die sich von luftigen Balkonen neigen, den Gesang zu trinken.

Aber aufs neue erklang der heroische Freudentaumel mit dem leidenschaftlichen Ungestüm des Finale. Das Gesicht des sieghaften Gottes blitzte wieder auf zwischen den rasend geschwungenen Fackeln. Einen letzten, aufs höchste gesteigerten Jubel schmetterten Chöre und Orchester hinein in das vielköpfige, unübersehbare Ungetüm, hinaus unter die schwebende Pracht dieses Himmels, mitten in den Kreis von roten Dreiruderern und von festen Türmen und sieghaften Flotten.

Der Besieger von Indien,
Der Bezähmer aller Meere,
Der Bändiger der wilden Tiere,
Er lebe!

Stelio Effrena war auf die Schwelle getreten; mitten durch die Menge, die sich vor ihm teilte, war er in den Festsaal gedrungen; dicht neben dem Podium, auf dem Chor und Orchester aufgestellt waren, blieb er stehen. Mit unruhigen Blicken suchte er vergeblich die Foscarina in der Nähe des Himmelsglobus. Der Kopf der tragischen Muse ragte nicht mehr in den Kreis der Gestirne. Wo weilte sie? Wohin hatte sie sich zurückgezogen? Konnte sie ihn sehen, ohne daß er sie sah? – Eine unbestimmte Unruhe quälte ihn; und die Vision der Abenddämmerung auf dem Wasser, zugleich mit den Worten ihres letzten Versprechens, tauchte dunkel vor seiner Seele auf. Er betrachtete die offenen Balkone und dachte, daß sie vielleicht hinausgetreten sei in die nachtfrische Luft und daß sie vielleicht, über das Geländer geneigt, die Wogen der Musik über ihren kühlen Nacken gleiten fühlte und sie genösse wie Schauer, die von heißen Küssen herrühren.

Aber die Erwartung der Offenbarung durch jene Stimme überwog jede andere Empfindung, schlug jede andere Unruhe nieder. Er merkte, daß plötzlich eine tiefe Stille im Saal entstanden war, gerade wie in dem Augenblick, da er die Lippen geöffnet hatte, um die erste Silbe zu sprechen. Gerade wie vorher schien das veränderliche und unbeständige Ungeheuer mit den tausend menschlichen Gesichtern sich schweigend zu sammeln und seines Inhalts zu begeben, eine neue Seele zu empfangen.

In seiner Umgebung hörte er jemanden den Namen Donatella Arvale flüstern. Er sah auf das Podium, über die Violoncelli hinweg, die gleichsam eine braune Hecke bildeten. Die Sängerin blieb unsichtbar, verborgen hinter dem zarttönenden und rauschenden Walde, aus dem die schmerzreiche Harmonie aufsteigen sollte, die Ariadnes Klage begleitet.

In die gespannte und empfängliche Stille ertönte jetzt das Präludium der Violinen. Ihrer flehenden Klage einten die Violen und Violoncelli ein tieferes Weh. War nicht, nach der phrygischen Flöte und der berecynthischen Schellentrommel, nach den orgiastischen Instrumenten, deren Klänge die Vernunft verwirrten und zur Raserei aufstachelten, war da nicht die heilige dorische Leier, ernst und süß, die harmonische Stütze des Gesanges? So wird aus dem geräuschvollen Dithyrambus das Drama geboren. Die große Umwandlung des dionysischen Kultus – die Raserei des heiligen Festes, die zum schöpferischen Enthusiasmus des tragischen Dichters wird – schien in dieser musikalischen Aufeinanderfolge dargestellt. Der feuerstammende Hauch des tracischen Gottes hatte einer erhabenen Kunstform Leben gegeben. Lorbeerkranz und Dreifuß, die dem siegreichen Dichter als Preis zuerteilt wurden, hatten den geilen Bock und den Korb mit attischen Felgen abgelöst. Äschylos, selbst Hüter eines Weinberges, war vom Gotte besucht worden, der ihm seinen Flammengeist eingehaucht hatte. Auf dem Hange der Akropolis, dicht neben dem Heiligtum des Dionysos, war ein marmornes Theater entstanden, das das auserwählte Volk in sich aufnehmen konnte.

So schloß sich unversehens in dem inneren Erleben des Dichters der Kreislauf der Jahrhunderte, indem er sich bis in die dunkeln Fernen der früheren Mysterien verlor. Jene Kunstform, nach der jetzt der Zwang seines Genius, geleitet durch die dunkeln Instinkte der menschlichen Menge, ihn drängte, sie erschien ihm in der Heiligkeit ihrer Anfänge. Der göttliche Schmerz Ariadnes, der wie ein melodischer Schrei aufstieg aus dem rasenden Bacchantenchor, ließ von neuem das Werk zuckend erbeben, das er in sich barg, formlos noch, aber schon lebensfähig. Weiter suchte er mit den Augen im Kreise der Gestirne die Muse mit der Stimme der Verkünderin. Da er sie nicht finden konnte, wendete er die Blicke wieder dem Wald von Instrumenten zu, aus dem die Wehklage stieg.

Und jetzt trat zwischen den zierlichen Bogen, die in abwechselnder Bewegung über die Saiten strichen und sich wieder erhoben, dabei glänzend wie lange Plektren, die Sängerin hervor, aufrecht wie ein Blütenstengel, und wie ein Blütenstengel sich leise wiegend auf der zarten Harmonie. Die Jugend ihres geschmeidigen und kraftvollen Körpers schien durch das Gewebe ihres Kleides zu leuchten wie Flammen durch zartes, durchsichtiges Elfenbein. Die Bogen, die um ihre weißglänzende Erscheinung sich hoben und senkten, schienen die Töne der in ihr schlummernden Musik aus ihr herauszuziehen. Als ihre Lippen sich öffneten, kannte Stelio, noch ehe der Ton gebildet war, die Reinheit und Macht ihrer Stimme; gleichsam als ob er eine kristallene Statue vor Augen hätte, aus deren Innerem er den Strahl eines lebendigen Quelles aufsteigen sähe.

»Wie konntest du je
Mich weinen sehen...«

Die Melodie uralter Liebe und uralten Schmerzes stoß mit so reinem, so vollem Ausdruck von diesen Lippen, daß sie für die ins Ewige verschwebende Seele sich sofort in ein geheimnisvolles Glücksgefühl umsetzte. War das die göttliche Klage der Minostochter, der betrogenen, die vergebens von dem einsamen Strande von Naxos ihre Arme nach dem goldgelockten Gastfreund ausstreckt? Die Fabel versank, die Empfindung für die Zeit war gelöscht. Die ewige Liebe und der ewige Schmerz der Götter und Menschen sprachen aus dieser wundervollen Stimme. Der nutzlose Jammer über jede verlorne Freude, die tiefste Klage über alle flüchtigen Güter, das letzte Gebet zu jedem Segel, das sich auf weiten Meeren verliert, zu jeder Sonne, die sich hinter Bergen verbirgt, und das unerbittliche Sehnen, und das Versprechen des Todes – das alles tönte in dem einsamen, hehren Gesang; aber durch das Wunder der Kunst verklärt zu erhabener

Wesenheit, die die Seele in sich aufnehmen konnte, ohne zu leiden. Die einzelnen Worte lösten sich auf, verloren jede Bedeutung, wandelten sich in tönende Offenbarungen grenzenloser Liebe und grenzenlosen Schmerzes. Wie ein Kreis, der sich, ob auch geschlossen, dennoch unaufhörlich weitet, mit dem Herzschlag des allgemeinen Lebens, so hatte die Melodie die schrankenlose Seele umsponnen, die sich nun mit ihr in unermeßlichem Glücke weitete. In der vollendeten Ruhe der Herbstnacht breitete sich der Zauber durch die offnen Balkone über die regungslosen Wasser, stieg hinauf zu den wachsamen Sternen, über die unbeweglichen Masten der Schiffe, über die heiligen Türme, die von stummen Erzgestalten bewohnt waren. Während der Zwischenspiele neigte die Sängerin ihr junges Haupt und schien leblos zu werden wie eine Statue, schneeweiß mitten in dem Wald von Instrumenten, zwischen dem Auf und Nieder der langen Plektren, vielleicht nicht mehr der Welt bewußt, die ihr Gesang in wenig Augenblicken verwandelt hatte.

Stelio war heimlich in den Hof geflüchtet, um sich der lästigen Neugierde zu entziehen, und stand im Schutze des Schattens verborgen, und von dort erspähte er, ob nicht die beiden Frauen, die Schauspielerin und die Sängerin, die bei der Zisterne sich treffen sollten, oben auf der Scala dei Giganti unter der Menge auftauchten.

Er fühlte, daß seine Erwartung von Augenblick zu Augenblick quälender wurde, indes der ungeheure Lärm zu ihm drang, der sich an den äußeren Mauern des Palastes erhoben hatte und sich in dem vom Widerscheine der Flammen erhellten Himmel verlor. Eine beinah schreckliche Freude schien sich über die meerentstiegene Stadt in die Nacht hineinzugießen. Es schien, als ob ein ungestümer Atemzug plötzlich die enge Brust geweitet hätte, und als ob ein Überschwang sinnlichen Lebens die Adern der Menschen schwelle. Die Wiederholung des Bacchantenchores, der die Sternenkrone besang, mit der Aphrodite das Haupt der Ariadne schmückt, dieser erhabene Ruhmeshymnus, auf den das brausende, orgiastische Geschrei der Bacchanten folgte, hatte der unter den offenen Balkonen auf dem Molo dichtgedrängten Volksmasse den Schrei entlockt. Auf die Steigerung des Finale, auf das vom Chor der Mänaden, der Satyrn und Faune unisono herausgeschmetterte Wort »Viva!« war der Chor des Volkes draußen wie ein gewaltiges Echo in die Lagune von San Marco geklungen. Und es hatte den Eindruck geweckt, als ob in diesem Augenblick die dionysische Raserei, eingedenk der in heiligen Nächten verbrannten uralten Wälder, das Zeichen gegeben hätte zu dem Feuermeer, in dem zum Schluß Venedigs Schönheit erstrahlen sollte.

Paris Eglanos Traum wetterleuchtete durch Stelios Sehnen: Das Schauspiel des flammenden Wunders, das dem schwimmenden Bett der Liebe sich darbietet. Donatella Arvales Bild haftete vor seinem inneren Blick: die geschmeidige junge Gestalt mit den kräftigen, schöngeschwungenen Hüften, wie sie heraustrat aus dem klingenden Wald, inmitten der wechselnden Bewegung der Plektren, die die Töne, die in ihr noch verborgen schlummerten, herauszuziehen schienen. Und mit seltsamem Bangen, in das sich fast ein Schatten von Schrecken mischte, beschwor er das Bild der andern herauf: vergiftet durch die Kunst, beschwert durch wollüstiges Wissen, mit dem Zug von Überreife und Verderbtheit um den beredten Mund, mit den von zweckloser Glut trockenen, heißen Händen, die aus betrügerischen Früchten den Saft ausgepreßt hatten, mit den Spuren von hundert Masken in dem Gesichte, das die Wut tödlicher Leidenschaften geheuchelt hatte. Und in dieser Nacht endlich sollte ihm, nach langem Begehren, das Geschenk dieses Körpers werden, der, nicht mehr jung und durch so viele Liebkosungen erschlafft, ihm bis dahin unbekannt geblieben war. Wie hatte er noch eben an der Seite der schwelgenden Frau gezittert und gebebt, als sie auf dem Wasser, das ihnen beiden in schreckhaftem Laufe dahinzugleiten schien, der schönen Stadt entgegenfuhren! Ach, warum trat sie ihm jetzt entgegen, begleitet von der anderen Versucherin? Warum stellte sie neben ihr erbarmungsloses Wissen den reinen Glanz dieser Jugend?

Mit innerem Erbeben entdeckte er oben auf der marmornen Treppe, beim Scheine der qualmenden Fackeln, die Gestalt der Foscarina, in dem Gedränge so dicht an Donatella Arvale geschmiegt, daß sie beide zu einem weißleuchtenden Körper zu verschmelzen schienen. Sein Blick folgte ihnen, wie sie die Stufen hinabstiegen, so gespannt, als ob sie mit jedem Schritt den Fuß an den Rand eines Abgrundes setzten. In den kurzen Stunden hatte die Unbekannte innerhalb seiner Vorstellungswelt schon ein so intensives Leben gelebt, daß ihr Herannahen ihm eine Verwirrung und Bestürzung verursachte, nicht unähnlich der, die er empfunden haben würde, wenn die lebendige Inkarnation irgendeiner aus seiner Kunst geborenen Idealgestalt ihm plötzlich entgegengetreten wäre.

Langsam stieg sie herab in dem Menschengewoge, das ihr Gesang für einige Augenblicke auf den Gipfel der Glückseligkeit emporgetragen hatte. Der Dogenpalast hinter ihr, von hellem Licht und wirrem Lärmen erfüllt, erweckte die Vorstellung von einer jener märchenhaften Auferstehungen, die plötzlich unzugängliche, inmitten von Wäldern schlummernde Königsschlösser verwandeln, in denen königliches Lockenhaar in der Einsamkeit wuchs, vom Schweigen der Jahrhunderte genährt, einem unvergänglichem Weidenbaum am Strome des Vergessens gleichend. Die beiden wachenden Giganten schimmerten rot bei der Glut der Fackeln; der Giebel des goldenen Portals erglänzte von kleinen Flämmchen; jenseits des nördlichen Flügels ragten die fünf Kuppeln der Basilika in den Himmel wie riesige, mit Edelsteinen reich geschmückte Bischofsmützen. Und das ungeheure Geschrei stieg und stieg durch all die marmornen Gebilde, unwiderstehlich wie das Brausen des Orkans gegen die starken Mauern von Malamokko.

In diesem nie erhörten Festestaumel, in diesem Kontrast ungewohnter Erscheinungen sah Stelio Effrena die beiden Versucherinnen sich seiner Begierde nahen, beide aus der Menge hervorschreitend wie aus der Umarmung eines Ungeheuers. Sein Wunsch malte ihm eine seltsame Verschmelzung vor, von der er glaubte, sie könne sich mit der Leichtigkeit der Träume und mit der Feierlichkeit einer liturgischen Zeremonie verwirklichen. Er glaubte, Perdita bringe ihm diese wundervolle Beute zu einem geheimnisvollen Zweck von Schönheit, zu irgendeinem erhabenen Lebenswerke, an dem sie selbst mit ihm gemeinsam schaffen wollte. Er glaubte, Perdita werde in der Nacht wundersame Worte zu ihm sprechen. Und über seine Seele glitt wieder die unbeschreibliche Melancholie, die er empfunden hatte, als er, über den bronzenen Rand geneigt, den Wiederschein der Sterne in diesem dunklen Spiegel unten betrachtet hatte, und er wartete auf ein Ereignis, das in der Tiefe seines Wesens jene geheimnisvolle Seele aufrühren sollte, die gleich diesem Wasserspiegel unbewegt, fremd und unzugänglich blieb. Er verstand an der schwindelnden Schnelligkeit seiner Gedanken, daß er sich im Zustand der Gnade befände, im Hereinbrechen jener göttlichen Raserei, in die ihn nur die Wunder der Lagune versetzen konnten. Mit einem Vorgefühl von Trunkenheit trat er aus dem Schatten den beiden Frauen entgegen.

»Ach, Effrena –« sagte, beim Brunnen anlangend, die Foscarina – »ich hoffte kaum noch, Sie hier zu finden. Wir kommen spät, nicht wahr? Aber wir waren in die Menge geraten, ohne Entrinnen...«

Und sich lächelnd an die Gefährtin wendend, fügte sie hinzu:

»Donatella, hier ist der Herr des Feuers.«

Lächelnd, aber ohne zu sprechen, erwiderte Donatella Arvale Stelios tiefe Verneigung.

Die Foscarina zog sie fort, indem sie hinzufügte:

»Wir müssen unsere Gondel suchen. Sie wartet an der Ponte della Paglia auf uns. Begleiten Sie uns, Effrena? Man muß den Augenblick benutzen. Die Menge drängt nach der Piazetta; die Königin entfernt sich durch die Porta della Carta.«

Ein einstimmiger, langgezogener Schrei begrüßte die Erscheinung der blonden, perlengeschmückten Königin oben auf der Treppe, wo einst der gewählte Doge im Angesicht des Volkes die Insignien seiner herzoglichen Würde empfing. Noch einmal wurde der Name der weißen Sternenblume, der reinsten Perle, vom Marmor als Echo zurückgeworfen. Jubelnde Blitze prasselten zum Himmel auf. Tausend flammende Tauben flatterten als Boten des Feuers von den Zinnen von San Marco.

»Das Epiphaniasfest des Feuers!« rief die Foscarina bei diesem blendenden Schauspiel, während sie dem Molo zuschritt.

Und an ihrer Seite standen Donatella Arvale und Stelio Effrena wie gebannt; und sie blickten sich an mit geblendeten Augen. Und ihre Gesichter, von dem Widerschein des Feuers entzündet, glühten, als ob sie über einen Schmelzofen oder über einen Krater gebeugt ständen.

Der Schein der unzähligen buntfarbenen, flüssigen Feuergarben verbreitete sich über das Firmament, glitt über das Wasser hin, wand sich an den Masten der Schiffe hinauf, bekränzte Kuppeln und Türme, verschönte das Gebälk, schlang sich um Statuen, schmückte Kapitale mit Edelsteinen, machte jede Linie reich und verklärte den Anblick all der heiligen und profanen Architekturwerke, in deren Umfassung das tiefe Wasser dalag wie ein Zauberspiegel, der all diese Wunder vervielfältigte. Die geblendeten Augen unterschieden nicht mehr die Grenzen und das Wesen der Elemente, sondern waren in einer grenzenlosen und ewig wechselnden Täuschung befangen, in der alle Formen, in vibrierendem Äther schwebend, ein lichtvolles und fließendes Leben lebten, sodaß die schlanken zierlichen Schiffe auf dem Wasser und die Myriaden goldener Tauben am Himmel miteinander an Leichtigkeit im gleichen Fluge zu wetteifern und die Gipfel unkörperlicher Gebilde zu berühren schienen. Was in der Dämmerung wie ein silberner Palast erschienen war, dessen Bauart den gewundenen Formen der Meeresgebilde nachgebildet schien, das war wahrhaftig ein Tempel, von den flinken Genien des Feuers erbaut. Das war wahrhaftig, ins Gigantische übertragen, eines jener labyrinthischen Gebilde, die das Feuer auf den Kaminrosten hervorzaubert, in deren hundert Spalten und Rissen doppelköpfige Auguren der spähenden Jungfrau rätselhafte Zeichen geben; das war, ins Gigantische übertragen, eins jener zerbrechlichen, rosenroten Königsschlösser, an deren tausend Fenstern für einen Augenblick die Salamander-Prinzeßchen sich blicken lassen und dem in Sinnen versunkenen Dichter wollüstig zulachen. Rosenfarben wie der westliche Mond strahlte auf der anstoßenden dreifachen Loggia die von Atlanten auf den Schultern getragene Kugel der Fortuna und verdunkelte mit ihrem Glanz ein Heer von Trabanten. Von der Ria, von San Giorgio, von der Giudecca aus trafen in der Höhe mit unaufhörlichem Prasseln Garben von flammenden Raketen zusammen, die sich oben zu Rosen, Lilien, paradiesischen Blumen erschlossen und hoch in der Luft einen Garten bildeten, der sich wieder auflöste, um in immer reicheren, immer seltsameren Formen neu zu erstehen. Es war wie eine schnelle Wechselfolge göttergleicher Frühlinge und Herbste. Ein endloser, sprühender Regen von Blüten und Blättern fiel aus diesem himmlischen Garten nieder und hüllte alles in seine goldenen Funken. Von weitem, gegen die Lagune zu, zwischen den Lücken, die sich in dem Gewimmel öffneten, sah man eine bewimpelte Flotte sich nahen, einen Schwarm von Segelschiffen. So mochten jene ausgesehen haben, von denen der üppige Schläfer träumte, der in seinem letzten Schlaf auf einem Bette dahinfuhr, erfüllt von tödlichen Düften. Und wie jene Schiffe, so mochten auch diese mit Tauwerk versehen sein, das aus den Haaren geraubter Sklavinnen gewunden war, ganz triefend von duftigem Öl; und wie jene hatten sie den Schiffsraum vollbeladen mit Myrrhen und Narden, mit Benzoë, mit Zimt, mit köstlichen Harzen, mit tausend Wohlgerüchen und mit Sandelholz, mit Zedern und mit Terpentinbäumen, mit hochgeschichteten duftenden Hölzern jeder Art. Wo diese bewimpelten Schiffe erschienen, beschworen die unbeschreiblichen Farben der Flammen diese Düfte und diese Spezereien herauf. Azurblau, grün, bläulichgrün, krokusgelb, violett, in verschwommenen Nuancen, schienen diese Flammen aus einer unterirdischen Feuersbrunst heraufzulodern und sich zu nie gesehenen Färbungen zu sublimieren. So loderten vielleicht im Altertum in der Wut der Plünderung die verborgenen Becken mit Essenzen, bestimmt, die Frauen der syrischen Fürsten im duftenden Bade aufzunehmen. Und so nahte sich jetzt, in dem Wasser, das übersät war von schmelzenden Körpern, die unter dem Kiel knirschten, die prächtige und verderbengeweihte Flotte langsam der Lagune, als wären ihre Steuermänner trunkene Träumer, die sie heranführten, damit sie angesichts des auf der Säule thronenden Löwen im Feuer sich verzehre wie ein gigantischer geweihter Scheiterhaufen, durch den das Innerste von Venedig für alle Ewigkeit mit betäubenden Wohlgerüchen erfüllt werden sollte.

»Das Epiphaniasfest des Feuers! Der unvorhergesehene Kommentar zu Ihrer Dichtung, Effrena! Die Stadt beantwortet den Akt Ihrer Anbetung mit einem Wunder. Sie brennt ganz und gar in ihrem Wasserschleier. Sind Sie zufrieden? Sehen Sie um sich! Tausende goldener Granatäpfel hängen überall.«

Die Schauspielerin lächelte, das Gesicht vom Fest erhellt. Jene eigentümliche Heiterkeit schien sich ihrer bemächtigt zu haben, die Stelio gar wohl kannte, und die in ihm stets die Vorstellung weckte, wie wenn in einem tiefen, verschlossenen Hause plötzlich hastige Hände alle in ihren Rahmen verquollenen Fenster und Türen mit dumpf knirschendem Ton aufrissen.

»Man muß Ariadne preisen« – sagte er – »weil sie in diese Harmonie den erhabensten Ton gebracht hat.«

Er hatte diese Worte nur gesprochen, um die Sängerin zum Reden zu veranlassen, um endlich den Klang dieser Stimme kennen zu lernen, losgelöst von der Weihe des Gesanges. Aber seine Schmeichelei verlor sich in dem erneuten Geschrei der Menge, die sich über den Molo ergoß und jedes Verweilen unmöglich machte. Er war den beiden Freundinnen beim Einsteigen in die Gondel behilflich; dann setzte er sich auf das Bänkchen ihnen gegenüber. Und der lange dreizackige Schiffsschnabel tauchte in den funkelnden Zauber.

»Nach dem Rio Marin, durch den Canalazzo« – befahl die Foscarina dem Ruderer. »Sie wissen, Effrena, wir haben zum Nachtessen einige Ihrer besten Freunde: Francesco de Lizo, Daniele Glauro, den Fürsten Hoditz, Antimo della Bella, Fabio, Molza, Baldassare Stampa...«

»Wir haben also ein Gastmahl« – unterbrach sie Stelio.

»Leider nicht das von Kana!«

»Aber wird denn Lady Myrta mit ihren Windspielen à la Paolo nicht dabei sein?«

»Selbstverständlich fehlt Lady Myrta nicht. Haben Sie sie nicht im Saal gesehen? Sie saß in einer der ersten Reihen, ganz in Ihren Anblick verloren.«

Während sie so miteinander sprachen, blickten sie sich in die Augen und gerieten plötzlich beide in tiefe Verwirrung. Und die Erinnerung an die überreiche Dämmerstunde, die sie auf demselben Wasser, das von dem nämlichen Ruder durchfurcht wurde, gemeinsam verlebt hatten, füllte ihre Herzen bis zum Rande, wie eine Woge trüben Blutes; und jene plötzliche Angst packte sie wieder, die sie beide empfunden hatten, als sie das Schweigen der Lagune, die schon tm Bereiche des Schattens und des Todes lag, hinter sich gelassen hatten. Und ihren Lippen widerstrebten die leeren trügerischen Worte, und ihre Seelen befreiten sich von dem Zwange, sich aus Klugheit vor diesem vergänglichen Tand des festlichen Lebens zu neigen, dem sie jetzt keinen Wert mehr zuerkennen konnten, da sie versenkt waren in die Betrachtung der wunderbaren Gestalten, die aus der Tiefe ihrer Seele emporstiegen im nie geschauten Glanze unversieglichen Reichtums, ähnlich jenen funkelnden Schätzen, die das sprühende Licht im nächtlichen Wasser offenbarte.

Aber da sie schweigen wie damals, als sie sich dem Kriegsschiff mit der gesenkten Flagge genähert hatten, fühlten sie auf ihrem Schweigen die Gegenwart der Sängerin schwerer lasten, als sie damals schon ihren Namen empfunden hatten: und diese Last wurde nach und nach fast unerträglich. Und dennoch erschien sie Stelio, der doch Knie an Knie mit ihr saß, fern wie vorher im Walde der Instrumente: fern und unbewußt wie vorher in der Seligkeit des Gesanges. Und sie hatte noch immer nicht gesprochen!

Einzig um den Klang ihrer Stimme zu hören, fragte Stelio fast schüchtern:

»Werden Sie noch einige Zeit in Venedig bleiben?«

Er hatte nach Worten gesucht, hatte sie hin und her überlegt; und alle, die sich ihm auf die Lippen gedrängt hatten, hatten ihn beirrt, waren ihm doppelsinnig vorgekommen, zu lebhaft, zu verfänglich, geeignet, zahllose Möglichkeiten zu befruchten, grade wie tausende von Wurzeln aus unbekanntem Samen sich entwickeln. Und es schien ihm, als ob Perdita keines dieser Worte hören könnte, ohne daß ihre Liebe noch trauriger würde dadurch.

Und erst, als er diese harmlose Frage ausgesprochen, bemerkte er, daß auch hinter ihr sich eine Unendlichkeit von Wünschen und Hoffnungen bergen konnte.

»Ich muß morgen reisen« – erwiderte Donatella Arvale. – »Eigentlich dürfte ich schon heute nicht mehr hier sein.«

Ihre Stimme, so klar und so stark in der Bewegung des Gesanges, war leise, maßvoll, wie in zarten Schatten getaucht, und weckte die Vorstellung des kostbarsten Metalles, das in weichsten Samt gebettet ist. Ihre kurze Antwort beschwor vor der Phantasie einen Ort mit Qualen herauf, in den sie zurückkehren mußte, um sich einer wohlbekannten Marter zu unterziehen. Ein schmerzvoller Wille, wie ein in Tränen gestähltes Eisen, schimmerte durch den Schleier ihrer jugendlichen Schöne.

»Morgen!« – rief Stelio, seinen aufrichtigen Kummer nicht verbergend. – »Haben Sie gehört?«

»Ich weiß« – sagte die Foscarina, Donatellas Hand liebevoll ergreifend. – »Ich weiß; und es ist furchtbar traurig für mich, sie abreisen zu sehen. Aber sie darf sich nicht auf allzu lange Zeit von ihrem Vater entfernen. Sie wissen vielleicht gar nicht...«

»Was?« – fragte Stelio lebhaft. – »Ist er krank? Es ist also wahr, daß Lorenzo Arvale krank ist?«

»Nein, er ist müde« – erwiderte die Foscarina, mit einer vielleicht unwillkürlichen Bewegung an die Stirn, aus der Stelio die entsetzliche Drohung verstand, die über dem Genius dieses Künstlers schwebte, der fruchtbar und unermüdlich geschienen hatte wie ein alter Meister, wie ein Della Robbia oder ein Verrocchio. – »Er ist nur müde... nur müde... Er braucht Ruhe und Linderung. Und der Gesang seiner Tochter bringt ihm Linderung ohnegleichen. Glauben Sie nicht auch an die Heilkraft der Musik, Effrena?«

»Gewiß« – antwortete er – »Ariadne besitzt eine göttliche Gabe, mit deren Hilfe ihre Macht alle Grenzen überschreitet.«

Ariadnes Name war ihm unwillkürlich auf die Lippen gekommen, wie um der Sängerin zu zeigen, als was er sie sah; denn es schien ihm unmöglich, die übliche vom weltlichen Brauch vorgeschriebene Anrede vor den wirklichen Namen des Mädchens zu setzen. Er sah sie rein und einzigartig, losgelöst von den kleinlichen Banden der Konvention, ein eigenes in sich abgegrenztes Leben lebend, ähnlich einem erhabenen Kunstwerk, auf das der Stil sein unverletzliches Siegel gedrückt hat. Er sah sie isoliert wie jene Figur, die durch einen vertieften, scharfen Umriß hervorspringt, dem alltäglichen Leben fremd, in ihr geheimstes Denken festgebannt; und schon empfand er vor der Intensität dieser konzentrierten Spannung eine Art leidenschaftlicher Ungeduld, nicht unähnlich der eines ungeduldigen Mannes vor einem hermetischen Verschluß, der ihn reizt.

»Ariadne hatte für ihre Schmerzen die Gabe des Vergessens« – sagte sie – »die fehlt mir.«

Eine vielleicht unbewußte Bitterkeit klang durch ihre Worte, aus denen Stelio die Sehnsucht nach einem durch nutzlosen Schmerz weniger belasteten Leben herauszuhören glaubte. Durch eine intuitive Erkenntnis erriet er in ihr den Zorn gegen die Sklaverei, den Abscheu vor dem Opfer, zu dem sie sich zu zwingen schien, den brennenden Wunsch, sich zur Freude zu erheben, und die Bereitschaft, wie ein schöner Bogen von starker Hand gespannt zu werden, die es verstünde, sich damit zu einer gottlichen Eroberung zu waffnen. Er erriet, daß sie keine Hoffnung auf Genesung des Vaters mehr hegte, und daß sie darunter litt, nichts mehr zu sein, als die Hüterin eines erloschenen Feuers, eines Aschenhaufens ohne Funken. Und das Bild des großen, tödlich getroffenen Künstlers stand vor ihm; nicht so, wie er war, denn nie hatte er seine vergängliche Hülle gesehen; sondern wie er ihn sich vorstellte nach den Typen von Schönheit, die sein Genius in unvergänglichem Marmor und in Bronze zum Ausdruck gebracht hatte. Und er sah sie unverwandt an, erstarrt in elnem Schrecken, der eisiger war, als ihn die grausigsten Bilder des Todes hervorrufen. Und seine ganze Kraft und sein ganzer Stolz und all seine Wünsche schienen in ihm zu ertönen wie ein Bündel Speere, die von dräuender Hand geschüttelt werden; und es war keine Fiber in ihm, die nicht bebte.

Da lüftete die Foscarina das Leichentuch, das auf einmal, mitten im Glanze des Festes, die Gondel in einen Sarg verwandelt hatte.

»Sehen Sie, Effrena« – sagte sie, auf den Balkon vom Hause der Desdemona deutend – »die schöne Nineta, die die Huldigung der Serenade zwischen ihrem Affen und ihrem Hündchen entgegennimmt.«

»Ach, die schone Nineta!« – rief Stelio und schüttelte die traurigen Gedanken von sich ab, verneigte sich lächelnd gegen den Balkon und sandte mit lebhafter Herzlichkeit der kleinen Dame, die den Musikern lauschte, von zwei silbernen Leuchtern erhellt, um deren gebogene Arme Kränze aus den letzten Rosen gewunden waren, seinen Gruß. – »Ich hatte sie noch nicht wieder gesehen. Sie ist das süßeste und anmutigste kleine Tier, das ich kenne. Was für ein Glück hatte dieser gute Hoditz, als er sie hinter dem Deckel eines Harmoniums entdeckte, als er einen Antiquitätenladen in San Samuele durchstöberte. Zwei Glücksfälle an einem Tag: die schöne Nineta und ein von Pordenone gemalter Deckel. Von dem Tage an war die Harmonie seines Lebens voll. Ich wünschte wirklich, daß Sie sich sein Nest ansähen! Sie würden das, was ich Ihnen heut beim Sonnenuntergang sagte, aufs wundervollste bestätigt finden. Das ist ein Mensch, der, seinem angebornen Geschmack für das Zarte, Feine folgend, es verstanden hat, mit vollendeter Kunst sich sein kleines Märchen zu schaffen, in dem er so glückselig lebt wie sein mährischer Ahn in dem Arkadien von Roßwald. Was für wundervolle Dinge weiß ich von ihm!«

Eine große, mit bunten Laternen geschmückte Barke, vollbesetzt mit Musikanten und Sängern, hielt unter Desdemonas Haus. Das alte Lied von der kurzen Jugend und der Vergänglichkeit der Schönheit klang süß hinauf zu der kleinen Dame, die zwischen ihrem Affen und ihrem Hündchen mit kindlichem Lächeln zuhörte – wie auf einem Stich von Pietro Longhi.

Do beni vu ghavé
Belezza e zoventù
Co i va no i torna più,
Nina mia cara...

»Scheint Ihnen nicht dies vielmehr die wirkliche Seele von Venedig zu sein, Effrena, während die, die Sie der Menge gezeigt haben, in Wahrheit nur Ihre eigene war?« – sagte die Foscarina, leise den Kopf wiegend nach dem Rhythmus der weichen Melodie, die den ganzen Canale Grande erfüllte und in der Ferne von den andern Barken widerklang.

»Nein, so verhält es sich nicht« – antwortete Stelio. –»In unserm Innern lebt, wie ein flatterhafter Schmetterling, der auf der Oberfläche unsrer tiefen Seele gaukelt, ein kleines Seelchen, ein kleinwinziger Spaßgeist, der uns oft verführt und zu schmeichlerischen und inferioren Vergnügungen überredet, zu kindischem Zeitvertreib, zu leichter Musik. Dieses flatternde Seelchen existiert auch in ernsten und leidenschaftlichen Naturen, gerade so, wie Sie der Person des Othello jenen Clown beigesellt sehen; und zuweilen fälscht es unser Urteil. Was Sie jetzt auf den Gitarren trällern hören, ist das Seelchen von Venedig; aber Venedigs wahre Seele enthüllt sich einzig im Schwelgen und noch schreckvoller – seien Sie dessen sicher – zur Mittagsstunde im Hochsommer, wie der große Pan. Und doch, vorher, dort auf der Lagune von San Marco, glaubte ich, Sie hätten sie einen Augenblick in dem ungeheuren Flammenmeer vibrieren sehen. Sie vergessen um der Rosalba willen Giorgione!«

Um die Barke der Sänger scharten sich Boote voll schmachtender Frauen, die sich der Musik in hingebender Bewegung neigten, als wären sie im Begriff, zwischen unsichtbaren Armen ohnmächtig hinzusinken. Und rings um diese konzentrierte Wollust zitterten die vom Wasser widergespiegelten Laternen wie ein Gewinde buntfarbiger, leuchtender Wasserrosen.

Se lassaré passar
La bela e fresca etá,
Un zorno i ve dirá
Vechia maura;
E bramaré, ma invan
Que che ghavevi in man
Co avé lassar scampar
La congiontura.

Das war wirklich das Lied der letzten Rosen, die um die gewundenen Arme des Kandelaber dahinwelkten. Es zauberte vor Perditas Seele den Totenzug des dahingestorbenen Sommers, den opalschimmernden Schrein, in den Stelio den süßen, in Gold gekleideten Leichnam geschlossen hatte. Sie sah ihr eigenes Bild in dem vom Herrn des Feuers festverschlossenen Glassarg, tief unten im Grunde der Lagune, auf weiten Wiesen von Seetang. Ein plötzlicher Schauder lief über ihre Glieder; Schrecken und Ekel vor ihrem der Jugend baren Körper schnürten sie Zusammen. Und als sie sich ihres vorher gegebenen Versprechens erinnerte, als sie daran dachte, daß noch in dieser selben Nacht der Geliebte seine Erfüllung heischen könne, krampfte sie von neuem zusammen im Schauder einer schmerzhaften, aus Angst und Stolz gemischten Scham. Ihre erfahrenen und verzweifelten Augen bohrten sich in die Frau an ihrer Seite, sie spürten ihr auf den Grund, sie blickten sie durch und durch, und sie erkannten die verborgene, aber sieghafte Kraft, die unberührte Frische, die quellreine Gesundheit und jene unbeschreibliche Liebesfähigkeit, die wie ein Aroma von den keuschen Körpern reiner Jungfrauen strömt, wenn ihre Blüte die volle Reife erlangt hat. Die geheime Wahlverwandtschaft, die dieses Geschöpf schon an den Wecker band, schien sich ihr zu offenbaren; es war ihr, als ob sie die Worte erriete, die er im Schweigen an sie richtete. Sie empfand eine wilde, unerträgliche Qual mitten in der Brust, sodaß ihre Finger mit einer unwillkürlichen Bewegung krampfhaft die schwarze Schnur der Armlehne umklammerten, und man den kleinen metallenen Greifen, mit dem sie befestigt war, kreischen hörte.

Stelio, der sie unruhig beobachtete, war diese Bewegung nicht entgangen. Er verstand diese wütende Qual und erduldete sie selbst für einige Augenblicke auf das heftigste mit; aber vermischt mit einer beinah zornigen Ungeduld. Denn sie durchkreuzte und unterbrach wie ein störender Schrei eine Dichtung voll transzendentalen Lebens, die er eben in sich gestaltet hatte, um die Widersprüche zu versöhnen, um jene neue Gewalt zu bezwingen, die sich ihm darbot wie ein Bogen, der gespannt werden will, und zugleich um den würzigen Duft dieser üppigen Vollreife nicht zu verlieren, die das Leben mit jeder Fülle befruchtet hatte, den Genuß dieser leidenschaftlichen Hingabe und dieses leidenschaftlichen Glaubens, durch die sein Geist wie durch einen zündenden Zaubertrank geschärft, und sein Stolz wie durch nie endendes Lob genährt wurde. ›Ach, perdita,‹ dachte er, ›warum hat sich aus deinen unzähligen irdischen Lieben nicht ein reiner, übermenschlicher Geist der Liebe sublimiert? Ach, warum hat meine Begierde endlich den Sieg über dich davontragen wollen, da ich doch wußte, daß es zu spät; und warum lassest du es zu, daß ich in deinen Augen die Gewißheit des bevorstehenden Besitzes in einer Flut von Zweifeln lese, die doch nicht dahin führen werden, die niedergeworfene Schranke wieder aufzurichten? Obgleich wir beide wohl wußten, daß der ganze Adel unsrer langen Verbindung grade in dieser Schranke liegt, haben wir sie nicht aufrecht zu erhalten verstanden; und in der zwölften Stunde werden wir blindlings dem Gebot einer trüben, nächtlichen Stimme erliegen. Und doch habe ich vorher, als dein Haupt in jenen Sternenkreis ragte, in dir nicht mehr die Geliebte meiner Sinne, sondern die verkündende Muse meiner Poesie gesehen; und die ganze Dankbarkeit meiner Seele galt der Verheißung des Ruhmes, nicht der Verheißung der Lust. Du, die mich immer versteht: verstandest du das nicht? Hast du nicht selbst mit wundervoller Divinationsgabe auf dem Strahle deines Lächelns meinen Wunsch zu jener blühenden Jugend getragen, die du für mich auserwählt, für mich gehegt hast? Als du an ihrer Seite die große Treppe herabkamst, sahest du nicht aus wie jemand, der ein Geschenk bringt oder eine unerwartete Verkündigung? Nicht unerwartet vielleicht, Perdita, nicht unerwartet; denn ich erhoffte von deiner unendlichen Weisheit irgendeine unerhörte Tat...‹

»Wie glücklich ist die schöne Nineta zwischen ihren Affen und ihrem Hündchen!« – seufzte die verzweifelte Frau, indem sie ihren Kopf zurückwandte nach dem leichten Liedchen und dem lachenden Balkon.

> La zoventù xe un fior
> Che apena nato el mor,
> E un zorno guanca mi
> No sarò quela.

Auch Donatella Arvale wendete den Kopf zurück, und gleichzeitig mit ihr Stelio Effrena. Und das leichte Schifflein trug, ohne auf den Grund zu sinken, das schwerlastende Geschick dieser drei über das Wasser und über die Musik.

> E vegna quel che vol,
> Lassé che vaga!

Über den ganzen Canale Grande, in der Ferne von Barken wiederholt, tönte das Lied der vergänglichen Lust. Auch die Ruderer, fortgerissen von dem Rhythmus, einten ihre Stimmen dem fröhlichen Chor. Diese Freude, die dem Dichter in dem ersten Ausbruch der auf dem Molo dicht gedrängten Menge schrecklich erschienen war, war jetzt maßvoller geworden, milder und abgetönter, sie blühte in Anmut und üppigen Scherzen. Venedigs Seelchen wiederholte das Ritornell von der Flüchtigkeit des Lebens, spielte die Gitarre dazu und tanzte zwischen den bunten Gewinden der Laternen.

> E vegna quel che vol,
> Lassè che vaga!

Plötzlich flammte vor dem roten Palazzo der Foscari, da wo der Kanal die Biegung macht, ein großer Bucentaur auf, wie ein Turm, der in Flammen steht. Und wieder schossen neue Blitze zum Himmel. Und neue leuchtende Tauben stiegen vom Deck auf, bis über die Loggien hinauf, huschten über die marmornen Bildwerke, schlugen zischend ins Wasser, vermehrten sich hier in zahllosen Funken und schwammen rauchend obenauf. Längs der Seitenwände, auf dem Hinter- und Vorderdeck spien gleichzeitig tausend Feuerfontänen, sie verbreiteten sich, flossen ineinander und beleuchteten mit glühendem Rot den ganzen Kanal nach allen Seiten hin, bis zu San Vitale, bis zum Rialto. Der Bucentaur entschwand den Blicken, in eine purpurrote, krachende Wolke verwandelt.

»Nach San Polo, nach San Polo!« rief die Fascarina dem Ruderer zu, indem sie ihren Kopf duckte wie vor einem Gewitter und beide Ohren mit den Handflächen vor dem Getöse schützte.

Und Donatella Arvale und Stelio Effrena sahen sich wieder mit geblendeten Augen an. Und ihre Gesichter, von dem Widerschein entzündet, glühten, als ob sie über einen Hochofen oder über einen Krater gebückt ständen.

Die Gondel bog in den Rio di San Polo ein und verlor sich im Schatten. Ein eisiger Schleier senkte sich plötzlich auf die drei Schweigsamen. Unter den Brückenbogen hörten sie wieder den Takt des Ruders; und der Lärm des Festes schien unendlich fern. Alle Häuser waren dunkel; der Glockenturm ragte stumm und schweigsam in die Sterne; das Campiello del Remar und das Campiello del Pistor lagen verödet, und das Gras atmete in Frieden; die Bäume, die über den Mauern der kleinen Gärtchen hingen, fühlten, wie die Blätter an den zum heiteren Himmel hochgereckten Zweigen starben.

»So hat denn wenigstens für einige Stunden in Venedig der Rhythmus der Kunst und der Pulsschlag des Lebens im gleichen Takte vibriert« – sagte Daniele Glàuro, indem er seinen Kelch, an dem der heilige Deckel fehlte, erhob. – »Es sei mir gestattet, auch im Namen zahlreicher Abwesender, die Dankbarkeit auszusprechen und die inbrünstige Empfindung, die die drei Personen, denen wir dies Wunder verdanken, zu einem einzigen Bilde von Schönheit zusammenschmelzen: unsre Gastgeberin, die Tochter von Lorenzo Arvale, und der Dichter der Persephon!«

»Warum auch die Gastgeberin, Glàuro?« – fragte lächelnd, mit anmutigem Erschrecken, die Foscarina. – »Ich habe, geradeso wie Sie, Freude empfangen, nicht gegeben. Man soll Donatella bekränzen und den Dichter. Ihnen beiden gebührt der Ruhm.«

»Aber Ihre schweigende Gegenwart vorhin, in dem Saale des Großen Rats, dicht bei dem Himmelsglobus« – erwiderte der mystische Doktor « »war nicht minder beredt als Stelios Worte, nicht minder musikalisch als Ariadnes Gesang. Und wieder einmal haben Sie im Schweigen Ihre eigene Statue, die nun zusammen mit dem Worte und mit dem Gesang in unserer Erinnerung leben wird, gÖttergleich gemeißelt.«

Mit geheimem, tiefinnerem Schauer sah Stelio Effrena wieder das veränderliche und unbeständige Ungeheuer vor sich, aus dessen Flanken die tragische Muse mit dem in den Sternenkreis ragenden Haupte auftauchte.

»Das ist wahr! Das ist richtig!« – rief Francesco de Lizo. – »Ich hatte denselben Gedanken. Wer immer Sie ansah, erkannte, daß Sie der lebendige Mittelpunkt dieser idealen Weltwaren, von der jeder von uns – von uns Getreuen, von uns Nächststehenden – fühlte, daß sie aus seinem eigenen Sehnen entstand, während er dem Worte, dem Gesang und der Symphonie lauschte.«

»Jeder von uns« – sagte Fabio Wolza – »fühlte, daß in Ihrer Gestalt, die im Angesicht des Dichters die Menge beherrschte, eine ungewohnte und grandiose Bedeutung liege.«

»Es schien, als ob Sie allein bei der geheimnisvollen Geburt einer neuen Gedankenwelt Beistand leisteten« – sagte Antimo della Bella. – »Alles ringsum schien sich zu beseelen, um diese Gedankenwelt ins Leben zu rufen, die uns nun bald offenbart werden wird, zum Lohn dafür, daß wir sie mit so unerschütterlichem Glauben erwartet haben.«

Der dichterische Erwecker fühlte mit einem neuen Schauer in seinem Innern die Zuckungen des Werkes, das er in sich trug, noch formlos und doch schon lebenskräftig; und seine ganze Seele drängte sich mit ungestümer Gemalt, wie übermannt von lyrischer Ergriffenheit, nach der befruchtenden und belebenden Kraft, die von dem dionysischen Weibe ausströmte, zu dem die Lobhymnen dieser begeisterten Bewunderung aufstiegen.

Sie war mit einem Male wunderschön geworden, ein dunkelnächtiges Geschöpf, das auf goldenem Amboß von Leidenschaften und Träumen gestaltet worden, ein atmendes Bildnis unsterblicher Götter und urewiger Rätsel. Auch wenn sie unbeweglich war, auch wenn sie schwieg, schienen ihre wundervollen Töne, ihre unvergleichlichen Bewegungen um sie herum zu leben und unbestimmt zu vibrieren, wie Melodien um die Saiten, die sie wiederzugeben pflegen, wie Reime um das geschlossene Buch, in dem die Liebe und der Schmerz sie aufzusuchen pflegen, um sich daran Zu berauschen oder Trost zu finden. Antigones heroische Treue, Cassandras prophetische Raserei, Phädras verzehrendes Fieber, Medeas Wildheit, das Opfer der Iphigenie, Myrrha vor dem Vater, Polyxena und Alceste angesichts des Todes, Cleopatra, veränderlich wie Wind und Flamme, Lady Macbeth, die seherische Mörderin mit den kleinen Händen, und diese weißen Lilien ganz betaut mit Blut und Tränen, Imogen, Julia, Miranda und Rosalinda, Jessica und Perdita, die süßesten Geschöpfe und die schrecklichsten und die prachtvollsten, sie alle waren in ihr, sie bewohnten ihren Körper, sie blitzten aus ihren Augen, sie atmeten aus ihrem Mund, der den Honig kannte und das Gift, den edelsteinfunkelnden Pokal und die Schale aus Baumrinde. So schien sich, räumlich und zeitlich unbegrenzt, die gegebene Form des Stoffes und des Lebens zu erweitern und zu verewigen; und dennoch entstanden diese unendlichen Welten unvergänglicher Schönheit einzig und allein aus einer Muskelbewegung, aus einer Andeutung, einem Wink, einem Gesichtszug, aus einem Schlagen der Augenlider, aus einer schwachen Veränderung der Farbe, aus einer leichten Neigung der Stirn, aus einem flüchtigen Spiel von Licht und Schatten, aus einer erstaunlich lebhaften Ausdrucksfähigkeit, die in dem gebrechlichen, schwachen Körper wohnte. Die Genien selbst der durch die Poesie geheiligten Orte schwebten über ihr und Zauberten rings um sie buntwechselnde Bilder. Die staubige Ebene von Theben, das steinige Argolis, die verdorrten Myrten von Trözen, die heiligen Ölbäume von Kolonos, der triumphierende Kydnos, das fahle Gefilde von Dunsinan, Prosperos Höhle und der Ardennenwald, blutgetränkte Länder, von Schmerzen durchwühlt, und Länder, die durch einen Traum umgewandelt oder durch ein unauslöschliches Lächeln verklärt sind, – sie alle erschienen hinter ihrem Haupt, entfernten sich wieder und schwanden. Und andere ferne Länder, neblige Gegenden, nordische Steppen, ungeheure Kontinente jenseits der Ozeane, durch die sie wie eine unerhörte Kraft inmitten der betäubten Menge geschritten war, das Wort und die Flamme vor sich hertragend, schwanden hinter ihrem Haupte; und weiter das menschliche Gewimmel samt Bergen und Strömen und Golfen und verderbten Städten, uralte, ausgestorbene Geschlechter, starke Völker, die nach der Weltherrschaft strebten; neue Geschlechter, die der Natur ihre geheimsten Kräfte entreißen, um sie in ihren eisernen und kristallnen Häusern der allmächtigen Arbeit nutzbar zu machen; die Ansiedelungen verkommener Rassen, die auf jungfräulichem Boden sich zersetzen und verfaulen; all die barbarischen Massen, denen sie wie eine erhabene Offenbarung des lateinischen Genius erschienen war, all die unbekannten Scharen, denen sie die göttliche Sprache Dantes gesprochen hatte, all die zahllosen menschlichen Herden, von denen auf einer Woge wirrer Hoffnungen und Ängste das Sehnen nach der Schönheit zu ihr aufgestiegen war. Da war sie, das Geschöpf aus hinfälligem Fleisch und Bein, den traurigen Gesetzen der Zeit unterworfen; und eine unermeßliche Fülle wirklichen und geträumten Lebens lastete auf ihr, erfüllte die Atmosphäre um sie herum, pulsierte mit dem Rhythmus ihres Atems. Denn nicht nur in der Welt der Dichtung hatte sie ihre Wehrufe ertönen lassen, ihre Seufzer erstickt, sondern auch in der Alltagswelt. Sie hatte leidenschaftlich geliebt, gekämpft, gelitten um sich selbst, um ihre Seele, um ihr Blut. Welche Art von Liebe, von Kämpfen, von Seelenschmerzen? Aus welchen Abgründen von Melancholie hatte sie die Erhabenheit ihrer tragischen Kraft gewonnen? Aus welchen Quellen von Bitternis hatte sie ihren freien Genius getränkt? Sie war ohne Zweifel Zeuge des grausamsten Elends, der düstersten Verzweiflung gewesen; sie hatte heroische Anstrengungen gekannt und Mitleid und Entsetzen und die Schwelle des Todes. All ihr Dürsten brannte in Phädras Raserei, und in Imogens Demut zitterten all ihre Zärtlichkeiten. So machten Leben und Kunst, die unwiderrufliche Vergangenheit und die endlose Gegenwart, sie tief, beseelt und geheimnisvoll; sie hoben ihre schwankenden Schicksale weit über die menschlichen Grenzen hinaus; sie machten sie zur Genossin der Tempel und Haine.

Und sie war hier, atmend, unter den Augen der Dichter, die sie *einzig* sahen und doch *verschieden*.

»Ach! ich will dich besitzen wie in einer ungeheuren Orgie; wie einen Thyrsus will ich dich schwingen; wachrütteln will ich in deinen erfahrenen Sinnen all die göttlichen und die ungeheuerlichen Dinge, die dich belasten, die vollendeten und die noch in dir gären und wachsen wie in heiliger Reifezeit –« so sprach der dichterische Dämon des Erweckers, und er erkannte in dem Mysterium des anwesenden Weibes die überlebende Kraft des primitiven Mythus, die wiedererneute Geburt der Gottheit, die alle Kräfte der Natur in einen gärenden Boden gesenkt und mit dem Umgestalten der Rhythmen Sinn und Geister der Menschen in ihrem enthusiastischen Kultus auf den Gipfel der Freude und des Schmerzes erhoben hatte. »Wie werde ich es genießen, wie werde ich es genießen, daß ich auf sie gewartet habe! Der Wechsel der Jahre, der Aufruhr der Träume, die Erregungen des Kampfes, die Schnelligkeit der Triumphe, die Unreinheit ihrer Liebe, die Bezauberung der Poeten, der jubelnde Zuruf der Völker, alle Wunder der Erde, die Langmut und die zornige Wut, das Verweilen im Schmutz, die blinden Flüge, alles Schlimme und alles Gute, das was ich weiß und das was ich nicht weiß, das was du weißt und das was du nicht weißt: alles, alles gehört zur Überfülle meiner Liebesnacht.«

Er fühlte, wie er erbleichte, dem Ersticken nahe. Die Begierde hatte ihn mit wildem Ungestüm an der Gurgel gepackt, um ihn nicht wieder loszulassen. Und sein Herz quoll über von demselben heißen Sehnen, das sie beide empfunden hatten, als sie im dämmernden Abend dahinfuhren über das Wasser, das ihnen mit rasendem Lauf fortzuströmen schien.

Und wie so plötzlich die ins Unermeßliche gesteigerte Vision von Orten und von Vorgängen ihm entschwand, erschien das dunkelnächtige Geschöpf noch tiefer mit der von tausend grünen Gürteln umwundenen und mit ungeheurem Geschmeide geschmückten Stadt verknüpft. In der Stadt wie in der Frau erkannte er eine niemals vorher erschaute Kraft der Ausdrucksfähigkeit. Die eine wie die andere loderten in der Herbstnacht, durch die Adern wie durch die Kanäle dasselbe Fieber jagend.

Hinter Perditas Kopf leuchteten die Sterne, wiegten sich die Bäume, dunkelte tief ein Garten. Von den offnen Balkonen wehten frische Himmelslüfte herein, bewegten die Flammen der Kandelaber und die Kelche der Blumen, strichen durch die Türen, blähten die Vorhänge auf und belebten das ganze alte Haus der Capello, in dem die letzte große Tochter San Marcos, die die Völker der Erde mit Ruhm und Gold bedeckt hatten, die Reliquien der republikanischen

Herrlichkeit aufgespeichert hatte. Die Zimmer waren bis zum Übermaß angefüllt mit Galeonen, türkischen Schilden, Köchern aus Leder, bronzenen Helmen, samtenen Schabracken, die von jenem wunderlichen Cesare Darbes herstammten, der die Kunstkomödie gegen die Goldonische Reform hochgehalten und die Agonie der durchlauchtigsten Republik in einen Lachkrampf verwandelt hatte.

»Ich verlange nichts, als dieser Idee bescheiden zu dienen« – sagte die Foscarina zu Antimo della Bella, mit leichtem Beben in der Stimme, denn Stelios Blick war dem ihren begegnet.

»Sie allein könnten ihr zum Triumph verhelfen« – sagte Francesco de Lizo. – »Die Seele der Menge gehört Ihnen für alle Ewigkeit.«

»Das Drama kann nichts anderes sein als ein Gottesdienst oder eine Botschaft« – entschied jetzt Daniele Glàuro. – »Die Vorstellung muß wieder feierlich werden wie eine kirchliche Handlung, die die beiden wesentlichen Elemente eines jeden Kultus in sich vereinigt: die Person, in der, auf der Szene wie vor dem Altar, das Wort eines Verkünders Fleisch und Blut wird; die Gegenwart der Menge, die stumm wie im Tempel...«

»Bayreuth!« unterbrach ihn Fürst Hoditz.

»Nein, der Janikulus« – rief Stelio Effrena, plötzlich aus seinem fiebernden Schweigen auffahrend – »ein römischer Hügel. Nicht aus Holz und Ziegel in Oberfranken: wir wollen ein Theater aus Marmor auf dem römischen Hügel haben.«

Die überraschende Opposition in seinen Worten schien fast von einer leichten Geringschätzung diktiert.

»Bewundern Sie nicht Richard Wagners Werke?« fragte mit einem flüchtigen Runzeln der Augenbrauen, das für einen Augenblick ihr verschlossenes Gesicht beinahe hart erscheinen ließ, Donatella Arvale.

Er sah ihr in die Augen; und er fühlte, was sich da verborgen feindselig im Wesen der Jungfrau aufbäumte, und er empfand selbst gegen sie die gleiche unbestimmte Feindseligkeit. Und er sah sie wieder isoliert, ihr eigenes eng umgrenztes Leben lebend, in ein tiefgeheimstes Denken festgebannt, fremd und unverletzlich.

»Richard Wagners Werk« – erwiderte er – »ist auf germanischem Geist begründet und von speziell nordischer Beschaffenheit. Seine Reform gleicht in gewissem Sinne der von Luther angestrebten. Sein Drama ist nichts als die feinste Blüte eines Volksstammes, als die wundervoll ergreifende Zusammenfassung all der Sehnsuchten, die die Gemüter der nationalen Musiker und Dichter quälten, von Bach zu Beethoven, von Wieland zu Goethe. Wenn Sie sich seine Musikdramen vorstellen an den Gestaden des Mittelmeeres, zwischen unsern hellen Oliven-, zwischen unsern hohen Lorbeerbäumen, unter der Glorie des lateinischen Himmels, so würden Sie sie erbleichen und vergehen sehen. Da es – nach seinem eigenen Worte – dem Künstler gegeben ist, eine noch gestaltlose Welt kommender Vollendung erglänzen zu sehen und ihrer im Wunsch und in der Hoffnung prophetisch zu genießen, so verkünde ich die Herankunft einer neuen, oder einer wieder erneuten Kunst, die durch die starke und ehrliche Einfachheit ihrer Linien, durch ihre kraftvolle Anmut, durch die Glut ihres Geistes, durch die reine Kraft ihrer Harmonien das ungeheure ideale Gebäude unsres auserwählten Volkes fortführen und krönen wird. Ich bin stolz darauf, ein Lateiner zu sein; und – verzeihen Sie es mir, o träumerische Lady Myrta, verzeihen Sie es mir, o sinniger Hoditz – ich erkenne in jedem Menschen von fremdem Blute einen Barbaren.«

»Aber auch er, Richard Wagner, stammt, wenn man den Faden seiner Theorien verfolgt, von den Griechen« – sagte Baldassare Stampa, der, eben erst von Bayreuth heimgekehrt, noch ganz in der Ekstase lebte.

»Das ist ein ungleicher und wirrer Faden« – erwiderte der Meister. – »Nichts ist so weit von der Orestiade entfernt wie die Nibelungentetralogie. Die Florentiner aus der Casa Bardi sind weit tiefer in den Geist der griechischen Tragödie eingedrungen. Ehre der Camerata des Grafen von Vernio!«

»Ich habe immer geglaubt, die Camerata wäre eine müßige Vereinigung von Gelehrten und von Schönrednern« – sagte Baldassare Stampa.

»Hast du das gehört?« – wandte sich Stelio an den mystischen Doktor. – »Wann hat man je auf der Welt einen glänzenderen Brennpunkt geistigen Lebens gesehen? Jene suchten im griechischen Altertum den Geist des Lebens; sie trachteten danach, alle menschlichen Kräfte harmonisch zu entwickeln, mit allen Mitteln der Kunst den ganzen Menschen zu offenbaren. Giulio Caccini lehrte, daß zur Vollendung des Musikers nicht allein Spezialkenntnisse gehören, sondern die Gesamtheit aller Dinge. Die rotblonde Haarmähne von Jacopo Peri, von Zazzerino, flammte im Gesang gleich der Apollos. In der Vorrede zur *Darstellung von Seele und von Körper* setzt Emilio del Cavaliere dieselben Ideen über die Bildung des neuen Theaters auseinander, die in Bayreuth zur Anwendung kamen; mit inbegriffen die Vorschriften über die vollkommene Stille, das unsichtbare Orchester und die Vorzüge des verdunkelten Raumes. Marco da Gagliano preist, gelegentlich seiner Lobrede eines festlichen Schauspiels, das Zusammenwirken aller Künste, ›derart, daß zugleich mit dem Verstande auch allen edleren Sinnen geschmeichelt wurde durch die angenehmsten Künste, die der menschliche Geist nur erfinden konnte‹ – Das genügt wohl?«

»Bernino« – sagte Francesco de Lizo – »ließ in Rom eine Oper aufführen, für die er selbst das Theater baute, die Dekorationen malte, die zum Schmuck nötigen Statuen meißelte, die Maschinerien erfand, den Text dichtete, die Musik komponierte, die Tänze arrangierte, die Schauspieler unterwies, und in der er selbst tanzte, sang und deklamierte.«

»Genug, genug!« – rief Fürst Hoditz lachend. – »Der Barbar ist geschlagen.«

»Es ist noch nicht genug« – sagte Antimo della Bella. – »Den allergrößten Reformator gilt es noch zu feiern, den seine Liebe und sein Tod zum Venezianer stempeln, ihn, der ein Grabmal in der Kirche dei Frari hat, zu dem man wallfahrten sollte: den göttlichen Claudio Monteverde.«

»Eine heroische Seele von reinster italienischer Prägung!« – stimmte verehrungsvoll Daniele Glàuro bei.

»Er vollbrachte sein Werk im Sturm, liebend, leidend, kämpfend, allein mit seinem Glauben, mit seiner Leidenschaft, mit seinem Genius« – sagte langsam die Foscarina, wie versenkt in die Vision dieses schmerzensreichen und mutvollen Lebens, das mit seinem heißesten Herzensblute die Geschöpfe seiner Kunst genährt hatte. – »Sprechen Sie uns von ihm, Effrena.«

Stelio erbebte, als ob sie ihn unversehens berührt hätte. Wieder hatte die schöpferische Kraft dieses offenbarenden Mundes eine ideale Gestalt aus unbeschreiblicher Tiefe heraufbeschworen, die wie aus einem Grabe vor dem Poeten erstand, Farbe und Hauch des wirklichen Lebens annehmend. Der alte Violaspieler trat vor die Versammlung, glühend und traurig im Schmerz um die verlorene Liebe, wie der Orpheus seiner Dichtung.

Das war eine Offenbarung des Feuers, gewaltiger und blendender als die, die vorher die Lagune von San Marco entzündet hatte: eine flammende Lebenskraft, herausgestoßen aus dem innersten Schoße der Natur gegen das Bangen der Massen: ein gewaltiger Lichtgürtel, ausgeströmt von einem unterirdischen Himmel, um die geheimsten Gründe des menschlichen Willens und des menschlichen Begehrens zu durchleuchten; ein nie erhörtes Wort, aufgestiegen aus dem Urschweigen, um das auszusprechen, was als ewiges und ewig-unsagbares im Herzen der Welt lebt.

»Wer möchte von ihm sprechen, wenn er selbst zu uns sprechen kann?« – sagte der Dichter, verwirrt, unfähig, den wachsenden Tumult zu beherrschen, der in seinem Innern schwoll wie ein Meer von Sehnsucht.

Und er blickte auf die Sängerin; und er sah sie, wie sie ihm während der Pause erschienen war in dem Walde der Instrumente, weiß und blutlos wie eine Statue.

Aber der einmal heraufbeschworene Geist der Schönheit mußte sich durch sie offenbaren.

»Ariadne!« – fügte Stelio leise hinzu, wie um sie aufzuwecken.

Ohne zu sprechen, erhob sie sich, schritt auf eine Tür zu und ging in das Nebenzimmer. Man hörte das Rauschen ihres Kleides, den leisen Klang ihrer Schritte und das Geräusch des Klaviers, das geöffnet wurde. Alle waren stumm und gespannt. Ein musikalisches Schweigen nahm den leergebliebenen Platz in der Tafelrunde ein. Nur einmal bewegte ein Windhauch die

Flammen und spielte mit den Blumen. Dann schien alles wieder unbeweglich und bangend in der Erwartung. »Laßt mich sterben!«

Plötzlich wurden die Seelen fortgerissen von einer Gewalt, die dem blitzgleichen Adler glich, von dem Dante im Traume bis zum Feuer getragen wurde. Sie erglühten gemeinsam in der urewigen Wahrheit, sie hörten die Melodie der Welt durch ihre leuchtende Ekstase klingen.

»Laßt mich sterben!«

War es wieder Ariadne, die in neuen Schmerzen weinte? Wieder Ariadne, die zu neuem Martyrium emporstieg?

> »Und was sollte
> Mich trösten
> In so hartem Geschick,
> In so bittrem Martyrium?
> Laßt mich sterben!«

Die Stimme schwieg; die Sängerin kam nicht wieder zum Vorscheine. Die Arie von Claudio Monteverde grub sich in die Erinnerung mit unvergänglichen Linien.

»Gibt es irgendeinen griechischen Marmor, der es zu einer naiveren und zugleich fester umrissenen Vollendung des Stiles gebracht hätte?« – sagte Daniele Glàuro leise, als fürchte er, die musikalische Stille zu unterbrechen.

»Aber welcher irdische Schmerz hat auch je so geweint?« – stammelte Lady Myrta, die Augen voll Tränen, die ihr über die Falten des armen blutlosen Gesichts herunterliefen, während ihre von der Gicht entstellten Hände zitterten, als sie sie trocknete.

Der strenge Geist des Asketen und diese weiche, empfindsame, in einen alten, kranken Körper gebannte Seele legten Zeugnis ab für ein und dieselbe Kraft. So hatten vor beinahe drei Jahrhunderten in dem berühmten Theater zu Mantua sechstausend Zuhörer ihr Schluchzen nicht zurückhalten können; und die Dichter hatten an die lebendige Gegenwart Apollos auf der neuen Bühne geglaubt.

»Hier, Baldassare« – sagte Stelio Effrena – »ist es einem Künstler unserer Rasse mit den einfachsten Mitteln gelungen, den höchsten Gipfel jener Schönheit zu berühren, der sich der Deutsche in seiner unklaren Sehnsucht nach dem Vaterlande des Sophokles nur ganz selten genähert hat.«

»Kennst du die Klage des kranken Königs?« – fragte ihn der Jüngling mit den langen goldenen Haaren, die er wie ein Erbteil der venezianischen Sappho, der »erhabenen Gasparra«, der unglücklichen Freundin Collaltinos, trug.

»Die ganze Qual des Amfortas ist in einer Motette, die ich kenne, ›*Peccantem me quotidie*‹ schon enthalten; aber mit welch' lyrischer Gewalt, mit welch' machtvoller Einfachheit! Alle Kräfte der Tragödie sind hier, ich möchte fast sagen, sublimiert, wie die Instinkte der Menge in einem heroischen Herzen. Die so viel ältere Weise Palestrinas scheint mir um ebensoviel reiner und kraftvoller.«

»Aber der Kontrast zwischen Kundry und Parsifal im zweiten Akt, das Motiv der Herzeleide, die leidenschaftlich bewegte Violinfigur, das Motiv des Schmerzes, der frommen Weise des Liebesmahles entnommen, Kundrys Sehnsuchtsmotiv, das prophetische Thema der Verheißung, der Kuß auf den Mund des reinen Toren, der ganze qualvolle und berauschende Widerstreit zwischen Wunsch und Abscheu...

> ›Die Wunde! – Die Wunde! –
> Sie brennt in meinem Herzen. –
> ...Nun blutet sie mir selbst –‹

Und über der verzweiflungsvollen Raserei der Versucherin die Melodie der Demut:

›Laß mich an seinem Busen weinen,
Nur eine Stunde dir vereinen,
Und, ob mich Gott und Welt verstößt,
In dir entsündigt sein und erlöst!‹

Und Parsifals Antwort, in der in so feierlicher Großartigkeit das Motiv des Toren wiederkehrt, der von jetzt an in den verheißenen Helden umgewandelt ist:

›In Ewigkeit
Wärst du verdammt mit mir
Für eine Stunde
Vergessens meiner Sendung
In deines Arms Umfangen!‹ –

Und Kundrys wilde Ekstase:

›So war es mein Kuß,
Der welt-hellsichtig dich machte?
Mein volles Liebes-Umfangen
Läßt dich dann Gottheit erlangen!
... Laß mich dich Göttlichen lieben,
Erlösung gabst du dann mir.‹

Und der letzte Kraftaufwand ihres dämonischen Wollens, der äußerste Versuch der Verführung, das wütende Flehen und Sichanbieten:

›Nur eine Stunde mein, –
Nur eine Stunde dein:
Und des Weges –
Sollst du geleitet sein!‹ –

Weltverloren blickten sich Stelio und Perdita in die Augen; in einem Augenblick vermischten sie sich, besaßen und genossen sich und vergingen vor Wonne, wie auf einem Lager der Wollust und des Todes.

Die Marangona, die größte Glocke von San Marco, klang in die Mitternacht. Und wie schon beim Abendläuten glaubten sie wieder das Dröhnen des Metalls in ihren Haarwurzeln zu spüren, wie ein Erschauern ihres eigenen Fleisches. Wieder glaubten sie, über ihre Häupter den ungeheuren Wirbelwind von Tönen dahinbrausen zu hören, aus dem sie plötzlich, von dem einstimmigen Gebet heraufbeschworen, die Erscheinung der trostspendenden Schönheit hatten auftauchen sehen. Alle Zauberbilder des Wassers, und das Hangen und Bangen des heimlichen Wunsches, das Sehnen, die Verheißung, das Auseinandergehen, und das Fest und das schreckensvolle Ungeheuer mit den zahllosen menschlichen Gesichtern, und der große Himmelsglobus, und der donnernde Beifall, und die Symphonie, und der Gesang, und die Wunder des Feuerwerks, die Fahrt durch den klingenden Kanal, das Lied von der kurzen Jugend, der Kampf und die stille Qual in der Gondel, der plötzliche Schatten auf den Geschicken der drei, das durch reiche Gedanken verschönte Gastmahl, die Verheißungen, Hoffnungen und stolzen Gefühle, alle Pulsschläge des starken Lebens erneuerten sich im gleichen Rhythmus in ihnen, beschleunigten sich und waren tausendfältig und waren einzig. Und sie hatten die Empfindung, als ob sie über alle menschlichen Grenzen hinaus gelebt hätten, und als hätten sie in diesem Augenblicke vor sich eine unbekannte Unendlichkeit, die sie in sich aufnehmen könnten, wie eine Quelle einen Ozean; denn sie schienen leer, da sie so viel gelebt hatten; sie dürsteten, da sie so viel getrunken hatten. Eine leidenschaftliche Vorstellung hatte sich ihrer reichen Seelen bemächtigt. Die eine glaubte, im Reichtume der andern ins maßlose zu wachsen. Verschwunden war die Jungfrau. Die Augen der verzweifelten und heimatlosen Frau wiederholten: »Mein volles Liebes-Umfangen – läßt sich dann Gottheit erlangen! – Laß mich dich Göttlichen lieben, – Erlösung gabst du dann mir. – Nur eine Stunde mein! – Nur eine Stunde dein!« –

Und das Weihefestspiel entwickelte sich inzwischen weiter in der beredten Darstellung des Enthusiasten. Kundry, die wütende Versucherin, die Sklavin der Begierde, die Höllenrose, die Urteufelin, die Verfluchte, erschien jetzt am frühen Frühlingsmorgen; sie erschien demütig und bleich, im Kleide der Gralsbotin, das Haupt gebeugt, den Blick erloschen, mit rauher, abgebrochener Stimme nur das eine Wort hervorbringend: »Dienen... dienen!« –

Das Motiv der Einsamkeit, das Motiv der Demut und das Motiv der Reinigung bereiteten um ihre Unterwürfigkeit den Karfreitagszauber vor. Und nun nahte Parsifal, in schwarzer Waffenrüstung, mit geschlossenem Helme und gesenktem Speer, träumerisch zögernd. »Der Irrnis und der Leiden Pfade kam ich; – soll ich mich denen jetzt entwunden wähnen, – da dieses Waldes Rauschen wieder ich vernehme...« Hoffnung, Schmerz, Reue, Erinnerung, Verheißung, sehnsüchtiger Glaube an das Heil schienen aus geheimnisvoll heiligen Melodien die ideale Hülle zu weben, in die der Tor, der reine, der verheißene Held, ausersehen, die unheilbare Wunde zu schließen, sich hüllen sollte. »Werd' heut' ich zu Amfortas noch geleitet?« Er drohte, in den Armen des Alten ohnmächtig umzusinken. »Dienen – dienen!« – Das Motiv der Demut breitete sich im Orchester wieder aus, die ursprüngliche, heftig bewegte Figur besiegend. »Dienen!« Die treue Magd hat Wasser herbeigeholt, hat sich demütig und glühend vor Eifer niedergekniet und die geliebten Füße gewaschen. »Dienen!« Die treue Magd hat ein goldenes Fläschchen aus dem Busen gezogen und mit dem Balsam die geliebten Füße gesalbt, dann hat sie diese mit ihren schnell aufgelösten Haaren getrocknet. »Dienen!« Zur Sünderin neigte sich der Reine, das milde Haupt mit dem reinen Elemente netzend. »Mein erstes Amt verricht' ich so: Die Taufe nimm und glaub' an den Erlöser!« Kundry senkte das Haupt tief Zur Erde, heftig weinend, erlöst vom Fluche. Und nun löste sich aus den letzten tiefen Harmonien des Rufes an den Erlöser mit übermenschlicher Süße die Melodie des Karfreitagszaubers, und schwoll an und breitete sich aus:

»Wie dünkt mich doch die Aue heut so schön! –
Wohl traf ich Wunderblumen an,
Die bis zum Haupte süchtig mich umrankten;

Doch sah ich nie so mild und zart
Die Halme, Blüten und Blumen...«

und berauscht betrachtet Parsifal Flur und Aue, lachend im Tau des Frühlingsmorgens.

»Ach, wer könnte je diesen erhabenen Augenblick vergessen?« rief der Enthusiast, über dessen hageres Gesicht ein Strahl jener Wonne zu leuchten schien. »Wir alle waren, in dem tiefen Dunkel des Theaters, in eine vollkommene Unbeweglichkeit gebannt, wie eine einzige kompakte Masse. Es schien, als ob in allen Adern das Blut stockte, um zu lauschen. Die Musik stieg aus der geheimnisvollen Tiefe in eine Vorstellungswelt von Licht; die Töne wandelten sich in Frühlingssonnenstrahlen, sie erzeugten sich mit dem Jubel des Grashalmes, der die Erde spaltet, des Blumenkelches, der sich öffnet, des Zweiges, der Knospen ansetzt, des Insekts, dem Flügel wachsen. Und die ganze Unschuld der Dinge, die werden, nahm von uns Besitz; und die Seele lebte von neuem, ich weiß nicht, was für einen Traum der fernen Kindheit... *Infantia*, das Wort Vettor Carpaccios. Ach, Stelio, wie hast du es vorher verstanden, dieses Wort vor unserer Greisenhaftigkeit auszusprechen! Und wie hast du es verstanden, uns den Schmerz einzuflößen über den Verlust, und zugleich die Hoffnung, mit Hilfe der mit dem Leben unlöslich verbundenen Kunst das Verlorene zurückzugewinnen!«

Stelio Effrena schwieg; er fühlte sich wie erdrückt von dem Gewicht des gigantischen Werkes jenes barbarischen Schöpfers, den Baldassare Stampas Enthusiasmus im Gegensatz zu der glühenden Gestalt des tragischen Dichters der Ariadne und des Orpheus heraufbeschworen hatte. Eine Art instinktiven Grolles, dumpfer Feindseligkeit, die mit dem Intellekt nichts zu tun hatte, regte sich in ihm gegen diesen zähen Germanen, dem es gelungen war, die Welt in Flammen zu setzen. Auch dieser hatte, um den Sieg über die Menschen und die Dinge davonzutragen, nichts anderes getan, als sein Bild zu verklären und seinen eignen Traum von herrschender Schönheit zu verherrlichen. Auch er war zur Menge gegangen als zur liebsten Beute. Auch er hatte sich in gewaltiger Selbstzucht geübt, immer wieder, ohne Unterlaß, über sich selbst hinauszugehen. Und jetzt hatte er auf dem bayrischen Hügel einen Tempel für seinen Gottesdienst.

»Die Kunst allein kann die Menschen zur Einheit zurückführen« – sagte Daniele Glàuro. – »Ehren wir den erhabenen Meister, der auf ewig für diesen Glauben Zeugnis abgelegt hat! Sein Festspielhaus, obgleich nur aus Holz und Ziegeln, unvollkommen und eng, hat eine erhabene Bedeutung. Dort lebt das Kunstwerk nur als Religion, die unter einer lebendigen Form zu den Sinnen spricht. Das Drama wird Gottesdienst.«

»Ehren wir Richard Wagner« – sagte Antimo della Bella. – »Aber, wenn anders diese Stunde als eine Verkündigung und als eine Verheißung denkwürdig bleiben soll, die wir von dem erwarten, der vorher der Menge das geheimnisvolle Schiff zeigte, so müssen wir als Schutzherrn wieder den heroischen Geist anrufen, der durch Donatella Arvales Stimme zu uns gesprochen hat. Als der Dichter des Siegfried den Grundstein zu seinem Festspielhaus legte, da weihte er es deutschen Hoffnungen und deutschen Siegen. Das Theater des Apoll, das sich schnell auf dem Janikulus erhebt, dort, von wo einstmals die Adler herniederflatterten, um Weissagungen zu künden, das sei die monumentale Offenbarung des Gedankens, dem unsere Rasse durch ihren Genius entgegengeführt wird. Wir wollen die nationalen Vorzüge kräftigen, durch die die Natur unsere Rasse ausgezeichnet hat.«

Stelio Effrena schwieg, durchrüttelt von wirbelnden Gewalten, die mit einer Art blinder Wut in ihm arbeiteten, ähnlich jenen unterirdischen Kräften, die vulkanische Länder in die Höhe heben, sie spalten und umformen, neue Berge schaffen und neue Abgründe. Alle Elemente seines inneren Lebens, von diesem Sturme gepackt, schienen sich aufzulösen und zu gleicher Zeit zu vervielfältigen. Großartige und schreckliche Bilder glitten durch diesen Aufruhr, begleitet von Wogen von Musik. Tiefste Gedankenkonzentration und gänzliche Zersplitterung wechselten in schneller Folge, wie elektrische Entladungen in einem Ungewitter. Ab und zu war es ihm, als höre er Geschrei und Gesang durch eine Tür, die sich unaufhörlich weit öffnete und wieder schloß; es war, als ob kurze Windstöße ihm abwechselnd das Geschrei eines Blutbades und die Klänge einer Apotheose aus der Ferne zutrügen. Plötzlich sah er, mit der Intensität einer Fiebervision, das verdorrte und verhängnisvolle Land, in dem er die Geschöpfe seiner Tragödie leben lassen wollte; er fühlte in sich den ganzen Durst dieses Landes. Er sah den sagenhaften Brunnen, der einzig die öde Dürre unterbrach, und auf dem zitternden Quell die reine Unschuld der Jungfrau, die dort sterben sollte. Auf Perditas Gesicht fand er das Antlitz der Heldin, in ihrer Schönheit durch einen wunderbar ruhigen Schmerz verklärt. Dann wandelte sich die frühere Dürre der Ebene von Argos in Flammen; der Quell des Perseus flutete wie ein wallender Strom. Das Feuer und das Wasser, die beiden Urelemente, ergossen sich über alle Dinge, löschten alle Zeichen aus, breiteten sich aus, schweiften umher, kämpften, siegten, redeten, fanden das Wort, fanden die Sprache, um ihr innerstes Wesen zu offenbaren, um die unzähligen Sagen zu erzählen, die aus ihrer Ewigkeit geboren waren. Die symphonische Dichtung drückte das Drama der beiden Urseelen auf dem Theater des Universums aus, den pathetischen Kampf der beiden großen lebendigen und bewegten Wesenheiten, der zwei kosmischen Willensbetätigungen, wie ihn der Hirt Arya sich vorstellt, als er mit unschuldigen Augen auf hoher Ebene die Vorgänge erschaute. Und nun erhob sich aus dem eigensten Mittelpunkt des musikalischen Mysteriums, aus der tiefsten Tiefe des symphonischen Ozeans, die von der menschlichen Stimme getragene Ode und stieg zur höchsten Höhe. Das Beethovensche Wunder erneute sich. Die beflügelte Ode, der Hymnus brach hervor aus der Tiefe des Orchesters, um in gebieterischer Weise die Freude und den Schmerz des Menschen zu singen. Nicht der Chor, wie in der Neunten, sondern die einzelne, die beherrschende Stimme: die Deuterin, die Botin der Menge. »Ihre Stimme, ihre Stimme! Sie ist verschwunden. Ihr Gesang schien das Herz der Welt zu erschüttern; und sie war jenseits des Schleiers« – sagte der Dichter, während er wieder die kristallene Statue vor Augen hatte, in deren Innerem er die Goldader der Melodie hatte aufsteigen sehen. – »Ich will dich suchen; ich werde dich finden; ich werde mich zum Herrn deines Geheimnisses machen. Du sollst, auf den Gipfel meiner Harmonien emporgetragen, meine Hymnen singen.« Jeder unreine Wunsch war von ihm abgefallen, und er betrachtete die Hülle der Jungfrau wie ein heiliges Gefäß, wie die Hüterin eines gottlichen Geschenks. Er hörte, vom Irdischen gelöst, die Stimme aus der Tiefe des Orchesters dringen, um den Teil der urewigen Wahrheit zu künden, der im vergänglichen Tun, im flüchtigen Ereignis lebt. Die Ode begrenzte das zufällige Erlebnis mit Licht. Und nun, gleichsam um den über »das Jenseits des Schleiers« hingerissenen Geist zum Wechselspiele der Erscheinungen zurückzuführen, kündete sich auf dem Rhythmus der sterbenden Ode eine Tanzfigur an. In den viereckigen Ausschnitt der Bühne wie in die Schranken einer Strophe gebannt, ahmte die Tänzerin, für einen kurzen Augenblick dem traurigen Gesetz der Schwere enthoben, mit den Linien ihres Körpers das Feuer nach und das Wasser und den Wirbel und die Bewegung der Sterne. »Die Tanagra, Blume von Syrakus, ganz aus Flügeln bestehend, wie die Blume aus Blumenblättern!« So zauberte er vor sein Auge das Bild der Sizilianerin in ihrem jungen Ruhme, die die antike Tanzkunst wieder auferweckt hatte, wie sie zu der Zeit gewesen war, als Phrynichos sich rühmte, er trage so viele Tanzfiguren in sich, wie das sturmgepeitschte Meer in einer Winternacht Wellen aufrühre. Die Schauspielerin, die Sängerin und die Tänzerin, die drei dionysischen Frauengestalten, erschienen ihm als die vollkommenen und fast göttlichen Werkzeuge seiner Dichtungen. Im Wort, im Gesang, in der Bewegung, im Zusammenklang verkörperte sich mit unglaublicher Schnelligkeit sein Werk und lebte ein übermächtiges Leben vor der ganz und gar bezwungenen Menge.

Er schwieg, in diese ideale Welt versunken, mit aller Anspannung überlegend, welchen Kraftaufwandes es bedürfen werde, um sie zu offenbaren. Die Stimmen seiner Umgebung drangen wie aus weiter Ferne zu ihm.

»Richard Wagner behauptet, daß der einzige Schöpfer eines Kunstwerks das Volk ist« – sagte Baldassare Stampa – »und daß der Künstler nur die Schöpfung des unbewußt schaffenden Volkes aufgreifen und zum Ausdruck bringen kann...«

Das außerordentliche Gefühl, das ihn mit Staunen erfüllt hatte, als er vom Throne der Dogen zum Volke gesprochen, nahm von neuem Besitz von ihm. In die Gemeinschaft seiner Seele mit der Seele der Menge hatte sich etwas Geheimnisvolles gemischt, etwas beinahe Göttliches; das Gefühl, das er für gewöhnlich von sich selbst hatte, war unendlich größer, machtvoller geworden; eine unbekannte Kraft schien in ihm entstanden zu sein, die die Grenzen seiner Sonderpersönlichkeit verwischte und seiner einzelnen Stimme die Machtfülle eines Chores verlieh. Heimlich verborgen schlummerte also in der Menge eine Schönheit, aus der nur der Dichter und der Held Blitze ziehen konnten. Wenn diese Schönheit sich durch eine plötzliche Kundgebung offenbarte, im Theater oder auf dem Marktplatz oder im Kriegslager, dann schwoll in einem Strome von Freude das Herz dessen, der es verstanden hatte, sie durch seine Verse, seine Rede oder sein Schwert zum Leben zu erwecken. Das Wort des Dichters, zum Volke gesprochen, war also eine Tat wie das Vollbringen des Helden. Es war eine Tat, die aus dem Dunkel der begrenzten Seele mit einem Schlage Schönheit schuf, wie etwa ein wundervoller Bildhauer mit einem einzigen Griff seiner schöpferischen Hand aus einer Tonmasse eine göttliche Statue zu formen vermag. Das Schweigen, das wie ein heiliger Vorhang das vollendete Gedicht bedeckte, hörte auf. Nicht mehr durch körperlose Symbole wurde der Inbegriff des Lebens offenbart, sondern das ganze volle Leben selbst manifestierte sich in dem Dichter, das Wort wurde Fleisch, der Rhythmus beschleunigte sich in einer atemlos pochenden Form, die Idee kam in der Fülle ihrer Kraft und ihrer Freiheit zum Ausdruck.

»Aber Richard Wagner glaubt« – sagte Fabio Molza – »daß das Volk aus all denen besteht, die ein gemeinsames Elend empfinden; verstehen Sie? ein gemeinsames Elend...«

›Der Freude entgegen, der ewigen Freude entgegen!‹ dachte Stelio Effrena. ›Das Volk besteht aus all denen, die ein dunkles Bedürfnis empfinden, sich mit Hilfe der Dichtung aus dem täglichen Kerker zu erheben, in dem sie dienen und leiden.‹ Verschwunden waren die engen städtischen Theater, in deren erstickender, mit unsauberen Dünsten geschwängerter Hitze die

Schauspieler vor einem Haufen von Schlemmern und Dirnen das Amt des Spaßmachers versehen. Auf den Stufen des neuen Theaters sah er die wirkliche Volksmenge, die ungeheure, einmütige Menge, deren Witterung vorher zu ihm aufgestiegen war, deren Lärmen er vorher gehört hatte in der marmornen Muschel, unter den Sternen. In den rohen und unwissenden Seelen hatte seine Kunst, obwohl unverstanden, vermöge der geheimnisvollen Macht des Rhythmus einen gewaltigen Aufruhr gezeugt, ähnlich dem des Gefangenen, der im Begriff ist, von harten Fesseln befreit zu werden. Das Glück der Befreiung verbreitete sich nach und nach selbst bei den Verworfensten; durchfurchte Stirnen hellten sich auf; Münder, an Flüche gewöhnt, öffneten sich dem Wunder, und die Hände endlich – die rauhen, durch Arbeitswerkzeuge abgenutzten Hände – sie streckten sich in einmütiger Bewegung nach der Heldin, die ihren unsterblichen Schmerz hinauf zu den Sternen sandte.

»In der Existenz eines Volkes, wie des unsrigen« – sagte Daniele Glàuro – »zählt eine große Kundgebung der Kunst weit mehr als ein Bündnisvertrag oder ein Steuergesetz. Das, was unsterblich ist, gilt mehr, als was vergänglich ist. Die List und Kühnheit eines Malatesta sind für alle Ewigkeit in eine Medaille des Pisanello eingeschlossen. Von Macchiavellis Politik ist nichts übrig geblieben als die Kraft seiner Prosa...«

›Das ist wahr,‹ dachte Stelio Effrena, ›das ist wahr. Italiens Glück ist unzertrennlich von dem Schicksal der Schönheit, deren Mutter es ist.‹ So erglänzte ihm jetzt wie hereinbrechende Sonne die leuchtende Wahrheit über jenes göttliche, ideale und ferne Vaterland, in dem Dante einst wandelte. ›Italien! Italien!‹ Wie ein Schrei der Erhebung brauste über seine Seele dieser Name, der die Erde berauscht. Sollte sich aus dem mit so viel Heldenblut gedüngten Schutt die neue Kunst nicht erheben können, wurzelstark, mit kräftigen Zweigen? Sollte sie nicht all die latenten Kräfte der altererbten Fähigkeiten der Nation in sich aufnehmen können und eine bestimmende, neuaufbauende Macht im dritten Rom werden, um den Männern an der Regierung die Unwahrheiten zu weisen, die sie zur Richtschnur für jedes neue Grundgesetz nehmen müßten? Treu den alten Instinkten seiner Rasse, hatte Richard Wagner das Sehnen der germanischen Völker nach der heroischen Größe des Reiches vorgefühlt und hatte ihm seine Kraft geliehen. Er hatte die prachtvolle Gestalt Heinrichs des Voglers heraufbeschworen, wie er sich unter der tausendjährigen Eiche erhebt: »Was deutsches Land heißt, stelle Kampfesscharen – dann schmäht wohl niemand mehr das deutsche Reich!« – Bei Sadowa, bei Sedan hatten die Kampfesscharen gesiegt. Das Volk und der Künstler hatten mit demselben Ungestüm, mit derselben Ausdauer das glorreiche Ziel erreicht. Derselbe Sieg hatte das Werk des Eisens und das Werk der Kunst gekrönt. Der Dichter hatte, wie der Held, einen Akt der Befreiung vollbracht. Seine musikalischen Gestalten hatten geradeso dazu beigetragen, die Volksseele zu begeistern und ihr Ewigkeit zu verleihen, wie der Wille des Reichskanzlers, wie das Blut des Soldaten.

»Er ist schon seit einigen Tagen hier, im Palazzo Vendramin-Calergi« – sagte Fürst Hoditz. Und das Bild des barbarischen Schöpfers bekam plötzlich Leben, die Züge seines Gesichts wurden sichtbar, die blauen Augen glänzten unter der geräumigen Stirn, und die von Sinnlichkeit, Stolz und Verachtung umspielten Lippen schlossen sich fest über dem kräftigen Kinn. Sein kleiner, vom Alter und vom Ruhm gebeugter Körper richtete sich auf, wuchs mit seinem Werke ins Gigantische, nahm das Aussehen eines Gottes an. Sein Blut strömte wie ein Sturzbach im Gebirge, sein Atem wehte wie der Wind im Walde. Mit einem Male überflutete ihn Siegfrieds Jugend, sie ergoß sich, sie leuchtete in ihm, wie die Morgenröte in einer Wolke. »Dem Impulse meines Herzens folgen, meinem Instinkte gehorchen, der Stimme der Statur in mir lauschen: Das ist mein oberstes, mein einziges Gesetz!« Das Heroenwort klang wieder, aus der Tiefe hervorbrechend, den jungen und gesunden Willen ausdrückend, der in steter Harmonie mit den Gesetzen des Weltalls über alle Hindernisse und Feindschaften siegreich triumphiert. Und nun stieg die feurige Lohe, die Wotan mit seines Speeres Spitze dem Felsen entlockt, rund herum empor. »Ha, wonnige Glut! – Strahlend offen – steht mir die Straße. – Im Feuer mich baden! – Im Feuer zu finden die Braut!« – Alle Vorstellungen des Mythos leuchteten auf, verdunkelten sich. Brünnhildes Flügelhelm blitzte in der Sonne. »Heil dir, Sonne!» – Heil dir, Licht! – Heil dir, leuchtender Tag! – Lang' war mein Schlaf; – Wer ist der Held, – der mich erweckt?« – Alle

Vorstellungen taumelten durcheinander, lösten sich auf. Plötzlich erstand von neuem, auf schattigem Gefilde, Donatella Arvale, die Jungfrau, so wie sie da unten erschienen war in dem Purpur und Gold des unermeßlichen Festsaales, die Feuerblume mit der Gebärde der Herrscherin tragend. »Siehst du mich nicht? – Wie mein Blick dich verzehrt, – Erblindest du nicht? – Wie mein Arm dich preßt, – Entbrennst du nicht? – Fürchtest du nicht – Das wildwütende Weib?« – Jetzt, da sie abwesend war, gewann sie wieder ihre traumhafte Macht. Unendliche Melodien schien das Schweigen zu gebären, das ihren leer gebliebenen Platz in der Tafelrunde eingenommen hatte. Ihr verschlossenes Gesicht barg ein unlösliches Geheimnis. »So berühre mich nicht, – Trübe mich nicht: – Ewig licht – Lachst du aus mir, – Dann selig selbst dir entgegen; – Liebe – Dich, – Und lasse von mir!« – Wieder packte eine leidenschaftliche Ungeduld den Erwecker, wie auf dem fiebernden Wasser, und er fand, daß die Abwesende dazu geschaffen war, wie ein schöner Bogen gespannt zu werden von starker Hand, die es verstünde, sich damit zu einer erhabenen Eroberung zu wappnen. »Erwache – Wache, du Maid! – Lebe und lache, – Süßeste Lust! – Sei mein! sei mein! sei mein!« –

Sein Geist war unwiderstehlich hingerissen in den Kreislauf dieser von dem germanischen Gotte geschaffenen Welt, diese Visionen und Harmonien überwältigten ihn, die Figuren des nordischen Mythos verdrängten die seiner Kunst, seiner Leidenschaft, verdunkelten sie. Sein Wunsch und seine Hoffnung sprach die Sprache des Barbaren. »Lachend muß ich dich lieben, – Lachend will ich erblinden; – Lachend laß uns verderben, – Lachend zugrunde gehn! – ...Leuchtende Liebe, – Lachender Tod!« – Der Jubel der kriegerischen Jungfrau auf dem von Flammen umloderten Felsen erreichte die höchste Höhe; der Schrei der Wollust und der Freiheit stieg bis zum Herzen der Sonne. Ach, was hatte er nicht ausgedrückt, welche Höhen und welche Tiefen hatte er nicht berührt, dieser furchtbare Aufwiegler der menschlichen Seele? Welche Gewalt hätte sich der seinen vergleichen können? Welcher Adler hätte hoffen können, höher zu fliegen? Das Riesenwerk war vollendet, hier, inmitten der Menschen. Und weit über die Erde klang der letzte Chor des Gral, der Heilsgesang: »Höchsten Heiles Wunder: – Erlösung dem Erlöser!« –

»Er ist müde« – sagte Fürst Hoditz – »sehr müde und gebrochen. Darum haben wir ihn nicht im Dogenpalast gesehen. Er ist herzleidend ...«

Der Riese wurde wieder Mensch, ein kleiner, vom Alter und vom Ruhme gebeugter Körper, abgenutzt von der Leidenschaft, ein Sterbender. Und Stelio Effrena hörte wieder in seinem Innern Perditas Worte, die die Gondel in eine Bahre verwandelt hatten: die Worte, die einen andern großen, ebenfalls zu Tode getroffenen Künstler heraufbeschworen, Donatella Arvales Vater. »Der Name des Bogens ist Leben, und sein Werk ist der Tod.« Der junge Mann sah vor sich den vom Siege gezeichneten Weg, die lange Kunst, das kurze Leben. »Vorwärts! Vorwärts! Immer höher und höher hinauf!« In jeder Stunde, in jedem Augenblick mußte man arbeiten, kämpfen, sich festigen gegen Zerstörung, Verkleinerung, Vergewaltigung, Ansteckung. In jeder Stunde, in jedem Augenblick muß man das Auge fest auf sein Ziel gerichtet halten, all seine Kräfte, ohne Rast und ohne Ruh', darauf verwenden. Er fühlte, daß der Sieg ihm notwendig war wie der Atem. Eine wütende Kampfeslust erwachte in diesem beweglichen lateinischen Blute bei der Berührung mit dem Barbaren. »Jetzt ist es an Ihnen, zu wollen,« hatte der am Eröffnungstage von der Bühne des neuen Theaters gerufen, »im Zukunftskunstwerk wird die Quelle der Erfindung niemals versiegen.« Die Kunst war unendlich, wie die Schönheit der Welt. Für die Kraft und für den Wagemut keine Grenze. Suchen, finden, immer weiter und weiter. «Vorwärts! Vorwärts!«

Eine einzige, riesengroße, gestaltlose Woge ballte jetzt all das Sehnen und Bangen dieser rasenden Phantasien zusammen, drehte sich in einem Strudel herum, hob sich in einem Wirbelwind empor, schien sich zu verdichten, das Wesen der plastischen Materie anzunehmen und der gleichen unerschöpften Kraft zu gehorchen, die die Wesen und die Dinge unter der Sonne gestaltet. Eine munderbar schöne und reine Form erstand aus dieser Arbeit und lebte und leuchtete in einem kaum zu ertragenden Glück. Der Dichter sah sie, er empfing sie in seinen reinen Augen, er fühlte sie im Mittelpunkte seines Geistes wurzeln. »Ach, sie ausdrücken zu können, sie den Menschen zu offenbaren, sie für die Ewigkeit in ihrer Vollendung festzuhalten!« Ein erhabener Augenblick, ohne Wiederkehr. Alles verschwand. Das gewöhnliche Leben drehte sich im Kreise; die flüchtigen Worte klangen von weit her; die Erwartung zuckte; der Wunsch erstarb.

Und er sah auf das Weib. Hinter Perditas Kopf erglänzten die Sterne, wiegten sich die Bäume, dunkelte ein Garten. Und die Augen der Frau sagten noch immer: »Dienen, dienen!«

Die Gäste waren in den Garten hinuntergegangen und hatten sich auf den Fußwegen und unter den Laubgängen zerstreut. Die Nachtluft war feucht und lind, so daß die zarten Augenlider eine Empfindung hatten, als ob ein flüchtiger Mund sich ihnen nahe, um sie sanft zu kosen. Die versteckten Jasminblüten dufteten betäubend im Dunkel, und auch die Früchte dufteten schwerer als in den Obstgärten auf den Inseln. Eine lebendige Kraft von Fruchtbarkeit ging von diesem kleinen Stückchen blühender Erde aus, das in seinem Wassergürtel wie in ein Exil gebannt dalag. So lebt die Seele in der Verbannung ein intensiveres Leben.

»Soll ich hier bleiben? Soll ich wiederkommen, wenn die andern gegangen sind? Sprechen Sie! Es ist spät.«

»Nein, nein, Stelio. Ich bitte Sie! Es ist spät, zu spät. Sie haben es selbst gesagt.«

Ein tödlicher Schrecken lag in der Stimme der Frau. Sie zitterte im Dunkel, mit entblößten Schultern, mit entblößten Armen, und sie wollte sich verweigern und wollte besessen werden, und sie wollte sterben und wollte von diesen männlichen Händen gepackt werden. Sie bebte; die Zähne in ihrem Munde schlugen aufeinander. Sie versank in einem eisigen Strome; er flutete über sie hinweg und machte sie erstarren von den Haarwurzeln bis in die Fingerspitzen. Alle ihre Gelenke schmerzten sie, ihre Glieder schienen sich zu lösen, und ihre Stimme erstarb vor Entsetzen in den erstarrten Kiefern. Und sie wollte sterben, und sie wollte von dieser männlichen Leidenschaft gepackt und niedergeworfen werden. Und über ihrem Entsetzen und über ihrer Eiseskälte und über ihrem der Jugend baren Fleische schwebte jenes grausame Wort, das der Geliebte selbst gesprochen, und das sie selbst wiederholt hatte: »Es ist spät, zu spät.«

»Ihr Versprechen, Ihr Versprechen! Ich will nicht länger warten, ich kann nicht, Perdita.«

Das wollüstige Wasserbecken, das dagelegen wie ein Busen, der sich anbietet, die in Schatten und Tod verlorene Lagune, die im Fieber der Dämmerung glühende Stadt; das in unsichtbaren Wirbeln dahinflutende Wasser, der vibrierende Goldton des Himmels; das erstickende Sehnen, die zusammengepreßten Lippen, die gesenkten Augenlider, die heißen Hände: Das alles erstand in seiner ganzen Fülle neu bei der Erinnerung an das stumme Versprechen. Er begehrte diesen abgrundtiefen Körper mit einer wilden Glut.

»Ich kann nicht länger warten.«

Von weit, weit her kam ihm diese schwüle Glut; von den entferntesten Anfängen, von der ursprünglichen Bestialität der plötzlichen Vermischungen, vom uralten Mysterium der heiligen Bacchanalien. Wie der von Gott ergriffene Schwarm, Bäume entwurzelnd, den Berg heruntersürmte, mit immer blinderer Wut weiter raste, immer neue Rasende mit sich riß und den Wahnsinn überall auf seinem Wege verbreitete, bis er zu einer ungeheuren menschlichen und bestialischen Masse geworden war, die von einem ungeheuerlichen Willen beseelt wurde: so riß der brutale Instinkt, in maßlosem Aufruhr tn ihm brausend und kochend, alle Vorstellungen seines Geistes in seinen Wirbel. Und er begehrte in der wissenden und verzweifelten Frau diejenige, die durch die ewige Unterdrückung ihrer Natur gebrochen, die bestimmt war, in den plötzlichen Zuckungen ihres Geschlechts zu unterliegen, die das Fieber, das im Lichte der Bühne sie brannte, in nächtlicher Wollust löschte, die brünstige Schauspielerin, die aus den Delirien der Menge in die Gewalt des Mannes überging, das dionysische Geschöpf, das wie in der Orgie den geheimnisvollen Gottesdienst mit dem Akt des Lebens krönte.

Seine Begierde war krankhaft, maßlos; sie enthielt das Leben der besiegten Massen und den Rausch der unbekannten Liebhaber und die Vision orgiastischer Vermischungen; sie war aus Grausamkeit, Groll, Eifersucht, Poesie und Stolz gemischt. Er empfand es schmerzlich, daß er die Schauspielerin niemals nach einem großen Triumph auf der Bühne besessen hatte, noch warm von dem Hauche des Publikums, schweißbedeckt, keuchend und bleich, mit den Spuren der tragischen Seele, die in ihr geweint und geschrien hatte, auf dem verzogenen Gesichte noch die feuchten Tränen dieser ihr fremden Seele. Wie in einem Blitze sah er sie hingestreckt, voll von jener Kraft, die dem Ungeheuer das Geheul entrissen hatte, zuckend wie die Mänade nach dem Tanze müde und dürstend, aber voller Begierde, genommen und durchrüttelt zu werden, sich in einem letzten Krampfe zusammenzuziehen, in gewaltsamer Umarmung zu erliegen, um endlich in tiefem, traumlosem Schlaf Ruhe zu finden. – Wieviele Männer waren wohl aus der Menge herausgestiegen, um sie zu umarmen, nachdem sie, in der Masse verloren, nach ihr geschmachtet hatten? Ihr Wunsch war aus dem Wunsche von Tausenden zusammengesetzt, ihre Lebenskraft war tausendfältig. Es drang mit der Wollust dieser Nächte etwas von dem trunkenen Volke, von dem verzauberten Ungeheuer, in den Schoß der Schauspielerin.

»Seien Sie nicht grausam, oh, seien Sie nicht grausam!« – flehte die Frau, die den Tumult in seinen Augen las, in seiner Stimme hörte. – »Oh, tun Sie mir nichts zuleide!«

Unter dem gierigen Blicke des Mannes zog sich ihr Fleisch zusammen in dem Abwehren einer schmerzlichen Scham. Sein Wunsch traf sie wie eine tödliche Verwundung. Sie wußte, wieviel Herbes und Unreines in diesem plötzlichen Begehren war, und für wie tief vergiftet und verdorben er sie hielt, von Liebe beschwert, in allen Lüsten erfahren, eine umherirrende, unersättliche Versucherin. Sie erriet den dumpfen Groll, die Eifersucht, das schändliche Fieber, das sich plötzlich in dem sanften Freunde entzündet hatte, dem sie so lange Zeit hindurch all ihr Bestes und Edelstes gewidmet hatte, den Wert ihrer Gaben durch ein hartnäckiges Verbot verteidigend. Alles war jetzt verloren, alles war plötzlich verwüstet, wie ein schönes Reich in der Gewalt rebellischer, rachsüchtiger Sklaven. Und wie in der letzten Agonie, wie im Augenblick des Verscheidens, übersah sie ihr ganzes hartes und stürmisches Leben, ihr Leben voll Kampf und Schmerz, voll Irrungen und Wirrungen, voll Leidenschaft und Triumph. Sie fühlte seine Schwere und seine Hemmungen. Sie erinnerte sich des unauslöschlichen Gefühls von Freude, von Schreck und von Befreiung, das sie empfunden, als sie sich zum erstenmal dem Manne hingegeben hatte, der sie, in ferner Jugendzeit, betrogen hatte. Und mit wildem, stechenden Schmerze trat vor ihre Seele das Bild der Jungfrau, die sich zurückgezogen hatte, die verschwunden war, und die vielleicht dort oben in dem einsamen Zimmer träumte oder weinte oder sich schon angelobte und hingestreckt dalag und sich freute, daß sie sich angelobt hatte. »Es ist spät, zu spät!« Das unwiderrufliche Wort schien ihr unaufhörlich im Gehirn zu dröhnen wie das Tönen der ehernen Glocke. Und sein Wunsch traf sie wie eine tödliche Verwundung.

»Oh, tun Sie mir nichts zuleide!«

Sie flehte, weiß und zart wie der Schwanenflaum, der ihre nackten Schultern und ihre bebende Brust umsäumte. Ihre Kraft schien von ihr genommen, schwach und wehrlos schien sie zu werden, und eine geheime zarte Seele schien in sie eingezogen zu sein, die gar leicht zu toten, zu zerstören, ohne Blutvergießen hinzuopfern war.

»Nein, Perdita, kein Leid!« – stammelte er, plötzlich erschüttert von dieser Stimme, und vor diesem Anblick bis ins Innerste ergriffen von einem menschlichen Mitleid, das aus derselben Tiefe stammte, aus der jener wilde Trieb hervorgebrochen war. – »Verzeihen Sie mir, verzeihen Sie mir!«

Er hätte sie in seine Arme nehmen, sie wiegen, sie trösten mögen, er hätte sie weinen sehen mögen und ihre Tranen trinken. Es schien ihm, als ob er sie gar nicht kannte, als hätte er vor sich ein fremdes, unendlich demütiges und schmerzensreiches, ganz widerstandsloses Wesen. Und sein Mitleid und seine Reue glichen ein wenig dem Gefühl, das man empfindet, wenn man, ohne es zu wollen, einen Kranken, ein Kind, ein kleines unschuldiges, einsames Geschöpf gekränkt oder verletzt hat.

»Verzeihen Sie mir!«

Er hätte vor ihr niederknien, ihre Füße im Grase küssen, irgendein kindisches Wort sagen mögen. Er beugte sich nieder, er berührte ihre Hand. Sie zuckte vom Kopf bis zu den Fußspitzen/ sie sah ihn mit weitgeöffneten Augen an; dann senkte sie die Augenlider und blieb unbeweglich. Der Schatten unter den Wimpern wurde tiefer, er zeichnete die sanftgeschwungene Linie der Wangen. Von neuem versank sie in dem eisigen Strom.

Man hörte die Stimmen der Gäste sich im Garten zerstreuen; dann entstand eine große Stille. Man hörte den Kies unter einem Fuße knirschen; dann wieder die große Stille. Undeutliches Lärmen kam aus der Ferne von den Kanälen. Es schien plötzlich, als ob der Jasmin starker dufte, wie ein Herz seine Schläge beschleunigt. Die Nacht schien trächtig von Wundern. Die ewigen Kräfte walteten in Harmonie zwischen Erde und Sternen.

»Verzeihen Sie mir! Wenn mein Wunsch Sie leiden macht, dann will ich ihn noch einmal ersticken; ich werde es noch einmal über mich gewinnen, zu verzichten, Ihnen zu gehorchen, Perdita, Perdita, ich will alles vergessen, was Ihre Augen mir sagten, dort oben, bei all den nutzlosen Worten... Welche Umarmung, welche Liebkosung könnte uns je inniger vermischen? Die ganze Leidenschaft der Nacht hetzte uns und warf eins dem andern zu. Ich habe Sie ganz in mich aufgenommen, wie ein Meer... Und jetzt scheint es mir, als könnte ich Sie nicht mehr von meinem Blute trennen, und als könnten auch Sie sich nicht mehr von mir losreißen, und als sollten wir gemeinsam irgendeiner Morgenröte entgegengehen...«

Er sprach demütig, strömte sich ganz in seinen Worten aus, ein vibrierendes Gefäß, das von Augenblick zu Augenblick alle wechselnden Empfindungen des dunkelnächtigen Geschöpfes aufzunehmen schien. Er sah vor sich nicht mehr eine körperliche Form, undurchdringliches, dumpfes Fleisch, den schweren Kerker des Menschen, sondern eine Seele, die sich in einer Folge von Erscheinungen, ausdrucksvoll wie Musik, offenbart hatte, ein über alle Grenzen zartes und mächtiges Empfindungsvermögen, das in dieser Hülle in stetem Wechsel die keusche Hinfälligkeit der Blume schuf, und die Kraft des Marmors, und die Wucht des Blitzes, und jeden Schatten und jedes Licht. – »Stelio!«

Sie hatte den Namen unendlich leise hingeflüstert; und doch lag in diesem sterbenden Hauch aus den bleichen Lippen eine Unendlichkeit von Jubel und von Staunen, mehr als im lautesten Schrei. Sie hatte die Liebe gehört in dem Tone des Mannes: die Liebe, die Liebe! Sie, die so oft seinen schönen und klingenden Worten gelauscht hatte, die in klaren Tönen dahinfluteten, und die darunter gelitten hatte wie unter einer Marter und einem Spiel, sie sah jetzt durch diesen neuen Ton plötzlich ihr eigenes Leben und das Leben des Alls in verklärtem Lichte. Ihre Seele schien sich umzuwandeln: jedes Hemmnis sank auf den Grund, verschwand in einem endlosen Dunkel; und in die Höhe stieg etwas Leichtes und Lichtes, etwas Freies und Reines, das sich ausbreitete und leuchtete wie ein morgendlicher Himmel. Und wie die Woge des Lichtes in stummer Harmonie vom Horizonte zum Gipfel aufsteigt, so glitt die Vorstellung des Glückes um ihren Mund. Ein unbeschreibliches Lächeln verbreitete sich über ihn, ganz unbeschreiblich, so daß ihre Lippen zitterten wie Blätter im Windhauch, und ihre Zähne glänzten wie Jasmin im Sternenlicht.

»Alles ist versunken, alles ist verschwunden. Ich habe nicht gelebt, ich habe nicht geliebt, ich habe nicht genossen, ich habe nicht gelitten. Neu bin ich geboren. Ich kenne nichts als diese Liebe. Ich bin rein. Ich möchte sterben in der Wollust, die mich erwecken wird. Die Jahre und die Ereignisse sind über mich hingegangen, ohne den Teil meiner Seele zu berühren, den ich dir aufbewahrt habe, jenen geheimen Himmel, der sich jetzt plötzlich geöffnet und jeden Schatten besiegt hat, und der einzig da ist, um die Kraft und die Süße deines Namens aufzunehmen. Deine Liebe rettet mich; mein volles Liebesumfangen läßt dich Gottheit erlangen...« Worte süßen Rausches stiegen auf aus ihrem befreiten Herzen, aber ihre Lippen wagten nicht, sie auszusprechen. Und sie lächelte, lächelte schweigend, mit ihrem unbeschreiblichen Lächeln. »Ist es nicht so? Sprechen Sie! Antworten Sie mir, Perdita! Fühlen nicht auch Sie diese Notwendigkeit, die stark ist von all unseren Entsagungen, von der ganzen Beständigkeit unserer Erwartung der verheißenen Stunde? Ach, mir scheint, Perdita, daß meine Hoffnungen und meine Ahnungen nichts mehr zu bedeuten hätten, wenn diese Stunde nicht wäre. Sagen Sie es mir, daß Sie das Morgenrot nicht mehr erleben könnten ohne mich, wie ich es nicht könnte ohne Sie! Antworten Sie mir!«

»Ja, ja...«

Rückhaltlos gab sie sich in dieser einen, schwachen Silbe. Ihr Lächeln erlosch; der Mund wurde schwer und gewann in dem bleichen Gesicht einen beinahe harten Umriß, als ob er vom Durst gepeinigt würde, unersättlich und geschaffen, an sich zu ziehen, zu nehmen, zu behalten. Und der ganze Körper, der im Schmerz und im Entsetzen hinsterben zu wollen schien, richtete sich auf, als ob ihm ein neues Knochengerüst erwüchse und gewann seine fleischliche Macht zurück und wurde von einer stürmischen Flut durchwogt; er wurde von neuem begehrenswert und unrein.

»Wir wollen nicht länger zaudern. Es ist spät!«

Er zitterte vor Ungeduld. Die Raserei gewann wieder die Oberhand in ihm; das Verlangen packte ihn wieder mit Tigerkrallen an der Gurgel.

»Ja« – wiederholte die Frau, aber mit ganz verändertem Ausdruck, Auge in Auge mit ihm, verlangend und gebieterisch, als ob sie jetzt sicher wäre, den Liebestrank zu besitzen, der ihn endgültig an sie fesseln sollte.

Er fühlte sein Herz von der ganzen Wollust durchdrungen, die diesem erfahrenen Fleisch zu eigen war. Er sah sie an und erbleichte, als ob sein Blut zur Erde niederströme, um die Wurzeln der Bäume zu tränken, im Traume, außerhalb der Zeit, er allein mit ihr.

Sie stand unter dem mit goldenen Ketten geschmückten und mit Früchten schwer beladenen Baum, und von all ihren Gliedern strömte ein Fieber aus, wie von den Lippen der Atem strömt. Dieselbe Schönheit, die sie plötzlich an der Tafelrunde durchglüht hatte und die aus tausend geistigen Kräften bestand, erneute sich in ihr, aber noch intensiver, aus der Flamme geboren, die nicht erlischt, und aus der Glut, die nicht verdorrt. Die köstlichen Früchte hingen über ihrem Haupte wie die Krone eines spendenden Königs. Und der Mythos vom Granatenbaum gewann wieder Leben, wie beim Vorübergleiten der übervollen Barke auf den abendlichen Wassern. – Wer war sie? Persephone, die Königin der Schatten? Hatte sie dort gelebt, wo alle menschlichen Leidenschaften nur ein Spiel des Windes in dem Staube einer Straße ohne Ende erschienen? Hatte sie unter der Erde die Welt der Quellen behütet und die Wurzeln der Blumen gezählt, die so bewegungslos waren wie das Blut in einem versteinerten Körper? War sie müde oder war sie trunken von den Tränen und dem Lachen und den menschlichen Lüsten, und davon, daß sie, eines nach dem andern, alle sterblichen Dinge berührt hatte, um sie erblühen, sie vergehen zu machen? Wer war sie? Hatte sie die Städte wie eine Geißel geschlagen? Hatte sie für die Ewigkeit mit ihrem Kusse die Lippen geschlossen, die da sangen, die Schläge herrischer Herzen aufgehalten, Jünglinge mit ihrem dem Schaume des Meeres gleichen salzigen Schweiße vergiftet? Wer war sie? Wer war sie? Welche Vergangenheit hatte sie so bleich gemacht, und so glühend und gefahrvoll? Hatte sie schon alle ihre Geheimnisse gekündet und alle ihre Gaben gegeben? Oder konnte sie den neuen Geliebten, für den das Leben, der Wunsch und der Sieg in eins verschmolzen, noch mit neuen Gaben überraschen? – Das alles, und mehr noch, viel mehr, wurde traumhaft hervorgerufen durch die zarten Adern in ihren Schläfen, die sanfte Wellenlinie ihrer Wangen, ihre breiten Hüften und den tiefen, fast meeresdunkeln Schatten, der das Element war, in dem dieses Antlitz lebte, wie das Auge in seinem eigenen feuchten Glanz lebt.

»Alles Gute und alles Schlimme, das, was ich weiß, und das, was ich nicht weiß; das, was du weißt, und das, was du nicht weißt; alles, alles war für die Fülle unserer Liebesnacht.« Leben und Traum waren eins. Sinne und Gedanken waren wie Weine, die in einem Gefäß zusammengemischt sind. Ihre Kleider, das nackte Gesicht, ihre Hoffnungen und Blicke wurden eins mit den Pflanzen des Gartens, mit der Luft, mit den Sternen, mit der Stille. Die geheime Harmonie, in der die Natur die Verschiedenheiten und Gegensätze vermischt und verborgen hat, wurde offenbar.

Hehrer Augenblick, ohne Wiederkehr. Ehe noch die Seele sich dessen bewußt war, machten die Hände die Bewegung des Besitzergreifens, berührten das Fleisch, das süße, kühle, zogen es an sich und genossen es.

Als die Frau die Hände des Mannes auf ihren nackten Armen fühlte, wandte sie den Kopf ins Dunkel, als ob der Schreck sie überwältigte. Zwischen den erlöschenden Augenlidern, Zwischen den ersterbenden Lippen glänzten das Weiße der Augen und ihre weißen Zähne wie Dinge, die zum letzten Male erglänzen. Dann, plötzlich, hob sie den Kopf wieder in die Höhe, belebte sich wieder; ihr Mund suchte den Mund, der sie suchte. Der eine preßte sich auf den andern. Kein Siegel war je stärker. Der Baum und die Liebe bedeckten die beiden Entrückten.

Sie lösten sich; sie blickten sich an, ohne sich zu sehen. Sie sahen nichts mehr. Sie waren blind. Sie hörten ein schreckliches Dröhnen, als ob das Brausen der ehernen Glocke zwischen ihren eigenen Stirnen von neuem ertöne. Dann konnten sie den dumpfen Schlag einer Frucht hören, die von dem Zweige, den sie in ihrer leidenschaftlichen Umarmung erschüttert hatten, ins Gras fiel. Sie schüttelten sich, wie um etwas abzuwerfen, das sie beschwerte. Sie sahen sich wieder, sie wurden wieder klar. Sie hörten die durch den Garten zerstreuten Stimmen der Freunde, das undeutliche ferne Geräusch auf den Kanälen, auf denen vielleicht die festlichen Züge von vorhin heimkehrten.

»Nun?« fragte der junge Mann, bis ins innerste Mark verbrannt von diesem Kuß aus Sinnenglut und Seele.

Die Frau bückte sich, um den Granatapfel aus dem Grase aufzunehmen: Er war reif, beim Fallen hatte er sich geöffnet, und der blutrote Saft lief heraus, badete die heiße Hand und befleckte das helle Keid. Mit der Vision der beladenen Barke, der bleichen Insel und der Asphodeloswiesen kamen dem Gedächtnis der Liebenden die Worte des Erlösers wieder in den Sinn: »Dies ist mein Leib... Nehmet hin und esset!«

»Nun?«

»Ja.«

Mit einer instinktiven Bewegung preßte sie die Frucht in der Faust, als ob sie sie ausdrücken wollte. Der Saft tropfte heraus und lief über ihr Handgelenk. Ihr ganzer Körper krampfte sich zusammen und vibrierte nur noch um einen feurigen Kern, in dem einzigen Verlangen, zu unterliegen. Von neuem versank sie in dem eisigen Strome, er überflutete sie und machte sie von den Haarwurzeln bis in die Fingerspitzen erstarren, ohne doch den feurigen Kern zu löschen.

»Nun? Sprechen Sie!« drängte der Mann in beinah schroffem Ton; denn er fühlte den Wahnsinn wieder aufsteigen und von weither die Witterung der Orgie zurückkehren.

»Gehen Sie mit den anderen – kommen Sie dann zurück... Ich werde Sie am Gitter des Gradenigo-Gartens erwarten.«

Sie erbebte in dem traurigen Leben der Sinnenlust, die Beute einer unwiderstehlichen Gewalt. Wie in einem Blitze sah er sie wieder hingestreckt, in Schweiß gebadet, zuckend wie die Mänade nach dem Tanz. Sie sahen sich wieder an, aber sie konnten den bestialischen Blick ihrer lüsternen Begierde nicht ertragen. Sie litten. Sie trennten sich.

Sie ging den Stimmen der Dichter entgegen, die ihre ideale Macht entzückt gepriesen hatten.

Sie war verloren; auf ewig verloren. Sie lebte noch, vernichtet, gedemütigt und verwundet, als ob sie mitleidslos mit Füßen getreten worden wäre; sie lebte noch, und die Sonne ging auf, und die Tage fingen wieder an, und die frische Meeresflut strömte wieder in die schöne Stadt, und Donatella lag rein auf ihrem Kopfkissen. In endloser Ferne verlor sich die doch so nahe Stunde, in der sie den Geliebten am Gitter erwartet, seine Schritte in der beinah tragischen Stille der einsamen Straße gehört und gefühlt hatte, wie ihre Knie unter ihr brechen wollten und ihr Kopf sich wieder mit dem schrecklichen Dröhnen anfüllte. Endlos ferne war diese Stunde; und dennoch beharrten, unterhalb des Bebens, das die Liebeszuckungen in ihrem Fleisch Zurückgelassen, die Eindrücke dieser Erwartung mit seltsamer Deutlichkeit in ihr: Die Kälte des Eisens, an das sie ihre Stirn gelehnt hatte, der betäubend scharfe Geruch, der vom Grase aufstieg, die feuchtwarme Zunge von Myrtas Windspielen, die geräuschlos gekommen waren, um ihre Hände zu lecken.

»Leb' wohl, leb' wohl!«

Sie war verloren. Er hatte sich von diesem Bette erhoben wie vom Bette einer Courtisane, beinahe fremd geworden, beinahe ungeduldig, angelockt von der Frische der Dämmerung, von der Freiheit des Morgens.

»Leb' wohl!«

Vom Fenster aus sah sie ihn an der Riva stehen und in kräftigen Zügen die frische Luft einatmen; dann hörte sie ihn mit klarer, ruhiger Stimme in der tiefen Stille nach dem Gondoliere rufen.

»Zorzi!«

Der Mann schlief am Boden der bewegungslosen Gondel; und dieser menschliche Schlaf glich ganz dem Schlafe des Schiffes, das sein eigen. Als Stelio ihn mit dem Fuße berührte, fuhr er aus dem Schlaf empor, sprang nach hinten und packte das Ruder. Der Mann und das Schiff erwachten gleichzeitig, in der nämlichen Bewegung, wie ein zusammenhängender Körper, bereit abzustoßen ins Wasser.

»Ihr Diener, Herr!« – sagte Zorzi mit gutmütigem Lachen, indem er den Himmel, der hell zu werden begann, betrachtete. – »Man merkt's, daß es jetzt Zeit wird, loszurudern.«

Gegenüber dem Palaste wurde die Tür einer Werkstätte geöffnet. Es war eine Steinmetzwerkstatt, in der aus Steinen aus dem Val di Sole Stufen gehauen wurden.

›Um aufwärts zu steigen!‹ dachte Stelio, und sein abergläubisches Herz freute sich der guten Vorbedeutung. Der Name des Bergwerks auf dem Schild schien ihm zu strahlen. Das Bild einer Treppe bedeutete ihm sein eigenes Aufsteigen. Er hatte sie im verlassenen Garten schon auf dem Wappen der Gradenigo gesehen. ›Aufwärts, immer höher aufwärts!‹ Die Freude sproßte allerorten wieder hervor. Der Morgen befeuerte das Wirken der Menschen.

›Und Perdita? Und Ariadne?‹ Er sah sie wieder auf der marmornen Treppe, beim Lichte der qualmenden Fackeln, so eng aneinander geschmiegt in dem Gewühl, daß eine mit der andern verschmolz in demselben leuchtenden Weiß, beide Versucherinnen hervorgegangen aus der Menge, wie aus der Umarmung eines Ungeheuers. ›Und die Tanagra?‹ Die Syrakuserin mit den langgeschnittenen Augen schien ihm in der Ruhe mit der Mutter Erde verwachsen, wie die Figur eines Basreliefs mit der Fläche, in die sie gemeißelt ist. ›Die dionysische Dreieinigkeit!‹ Er stellte sie sich vor, losgelöst von jeder Leidenschaft, frei von allem Bösen, wie die Schöpfungen der Kunst. Die Oberfläche seiner Seele bedeckte sich mit glänzenden, rasch wechselnden Bildern, wie ein Meer, das von geblähten Segeln bedeckt ist. Sein Herz litt nicht mehr. Mit dem Heraufsteigen des Lichts verbreitete sich ein herb-frisches Gefühl von Erneuerung über sein ganzes Sein. Die Glut des nächtlichen Fiebers wich völlig mit der frischen Brise. Was sich rings um ihn ereignete, ereignete sich auch in ihm. Mit dem neuen Morgen wurde er wiedergeboren.

»Jetzt nützt dir dein Licht nichts mehr« – murmelte verschmitzt der Ruderer, indem er die Laterne an der Gondel auslöschte.

»Über San Giovanni Decollato nach dem Canale Grande!« – rief Stelio ihm im Niedersetzen zu.

Und während das Vorderteil der Gondel sich nach der Rio die San Giacomo dall'Orio wendete, drehte er sich um, um den Palast zu betrachten, der bleiern im Schatten lag. Ein erleuchtetes Fenster wurde dunkel, wie ein Auge, das erlischt. Sein Herz klopfte heftig, die Wollust durchströmte wieder seine Adern; Bilder von Tod und von Schmerz überwogen alle andern. Die alternde Frau war da oben allein zurückgeblieben, mit der Miene einer Sterbenden; die ernste Jungfrau bereitete sich, an den Ort ihrer Martern zurückzukehren. Er verstand es nicht, zu bemitleiden, nur zu verheißen. Aus der Überfülle seiner Kraft schöpfte er die Vorstellung, als könne er diese beiden Geschicke durch seine Freude umwandeln. Sein Herz litt nicht mehr. Jedes Bangen wich dem harmlosen Vergnügen, das die Vorgänge des erwachenden Morgens seinen Augen bereiteten. Das über die Gartenmauern wuchernde Blätterwerk, in dem die Sperlinge schon anfingen zu zwitschern, versteckte ihm Perditas Blässe. In der Wellenbewegung des Wassers verloren sich die schwellenden Lippen der Sängerin. Was sich rings um ihn ereignete, ereignete sich auch in ihm. Die Wölbung und der Widerhall der Brücken, die schwimmenden Wasserpflanzen, das Girren der Tauben waren wie sein Atem, wie seine Zuversicht und wie sein Hunger.

»Vor dem Palazzo Vendramin-Calergi halte an« – befahl er dem Ruderer.

Im Vorbeifahren längs einer Gartenmauer riß er ein paar zierliche Pflanzen aus, die dort zwischen den dunkelroten, in der Färbung geronnenen Blutes glänzenden Ziegelsteinen blüten. Die

Blumen waren violett und so ausnehmend zart, daß man sie kaum fühlte. Er dachte an die Myrten, die am Golf von Ägina wachsen und die hart und starr sind wie eherne Stauden; er dachte an die düstern Zypressenhaine, die die steinigen Gipfel der toskanischen Hügel krönen, und an die hohen Lorbeerbäume, die die Statuen in den römischen Gärten schirmen. Bei solchem Denken erschien ihm nun die Spende dieser herbstlichen Blumen allzu kärglich für den, der es verstanden hatte, seinem Leben den großen Sieg zu verleihen, den er ihm verheißen hatte.

»Lege an der Riva an.«

Der Kanal war einsam, der uralte Strom des Schweigens und der Poesie. Der grünliche Himmel spiegelte sich darin mit seinen letzten, erbleichenden Sternen. Der Palazzo hatte auf den ersten Blick ein lustiges Aussehen, wie eine gemalte Wolke, die auf dem Wasser ruhte. Der Schatten, in den er noch getaucht war, hatte etwas Sammetartiges, die Schönheit einer prächtigen und weichen Sache. Und so wie sich von tiefem Sammet ein Kunstwerk abhebt, so offenbarten sich langsam die Linien der Architektur in den drei korinthischen Säulenordnungen, die mit einem Rhythmus von Kraft und von Anmut bis zum Giebel stiegen, wo Adler, edle Renner und Weinkrüge, die Sinnbilder vornehmen Lebens, mit den Rosen der Loredan abwechselten.

Non nobis, Domine, non nobis.

Das große, kranke Herz schlug hier. Das Bild des barbarischen Schöpfers tauchte von neuem auf: die blauen Augen glänzten unter der geräumigen Stirn, die von Sinnlichkeit, Stolz und Verachtung umspielten Lippen preßten sich über dem kräftigen Kinn zusammen. – Schlief er? Konnte er schlafen? Oder war er, mit all seinem Ruhme, schlaflos? – Der junge Mann dachte an die seltsamen Dinge, die er von ihm hatte erzählen hören. – War es wahr, daß er nicht anders schlafen konnte, als am Herzen seiner Frau, in engster Verschlingung mit seiner Frau, und daß er selbst im Greisenalter dieses Bedürfnis nach der Berührung der Liebe bewahrt hatte? – Er dachte an Lady Myrtas Erzählung, die in Palermo die Villa d'Angri besucht hatte, wo die Schränke des von dem Alten bewohnten Zimmers einen so betäubenden Duft von Rosenöl bewahrt hatten, daß er einem noch Schwindel erregte. Er sah den kleinen müden Körper, in prunkvolle Decken gehüllt, mit Edelsteinen geschmückt, parfümiert wie ein Leichnam, der für den Scheiterhaufen hergerichtet ist. – Hatte vielleicht Venedig ihm, wie schon früher Albrecht Dürer, den Geschmack an der Wollust und am Prunk beigebracht? Im Schweigen der Kanäle hatte er gewißlich den glutheißesten Hauch seiner Musik vorüberfluten hören: die totbringende Leidenschaft von Tristan und Isolde.

Jetzt pochte das große, kranke Herz hier; die gewaltig brausende Leidenschaft kam hier zur Ruhe. Der Patrizierpalast mit den Adlern, den edlen Rennern, den Weinkrügen und den Rosen war verschlossen und stumm wie ein vornehmes Grabgewölbe. Und über diesem Marmor entflammte sich der Himmel im Hauch der Morgenröte.

»Erlösung dem Erlöser!« Und Stelio Effrena warf die Blumen vor das Portal.

»Vorwärts! Weiter!«

Durch diese plötzliche Ungeduld angefeuert, beugte sich der Gondoliere auf das Ruder. Das schlanke Schiff schoß wie ein Pfeil über das Wasser. Der ganze Kanal war von der Seite her lichtübergossen. Ein fahlrotes Segel glitt geräuschlos vorbei. Das Meer, die fröhlichen Fluten, das Gekreisch der Möwen, der Wind des offenen Wassers tauchten vor seinem Wunsche auf.

»Rudre zu, Zorzi! Durch den Rio dell'Olio nach der Veneta Marina« – rief der junge Mann.

Der Kanal erschien ihm zu eng für den Atem seiner Seele. Der Sieg war ihm fortan so notwendig wie der Atem. Aus dem nächtlichen Sinnentaumel erwacht, wollte er am hellen Lichte des Morgens, an dem herben Dufte des Meeres die Stärke seiner Natur prüfen. Er war nicht müde. Um seine Augen herum empfand er eine Frische, als ob er sie im Morgentau gebadet hätte. Er empfand kein Bedürfnis, sich auszuruhen, und das Wirtshausbett flößte ihm Schauder ein, wie ein niedriggemeines Lager. »Das Deck eines Schiffes, der Geruch von Teer und von Salz, das Schlagen eines roten Segels...«

»Rudre zu, Zorzi!«

Die Kräfte des Gondoliere verdoppelten sich. Die Gabel kreischte von Zeit zu Zeit unter der Anstrengung. Der Fondaco dei Turchi flog vorbei, in seinem wundervollen vergilbten und verblaßten Elfenbeinton an das übriggebliebene Portal einer verfallenen Moschee erinnernd; der Palazzo Cornaro und der Palazzo Pesaro zogen vorüber, die beiden düsteren Kolosse, von der Zeit geschwärzt wie von dem Rauche einer Feuersbrunst; und die Ca' d'Oro, dies göttliche Spielzeug aus Stein und Luft; und endlich zeigte der Ponte di Rialto seine geräumige Wölbung; er wogte schon von volkstümlichem Leben, mit seinen vollgestopften Buden und seinem Geruch nach Gemüsen und Fischen einem riesengroßen Füllhorn gleichend, das über die Ufer hin seinen Überfluß an Land- und Seefrüchten ergießt, um damit die königliche Stadt zu speisen.

»Ich habe Hunger, Zorzi, großen Hunger« – sagte Stelio lachend.

»Gutes Zeichen, wenn solche Nacht hungrig macht; die Alten macht's schläfrig« – meinte Zorzi.

»Lege an!«

Er kaufte sich Trauben aus Vignole und Feigen aus Malamocco, auf einer Schüssel von Weinblättern zierlich hergerichtet.

»Rudre weiter!«

Die Gondel wendete unter dem Fondaco dei Tedeschi; durch enge und dunkle Kanäle glitt sie nach dem Rio di Palazzo. Die Glocken von San Giovanni Chrisostomo, von San Giovanni Elemosinario, von San Cassiano, von Santa Maria dei Miracoli, von Santa Maria Formosa, von San Lio klangen fröhlich in den Morgen hinein. Der Lärm des Marktes mit seinen Fisch-, Gemüse- und Weingerüchen verlor sich in den ehernen Grüßen. Zwischen den noch schlummernden Marmor- und Steinmauern, unter dem hellen Streifen des Himmels wurde der Wasserstreifen vor dem eisernen Bug immer leuchtender, als ob die Fahrt ihn entzünde. Und dieses Anwachsen des Glanzes erweckte in Stelio die Vorstellung einer flammenden Geschwindigkeit. Er mußte an den Stapellauf von Schiffen denken, die beim Hinuntergleiten ins Meer durch die Reibung Flammen erzeugen: das Wasser rundum raucht, das Volk jubelt Beifall und applaudiert...

Ein plötzlicher, instinktiver Gedanke lenkte ihn nach dem glorreichen Ort, an dem, wie ihm schien, die Spuren seiner lyrischen Begeisterung und der Widerhall des großen bacchantischen Chores noch haften mußten. »Es lebe der Starke...!« Die Gondel streifte den machtvollen Seitenflügel des Dogenpalastes, der kompakt dalag wie eine einzige Masse, von Meiseln behauen, die ebenso geschickt waren, Melodien zu finden, wie die Plektren der Musiker. Er umfaßte das gewaltige Bauwerk mit seiner ganzen neugebornen Seele; er hörte wieder den Klang seiner eigenen Stimme und das Brausen des Beifalls; er sah wieder das gewaltige, tausendäugige Ungeheuer, den Rumpf bedeckt mit glänzenden Schuppen, eine schwärzliche Masse unter den mächtigen goldnen Voluten; und sich selbst stellte er vor, über die Menge schwingend, wie einen konkaven klingenden Körper, von einem geheimnisvollen Willen bewohnt. Er sagte: »Mit Freude schaffen! Das ist das Attribut der Gottheit. Es ist unmöglich, auf dem Gipfel der Geistigkeit eine sieghaftere Tat auszudenken. Schon die Worte, die sie ausdrücken, haben den Glanz der Morgenröte...«

Er wiederholte es sich selbst, der Luft, dem Wasser, den Steinen, der alten Stadt, dem jungen Morgenlicht: »Mit Freude schaffen! Mit Freude schaffen!«

Als die Gondel unter der Brücke durchgefahren und in den glänzenden Wasserspiegel geglitten war, hatte er in einem tiefen Atemzug mit seiner Hoffnung und seinem Mut die ganze Schönheit und die ganze Kraft seines früheren Lebens zurückgewonnen.

»Finde mir eine Barke, Zorzi, eine Barke, die ins offene Meer geht!«

Er brauchte einen noch weiteren Atemzug, und den Wind, den Salzgeschmack, den Meeresschaum, gebähte Segel und den dem unermeßlichen Horizonte zugewandten Bugspriet.

»Nach der Veneta Marina, finde mir eine Fischerbarke, eine Barke aus Chioggia!«

Er bemerkte ein großes rot und schwarzes Segel, das eben gehißt worden war, und während es den Wind auffing, sich blähte, stolz wie eine alte republikanische Standarte mit dem Löwen und dem Buch.

»Dort! Dort! Hole sie ein, Zorzi!«

Ungeduldig gab er mit den Händen Zeichen zu warten.

»Ruf der Barke zu, daß sie auf mich warten soll!«

Der Mann am Ruder, erhitzt und schweißtriefend, stieß einen Signalschrei aus, zu den Männern am Segel gewendet. Die Gondel flog wie ein Rennboot bei einer Regatta. Man hörte das Keuchen der kräftigen Brust.

»Bravo, Zorzi!«

Aber auch er keuchte, als ob es gelte, sein Glück zu erreichen, ein seliges Ziel, die Gewißheit eines Königreiches.

»Wir sind durchs Ziel,« sagte der Ruderer, während er sich die kochheißen Handflächen rieb, mit einem herzlichen Lachen, das seine ganze Person zu erfrischen schien. »Seht, was für ein wunderlicher Einfall!«

Die Bewegung, der Ton, die volkstümliche Schlagfertigkeit, die dumm-erstaunten Gesichter der Fischer, die sich über die Brüstung lehnten, der Widerschein des Segels, der das Wasser blutrot färbte, der herzhafte Geruch nach frischem Brot, der aus einem Backofen kam, der Geruch von Pech, das in einer benachbarten Werft zu sieden anfing, das laute Rufen der Arsenalarbeiter, die an ihre kriegerische Arbeit gingen, die ganze starke Ausdünstung dieses Hafens, in dem noch die alten Galeeren der durchlauchtigsten Republik verfaulten und die Panzer von Italiens Kriegsschiffen unter dem Hammer erdröhnten: alle diese harten und gesunden Dinge erweckten in dem Herzen des jungen Mannes einen Sturm von Fröhlichkeit, der sich in einem herzhaften Lachen Luft machte. Er und der Ruderer lachten einstimmig zusammen an der Breitseite der ausgebesserten und beteerten Fischerbarke, die das lebendige Aussehen eines guten Lasttieres hatte, die rauhe Haut gefurcht von Beulen und Narben.

»Was wollt Ihr?« fragte der älteste der Schiffer, indem er sein bärtiges und verbranntes Gesicht, in dem außer einigen weißen Stoppeln und den grauen Augen unter den vom Salzwind umgestülpten Lidern nichts Helles war, dem schallenden Gelächter zuwandte. »Was wollt Ihr, Herr?«

Das Großsegel schlug und knarrte wie eine Fahne.

»Der Herr möchte an Bord steigen« – erklärte Zorzi.

Der Mastbaum kreischte von oben bis unten.

»Er soll nur heraufkommen; da braucht's nichts weiter!« meinte der Älteste einfach; und er wendete sich um, um die Strickleiter zu nehmen.

Er befestigte sie in halber Höhe hinten am Schiff. Sie war aus einigen abgenützten Pflöcken und einem einzigen am Ende geteilten, mürben Strick verfertigt. Aber selbst diese schien Stelio, wie alle Einzelheiten des plumpen Schiffes, eine merkwürdig lebendige Sache. Als er seinen Fuß darauf setzte, schämte er sich förmlich seiner glänzenden und seinen Schuhe. Die große harte, mit blauen Figuren tätowierte Hand des Schiffers half nach und zog ihn mit einem Ruck an Bord.

»Die Trauben und Feigen, Zorzi!«

Der Ruderer reichte ihm von der Gondel aus die Schüssel aus Weinblättern.

»Möge es sich Euch in Blut verwandeln!«

»Und das Brot?«

»Unser Brot ist noch ganz warm,« sagte ein Schiffer und hob dabei den schönen, runden und hellen Brotlaib in die Höhe; »es kommt grad' eben aus dem Ofen.«

Der Hunger, zusammen mit dem guten Weizen, mußte ihm einen köstlichen Geschmack verleihen.

»Ihr Diener, Herr! Und guten Wind!« rief der Ruderer und grüßte zum Abschied.

»Frischauf!«

Das lateinische Segel blähte sich purpurn, mit dem Löwen und dem Buch. Die Barke legte sich vor den Wind, den Bug San Servolo zuwendend. Das Ufer schien sich zu krümmen, wie um sie abzustoßen. Im Kielwasser mischten sich die Strömungen, die eine blaugrün, die andere rosenrot, einen opalschimmernden Strudel hervorbringend; dann wechselten sie schillernd in allen Farben, als ob das Fahrwasser ein flüssiger Regenbogen wäre.

»Abfallen!«

Das Fahrzeug drehte mit großer Gewalt. Ein Wunder vollzog sich. Die ersten Strahlen der Sonne glitten über das schlagende Segel, vergoldeten die Engel auf den Glockentürmen von San Marco und von San Giorgio Maggiore, entzündeten die Kugel der Fortuna und krönten die fünf Bischofsmützen der Basilika mit leuchtenden Blitzen. Die meerentstiegene Stadt war Königin auf dem Wasser mit all seinen gepeitschten Segeln.

»Heil dem Wunder!« Ein Gefühl übermenschlicher Kraft und Freiheit schwellte das Herz des jungen Mannes, wie der Wind das für ihn wunderbar verklärte Segel schwellte. Er stand in der purpurnen Pracht des Segels wie in der Pracht seines eigenen Blutes. Ihm schien, als ob das ganze Mysterium dieser Schönheit die siegreiche Tat von ihm gebieterisch verlange. Er fühlte sich fähig sie zu vollbringen. »Mit Freude schaffen!«

Und die Welt war sein eigen.

»Vergänglichkeit!« Foscarina war in einem Saale der Akademie vor der Alten von Francesco Torbido stehen geblieben, vor jener verrunzelten, zahnlosen, welken, vergilbten Frau, die nicht mehr lachen und nicht mehr weinen kann, vor diesem Bilde menschlichen Verfalls, der schlimmer ist als Verwesung, vor dieser Art irdischer Parze, die anstatt der Spindel oder des Fadens oder der Schere zwischen ihren Fingern das Blatt hält, auf dem die grausame Mahnung geschrieben steht.

»Vergänglichkeit!« – wiederholte sie draußen im Freien, das nachdenkliche Schweigen unterbrechend, währenddessen sie gefühlt hatte, wie ihr Herz schwerer wurde und auf den Grund sank, wie ein Stein in trübem Wasser. – »Kennen Sie das verschlossene Haus in der Calle Gámbara, Stelio?«

»Nein. Welches?«

»Das Haus der Gräfin Glanegg.«

»Nein, das kenne ich nicht.«

»Kennen Sie auch nicht die Geschichte der wunderschönen Österreicherin?«

»Nein, Fosca. Erzählen Sie sie mir.«

»Wollen wir bis zur Calle Gámbara gehen? Es sind nur ein paar Schritte.«

»Gehen wir.«

Sie gingen Seite an Seite nach dem verschlossenen Haus. Stelio hielt sich ein wenig zurück, um die Schauspielerin zu betrachten, wie sie in der unbewegten Luft vorwärts schritt. Mit seinem heißen Blicke umfing er ihre ganze Person. Die Linie der Schultern, die mit so vornehmer Anmut leicht abfielen, die biegsame und freie Taille über den kräftigen Hüften, die Knie, die sich zwischen den Falten des Rockes unbehindert bewegten, und dies bleiche, leidenschaftliche Gesicht, diesen durstigen und beredten Mund, diese Stirn, schön wie nur eine schöne Männerstirn, diese Augen, die sich in den Wimpern verlängerten, wie verschleiert von einer Träne, die unaufhörlich aufstieg und sich löste, ohne je herunterzufließen – das ganze leidenschaftliche Gesicht aus Licht und aus Schatten, aus Liebe und aus Schmerz, diese fiebernde Kraft, dieses zitternde Leben.

»Ich liebe dich, ich liebe dich; du allein gefällst mir« - sagte er plötzlich leise zu ihr, dicht an ihrer Wange, sich im Gehen gleichsam an sie pressend, indem er seinen Arm unter den ihren schob, unfähig, es zu ertragen, daß sie von neuem von jenem Weh ergriffen würde, durch jene düstere Mahnung litte.

Sie erbebte, blieb stehen und senkte die Augenlider, leichenblaß.

»Süßer Freund!« – sagte sie mit so leiser Stimme, daß die zwei Worte nicht von ihren Lippen, sondern von dem Lächeln ihrer Seele gebildet zu sein schienen.

Ihr ganzes Leid schien flüssig geworden zu sein, in eine einzige Woge von Zärtlichkeit gewandelt, die sich rückhaltslos über den Freund ergoß. Eine unendliche Dankbarkeit flößte ihr das brennende Bedürfnis ein, irgendein großes Opfer für ihn zu bringen.

»Was kann ich tun? was kann ich für dich tun? Sage es mir!«

Irgendeine wunderbare Probe, ein unerhörter und übermenschlicher Beweis ihrer Liebe schwebte ihr vor. »Dienen, dienen!« Sie wünschte sich die Welt, um sie ihm darzubieten.

»Was willst du? Sage es mir! Was kann ich für dich tun?«

»Mich lieben, mich lieben.«
»Meine Liebe ist traurig, armer Freund!«
»Sie ist vollkommen, sie macht mein Leben überreich.«
»Du bist jung...«
»Ich liebe dich.«
»Du müßtest über Kräfte herrschen, die dir gleichen...«
»Du steigerst meine Kraft und meine Hoffnung, jeden Tag. Mein Blut wird reicher, wenn ich in deiner Nähe bin und du schweigst. Dann werden in mir Dinge geboren, die dich noch in Erstaunen setzen sollen. Du bist mir notwendig.«
»Sag das nicht!«
»Jeden Tag gibst du mir die Sicherheit, daß alle Verheißungen mir erfüllt werden sollen.«
»Ja, du wirst ein schönes Geschick haben. Für dich fürchte ich nicht. Du bist sicher. Keine Gefahr kann dich schrecken; kann sich dir in den Weg stellen... Ach, lieben zu können ohne zu fürchten! Wer liebt, fürchtet. Ich fürchte nicht für dich. Du erscheinst mir unbesieglich. Dank auch hierfür!«

Sie zeigte ihm ihren tiefen Glauben wie ihre unbegrenzte, flammende Leidenschaft. Lange Zeit hatte sie, selbst in der Glut ihrer Kämpfe und in den Wechselfällen ihres Wanderlebens, die Augen fest auf diese junge, sieghafte Existenz gerichtet gehalten, wie auf eine ideale Form, aus der Läuterung ihres eigenen Wunsches geboren. Mehr als einmal hatte sie in der Traurigkeit nichtiger Liebschaften und in der Würde des selbstauferlegten Verzichtes gedacht: ›Ach, wenn am Ende all meines Mutes, der sich an Stürmen gehärtet hat, wenn am Ende all der starken und klaren Dinge, die der Schmerz und die Empörung im Grunde meiner Seele offenbart haben, wenn aus dem Besten in mir eines Tages für dich die Flügel wachsen könnten für deinen höchsten Flug!‹ Mehr als einmal hatte sich ihre Schwermut berauscht an einem fast heldischen Vorgefühl. Sie hatte zuweilen ihre Seele dem Zwang der Gewalt unterworfen, sie hatte sie zuweilen emporgehoben zur steilsten Höhe sittlicher Schönheit, sie hatte sie zu schmerzendem und reinem Tun geleitet, nur um das zu verdienen, was sie zugleich hoffte und fürchtete, nur um sich würdig zu fühlen, ihre Knechtschaft dem anzubieten, der darauf brannte, zu siegen.

Und jetzt war sie durch einen heftigen und plötzlichen Stoß des Geschicks gegen ihn geschleudert worden wie ein brünstiges Weibchen, mit ihrem ganzen bebenden Fleisch. Sie hatte sich ihm vermischt mit ihrem hitzigsten Blute. Sie hatte ihn auf ihrem Kissen den bleiernen Schlaf nach den Erschöpfungen der Liebe schlafen sehen; sie hatte das plötzliche Auffahren aus dem Schlafe an seiner Seite kennen gelernt und die Unmöglichkeit, die müden Augenlider wieder zu schließen, gepeinigt von der grausamen Furcht und der Verzweiflung, er könnte sie schlafend betrachten und in ihrem Gesicht die Spuren der Jahre suchen, er könnte Widerwillen davor empfinden und sich nach einer frischen, unerfahrenen Jugend sehnen.

»Nichts kann das aufwiegen, was du mir gibst« – sagte Stelio, indem er ihren Arm preßte und mit den Fingern in dem Handschuh ihr nacktes Handgelenk suchte, in einem fast wahnsinnigen Bedürfnis, das Pulsieren dieses ihm geweihten Lebens zu spüren und das Klopfen dieses treuen Herzens, hier an dem trübseligen Ort, an dem sie gingen, unter dem schmutzigen Rauch, der sie einhüllte und das Geräusch ihrer Schritte dämpfte. – »Nichts kommt dieser Sicherheit gleich, nun nicht mehr allein zu sein bis zum Tode.«

»Ach, du fühlst es also, du weißt es, daß dies für immer ist!« – rief sie in einem Ausbruch von Freude, bei diesem Triumph ihrer Liebe. – »Für immer, was auch immer komme, wohin dich dein Schicksal führe, auf welche Weise du auch immer wünschen mögest, daß ich dir diene, Stelio, von nahe, von ferne...«

Durch die rauchige Luft drang ein eintöniges Durcheinander von Stimmen, die sie erkannte. Es war der Chor der Sperlinge, die im Garten der Gräfin Glanegg auf den großen sterbenden Bäumen ihre Versammlung abhielten. Das Wort erstarb ihr auf den Lippen. Instinktiv wendete sie sich ab und zog den Freund mit sich auf eine andere Seite.

»Wohin gehen wir?« – fragte er, durch die plötzliche Bewegung seiner Gefährtin und durch die unerwartete Unterbrechung, die wie das Ende einer Bezauberung oder einer Musik war, aufgerüttelt.

Sie blieb stehen. Sie lächelte mit ihrem leisen, verbergenden Lächeln. »Vergänglichkeit.«

»Ich wollte fliehen« – sagte sie – »aber es geht nicht.«

Sie stand da wie eine bleiche Flamme.

»Ich hatte vergessen, daß ich Sie nach dem verschlossenen Hause führte, Stelio.«

Sie stand da, in dem aschfahlen Tag, jeder Kraft beraubt, verirrt wie in einer Wüste.

»Es kam mir vor, als hätten wir ein anderes Ziel. Aber wir sind angelangt. Vergänglichkeit!«

Sie erschien ihm in diesem Augenblicke wie in jener unvergeßlichen Nacht, als sie ihn angefleht hatte: »Tun Sie mir nichts zuleide!« Sie stand da, fast körperlos, ganz tiefgeheimste, zarte Seele, durch ein Nichts hinzumorden, zu zerstören, hinzuopfern ohne Blut.

»Wir wollen gehen« – sagte er und versuchte, sie von der Stelle zu bewegen. – »Wir wollen weiter gehen.«

»Es geht nicht.«

»Wir wollen in dein Haus gehen; laß uns in dein Haus gehen; wie wollen ein Feuer anzünden, das erste Oktoberfeuer Laß mich den Abend bei dir verbringen, Foscarina! Es wird bald anfangen zu regnen. Dann wird's so süß sein, in deinem Zimmer zu verweilen, Hand in Hand sprechen, zu schweigen... Komm. Laß uns gehen.«

Er hätte sie in seine Arme nehmen, sie wiegen, sie trösten mögen, er hätte sie weinen sehen mögen und ihre Tränen trinken. Der Klang seiner eigenen liebkosenden Worte erhöhte seine Zärtlichkeit. Von ihrer ganzen hingebenden Person liebte er jetzt ohne Maß und Ziel die zarten Linien, die von den Augenwinkeln nach den Schläfen hin liefen, und die kleinen dunklen Adern, die die Augenlider violett erschimmern ließen, und das Oval der Wangen, und das abgezehrte Kinn, und alles, was von dem Weh des Herbstes berührt schien, alles was Schatten war in dem leidenschaftlichen Gesicht.

»Foscarina! Foscarina!«

Als er sie bei ihrem wahren Namen rief, klopfte sein Herz stärker, als ob etwas tiefer Menschliches in seine Liebe träte, als ob plötzlich die ganze Vergangenheit sich von neuem anklammere an die Gestalt, die sein Traum isoliert hatte, und als ob unzählige Fäden all ihre Fibern von neuem mit dem unerbittlichen Leben verbänden.

»Komm. Laß uns gehen!«

Sie lächelte mühsam.

»Aber warum, wenn das Haus doch da ist? Wir wollen durch die Calle Gämbara gehen. Wollen Sie die Geschichte der Gräfin Glanegg nicht hören? Sehen Sie! Es sieht wie ein Kloster aus.«

Die Straße war einsam wie der Pfad in einer Wüste, grauschmutzig, feucht, mit dürren Blättern besät. Der Nordostwind erzeugte einen trägen, feuchten Nebel, der alle Geräusche dämpfte. Die verworrene Monotonie erinnerte an den Klang von knarrendem Holz und von knirschendem Eisen.

»Hinter diesen Mauern überlebt eine verzweifelte Seele die Schönheit ihres Körpers« – sagte die Foscarina leise. – »Sehen Sie! Die Fenster sind geschlossen, die Fensterläden sind unbeweglich, alle Türen sind versiegelt. Eine einzige hat man offen gelassen, für die Dienerschaft, durch die wird die Nahrung der Toten eingeführt, wie in den ägyptischen Gräbern. Die Diener nähren einen erloschenen Körper.«

Die Bäume, die die klösterliche Mauer überragten, schienen sich in ihren beinahe kahlen Wipfeln im Dunst zu lösen; und die Sperlinge, zahlreicher als die kranken Blätter auf den Zweigen, zwitscherten, zwitscherten ohne Unterlaß.

»Raten Sie ihren Namen. Er ist so schön und so selten, als ob Sie ihn erfunden hätten.«

»Ich kann nicht.«

»Radiana! Sie heißt Radiana, die Gefangene.«

»Aber wessen Gefangene ist sie?«

»Der Zeit, Stelio. Die Zeit wacht an den Toren mit ihrer Sichel und ihrem Stundenglas, wie auf den alten Stichen...«

»Eine Allegorie?«

Pfeifend ging ein Knabe vorbei. Als er die beiden sah, die nach den verschlossenen Fenstern hinaufblickten, blieb er stehen und sah mit seinen großen, neugierigen und erstaunten Augen ebenfalls hinauf. Das unaufhörliche Zwitschern der Sperlinge vermochte nicht, das Schwelgen der Mauern, der Baumstämme und des Himmels zu übertönen, denn die Monotonie lag in ihren Ohren, wie das Brausen in den Meeresmuscheln, und durch sie hindurch spürten sie die Schweigsamkeit der Dinge rundum und irgendeine ferne Stimme. Man hörte das langgezogene heisere Kreischen einer Sirene aus nebliger Ferne, das nach und nach sanft wurde wie Flötenklang. Dann erlosch es. Das Kind wurde müde, länger zu schauen, es ging nichts Bemerkenswertes vor, die Fenster öffneten sich nicht; alles blieb unbeweglich. Laufend entfernte es sich.

Man hörte die Flucht seiner kleinen nackten Füße auf den nassen Steinen und auf den dürren Blättern.

»Also?« – fragte Stelio. – »Was macht Radiana? Sie haben mir noch nicht gesagt, wer sie ist und warum sie in der Abgeschlossenheit lebt. Erzählen Sie mir von ihr. Ich mußte an Soranza Soranzo denken.«

»Es ist die Gräfin Glanegg, eine der vornehmsten Damen der Wiener Aristokratie, vielleicht das schönste Geschöpf, dem ich je auf Erden begegnet bin. Lenbach hat ein Porträt von ihr gemalt in der Walkürenrüstung, mit Flügelhelm. Kennen Sie Franz Lenbach nicht? Waren Sie nie in seinem roten Atelier im Palazzo Borghese?«

»Nein, niemals.«

»Versäumen Sie nicht, einmal hinzugehen. Und dann bitten Sie ihn, Ihnen das Porträt zu zeigen. Sie werden Radianas Gesicht nicht wieder vergessen. Sie werden es sehen, so wie ich es jetzt unverändert durch die Mauern hindurch sehe. So hat sie im Gedächtnis derer bleiben wollen, die sie in ihrem Glanz gekannt haben. Als sie an einem allzu klaren Morgen gewahr wurde, daß die Zeit des Welkens für sie gekommen war, beschloß sie, von der Welt Abschied zu nehmen, damit die Menschen dem allmählichen Verfall und dem gänzlichen Ruin ihrer berühmten Schönheit nicht zusähen. Vielleicht hielt sie die Sympathie mit den Dingen, die sich auflösen und dem Untergang geweiht sind, in Venedig zurück. Sie gab ein prächtiges Abschiedsfest, bei dem sie noch im vollen Glanze ihrer Schönheit erschien. Dann zog sie sich für immer mit ihrer Dienerschaft in dieses Haus hier, inmitten des vermauerten Gartens, zurück, das Ende erwartend. Sie ist eine legendäre Figur geworden. Man erzählt, daß sich im ganzen Hause kein Spiegel befindet, und daß sie ihr eigenes Gesicht vergessen habe. Selbst ihren ergebensten Freunden ist es strengstens verwehrt, sie zu besuchen. Wie lebt sie? Was für Gedanken beschäftigen sie? Mit welchen Künsten betrügt sie die Qual der Erwartung? Ist ihre Seele im Stande der Gnade?«

Jede Pause ihrer verschleierten Stimme, die das Rätsel befragte, war so gesättigt mit Melancholie, daß sie förmlich etwas Materielles zu werden, förmlich nach jenem schluchzenden Rhythmus zu ermessen schien, mit dem Wasser in ein enges Gefäß einzudringen pflegt.

»Betet sie? Ist sie in religiöse Betrachtungen vertieft? Weint sie? Oder vielleicht ist sie ganz apathisch geworden und leidet so wenig, wie ein Apfel leidet, der auf dem Grunde irgendeines alten Schrankes langsam verrunzelt.«

Die Frau schwieg. Ihre Mundwinkel zogen sich herunter, fast als ob sie durch diese Worte hingewelkt wären.

»Wenn sie sich nun jetzt plötzlich da oben am Fenster zeigte?« – sagte Stelio, der die lebhafte Empfindung hatte, als ob er das Kreischen der Angeln wirklich höre.

Beide spähten ängstlich nach den Zwischenräumen der fest vernagelten Jalousien.

»Sie könnte dort oben stehen und uns beobachten« – fügte er leise hinzu.

Der Schauer des einen teilte sich dem andern mit.

Sie standen an die gegenüberliegende Mauer gelehnt und hatten nicht die Willenskraft, einen Schritt zu tun. Die Regungslosigkeit der Dinge nahm Besitz von ihnen, der feuchte, aschgraue, immer dichter werdende Nebel hüllte sie ein; die verworrene Monotonie betäubte sie, wie jenes

Heilmittel, das Fieberkranke betäubt. Die Sirenen kreischten aus der Ferne. Das heisere Kreischen wurde nach und nach schwächer und klang in der weichen Luft süß wie Flötentöne und schien langsam hinzusterben, wie jene entfärbten Blätter, die einzeln, eines nach dem andern, vom Zweige sich lösten, ohne zu klagen. Was für eine lange Zeit verging, bis ein Blatt, das sich losgelöst hatte, den Erdboden erreichte! Alles war Stillstand, Dunst, Öde, Verfall, Asche.–

»Ich muß sterben, mein süßer Freund, ich muß sterben!« – sagte nach einem langen Schweigen die Frau mit herzzerreißender Stimme, indem sie ihr Gesicht von dem Kissen erhob, in das sie es gedrückt hatte, um den Krampf der Wollust und des Schmerzes zu dämpfen, den die plötzlichen und wütenden Liebkosungen bei ihr hervorriefen.

Sie sah ihren Freund auf dem andern, entfernteren Diwan, dort, dicht beim Balkon, in der Stellung jemandes, der im Begriff ist, einzuschlummern, die Augen halb geschlossen, den Kopf zurückgelehnt, vom Abendlicht goldig übergossen. Sie sah unterhalb seiner Lippe ein rotes Zeichen, wie eine kleine Wunde. Sie fühlte, daß sich an diesen Dingen ihre Begierde nährte und von neuem in trüber Glut entzündete. Sie fühlte, daß ihre Augenlider ihren Pupillen wehe taten, je länger sie blickte, und daß ihr Blick ihre Wimpern versengte, und daß das unheilbare Übel durch die Augen in sie eindrang und sich über ihren ganzen verblühten Korper verbreitete. Verloren, verloren! sie war fortan verloren, ohne Rettung!

»Sterben?« – sagte ihr Freund schwach, ohne die Augen zu öffnen, ohne sich zu bewegen, wie aus der Tiefe seiner Melancholie und seines Traumerwachens.

Sie bemerkte, daß die kleine blutrote Wunde unterhalb der Lippe sich beim Sprechen bewegte.

»Ehe du mich hassest...«

Er öffnete die Augen, richtete sich auf und streckte die Hände nach ihr aus, als wolle er sie verhindern, fortzufahren.

»Ach, warum quälst du dich?«

Er sah sie an; sie war leichenfahl, die Wangen mit den aufgelösten Haarsträhnen bedeckt, verstört, als ob ein Gift ihre Kräfte aufriebe, zusammengefallen, als ob durch das Fleisch hindurch ihre Seele gebrochen wäre, zitternd und elend.

»Was machst du aus mir? Was machen wir aus uns?« fragte die Frau angstgequält.

Sie hatten gekämpft, Mund an Mund, Herz an Herz, wie in einem Handgemenge hatten sie sich vereinigt; in ihrer Umarmung hatten sie die Witterung des Blutes gespürt. Plötzlich hatten sie in einem Taumel der Begierde nachgegeben, wie in einer blinden Wut, sich zu zerstören. Er hatte ihren Leib geschüttelt, als wollte er ihn mitsamt seinen innersten Wurzeln ausrotten. In der Liebesraserei hatten sie die Schärfe ihrer Zähne in ihren grausamen Küssen gefühlt.

»Ich liebe dich.«
»Nicht so, nicht so will ich geliebt werden...«
»Du quälst mich, plötzlich packt die Leidenschaft mich...«
»Es ist wie Haß...«
»Nein, nein, sag' das nicht!«
»Du schüttelst mich und rasest, als ob du mich zugrunde richten wolltest...«
»Du machst mich toll und blind. Ich weiß von nichts mehr.«
»Was bringt dich so außer Fassung? Was siehst du in mir?«
»Ich weiß es nicht; ich weiß es nicht, was es ist.«
»Ich weiß es.«
»Quäl' dich nicht. Ich liebe dich. Es ist die Liebe...«
»Die mich verdammt. Ich muß daran zugrunde gehen. Gib mir noch einmal den Namen, den du mir gegeben hast!«
»Du bist mein; ich besitze dich. Ich werde dich nicht verlieren.«
»Du wirst mich verlieren.«
»Aber warum? Ich verstehe dich nicht. Welcher Wahnsinn packt dich? Ist es mein Wunsch, der dich verletzt? Aber du, wünschest du mich denn etwa nicht? Bist du nicht von derselben

Wut gestachelt mich zu besitzen, von mir besessen zu werden? Deine Zähne schlagen zusammen, ehe ich dich noch berühre...« Unachtsam verletzte er sie noch tiefer, schärfte er noch die Wunde. Sie bedeckte das Gesicht mit den Handflächen. Ihr Herz klopfte gegen die erstarrte Brust wie ein Hammer, dessen harte Schläge sie ganz oben in ihrem Schädel zurückprallen fühlte.

»Sieh her!«

Er berührte die schmerzende Stelle an der Lippe, drückte die Hand auf die kleine Wunde und streckte seine von einem Tröpfchen Blut gefärbten Finger der Frau entgegen.

»Du hast mich gezeichnet. Du hast gebissen wie ein reißendes Tier...«

Plötzlich sprang sie auf, sich windend, als ob er sie mit einem glühenden Eisen gemartert hätte. Mit weitgeöffneten Augen starrte sie ihn an, als ob sie ihn mit den Blicken verschlingen wollte. Ihre Nasenflügel bebten. Eine furchtbare Kraft regte sich in ihrem Schoße. Ihr ganzer vibrierender Körper war wie nackt unter dem Obergewande, als ob keine Falten mehr ihm anhafteten. Ihr Gesicht, das sich aus den Handflächen wie aus einer verhüllenden Maske gelöst hatte, brannte in düsterer Glut, wie ein Feuer ohne Strahlen. Sie war wunderbar schön, schrecklich und bejammernswert.

»Ach, Perdita, Perdita!«

Nie, nie, niemals wird es dieser Mann vergessen, wie die verkörperte Wollust auf ihn zuschritt und auf ihn eindrang, wie sie gleich einer stummen, rasenden Woge an seine Brust stürzte, ihn umwand und ihn einsog, so daß er für einige Augenblicke die Furcht und die Freude empfand, einer göttlichen Gewalt zu unterliegen, sich in einer Art heißer, tödlicher Feuchte aufzulösen, als ob der ganze Körper der Frau plötzlich die Eigenschaft eines saugenden Mundes empfangen hätte, der ganz und gar von ihm Besitz ergriffe.

Er schloß die Augen, er vergaß die Welt, den Ruhm. Abgrundtiefer, heiliger Schatten verbreitete sich in ihm, wie in einem Tempel. Sein Geist war umschleiert und unbeweglich, aber all seine Sinne strebten danach, die menschliche Begrenztheit zu durchbrechen, über alle Schranken hinaus zu genießen: erhabene Werkzeuge, fähig, die entferntesten Geheimnisse zu durchdringen, die verworrensten Rätsel zu lösen, aus Wollust Wollust zu gewinnen, wie Harmonie aus Harmonie: wundervolle Vermittler, unbegrenzte Kräfte, Wirklichkeiten, so sicher wie der Tod. Alles entschwand wie leerer Dunst: in der Vermischung der Geschlechter einzig vereinigten sich alle Kräfte und alles Sehnen des Weltalls; der Himmel sprach sie heilig; das Dunkel und der Schatten machten sie zu einer religiösen Handlung; das Rauschen des Todes begleitete sie.

Er öffnete die Augen. Das Zimmer war dunkel, durch den offenen Balkon sah er das ferne, ferne Firmament, die Bäume, Kuppeln und Türme, die äußere Lagune, über die die Abenddämmerung sich senkte, die Euganeeischen Hügel, die ruhig und tiefblau dalagen, gleich zur Abendruhe zusammengefalteten Flügeln der müden Erde. Er sah die Gestalten des Schweigens und die schweigende Gestalt, die mit ihm verwachsen schien, wie die Rinde mit dem Stamm.

Die Frau lastete auf ihm mit ihrem ganzen Gewicht, sie umschlang und umhüllte ihn und preßte, das Gesicht verbergend, ihre Stirn krampfhaft an seine Schulter mit einem Druck, der nicht nachließ und unlöslich schien, wie der eines Leichnams, wenn seine Arme erstarren in der Umschlingung des Lebenden. Es schien, als wolle sie ihre Beute nicht wieder fahren lassen, als könne sie nicht anders von ihr gelöst werden, als indem man ihr die Arme gewaltsam abtrennte. In ihrem Umfangen fühlte er die Festigkeit und die Kraft ihrer Knochen, während er auf der Brust und an seinen Lenden ihr weiches Fleisch fühlte, das von Zeit zu Zeit auf ihm zitterte, wie auf Kiesboden strömendes Wasser. Unbeschreibliche Dinge glitten vorüber in diesem zitternden Wasser, glitten vorüber zahllos, ununterbrochen, vom Grunde aufsteigend, von weit her abstammend; sie glitten vorüber, glitten vorüber, immer dichter, dunkler, unreiner, ein Strom schlammigtrüben Lebens. Und wieder verstand er, daß sein brünstiges Begehren sich nährte von dieser Unreinheit, von diesen unbekannten Rückständen, von diesen Spuren verworfener Liebesabenteuer, von dieser körperlichen Traurigkeit, von dieser unsagbaren Verzweiflung. Wieder verstand er, daß die Gespenster anderer früherer Begierden die Heftigkeit seiner Brunst nach dem ruhelos-unsteten Weibe stachelten. Jetzt litt er an ihr, an sich; und er fühlte sie leiden, und er fühlte sie sein eigen, wie das Holz der Flamme, die es verzehrt, zueigen ist; und er horte von neuem die unerwarteten Worte nach dem Ausbruch der Leidenschaft: »Ich muß sterben!«

Wieder blickte er hinaus ins Freie; er sah die Gärten in schwarze Schatten getaucht, sah die Häuser sich erhellen, einen Stern aufflammen am düstern Himmel, am Ende der Lagune einen langen blassen Streifen erglänzen, die Hügel sich verschmelzen mit dem Saume der Nacht, die Fernen sich dehnen nach Gegenden, die reich an unbekannten Gütern. Es gab in der Welt Taten zu vollbringen, Eroberungen auszuführen, Träume in Wirklichkeit umzusetzen, Geschicke zu bezwingen, Rätsel zu entwirren, Lorbeeren zu pflücken. Dort unten lagen Wege voll geheimnisvoll unvorhergesehener Bewegungen. Irgendein verhülltes

Glück ging dort vorüber, ohne daß es jemandem begegnete, ohne daß jemand es erkannte. Lebte vielleicht zu dieser Stunde irgendwo in der Welt ein Doppelgänger, ein ferner Bruder oder ein ferner Feind, auf dessen Stirn, nach einem Tagewerk voll mühseliger Erwartung, sich die blitzgleiche Inspiration senkte, aus der ein Werk von Ewigkeitsdauer entsprang? Irgend jemand hatte zu dieser Stunde irgendein erhabenes Werk vollendet, oder hatte endlich einen heroischen Zweck für sein Leben gefunden. Und er war hier, gebunden an den Kerker seines Körpers, niedergedrückt unter der Last des verzweifelten Weibes. Dieses an Schmerz wie an Kraft überreiche Geschick war, gleich einem mit Eisen und mit Gold schwer beladenen Schiff, an ihm wie einem Felsenriff zerschellt. Was tat, was dachte an diesem Abend Donatella Arvale auf ihrem toskanischen Hügel, in ihrem einsamen Hause, bei dem wahnsinnigen Vater? Zügelte sie ihren Willen in einem wohlüberlegten Kampfe? Vertiefte sie ihr Geheimnis? War sie rein?

Seine Glieder wurden gefühllos unter der Umklammerung; wie gelähmt waren seine Arme in dem starren Druck. Stumm und unbeweglich umfaßte die Betäubung sein ganzes Sein. Eine tiefe Traurigkeit, beklemmend wie Alpdrücken, legte sich dicht um sein Herz. Es schien ihm, als ob die Stille auf einen Aufschrei laure. In seinen durch die schwere Last wie erstarrten Gliedern pochten die Adern schmerzhaft. Die Klammer ließ allmählich nach, als ob das Leben dahinschwände. Die herzzerreißenden Worte kamen ihm wieder zum Bewußtsein. Ein plötzlicher Schrecken bemächtigte sich seiner, wie bei der Erscheinung eines tödlich-schmerzhaften Bildes. Und trotzdem bewegte er sich nicht, sprach nicht und machte keinen Versuch, diese qualvolle Wolke zu verscheuchen, die sich über ihnen beiden angesammelt hatte. Er blieb wie gelähmt. Seine Vorstellungen von Ort und Zeit verwirrten sich. Er sah sich und das Weib in einer endlosen, mit dürrem Gras spärlich bewachsenen Ebene, unter einem weißen Himmel. Sie warteten, warteten, daß eine Stimme sie rufe, daß eine Stimme sie aufrichte... Ein verworrener Traum entwickelte sich aus seiner Betäubung, schwankte wechselnd und wurde immer beängstigender unter dem Alpdruck. Jetzt glaubte er, atemlos eine steile Höhe mit seiner Gefährtin htnaufzukeuchen, und ihre unmenschliche Not machte seine Not um so schlimmer...

Aber er fuhr beim Klange eines Glöckchens zusammen und öffnete die Augen wieder. Es war die Glocke von San Simeone Profeta, so nahe, als ertöne sie im Zimmer selbst. Der metallische Klang schrillte schmerzhaft in die Ohren.

»Warst du auch ein wenig eingeschlummert?« – fragte er die Frau, die so gänzlich haltlos in seinem Arme lag, als wäre sie schon ausgelöscht.

Und er hob eine Hand und fuhr ihr liebkosend über das Haar, die Wange, das Kinn.

Als ob diese Hand ihr das Herz zerspalte, brach sie in Schluchzen aus. Sie schluchzte, schluchzte an seiner Brust, ohne zu sterben.

»Ich habe ein Herz, Stelio« – sagte die Frau und sah ihm dabei mit schmerzlicher Anstrengung, die ihre Lippen erbeben machte, in die Augen; als ob sie eine schamhafte Schüchternheit überwinden müsse, um diese Worte herauszubringen. – »Ich leide an einem Herzen, das allzu lebendig hier pocht, Stelio, ach, lebendig und gierig und bange, wie Sie es nie erfahren werden...«

Sie lächelte mit ihrem leisen, verbergenden Lächeln, zögerte, streckte die Hand nach einem Veilchenstrauße aus, ergriff ihn und drückte ihn ins Gesicht. Ihre Augenlider senkten sich, und ihre wunderbar schöne, traurige Stirn blieb zwischen den Haaren und den Blumen frei.

»Sie kränken es zuweilen« – sagte sie leise, den Mund in den Veilchen – »Sie sind zuweilen grausam...«

Es schien, als ob diese bescheidenen, duftenden Blumen es ihr erleichterten, ihren Kummer zu bekennen und ihren schüchternen Vorwurf gegen den Freund noch mehr zu verhüllen. Sie schwieg; er senkte den Kopf. Man hörte das Knistern der Holzscheite im Kamin; man hörte den Regen gleichmäßig in dem verödeten Garten plätschern.

»Einen großen Durst nach Güte habe ich – ach, Sie werden nie verstehen, was für einen Durst! Die Güte, mein süßer Freund, die wahre, tiefe, die nicht sprechen kann, aber die versteht, die alles in einem einzigen Blick, in einer kleinen Bewegung schenken kann, die stark ist und sicher und stets gegen das Leben gewendet, das befleckt und verführt... Kennen Sie die?«

Ihre Stimme war abwechselnd fest und bebend, so warm von innerem Lichte, so voll von Seelenoffenbarung, daß der junge Mann sie durch sein ganzes Blut fluten fühlte, nicht wie einen Klang, sondern wie eine geistige Wesenheit.

»In dir, in dir habe ich sie kennen gelernt!«

Er nahm ihre Hand, die, die Veilchen umklammernd, in ihrem Schoß ruhte; er beugte sich nieder und küßte sie demütig. Er blieb zu ihren Füßen, in demütiger Haltung. Der zarte Duft vergeistigte seine Zärtlichkeit. In der Pause sprachen vernehmlich Feuer und Wasser.

Mit klarer Stimme fragte die Frau:

»Glauben Sie, daß ich Ihnen ganz ergeben bin?«

»Hast du mich nicht an deinem Herzen schlafen sehen?« erwiderte er mit veränderter Stimme, plötzlich von einer neuen Empfindung ergriffen; denn er sah in dieser Frage seine Seele nackt und offen sich ihm bloßlegen, er fühlte sein geheimes Bedürfnis, zu glauben und zu vertrauen, enthüllt.

»Ja, aber was beweist das? Die Jugend hat einen ruhigen Schlaf auf jedwedem Kissen. Du bist jung...«

»Ich liebe dich, und ich glaube an dich; ich gebe mich gänzlich hin. Du bist meine Gefährtin. Deine Hand ist stark und sicher.«

Er hatte gesehen, wie die wohlbekannte Angst die Züge ihres lieben Gesichts entstellte; und seine Stimme hatte von Zärtlichkeit gebebt.

»Güte!« – sagte die Frau und liebkoste ihm mit leichter Hand die Haare an der Schläfe. – »Du kannst gut sein, du fühlst das Bedürfnis zu trösten, süßer Freund! Aber wir haben einen Fehltritt begangen, und der muß gesühnt werden. Zuerst schien es mir, als könne ich alles für dich tun, das Demütigste und das Größte; und jetzt kommt es mir vor, als könne ich nur ein einziges Ding tun: fortgehen, verschwinden, dich mit deinem Schicksal freilassen...«

Er unterbrach sie, sich aufrichtend und das teure Gesicht zwischen seine Hände nehmend.

»Ich kann das tun, was selbst die Liebe nicht kann!« – sagte sie leise, erbleichend und ihn ansehend, wie sie ihn nie angesehen hatte.

Er fühlte eine Seele zwischen seinen Händen, das Wunderbild eines lebendigen Quells, von unendlicher kostbarer Schönheit.

»Foscarina, Foscarina, Seele, Leben, ja, ja, mehr als die Liebe, ich weiß es, daß du mir mehr geben kannst, als die Liebe; und nichts kommt für mich dem gleich, was du mir geben kannst; und nichts anderes könnte mich dafür entschädigen, wenn ich dich nicht zur Seite hätte auf meinem Wege. Glaube mir, glaube mir! Wie oft habe ich es dir wiederholt, erinnere dich! Auch als du noch nicht ganz mein warst, auch als das Verbot noch zwischen uns stand...«

Er hielt sie eng umschlossen, beugte sich nieder und küßte sie leidenschaftlich auf die Lippen.

Ein Schauer lief über ihren ganzen Körper: der eisige Strom flutete über sie fort und machte sie erstarren.

»Nein, nicht mehr!« – rief sie schneebleich.

Sie stieß den Freund von sich. Sie konnte das Keuchen in ihrer Brust nicht beherrschen. Wie im Traume bückte sie sich, um die Veilchen, die heruntergefallen waren, aufzuheben.

»Das Verbot!« – sagte sie nach einer Zwischenpause des Schweigens.

Man hörte ein dumpfes Prasseln von einem Holzscheite, das der Glut des Feuers widerstand,» der Regen klatschte auf die Steine und auf die Zweige. Von Zeit zu Zeit klang das Geräusch wie das Brausen des Meeres, beschwor feindliche Einsamkeiten herauf und ungastliche Fernen und umherirrende Wesen, die unter den Unbilden rauher Himmelsstriche schweiften.

»Warum haben wir es überschritten?«

Stelio blickte unverwandt in die beweglichepracht des Kaminfeuers; aber in seinen offenen, flachen Händen bewahrte er das übernatürliche Gefühl, die Spur des Wunders, die Nachempfindung dieses menschlichen Angesichts, durch dessen jammervolle Blässe jene Woge gottergleicher Schönheit geflutet war.

»Warum?« – wiederholte schmerzlich das Weib. – »Ach, gestehen Sie, gestehen Sie, daß auch Sie in jener Nacht, ehe die blinde Wut uns packte und uns überwältigte, daß auch Sie die Empfindung hatten, daß alles auf dem Spiel stünde und verwüstet und verloren würde, daß auch Sie die Empfindung hatten, wir dürften nicht nachgeben, wenn wir das Gute retten wollten, das aus uns geboren war, jenes starke und berauschende Etwas, das mir der einzige Preis meines Lebens schien. Gestehen Sie, Stelio, sprechen Sie die Wahrheit! Ich könnte Ihnen fast den Augenblick bezeichnen, in dem die gute Stimme zu Ihnen sprach. War es nicht auf dem Wasser, als wir nach Hause fuhren, und Donatella bei uns war?«

Einen Augenblick hatte sie gezögert, ehe sie den Namen aussprach; und gleich daraufhatte sie eine beinahe physische Bitterkeit empfunden, die von den Lippen in ihr Inneres drang, als ob diese Silben fortan für sie ein Gift enthalten hätten. Schmerzlich leidend erwartete sie die Antwort des Freundes.

»Ich kann nicht mehr zurück, Foscarina« – erwiderte er – »und ich will auch nicht. Ich habe mein Gut nicht verloren. Mir gefällt es, daß deine Seele eine eindringliche Sprache spricht und daß das Blut aus deinen Wangen weicht, wenn ich dich berühre und du fühlst, daß ich dich begehre...«

»Schweig, schweig« – flehte sie – »quäle mich nicht immer! Laß mich dir von meinen Schmerzen sprechen! Warum hilfst du mir nicht?«

Sie wühlte sich ein wenig in die Kissen, auf denen sie saß, zog sich in sich zusammen, wie unter einer brutalen Vergewaltigung, und sah starr in die Glut, um den Geliebten nicht ansehen zu müssen.

»Mehr als einmal habe ich in deinen Augen etwas gelesen, das mir Entsetzen einflößte,« konnte sie endlich mit einer Anstrengung, die ihre Stimme heiser machte, herausbringen.

Er zitterte, wagte aber nicht, ihr zu widersprechen.

»Entsetzen!« wiederholte sie deutlicher, unerbittlich gegen sich selbst; denn sie hatte jetzt ihre Furcht besiegt und ihren Mut gestählt.

Sie standen beide im Angesicht der Wahrheit, mit ihren bebenden, nackten Herzen.

Das Weib sprach ohne Schwäche.

»Das erstemal war es da unten, im Garten, in jener Nacht... Ich weiß, was du in mir sahst: den ganzen Schmutz, über den ich geschritten bin, die ganze Schande, die ich erlebt habe, die ganze Unreinheit, die mir Schauder eingeflößt hat... Ach, die Visionen, die dein Fieber zu rasender Glut anfachten, hättest du nicht eingestehen können! Du hattest grausame Augen und einen krampfhaft verzerrten Mund. Als du merktest, daß du mich verwundetest, da hattest du Mitleid... Aber dann... aber dann...«

Sie hatte sich mit glühender Röte bedeckt, ihre Stimme hatte einen leidenschaftlichen Klang angenommen, und ihre Augen glänzten.

»Jahre und Jahre hindurch von meinem Besten ein Gefühl grenzloser Hingebung und Bewunderung genährt zu haben, aus der Nähe und aus der Ferne, in der Freude und in der Traurigkeit; mit dem Ausdruck reinster Dankbarkeit jede den Menschen dargebrachte Tröstung Ihrer Poesie hingenommen und voll Sehnsucht neue, immer erhabenere, immer trostreichere Gaben erwartet zu haben; an die gewaltige Kraft Ihres Genius geglaubt zu haben von Anbeginn an, und niemals die Augen von Ihrem Ausstieg abgewendet, ihn mit einem feierlichen Gelübde begleitet zu haben, das Jahre hindurch gleichsam mein Morgen- und Abendgebet war; schweigend und glühend unaufhörlich daran gearbeitet zu haben, meinem Geiste Schönheit und Harmonie zu verleihen, damit er weniger unwürdig wäre, sich dem Ihren zu nahen; so oft auf der Bühne, vor einem hingerissenen Publikum, mit innerem Schauer ein unsterbliches Wort gesprochen zu haben, jener Worte gedenkend, die vielleicht Sie eines Tages durch meinen Mund der Menge könnten künden lassen; ohne Rast gearbeitet, immer und immer versucht zu haben, zu einer einfacheren, mehr verinnerlichten Kunst zu gelangen, ohne Unterlaß nach der Vollkommenheit gestrebt zu haben, aus Furcht, Ihnen nicht zu genügen, Ihrem Traume zu wenig zu gleichen; meinen flüchtigen Ruhm nur deshalb geliebt zu haben, weil er eines Tages dem Ihren dienstbar werden könnte; mit der Inbrunst des unerschütterlichsten Glaubens Ihre neuen Offenbarungen geschürt zu haben, um mich als ein Werkzeug Ihres Sieges anzubieten, vor meinem Niedergang; und gegen alles und gegen jeden diese Ideale meiner verborgenen Seele verteidigt zu haben, gegen alle und auch gegen mich selbst, am tapfersten sogar und am härtesten gegen mich selbst; aus Ihnen meine Schwermut gemacht zu haben, meine starke Hoffnung, meine tapferste Prüfung, das Wahrzeichen alles dessen, was gut, stark und frei ist, ach, Stelio, Stelio...«

Sie hielt einen Augenblick inne, erstickt von der Überfülle, von der Erinnerung wie von einer neuen Schmach gekränkt.

»... um zu dieser Morgenstunde zu gelangen, um Sie so von meinem Hause fortgehen zu sehen, in dieser fürchterlichen Morgenstunde!«

Sie wurde totenblaß, alles Blut wich aus ihrem Gesicht.

»Erinnerst du dich daran?«

»Glücklich war ich, glücklich, glücklich!« – schrie er ihr zu, mit erstickter Stimme, bis ins Innerste erschüttert.

»Nein, nein... Erinnerst du dich nicht? Du standest von meinem Bett auf wie vom Bett einer Courtisane, gesättigt, nach einigen Stunden ungestümer Lust...«

»Du täuschest dich, du täuschest dich!«

»Bekenne! Sprich die Wahrheit! Einzig durch die Wahrheit können wir uns noch retten.«

»Ich war glücklich, mein ganzes Herz war geöffnet, ich träumte und hoffte, ich fühlte mich wie neugeboren...«

»Ja, ja, glücklich, aufzuatmen, dich frei zu wissen, dich in der frischen Luft und im Tageslichte noch jung zu fühlen. Ach, du hattest deinen Liebkosungen zu viel Bitternis beigemischt, deiner Lust zu viel Gift. Was sähest du in ihr, die so oft mit ihrer Entsagung tödlich gerungen hatte – und du weißt es – ja, tödlich gerungen lieber, als daß sie das Verbot übertreten hätte, das notwendig war für den Traum, den sie mit sich trug auf ihren endlosen Irrfahrten durch die Welt? Sprich: was sahst du in ihr, außer dem verdorbenen Geschöpf, der Beute der Wollust, dem Rückstand abenteuerlicher Liebschaften, der vagabundierenden Schauspielerin, die in ihrem Bette, wie auf der Bühne, allen gehört und niemandem...«

»Foscarina! Foscarina!«

Er stürzte sich auf sie, er schloß ihren Mund mit zitternden Händen, erschüttert, entsetzt.

»Nein, nein, sprich nicht weiter! Schweig! Du bist toll, du bist toll...«

»O Grauen!« – murmelte sie, rücklings in die Kissen fallend, als ob sie das Bewußtsein verlöre, erschöpft von dem leidenschaftlichen Ungestüm, aschgrau von der Flut von Bitterkeit, die vom Grunde ihres Herzens aufstieg.

Aber ihre Augen blieben starr und weit geöffnet, unbeweglich wie zwei Kristalle, hart, als ob sie ohne Wimpern wären, fest auf ihn gerichtet. Sie nahmen ihm die Fähigkeit zu sprechen: die Wahrheit, die sie entdeckt hatten, zu leugnen oder zu mildern. Nach einigen Augenblicken wurden sie ihm unerträglich. Er schloß sie mit seinen Fingern, wie man die Augen der Toten schließt. Sie sah seine Bewegung, die voll unendlicher Schwermut war, sie fühlte auf ihren Lidern die Finger, die sie berührten, wie nur Liebe und Mitleid zu berühren wissen. Die Bitterkeit schwand, der schmerzliche Krampf löste sich; die Wimpern wurden feucht. Sie streckte die Arme aus, schlang sie um seinen Hals, und sich an ihm stützend, richtete sie sich ein wenig auf. Sie schien sich ganz in sich zusammenzuziehen, wieder leicht und schwach zu werden, voll schweigenden Flehens.

»So muß ich also gehen!« – seufzte sie mit einer Stimme, die feucht von inneren Tränen war. – »Gibt es keinen Ausweg? Gibt es keine Vergebung?«

»Ich liebe dich« – sagte der Geliebte.

Sie machte einen Arm frei und streckte die offene Hand nach dem Feuer aus, wie zu einer Beschwörung. Dann umschlang sie ihn wieder eng.

»Ja, noch für kurze Zeit, noch für kurze Zeit! Laß mich noch bei dir bleiben! Dann will ich gehen, dann will ich sterben, weit fort, dort unten, unter einem Baum, auf einem Stein. Laß mich noch ein wenig bei dir bleiben!«

»Ich liebe dich« – sagte der Geliebte.

Es schien, als ob die blinden und ungebändigten Kräfte des Lebens über ihren Häuptern, über ihrer Umarmung dahinwirbelten; sie empfanden ihre vernichtende Gewalt und preßten sich um so fester aneinander, und aus der Umschlingung der beiden Körper erwuchs für ihre Seelen ein Glück und eine entsetzliche Pein, die so vermischt und verschmolzen waren, daß sie nicht mehr zu trennen schienen. Die Stimme der Elemente sprach in der Stille eine dunkle Sprache, die wie eine unverstandene Antwort auf ihre stumme Frage war. Feuer und Wasser redeten, erzählten, antworteten. Nach und nach lockten sie den Geist des Dichters zu sich, verführten ihn, bemächtigten sich seiner, führten ihn hinüber in die Welt der unzähligen Mythen, die aus ihrer Ewigkeit geboren waren. Er hörte in seinen Ohren, mit tiefer Wirklichkeitsempfindung, die beiden Melodien erklingen, die die innerste Wesenheit der beiden elementaren Willenskräfte ausdrücken, die beiden wunderbaren Melodien, die er gefunden hatte, um sie in das symphonische Geflecht der neuen Tragödie zu verweben. Die bohrenden Schmerzen, die zitternde Ungeduld hörten plötzlich auf, wie durch einen glücklichen Stillstand, eine Pause wonnigen Wahns im Elend. Auch die Arme des Weibes lösten sich, als ob sie einem geheimnisvollen Befehl nach Befreiung gehorchten.

»Es gibt keinen Ausweg« – sagte sie zu sich selbst, als ob sie ein Verdammungsurteil wiederholte, das sie mit ihren Ohren in derselben Weise gehört hatte, wie der andere die gewaltigen Melodien gehört hatte.

Sie bückte sich, stützte das Kinn auf die Hand und den Ellbogen auf das Knie; in dieser Haltung blieb sie, den Blick ins Feuer gerichtet, die Stirn gerunzelt.

Er betrachtete sie, und seine Qual kehrte zurück. Die Ruhepause war allzu schnell wieder vorüber; aber sein Geist hatte sich auf sein Werk gerichtet, und eine Erregung, die der Ungeduld glich, war zurückgeblieben. Diese Qual erschien ihm jetzt zwecklos; die Verzweiflung der Frau erschien ihm fast lästig, da er sie ja liebte, da er sie begehrte und seine Liebkosungen stürmisch waren, und da sie beide frei waren, und der Ort, an dem sie lebten, ihren Träumen und ihren Freuden günstig war. Er hätte ein unvorhergesehenes Mittel finden mögen, um den eisernen Reif zu durchbrechen, um den trüben Dunst zu zerstreuen, um die Freundin wieder zur Freude zu erwecken. Er suchte bei seinem zartesten Empfinden nach irgendeiner Eingebung, um der Traurigen ein Lächeln zu entlocken, um sie zu besänftigen. Aber jetzt fand er nicht mehr jene hingebende Schwermut, jenes zitternde Mitleiden, das seinen Fingern eine so süße Heilkraft verliehen hatte, als er ihr die verzweifelten Augen zudrückte. Sein Instinkt gab ihm nichts ein, als sinnliche Gebärden, Liebkosungen, die die Seele zum Schweigen bringen die und Gedanken verwirren.

Er zögerte und betrachtete sie. Sie verharrte in derselben Stellung, gebückt, das Kinn auf die Hand gestützt, mit gerunzelter Stirn. Die Glut beleuchtete, hell aufflammend, ihr Gesicht und ihre Haare; es lag etwas Wildes in dem natürlichen Fall und in dem rötlichen Reflex ihrer Haare, die von den Schläfen in dichtem Gelock herunterwallten, etwas Ungebändigtes und Gewalttätiges, das an die Flügel von Raubvögeln erinnerte.

»Was siehst du?« – fragte sie, seinen forschenden Blick fühlend. – »Entdeckst du ein weißes Haar?«

Er ließ sich auf die Knie vor ihr nieder, nachgiebig, liebkosend.

»Ich sehe dich schön. Immer wieder entdecke ich etwas Neues an dir, Foscarina, das mir gefällt. Ich betrachtete den wundervollen Fall deiner Haare, den nicht der Kamm, sondern das Ungewitter zuwege gebracht hat.«

Er griff mit seinen sinnlichen Händen in das dichte Gelock. Sie schloß die Augen, von der Eiseskälte gepackt, von jener fürchterlichen Macht überwältigt; sie war sein, wie ein Ding, das man in der Faust hält, wie ein Ring am Finger, wie ein Handschuh, wie ein Kleid, wie ein Wort, das gesprochen oder verschwiegen werden kann, ein Wein, den man austrinkt oder auf die Erde schüttet.

»Ich sehe dich schön. Wenn du so die Augen schließest, fühle ich dich mein bis in die letzte, letzte Tiefe, mein, in mir, wie die Seele im Körper ist; ein einziges Leben, meines und deines... ach, ich kann dies nicht sagen...In mir erbleicht dein Gesicht...Ich fühle es, wie die Liebe aussteigt, aufsteigt, in alle deine Adern, in deine Haare; ich sehe sie unter deinen Augenlidern hervorbrechen...Wenn deine Augenlider zucken, habe ich die Empfindung, als poche mein Blut in demselben Rhythmus, und als berühre der Schatten deiner Wimpern mein innerstes Herz...«

Sie lauschte im Dunkeln, in das mit dem lebendigen Wortgefüge die Glut des aufzuckenden Feuers zu ihr drang, und von Zeit zu Zelt kam es ihr vor, als ob diese Stimme weit entfernt wäre und gar nicht zu ihr spräche, sondern zu einer andern, und als belausche sie versteckt ein Liebes-Zwiegespräch, und als würde sie von Eifersucht zerrissen und von Blitzen eines mörderischen Willens durchzuckt, als hätte ein Geist blutiger Rache von ihr Besitz ergriffen, und als ob trotzdem ihr Körper reglos bliebe und ihre Hände gelähmt, ohnmächtig, in unbeweglicher Starrheit herunterhingen.

»Du bist meine Wollust und bist mein Erwachen. In dir lebt eine weckende Kraft, deren du dir selber unbewußt bist. Die einfachste Handlung von dir genügt, um mir eine bis dahin unbekannte Wahrheit zu offenbaren. Und die Liebe ist wie die Erkenntnis: je mehr Wahrheiten sie enthüllt, um so leuchtender wird sie. Warum, o warum grämst du dich? Nichts ist zerstört, nichts ist verloren. Wir mußten uns vereinigen, wie wir uns vereinigt haben, um gemeinsam der Freude entgegenzugehen. Es war notwendig, daß ich frei und glücklich im Vollbesitz deiner ganzen Liebe war, um das schöne Werk zu schaffen, das von so vielen erwartet wird. Ich bedarf deines Glaubens, Ich habe das Bedürfnis, zu genießen und zu schaffen...Deine bloße Gegenwart schon genügt, um meinem Geist eine unermeßliche Fruchtbarkeit zu verleihen. Vorher, als du mich in deinen Armen hieltest, habe Ich plötzlich durch das Schweigen einen Strom von Musik, eine Flut von Melodien wogen hören...«

Mit wem sprach er? Von wem begehrte er Freude? Galt sein musikalisches Bedürfnis nicht ihr, die da sang und mit ihrem Gesang das Weltall umgestaltete? Von wem, wenn nicht von ihrer frischen Jugend, von ihrer unberührten Jungfräulichkeit, konnte er begehren, zu genießen und zu schaffen? Während sie ihn in ihren Armen hielt, sang die andere in ihm! Und nun, und nun? zu wem sprach er, wenn nicht zu der andern? Nur die andere konnte ihm geben, was für seine Kunst und für sein Leben notwendig war. Die Jungfrau war eine neue Kraft, eine unerschlossene Schönheit, eine Waffe, die noch nicht gezückt war scharf und prachtvoll tauglich für den Rausch des Kampfes. O Verhängnis! Furchtbares Verhängnis!

Ein mit Zorn vermischter Schmerz quälte die Frau in dieser vibrierenden, zeitweilig unterbrochenen Dunkelheit, aus der sie nicht aufzutauchen wagte. Sie litt, als läge sie im Banne eines Alpdrucks. Ihr schien, als stürze sie in den Abgrund mit all dem nicht mehr zu zerstörenden Schmutz, mit ihrem abgelebten Leben, mit ihren Jahren voll Elend und voll Triumph, mit ihrem verblühten Gesicht und ihren tausend Masken, mit ihrer verzweifelten Seele und mit den tausend Seelen, die ihre Hülle bewohnt hatten. Diese Leidenschaft, die sie retten sollte, trieb sie jetzt unentrinnbar in den Untergang und den Tod. Um bis Zu ihr zu gelangen, um sie zu genießen, mußte der Wunsch des Geliebten das verworrene Trümmerfeld überschreiten, das, wie er glaubte, aus zahllosen unbekannten Liebschaften rückständig geblieben war, und er mußte sich beflecken, sich schänden, sich verhärten und verbittern, um von der Verbitterung schließlich zum Ekel überzugehen, vielleicht zum Haß, zur Verachtung. Er würde ja doch immer auf ihren Liebkosungen den Schatten anderer Männer sehen, und dieser Schatten würde ja doch stets den Instinkt bestialischer Wildheit reizen, der im Hintergrund seiner starken Sinnlichkeit schlummerte. Ach, was hatte sie getan? Sie hatte einen wütenden Zerstörer gewappnet und hatte ihn zwischen sich und ihren Freund gestellt. Für sie gab es kein Entrinnen mehr. Sie selbst hatte ihm, an jenem Abend des lodernden Feuers, die schöne und frische Beute zugeführt, auf die er einen jener Blicke geheftet halte, die zugleich eine Auserwählung und ein Versprechen bedeuten. Und jetzt, zu wem sprach er, wenn nicht zu ihr? Von wem begehrte er Freude?

»Sei nicht traurig! Sei nicht traurig!«

Sie hörte seine Worte nur noch verworren, von Augenblick zu Augenblick schwächer, wie wenn ihre Seele in die Tiefe versänke und jene Stimme oben bliebe. Aber sie fühlte seine ungeduldigen Hände, die sie liebkosten, die sie betasteten. Und in der rotglühenden Finsternis, die Delirien und Wahnsinn in sich zu tragen schien, brach plötzlich aus ihren Eingeweiden, aus ihren Adern, aus ihrem ganzen gemarterten Fleische eine wilde Empörung hervor.

»Willst du, daß ich dich zu ihr führe? Willst du, daß ich sie dir ruft?« – schrie sie außer sich, die Augen weit geöffnet auf ihn gerichtet, der sie entsetzt ansah, seine Pulse umklammernd und ihn mit krampfhafter Gewalt, aus der die Klaue des reißenden Tieres lauerte, hin- und herschüttelnd. – »Geh! Geh! Sie erwartet dich. Warum bleibst du noch hier? Geh, lauf! Sie erwartet dich.«

Sie erhob sich, riß ihn auf und suchte ihn nach der Tür zu drängen. Sie war unkenntlich, durch die Leidenschaft in ein drohendes und gefährliches Geschöpf umgewandelt. Unglaublich war die Kraft ihrer Hände, die gewalttätige Energie, die sich in all ihren Gliedern entwickelte.

»Wer, wer erwartet mich? Was sprichst du? Was hast du? Komm zu dir! Foscarina!«

Er stammelte, rief sie, zitternd vor Entsetzen, denn er glaubte, das Bild des Wahnsinns aus diesem verzerrten Gesicht zu erkennen. Sie hörte ihn nicht, sie war von Sinnen.

»Foscarina!«

Er rief sie mit seiner ganzen Seele, schreckensbleich, gleichsam als wollte er mit seinem Ruf die weichende Vernunft zurückhalten.

Sie zuckte heftig zusammen; ihre Hände öffneten sich; sie warf einen irren Blick um sich, wie jemand, der erwacht und sich nicht zurecht findet. Sie keuchte.

»Komm, setz' dich.«

Er führte sie wieder zu den Kissen und bettete sie dort sanft. Sie ließ sich umschmeicheln und besänftigen von dieser verzweifelten Zärtlichkeit. Es schien, als ob sie aus tiefer Besinnungslosigkeit wieder zu sich gekommen wäre und sich an nichts mehr erinnere. Sie wehklagte.

»Wer hat mich geschlagen?«

Sie befühlte ihre schmerzenden Arme, sie untersuchte ihre Wangen bei dem Ansatz der Kinnladen, die ihr wehtaten. Sie begann, vor Kälte zu beben.

»Streck' dich aus, leg' den Kopf hierher...«

Er ließ sie sich ausstrecken, brachte den Kopf in eine bequeme Lage, bedeckte ihre Füße mit einem Kissen, in zarter, liebevollster Besorgnis über sie gebeugt wie über eine teure Kranke, sein ganzes noch immer wild klopfendes Herz ihr hingegeben.

»Ja, ja« – wiederholte sie mit leiser Stimme bei jeder Bewegung von ihm, als wolle sie die Süße dieser sorgenden Pflege verlängern.

»Friert dich?«

»Ja.«

»Soll ich dich zudecken?«

»Ja.«

Er suchte nach einer Decke, fand auf einem Tisch ein Stück alten Sammet und bedeckte sie damit. Sie lächelte ihm kaum merklich zu.

»Fühlst du dich so behaglich?«

Sie gab ein kaum wahrnehmbares Zeichen mit den Augenlidern, die ihr zufielen. Da las er die Veilchen, die verwelkt und verschmachtet herumlagen, auf und legte den Strauß auf das Kissen, auf dem ihr Kopf ruhte.

»So?«

Sie bewegte die Wimpern mit noch schwächerem Zeichen. Er küßte sie auf die Stirn, mitten in den Duft; dann ging er, um das Feuer zu schüren, legte viel Holz nach und fachte eine große Flamme an.

»Dringt die Hitze bis zu dir? Erwärmst du dich?« – fragte er mit leiser Stimme.

Er kam wieder näher und beugte sich über die arme Seele. Er hielt den Atem an. Sie war eingeschlummert. Die Verzerrung ihres Gesichts löste sich, die Linien ihres Mundes glätteten sich wieder in dem gleichmäßigen Rhythmus des Schlafes, eine Ruhe ähnlich der des Todes breitete sich über ihr bleiches Antlitz. »Schlafe! Schlafe!« Er war so voll Mitleid und Liebe, daß er diesem Schlafe eine unbegrenzte Macht des Trostes und des Vergessens hätte verleihen mögen. »Schlafe! Schlafe!«

Er blieb vor ihr auf dem Teppich und bewachte sie. Einige Augenblicke lang zählte er ihre Atemzüge. Diese Lippen hatten gesagt: »Ich kann ein Ding tun, das die Liebe nicht vollbringen kann!« Diese Lippen hatten geschrien: »Willst du, daß ich dich zu ihr führe? Willst du, daß ich sie herrufe?« Er richtete nicht, er faßte keinen Entschluß; er ließ seine Gedanken ins Weite schweifen. Wieder fühlte er die blinden, ungebändigten Gewalten des Lebens über seinem Kopfe, über dieser Schlafenden wirbeln, und zugleich seinen schrecklichen Willen zum Leben. »Bios heißt der Name des Bogens, und sein Werk ist der Tod.«

In der Stille sprachen das Feuer und das Wasser. Die Stimme der Elemente, die in Schmerzen entschlummerte Frau, das drohende Verhängnis, die ungeheure Größe der Zukunft, Erinnerung und Vorgefühl, all diese Zeichen schufen in seinem Geiste einen Zustand musikalischen Mysteriums, aus dem das noch ungeborene Werk entstand und Licht empfing. Er hörte seine Melodien sich ins Unendliche entwickeln. Er hörte, wie eine Person aus seiner Dichtung sagte: »Sie allein löscht unsern Durst; und all der Durst, der in uns ist, richtet sich gierig auf ihre Frische. Wenn sie nicht wäre, könnte niemand hier leben, wir müßten alle in der Dürre verschmachten...« Er sah eine Landschaft, die von dem trockenen, weißen Bette eines alten Stromes durchfurcht und von verdorrten Sträuchern spärlich bestanden war, an einem ungewöhnlich ruhigen und reinen Abend. Er sah ein verhängnisschweres, unausgesetztes, goldenes Blitzen, ein Grab voll von Leichen, die alle mit Gold bedeckt waren, Cassandras Leiche zwischen den Totenurnen bekränzt. Eine Stimme sprach: »Wie weich und locker ist ihre Asche! Sie gleitet zwischen den Fingern wie Meeressand...« Eine Stimme sprach: »Sie redete von einem Schatten, der über alle Dinge gleitet und von einem feuchten Schwamm, der alle Spuren verlöscht...« Hier wurde es Nacht: die Sterne funkelten, Myrten dufteten, eine Jungfrau öffnete ein Buch und las ein Klagelied. Und eine Stimme sprach: »Ach, die Statue der Niobe! Ehe sie starb, sah Antigone eine steinerne Statue, der ein Quell ewiger Tränen entströmte...« Der Wahn der Zeit war verschwunden; die Ferne der Jahrhunderte war niedergerissen. Die antike tragische Seele war lebendig in der neuen Seele. Mit dem Worte und mit der Musik baute der Dichter die Einheit der Welt des Ideals von neuem auf.

An einem Novembernachmittag kehrte er, von Daniele Glàuro begleitet, auf einem der kleinen Schiffe vom Lido zurück. Sie hatten das Adriatische Meer im Sturm hinter sich gelassen, und das Tosen der grünen, silbergekrönten Wogen gegen den einsamen Strand, und die Bäume von San Niccolo, die ein rasender Wind entlaubt hatte, und das Wirbeln der dürren Blätter, die aufgeregten Bilder des Landens und Abfahrens, die Erinnerung an die Armbrustschützen, die mit dem Scharlach wetteifern konnten, und an die wilden Reiterkünste von Lord Byron, der von der Unrast verzehrt wurde, sein Geschick zu überwinden.

»Auch ich hätte heute ein Königreich für ein Pferd gegeben« – sagte Stelio Effrena, sich selbst verspottend, aufgebracht von der Mittelmäßigkeit des Daseins. Weder eine Armbrust, noch ein Pferd auf San Niccolo, und nicht einmal ein mutiger Ruderer! *Perge audacter*...Da sind wir nun auf diesem elenden grauen Kasten, der wie ein Kochtopf raucht und brodelt. Sieh, wie Venedig da unten tanzt!

Der Grimm des Meeres pflanzte sich bis in die Lagune fort. Das Wasser wogte ungestüm, und es schien, als ob die Bewegung sich den Fundamenten der Stadt mitteile, so daß Paläste,

Kuppeln und Glockentürme, auf dem Wasser schwimmend, wie Schiffe hin und her schwankten. Die aus der Tiefe heraufgerissenen Wasserpflanzen wurden mitsamt ihren weißlichen Wurzeln herumgewirbelt. Schwärme von Möwen kreisten im Wind, und man hörte von Zeit zu Zeit ihr seltsames, kreischendes Gelächter, das über den unzähligen vom Sturmwind aufgewühlten Schaumköpfen schwebte.

»Richard Wagner!« – sagte plötzlich heftig erregt Daniele Glàuro mit leiser Stimme und zeigte auf einen Alten, der an die Brüstung des Vorderdecks gelehnt stand. »Dort, mit Franz Liszt und Frau Cosima. Siehst du ihn?«

Auch Stelio Effrenas Herz klopfte stärker; auch für ihn verschwand plötzlich die ganze Umgebung, wurde die bittere Verdrossenheit unterbrochen, hörte der Druck der trägen Langeweile auf; und nichts blieb übrig, als das Gefühl übermenschlicher Macht, das durch diesen Namen hervorgerufen wurde, und als einzige Realität über all diesen nichtigen Larven blieb die Welt des Idealen, die dieser Name heraufbeschworen hatte, rings um den kleinen Alten, der da über den Aufruhr der Wasser gebeugt stand.

Der siegreiche Genius, die Treue in der Liebe, die unwandelbare Freundschaft, die erhabensten Erscheinungen der heroischen Natur, sie waren hier, im Sturmgebraus, noch einmal schweigend beisammen. Dasselbe blendende Weiß krönte die drei dicht vereinten Personen: ihre Haare schimmerten ungewöhnlich weiß über ihren traurigen Gedanken. Eine unruhige Traurigkeit lag auf ihren Gesichtern, in ihrer Haltung, als ob ein gemeinsames düsteres Vorgefühl schwer auf ihren gleichfühlenden Herzen laste. Die Frau hatte in dem schneeweißen Gesicht einen kräftigen Mund, in festen, klaren Linien, der eine starke, ausdauernde Seele verriet; und ihre stahlhellen Augen waren beständig auf ihn gerichtet, der sie zur Gefährtin in diesem erhabenen Kampf erwählt hatte, beständig anbetend und beobachtend auf ihn, der, nachdem er jede feindliche Macht besiegt hatte, den Tod, der ihn fortwährend bedrohte, doch nicht würde besiegen können. Dieser angstvolle und beschirmende weibliche Blick stand also im Gegensatz zu dem unsichtbaren Blick des anderen und schuf um den Schützling herum einen unbestimmten, düsteren Schatten.

»Er scheint zu leiden« – sagte Daniele Glàuro. – »Siehst du nicht? Er macht den Eindruck, als wolle er umsinken. Wollen wir nähergehen?«

Mit unaussprechlicher Bewegung betrachtete Stelio Effrena die weißen Haare unter dem breiten Filzhut, die der rauhe Wind hin- und herbewegte, und das fast leichenfarbne Ohr mit dem geschwollenen Ohrläppchen. Dieser Körper, der im Kampfe durch einen so stolzen Herrscherinstinkt aufrecht erhalten worden war, hatte nun den Anschein eines hilflosen Bündels, das der Sturmwind davontragen und zerstören konnte.

»Ach, Daniele, was können wir für ihn tun?« – sagte er zu seinem Freunde, von einem religiösen Bedürfnis ergriffen, durch irgend ein Zeichen seine Verehrung und sein Mitgefühl für dieses große, besiegte Herz zu offenbaren.

»Was können wir tun?« – wiederholte der Freund, dem sich plötzlich derselbe glühende Wunsch mitteilte, irgend etwas von sich dem Helden, der das Menschenschicksal erlitt, darzubringen.

Sie waren beide wie eine einzige Seele in dieser Empfindung der Dankbarkeit und der Ergriffenheit, in diesem plötzlichen Hervorbrechen ihres tiefinnersten Edelsinns.

Aber sie konnten ihm nichts anderes geben, als was sie gaben. Es nützte nichts, das geheime Werk des Übels zu unterbrechen. Und beide empfanden tiefes Weh beim Anblick dieser weißen Haare, dieses schwachen, halb leblosen Dinges, das im Nacken des Alten heftig hin- und hergeweht wurde vom Winde, der vom offenen Meer herkam und der aufgewühlten Lagune die Laute und die schaumigen Wellen des Meeres verlieh.

»Ha, stolzer Ozean! – In kurzer Frist sollst du mich wieder tragen! – Das Heil, das auf dem Land ich suche, nimmer – Werd ich es finden! Euch, des Weltmeers Fluten - bleib' ich getreu...«

Die gewaltigen Harmonien des Gespensterschiffes brausten durch Stelio Effrenas Erinnern, zusammen mit dem verzweiflungsvollen Ruf, der von Zeit zu Zeit hindurchklingt. Und er glaubte, im Winde das wilde Lied der Mannschaft auf dem Schiffe mit blutroten Segeln zu vernehmen:

»Johohe! Johohoe!« – – Schwarzer Hauptmann, geh' ans Land, – Sieben Jahre sind vorbei! ...« Und in seiner Phantasie erstand lebendig die Gestalt des jungen Richard Wagner: er sah vor sich den in den wirren Schrecknissen von Paris verlorenen Einsiedler, der, von einem wunderbaren Fieber verzehrt, elend aber ungebrochen, fest an seinen Stern glaubt und entschlossen ist, die Welt sich zu bezwingen. In der Sage vom bleichen Seemann hatte er ein Bild seines eigenen rast-und ruhelosen Lebens, seines wütenden Kampfes, seiner erhabensten Hoffnung wiedergefunden. »Doch kann dem bleichen Mann Erlösung einstens noch werden, – Fänd' er ein Weib, das bis in den Tod getreu ihm auf Erden! –«

Dieses Weib stand hier, an der Seite des Helden, eine nimmer rastende Hüterin. Auch sie kannte, wie Senta, das höchste Gebot der Treue; und der Tod stand im Begriff, das heilige Gelübde zu lösen.

»Glaubst du, daß er, in die Poesie der Sagen versenkt, sich eine besondere Todesart geträumt hat, und daß er nun die Natur täglich bittet, sein Ende seinem Traum entsprechend zu gestalten?« – fragte Daniele Glàuro, der geheimnisvollen Macht gedenkend die den Adler zwang, gegen einen Felsen des Äschylos' Stirne einzutauschen, und die Petrarka sein leben einsam über den Seiten eines Buches aushauchen ließ. – «Wie müßte wohl ein seiner würdiges Ende beschaffen sein?«

»Eine neue Melodie von unerhörter Gewalt, die ihm in seiner frühen Jugend undeutlich vorgeschwebt, und die er damals nicht hat festhalten können, müßte plötzlich, gleich einem scharfen Schwert, sein Herz zerspalten.«

»Du hast recht« – sagte Daniele Glàuro.

Vom heftigen Winde gejagt, kämpften die Wolkenmassen, sich übereinander türmend, am Himmelsraum; im Wasser schwankende Türme und Kuppeln schienen gleichfalls ihre Umrisse zu verlieren; und die Schatten der Stadt und die Schatten des Himmels flossen auf den aufgerührten Wassern, ineinander und verschmolzen, gleich als würden sie von Mächten hervorgebracht, die in gleichem Chaos sich auflösten.

»Beobachte den Magyaren, Daniele. Er ist zweifellos ein groß angelegter Mensch: er hat dem Helden mit unbegrenzter Aufopferung und unbegrenzter Treue gedient. Und mehr als seine Kunst weiht ihn diese Hingabe der Unsterblichkeit. Aber beobachte, wie er sein echtes und starkes Gefühl zu einer förmlich komödiantenhaften Zurschaustellung verwertet, in dem fortwährenden Bedürfnis, eine Rolle zu spielen und dem Publikum ein glänzendes Bild von sich aufzudrängen.«

Der Abbé richtete seinen hageren, knochigen Körper, der wie von einem Panzer umschlossen schien, in die Höhe; und so, in aufrechter Haltung, entblößte er sein Haupt, um zu beten, um ein stummes Gebet an den Gott der Stürme zu richten. Der Wind spielte mit seinem dichten, langen, schneeweißen Haar, der mächtigen Löwenmähne, deren Wetterleuchten so oft die Menge und die Frauen elektrisiert hatte. Seine magnetischen Blicke waren gen Himmel gerichtet, während sich auf seinen schmalen, dünnen Lippen, die dem faltigen, scharfen, von großen Warzen verunzierten Gesicht einen mystischen Zug verliehen, unausgesprochene Worte abzeichneten.

»Was macht das?« – sagte Daniele Glàuro. – »Er hat die göttliche Gabe der Begeisterung und Sinn für übermächtige Kraft und unbeugsame Leidenschaft. Hat seine Kunst sich nicht an Prometheus, Orpheus, Dante und Tasso gewagt? Richard Wagner hat ihn angezogen wie eine elementare Naturkraft; vielleicht hörte er in ihm, was er in seiner symphonischen Dichtung ›de ce qu'on entend sur la montagne‹ versucht hatte, auszudrücken.«

»Du hast recht« – sagte Stelio Effrena.

Aber beide schraken zusammen, als sie mit der Gebärde eines, der im Dunkeln ertrinkt, den über die Brüstung geneigten Greis sich plötzlich umwenden und sich krampfhaft an seine laut aufschreiende Gefährtin anklammern sahen. Sie stürzten hinzu. Alle auf dem Schiff Anwesenden, von dem angstvollen Schrei betroffen, liefen und drängten herbei. Ein Blick der Frau genügte, und keiner wagte es, dem reglosen Körper nahe zu kommen. Sie selbst hielt ihn, bettete ihn sorgsam auf einen bequemen Sessel, fühlte seinen Puls, beugte sich über sein Herz, um zu horchen. Ihre Liebe und ihr Schmerz zauberten rings um den bewegungslosen Mann einen unverletzlichen Kreis. Alle wichen zurück und verharrten in angstvollem Schweigen und erwarteten das Zurückkehren des Bewußtseins in dieses totenfahle Gesicht mit Spannung.

Auf die Knie der Frau gebettet, blieb er regungslos liegen. Zwei tiefe Furchen liefen längs der Wangen nach dem halb geöffneten Munde und vertieften sich noch bei den Flügeln der kühnen Adlernase. Heftige Windstöße bewegten die spärlichen, dünnen Haare auf der gewölbten Stirn und den weißen, das eckige Kinn umrahmenden Bart; durch die schlaffen Runzeln war der robuste Unterkiefer zu erkennen. Von den Schläfen tropfte zäher Schweiß, und einer der herabhängenden Füße wurde von einem leichten Zittern bewegt. Jeder geringfügige Zug dieser zusammengebrochenen Gestalt blieb dem Gedächtnis der beiden jungen Männer für immer eingeprägt.

Wie lange dauerte die Qual? Das Wechselspiel der Schatten setzte sich fort auf den düsteren Wasserwogen, von Zeit zu Zeit unterbrochen von großen Strahlenbündeln, die die Luft zu durchschneiden und mit dem Schwergewicht von Pfeilen im Wasser unterzusinken schienen. Man hörte das taktmäßige Geräusch der Maschine, ab und zu das kreischende Lachen der Möwen und schon das dumpfe Heulen, das vom Canale Grande drang, die ungeheure Klage der vom Meere gepeitschten Stadt.

»Wir wollen ihn tragen« – flüsterte Stelio Effrena dem Freunde ins Ohr, von der Traurigkeit der Dinge und von der Erhabenheit seiner Visionen berauscht.

Auf dem unbeweglichen Gesicht war kaum eine Spur des wiederkehrenden Lebens zu bemerken.

»Ja, wir wollen uns anbieten« – sagte schweigend Daniele Glàuro.

Sie sahen die Frau mit dem Gesicht von Schnee an; sie näherten sich bleich vor Erregung; sie boten ihre Hilfe an.

Wie lange dauerte dieser schreckliche Transport? Der Weg vom Schiffe bis zum Ufer war nur kurz; aber diese wenigen Schritte zählten für eine endlos lange Strecke. Das Wasser tobte gegen die Balken der Landungsbrücke, das dumpfe Heulen klang vom Kanal her wie aus den Windungen unterirdischer Höhlen; die Glocken von San Marco läuteten zur Vesper; aber all das verworrene Geräusch verlor jede unmittelbare Wirklichkeit und schien unendlich fern und tief, wie ein Klagelied des Ozeans.

Sie trugen auf ihren Armen die Last des Helden, sie trugen den gefühllosen Körper dessen, der über die Welt die Gewalt seiner meerestiefen Seele ergossen, die sterbende Hülle des Offenbarers, der zum Heile der Menschheit alle Wesenheit des Universums in unendlichen Gesang umgewandelt hatte. Mit einem unaussprechlichen Schauder von Schrecken und von Wonne, gleich einem Menschen, der einen Fluß sich über Felsen herabstürzen, einen Vulkan sich spalten, eine Feuersbrunst einen Wald verzehren und ein blendendes Meteor den Sternenhimmel auslöschen sieht; gleich einem Menschen angesichts einer elementaren Gewalt, die sich plötzlich und unwiderstehlich manifestiert: so fühlte Stelio Effrena unter seiner Hand, die auf der Brust des Kranken ruhte – er mußte einen Augenblick anhalten, um die Kraft, die ihn zu verlassen drohte, wieder zu sammeln, und sah auf das an seiner Brust liegende schneeweiße Haupt – so fühlte Stelio das geweihte Herz unter seiner Hand von neuem schlagen.

»Du warst stark, Daniele: du, der du sonst kein Rohr zerbrechen kannst! Der Körper dieses alten Barbaren hatte ein schweres Gewicht, es schien fast, als ob seine Knochen aus Erz gebildet wären: solid und kräftig gebaut, so recht geschaffen, um auf schwankender Brücke fest auf den Füßen zu bleiben: die Struktur eines wetterfesten Seemanns. Aber woher nahmst du nur diese Kraft, Daniele? Ich hatte Angst um dich. Aber du wanktest nicht! Wir haben einen Helden auf unseren Armen getragen. Wir müssen diesen Tag anstreichen und ihn feiern. Unter meinen Blicken hat er die Augen wieder aufgeschlagen; unter meiner Hand hat sein Herz von neuem begonnen zu pochen. Um unserer Hingebung wegen waren wir würdig, ihn zu tragen, Daniele.«

»Du warst nicht nur würdig, ihn zu tragen, sondern auch etliche der schönsten Verheißungen seiner Kunst aufzunehmen und sie der hoffenden Menschheit zu erhalten.«

»Ach, wenn ich nur nicht von meinem eigenen Überfluß überwältigt würde! und wenn es mir nur gelänge, diese Seelenqual, die mich erstickt, zu bezwingen, Daniele...!«

Seite an Seite gingen die beiden Freunde, gingen berauscht und vertrauensvoll, als ob ihre Freundschaft in eine höhere Sphäre gehoben, als ob sie durch irgendeinen idealen Schatz bereichert worden war; sie gingen unaufhaltsam weiter, im tobenden Winde, gehetzt von der Wut des Meeres an diesem stürmischen Abend.

»Es ist, als ob das Adriatische Meer heut abend die Dämme und Murazzi zerstört hätte und sich über das Verbot des Senats lustig machen wollte« – sagte Daniele Glàuro stehen bleibend angesichts der Flut, die auf die Piazza zurückströmte und die Prokuratien bedrohte. »Wir müssen umkehren.«

»Nein. Wir wollen uns übersetzen lassen. Da ist eine Barke. Siehe San Marko im Wasser!«

Der Ruderer fuhr sie nach dem Uhrturm. Die Piazza war überschwemmt; sie sah aus wie ein See in einem Klosterhof mit Säulengängen, in dem der Himmel sich spiegelt; die fliehenden Wolken ließen ihn aufleuchten in der Färbung des grünlichgelben Dämmerlichts. Im letzten Abendscheine erglänzte schimmernd die goldene Basilika wie in einer Aureole; als ob sie sich bei der Berührung mit dem Wasser neu belebt hätte wie ein verdüsternder Wald, und die Kreuze auf den Kuppeln wirkten in dem dunklen Spiegel wie die Spitzen einer anderen, untergegangenen Basilika.

»*En verus Fortis Qui Fregit Vinculas Mortis*« – las Stelio Effrena auf der Inschrift eines Bogens, unterhalb des Mosaiks der Auferstehung. – »Weißt du, daß gerade in Venedig Richard Wagner sein erstes Zwiegespräch mit dem Tode hatte, vor mehr als zwanzig Jahren, in der Zeit des *Tristan*? Von einer verzweifelten Leidenschaft aufgerieben, kam er nach Venedig, um hier schweigend zu sterben; und hier komponierte er diesen verzückten zweiten Akt, der ein Hymnus an die ewige Nacht ist. Jetzt führt ihn sein Geschick wieder zu den Lagunen zurück. Es scheint seine Bestimmung, daß er hier den Tod findet, wie Claudio Monteverde. Ist Venedig nicht voll unendlichen, unbeschreiblichen musikalischen Sehnens? Jedes Geräusch klingt hier wie eine ausdrucksvolle Stimme. Horch!«

Bei dem stürmischen Wehen schien die Stadt aus Stein und Wasser selber zu klingen wie ein rasender Orkan. Pfeifen und Dröhnen wechselten ab in der Art eines mächtigen Chorals, der in rhythmischem Fall anschwoll und fiel.

»Unterscheidet dein Ohr nicht die Führung einer Melodie in diesem ächzenden Chor? Horch!«

Sie hatten die Barke verlassen und gingen durch die engen Gassen, überschritten kleine Brücken, wanderten längs der Mauern, und verloren sich auf gut Glück im Innern der Stadt; aber trotz seines krankhaften Bedürfnisses, zu laufen, orientierte sich Stelio fast instinktiv nach einem fernen Hause, das von Zeit zu Zeit wie ein Blitz auftauchte und eine tiefe Anziehungskraft auszuüben schien.

»Horch! Ich unterscheide ein melodisches Thema, das auftaucht und wieder verschwindet, ohne Kraft, sich zu entwickeln...«

Stelio blieb stehen, lauschend, mit einer so intensiven Schärfe gespannter Erwartung, daß der Freund ihn staunend betrachtete, als ob er ihn eins werden sähe mit dem Naturphänomen, das er erforschte; als ob er ihn nach und nach sich auflösen sähe in eine umfassende und gewaltige Willenswesenheit, die ihn in sich aufnähme und zu einem Teil ihrer selbst machte.

»Hast du gehört?«

»Mir ist es nicht gegeben zu hören, was du hörst« – erwiderte der dem Genius unzugängliche Asket. – »Ich muß warten, bis du mir das Wort wiederholen kannst, das die Natur zu dir gesprochen hat.«

Beide erzitterten in ihrem innersten Herzen: der eine in klarstem Bewußtsein, der andere unbewußt.

»Ich weiß nicht« – sagte dieser – »ich weiß nicht mehr... mir schien...«

Die Botschaft, die er in einem flüchtigen Zustand der Unbewußtheit empfangen hatte, schwand jetzt seinem Bewußtsein. Das Ringen seines Geistes begann von neuem; sein eigener Wille erwachte wieder und wand sich in sehnendem Bangen.

»Ach, wer der Melodie ihre natürliche Einfachheit zurückgeben könnte, ihre naive Vollkommenheit, ihre göttliche Unschuld! Wer sie lebendig aus dem urewigen Quell schöpfen könnte, aus dem eigensten Mysterium der Natur, aus der innersten Weltenseele! Hast du niemals über den Mythos nachgedacht, der sich auf Kassandras Kindheit bezieht? Sie wurde eines Nachts im Tempel des Apoll gelassen; am nächsten Morgen fand man sie auf dem Marmor hingestreckt, eng umwunden von einer Schlange, die ihre Ohren beleckte. Von Stund an verstand sie alle Stimmen in der Luft; sie kannte alle Melodien der Welt. Die Kraft der Seherin war eine musikalische Kraft. Ein Teil dieser apollinischen Kraft ging über in die Dichter, die zur Erschaffung des tragischen Chores zusammenwirkten. Einer dieser Dichter rühmte sich, alle Vogelstimmen zu kennen; und ein andrer, mit den Winden sprechen zu können; und ein dritter, die Sprache des Meeres ganz genau zu verstehen. Oftmals habe ich geträumt, ich läge auf dem Marmor hingestreckt, eng umwunden von jener Schlange... Der Mythos müßte sich erneuern, Daniele, damit wir die neue Kunst schaffen könnten.«

Während sie gingen, steigerte er sich in immer größere Leidenschaftlichkeit hinein, indem er sich seinem Gedankenfluge hingab, dabei aber keinen Augenblick die Empfindung verlor, daß ein dunkler Teil seiner selbst eins sei mit der tönenden Luft.

»Hast du jemals bedacht, von welcher Art die Musik sein müßte, die jenen odenartigen Hirtengesang begleitet, den der Chor im ›König Ödipus‹ singt, als Jokaste voller Entsetzen flieht, während der Sohn des Laios sich noch einer letzten Hoffnung hingibt? Kannst du dich erinnern? ›Morgen, Kithairon, erfährst du's, – morgen abend, da leuchtet der Vollmond...‹ Der Ausblick auf die Berge unterbricht für einige Augenblicke das entsetzensvolle Drama; ländliche Heiterkeit gewährt dem menschlichen Elend einen kurzen Ruhepunkt. Kannst du dich erinnern? Versuche nun, dir die Strophe wie eine Art abgerundeter Erzählung vorzustellen, zwischen deren Zeilen sich eine Reihenfolge körperlicher Bewegungen abspielt, eine ausdrucksvolle Tanzfigur, welche die Melodie mit ihrem aufs höchste gesteigerten Leben befeuert. Jetzt hast du den Geist der Erde vor dir in der planvollen Wesenheit der Dinge; du hast die Erscheinung der großen Allmutter vor dir, die ihren elenden und zitternden Söhnen eine Trösterin ist; du hast endlich ein Preislied alles dessen, was göttlich und ewig ist für die Menschen, die ein grausames Fatum zu Wahnsinn und Tod hinreißt. Und jetzt versuche zu verstehen, inwiefern jener Gesang mir geholfen hätte, um für meine Tragödie die erhabensten und dabei einfachsten Ausdrucksmittel zu finden...«

»Hast du die Absicht, den Chor auf der Bühne wieder herzustellen?«

»Durchaus nicht! Ich denke nicht daran, eine antike Form neu zu beleben; ich will eine neue Form finden und dabei einzig meinem Instinkt und dem Genius meiner Rasse folgen, wie es die Griechen taten, als sie dieses unnachahmliche Gebäude von wundervoller Schönheit schufen, das ihr Drama ist. Da die drei ausübenden Künste, Musik, Poesie und Tanz, so lange schon getrennt sind, und die beiden ersteren sich zur höchsten Ausdrucksfähigkeit entwickelt haben, während die dritte in Verfall geraten ist, so halte ich es nicht mehr für möglich, sie zu einem einheitlichen rhythmischen Ganzen zu verschmelzen, ohne einer jeden ihren eigenen, herrschenden, endgültig erworbenen Charakter zu nehmen. Wollte man sie zu einer gemeinsamen Gesamtwirkung verbinden, so würde jede auf ihre eigentümliche und höchste Wirkung verzichten: eine jede würde schließlich verringert erscheinen. Unter allen ist das Wort das geeignetste Material, um den Rhythmus in sich aufzunehmen; das Wort ist das Fundament jeglichen Kunstwerks, das nach Vollkommenheit strebt. Meinst du, daß im Wagnerschen Drama dem Worte sein Wert zugeteilt sei? Und scheint es dir nicht, als ob dort der musikalische Gedanke häufig seine ursprüngliche Klarheit verliere, indem er von Vorstellungen abhängig gemacht wird, die dem Genius der Musik fremd sind? Richard Wagner hat ganz gewiß selbst das Gefühl der Schwäche, und er gesteht sie zu, wenn er zum Beispiel in Bayreuth auf einen seiner Freunde zugeht und ihm die Augen mit den Händen bedeckt, damit dieser sich völlig dem Zauber der reinen Musik hingeben könne und damit zum tiefen Empfinden eines intensiveren Genusses begeistert werde.«

»Fast alles, was du mir da auseinandersetzst, erscheint mir neu« – sagte Daniele Glàuro – »und doch berauscht es mich in ähnlicher Weise, wie es einen berauscht, wenn man vorgefühlte und vorgeahnte Dinge nun wirklich erfährt. Du würdest also keine der drei rhythmischen Künste der andern überordnen, sondern du willst sie in gesonderten Erscheinungsformen vorführen, durch eine beherrschende Idee miteinander verbunden, und jede zum höchsten Grade ihrer Ausdrucksmöglichkeit gesteigert.«

»Ach, Daniele, wie soll ich dir eine Vorstellung des Werkes geben, das in mir lebt?« – rief Stelio Effrena aus. – »Die Worte, in die du meine Absichten zu kleiden versuchst, sind hart und schwerfällig... Nein, nein... Wie soll ich das Leben und das subtile, unfaßbare Mysterium, das ich in mir trage, dir verständlich machen?«

Sie waren an der Treppe der Rialtobrücke angelangt. Rasch erstieg Stelio die Stufen und blieb oben, gegen das Geländer der Brücke gelehnt, stehen, um den Freund zu erwarten. Der Wind fuhr über ihn hin wie wehende Fahnen, deren Fetzen ihm das Gesicht peitschten. Der Kanal unter ihm verlor sich im Schatten der Paläste, sich krümmend wie ein Strom, der in der Ferne donnernden Katarakten entgegeneilt; zwischen den aufgetürmten Wolkenmassen wurde ein Streifen hellen Himmels sichtbar, von jener kristallklaren Durchsichtigkeit, wie man es auf Gletscherhöhen findet.

»Hier können wir unmöglich bleiben« – sagte Daniele Glàuro, sich an der Tür einer Verkaufsbude festhaltend. – »Der Wind trägt uns fort.«

»Geh voran. Ich komme nach. Eine Minute!« – rief ihm der Dichter, über das Geländer gelehnt, die Augen mit den Händen bedeckend und mit seiner ganzen Seele intensiv lauschend.

Die Stimme des Sturmes klang furchtbar in dieser Unbeweglichkeit versteinerter Jahrhunderte. Sie war Alleinherrscherin der Einsamkeit wie damals, als die Marmorwerke noch im Schoße der Berge schlummerten und auf den schlammigen Inseln der Lagune wildes Gras um Vogelnester wuchs; lange, lange, ehe auf dem Rialto ein Doge saß, lange, lange, ehe die Patriarchen Flüchtlinge ihrem großen Geschick entgegenführten. Alles menschliche Leben war verschwunden; nichts war unter dem Himmel als eine ungeheure Gruft, in deren Gewölben jene Stimme dröhnte, einzig jene Stimme. Die zu Asche gewordenen Menschengeschlechter, der ins Nichts zerfallene Prunk, die verfallene Größe, all die zahllosen Tage der Geburt und des Todes, die gestalt- und namenlose Dinge der flüchtigen Zeit rief sie zurück mit ihrem Gesang ohne Leier, mit ihrer hoffnungslosen Klage. Der Schmerz der ganzen Welt glitt im Wind über die empfangbereite Seele.

»Ah! jetzt hab' ich dich!« – rief im Triumph der beglückte Künstler.

Das Grundmotiv der Melodie war ihm aufgegangen, war jetzt sein eigen, unvergänglich zu eigen ihm und der Welt. Von allen lebendigen Dingen schien ihm keines lebendiger als dieses. Sein Leben selbst schwand neben der unbegrenzten Kraft dieses klingenden Gedankens, neben der schöpferischen Gewalt dieses zu endlosen Entwicklungen fähigen Keimes. Er stellte ihn sich vor, wie er, in das symphonische Meer ergossen, durch tausend Wandlungen zur Vollendung sich durchringen werde.

»Daniele, Daniel, ich habe gefunden!«

Er erhob die Augen, sah in dem stahlblauen Himmel die ersten Sterne, empfand das erhabene Schweigen, in dem sie wandelten. Bilder ferner Länder, über denen weite Himmel sich wölbten, tauchten vor seinem Geiste auf: Vorstellungen von Sand, von Bäumen, von Wassern und von Staub an sturmgepeitschten Tagen. Die Lybische Wüste, der Olivenhain an der Bucht von Salonä, der Nil bei Memphis, das dürre Argolis. Immer neue Bilder drängten sich. Er fürchtete das, was er gefunden hatte, wieder zu verlieren. Mit gewaltsamer Anstrengung schloß er sein Gedächtnis ab, wie die Faust sich schließt, die etwas festhalten will. Dicht an einem Pfeiler bemerkte er den Schatten eines Mannes, einen Lichtpunkt am Ende einer langen Stange; er hörte das leise Knistern der in der Laterne entzündeten Flamme. Mit ängstlicher Eile trug er die Noten des Themas in sein Taschenbuch ein: in fünf Linien bannte er die Sprache des Elementes.

»O Tag der Wunder!« – rief Daniele Glàuro, als er ihn leicht und behend, als hätte er der Luft auch ihre Elastizität geraubt, heruntersteigen sah. – »Und immer bist du der Liebling der Natur, Bruder!«

»Gehen wir, gehen wir!« – sagte Stelio, seinen Arm ergreifend und ihn mit kindlicher Heiterkeit fortziehend. »Ich habe ein Bedürfnis zu laufen.«

Er zog ihn durch die engen Gassen nach San Giovanni Elemosinario. Er wiederholte sich innerlich die Namen der drei Kirchen, an denen er auf dem Wege nach jenem fernen Hause vorbeikommen mußte, das von Zeit zu Zeit blitzgleich auftauchte, von tiefgeheimer Erwartung belebt.

»Was du mir eines Tages sagtest, Daniele, ist richtig: die *Stimme* der Dinge ist grundverschieden von ihrem *Klang*« – sagte er, beim Eingang der Ruga Vicchia stehen bleibend, da er bemerkte, daß sein Freund durch den eiligen Lauf müde geworden war. – »Der *Klang* des Windes erinnert bald an den Aufschrei einer erschreckten Menge, bald an das Geheul wilder Tiere, bald an das Rauschen von Wasserfällen, bald an das Flattern wehender Fahnen, bald erweckt er die Vorstellung von Hohn, bald von wildem Drohen, bald von Verzweiflung. Die *Stimme* des Windes hingegen ist die Synthese aller dieser Geräusche; es ist die *Stimme*, die da singt und erzählt von der schrecklichen Angst der Zeit, der Grausamkeit des menschlichen Geschicks, dem ewig gekämpften, sich ewig erneuenden Kampf um ein betrügerisches Ziel.«

»Und hast du jemals bedacht, daß das Wesen der Musik nicht in den Tönen liegt?« – fragte der mystische Doktor. – »Es liegt in dem Schweigen, das den Tönen vorangeht und in dem Schweigen, das ihnen folgt. In diesen Zwischenpausen des Schweigens kommt der Rhythmus lebendig zum Bewußtsein. Jeder Ton und jeder Akkord erweckt in dem Schweigen, das ihm vorangeht und das ihm folgt, eine Stimme, die einzig von unserem Geist vernommen werden kann. Der Rhythmus ist das Herz der Musik, aber dessen Klopfen wird einzig während der Pausen in den Tönen vernommen.«

Dieses Gesetz rein metaphysischer Natur, das der nachdenkliche Beobachter auseinandersetzte, bestätigte Stelio die Richtigkeit seiner eigenen Erkenntnis.

»In der Tat« – sagte er – »stelle dir die Pause zwischen zwei dramatischen Tonstärken vor, in denen sämtliche Motive zusammenkommen, um das innere Wesen der Personen, die im Drama kämpfen, zu charakterisieren und die treibenden Beweggründe der Handlung zu offenbaren, wie zum Beispiel in der Beethovenschen großen Leonoren- oder in der Coriolan-Ouvertüre. Dieses musikalische, vom Rhythmus durchzitterte Schweigen ist wie die lebendige und geheimnisvolle Atmosphäre, in der einzig das Wort der reinen Poesie sich offenbaren kann. Die Personen scheinen hier aus dem Meer von Tönen aufzutauchen, wie aus der Wahrheit des verborgenen Wesens selbst, das in Ihnen wirkt. Und das von ihnen gesprochene Wort wird in diesem rhythmischen Schweigen eine ungewöhnlich starke Resonanz finden und wird die äußerste Möglichkeit der Wirkung der Sprache erreichen, weil es von einem fortwährenden Drängen nach Gesang getrieben wird, das nicht eher Befriedigung findet, als bis am Ende der tragischen Episode die Melodie wieder aus dem Orchester hervorbricht. Hast du mich verstanden?«

»Du verlegst also die Episode zwischen zwei Tonstücke, die sie vorbereiten und sie abschließen, weil die Musik der Anfang und das Ende des menschlichen Wortes ist.«

»Ich bringe so die Personen des Dramas dem Zuschauer näher. Erinnerst du dich der Figur, die Schiller in seiner zu Ehren der Goetheschen Übersetzung des *Mahomed* verfaßten Ode gebraucht, um darzutun, daß auf der Bühne einzig eine ideale Welt zum Leben erweckt werden kann? Der Thespiskarren ist, wie die Acherontische Barke, zu leicht, um etwas anderes als das Gewicht von Schatten oder von menschlichen Phantasiegebilden zu tragen. Auf der gewöhnlichen Bühne sind diese Gebilde so fern, daß jede Berührung mit ihnen uns so unmöglich erscheint wie die Berührung mit außerweltlichen Vorstellungen. Sie sind uns fern und fremd. Aber wenn ich sie während des rhythmischen Schweigens auftreten lasse, wenn ich sie an die Schwelle der sichtbaren Welt von Musik begleiten lasse, so bringe ich sie in ungeahnter Weise näher, denn ich erhelle die geheimsten Tiefen des Willens, der sie hervorbringt. Verstehst du? Ihr innerstes Wesen liegt da, aufgedeckt und in unmittelbare Wechselwirkung gebracht mit der

Seele der Menge, welche durch die von Stimmen und Gebärden ausgedrückten Ideen hindurch die musikalischen Motive fühlt, die in den Tonstücken ihnen entsprechen. Kurzum: ich zeige die auf den Schleier gemalten Bilder und das, was jenseits des Schleiers vorgeht. Verstehst du? Und vermittelst der Musik, des Tanzes und des lyrischen Gesanges schaffe ich um meine Helden herum eine ideale Atmosphäre, in der das gesamte Leben der Natur vibriert; so daß in ihren Handlungen nicht nur die Mächte ihres vorbestimmten Geschicks sich zu vereinigen scheinen, sondern auch die dunkelsten Kräfte der sie umgebenden Dinge, der elementaren Geister, die in dem großen tragischen Kreise leben. Denn ich möchte, daß, so wie die Geschöpfe des Äschylos etwas von dem Naturmythos, aus dem sie hervorgingen, in sich tragen, ebenso meine Geschöpfe empfunden würden, wie sie im Strom wilder Gewalten erzittern, Schmerzen leiden bei der Berührung mit der Erde, eins werden mit Luft, Wasser und Feuer, mit Bergen und Wolken im pathetischen Kampfe wider das Geschick, das besiegt werden muß, und daß die umgebende Natur so erschiene, wie sie von unsern antiken Vorvätern angeschaut wurde: als die leidenschaftliche Schauspielerin in einem urewigen Drama.«

Sie betraten den Campo die San Cassiano, der einsam an dem bleiernen Wasser lag; und Stimmen und Schritte hallten hier, über dem dumpfen Tosen, das vom Canal Grande herdrang, deutlich wider, wie in einem Felsenzirkus. Ein violetter Schatten schien aus dem fieberdunstigen Wasser aufzusteigen und sich wie ein totbringender Hauch in der Luft auszubreiten. Der Tod schien seit undenklichen Zeiten von diesem Ort Besitz ergriffen zu haben. An einem hoch gelegenen Fenster schlug ein in seinen Angeln kreischender Laden im Wind gegen die Mauer, als Zeichen von Verlassenheit und Verfall. Aber all diese Erscheinungen erfuhren im Gehirn des Dichters phantastische Umwandlungen. Er sah vor sich eine einsame und wilde Stelle in der Nähe der Gräber von Mykenä, in einer Einsenkung zwischen dem kleineren Vorsprung des Euböa und dem unzugänglichen Abhang der Zitadelle. Inmitten rauhen Felsgesteines und kyklopischer Überreste gediehen kräftig blühende Myrten. Das Wasser des Perseusquells, aus den Felsen hervorsprudelnd, sammelte sich in einem muschelartigen Becken, dem es entfloß, um sich in den steinigen Abgründen zu verlieren. Dicht am Ufersaum lag am Fuße eines Gesträuches der Leichnam des Opfers auf dem Rücken ausgestreckt, starr und weiß. In dem Todesschweigen hörte man das Rauschen des Wassers und das Wehen des Windes in den Myrten, die sich neigten...

»An einem erhabenen Ort« – sagte er – »hatte ich die erste Vision meines neuen Werkes: in Mykenä, als ich unter dem Löwentor die Orestie wieder durchlas...Feuerglühende Erde, Land der Öde und der Raserei, Boden, auf ewig zur Unfruchtbarkeit verdammt durch das Entsetzen des tragischsten Geschicks, das je ein menschliches Geschlecht vernichtete...Hast du jemals über jenen barbarischen Forscher nachgedacht, der, nachdem er einen großen Teil seines Leben zwischen Drogen und hinter dem Kaufmannstisch hingebracht, sich's zur Aufgabe stellte, die Grabstätten der Atriden in den Ruinen von Mykenä aufzufinden, und der eines Tages (vor kurzem feierte er den sechsten Jahrestag) den großartigsten und wunderbarsten Anblick genoß, der sich je Menschenaugen dargeboten hat? Hast du dir jemals diesen schwerfälligen Schliemann vorgestellt, in dem Augenblick, da er den glänzendsten Schatz entdeckte, den der Tod im dunkeln Schoß der Erde seit Jahrhunderten, seit Jahrtausenden aufgehäuft? Hast du jemals bedacht, daß dieses übermenschliche und schreckliche Schauspiel auch einem andern hätte beschieden sein können: einem jungen, glühenden Geiste, einem Dichter, einem Wecker, dir vielleicht, oder mir? Und dann stelle dir vor, welches Fieber, welche Raserei, welcher Wahnsinn...«

Er erhitzte sich immer leidenschaftlicher, von seiner Phantasie wie von einer Sturmwolke fortgerissen. Seine Seheraugen leuchteten wieder von den Grabesschätzen. Wie das Blut zum Herzen, strömte Schöpferkraft seinem Geiste zu. Er war der Held seines Dramas: sein Akzent und seine Gebärde waren von transzendentaler Schönheit und Leidenschaft, die die Macht des gesprochenen Wortes, die Grenzen der Schrift weit übertrafen. Sein Gefährte hing an seinen Lippen, zitternd vor dieser plötzlich hervorbrechenden Pracht, die sein Ahnen bestätigte.

»Stelle dir vor! Stelle dir vor! Die Erde, die du durchsuchst, ist unheilschwanger: es scheint, als müßten die Ausdünstungen jener ungeheuerlichen Verbrechen noch daraus emporsteigen.

Der Fluch, der auf den Atriden lastete, war so grimmig, daß es wirklich scheint, als müsse irgendeine noch immer verderbliche Spur davon zurückgeblieben sein in dem Staub, den sie unter ihre Füße traten. Der Fluch hat dich ereilt. Die Toten, die du suchst und die du nicht finden kannst, erwachen in deinem Innern zu gewaltsamem Leben, sie atmen in dir mit dem bebenden Atem, den Aschylos ihnen eingehaucht hat, ungeheuerlich und blutig, wie sie dir in der Orestie erschienen sind, erbarmungslos vom Feuer und Schwert ihres grausen Geschicks vernichtet. Und nun nimmt das ganze ideale Leben, mit dem du dich genährt hast, in dir Gestalt und Form der Wirklichkeit an! Und hartnäckig unternimmst du es, in diesem Lande der Dürre, am Fuß der nackten Berge, befangen vom Zauber der toten Stadt, die Erde aufzugraben, immer tiefer aufzugraben, inmitten des glühenden Sandes immer jene schreckhaften Spukgestalten lebendig vor Augen. Bei jedem Spatenstich zitterst du am ganzen Körper, in der ängstlichen Erwartung, das Antlitz eines Atriden könne wirklich zum Vorschein kommen, unversehrt, mit den noch sichtbaren Zeichen der erlittenen Gewalt, des grauenhaften Mordes... Und jetzt, jetzt siehst du ihn erscheinen! Gold, Gold, Leichen, eine ungeheure Menge Gold, die Leichen ganz mit Gold bedeckt...«

Da lagen sie im Dunkel der engen Straße auf dem Pflaster hingestreckt, die Fürsten aus dem Atridenhaus, ein heraufbeschworenes Wunder. Der Beschwörer und der Lauscher, beide hatten sie im gleichen Moment den gleichen Schauer empfunden.

»Eine ganze Reihe von Gräbern: fünfzehn unversehrte Tote, einer neben dem andern, auf goldenem Bette, die Gesichter mit goldenen Masken bedeckt, die Stirnen mit Gold gekrönt, die Brust mit goldenen Binden umwickelt; und überall, auf ihren Körpern, auf ihren Lenden, an ihren Füßen, überall eine Überfülle von Gold, zahllos wie die Blätter eines Fabelwaldes... Siehst du? siehst du's?«

Das leidenschaftliche Bedürfnis, all dieses Gold greifbar zu veranschaulichen, seine visionäre Halluzination in fühlbare Wirklichkeit zu wandeln, erstickte ihn.

»Ich sehe, ich sehe!«

»Für einen Augenblick hat die Seele sich über Jahrhunderte und Jahrtausende hinweggesetzt, hat in der entsetzensvollen Legende gelebt, hat gezittert in dem Grausen jenes antiken Gemetzels; einen Augenblick lang hat die Seele ein uraltes und gewaltsames Leben gelebt. Dort liegen sie, die Gemordeten: Agamemnon, Eurymedon, Kassandra und das königliche Geleit: dort liegen sie für einen Augenblick reglos unter deinen Blicken. Und jetzt – siehst du? – wie ein Nebel, der aussteigt, wie Schaum, der zerfließt, wie verwehender Staub, wie etwas unaussprechlich Flüchtiges, Gleitendes schwinden sie alle hin in ihrem Schweigen, werden sie alle verschlungen von dem gleichen schicksalsschweren Schweigen, das rings um ihre strahlende Regungslosigkeit herrscht. Da... eine Handvoll Staub und ein Haufen Gold...«

Hier auf dem Pflaster der einsamen Gasse, wie auf den Steinplatten der Grabmäler, das Wunder von Leben und Tod! Von unaussprechlicher Bewegung ergriffen, preßte Daniele Glauro die bebenden Hände des Freundes; und der Dichter sah in den treuen Augen die stumme Flamme des Enthusiasmus für sein Meisterwerk lodern.

Sie blieben bei einem Torweg, gegen eine dunkle Wand gelehnt, stehen. Beide hatten ein geheimnisvolles Gefühl der Ferne, als ob ihre Geister in der Tiefe der Zeiten sich verloren hätten, und als ob hinter diesem Tore ein antikes, dem unwandelbaren Geschick geweihtes Geschlecht lebte. Man hörte in dem Hause nach dem Rhythmus einer leise gesummten Volksweise eine Wiege schaukeln: eine Mutter sang ihr Kindchen in Schlaf nach der von den Vorvätern überkommenen Melodie; mit ihrer schützenden Stimme übertönte sie das drohende Rasen der Elemente. Über ihnen erglänzten an dem schmalen Himmelsstreifen die Sterne; dort unten brüllte das Meer gegen die Dünen und Schutzwälle; weiterhin litt ein Heldenherz in der Erwartung des Todes; und ungestört schaukelte die Wiege weiter, und die Stimme der Mutter flehte um Heil über dem kindlichen Weinen.

»Das Leben!« – sagte Stelio Effrena, indem er seinen Weg fortsetzte und den Freund mit sich zog. – »In einem einzigen Augenblick hat sich hier alles, was in der Unermeßlichkeit des Lebens zittert, weint, hofft, sehnt und rast, in deinem Geist zusammengedrängt, hat sich in einem so raschen Niederschlag verdichtet, daß du wähnst, es in einem einzigen Wort zum Ausdruck bringen zu können. Aber welches Wort? Welches? Kennst du es? Wer wird es je sprechen?«

Und in dem Wunsch, alles zu umfassen, alles auszudrücken, fiel er wieder zurück in die alte Angst und Unbefriedigtheit.

»Hast du jemals, in irgendeinem Augenblick, das ganze Universum vor dir gesehen wie ein Menschenhaupt? Ich sah es so, tausende von Malen. Ach, und es nun vom Rumpfe zu trennen, wie jener Held, der mit einem Streich das Haupt der Medusa abhieb, und von einer Schaubühne herab es der Menge zu zeigen, damit sie es nie wieder vergessen könne! Hast du niemals gedacht, daß eine ganz große Tragödie dieser Gebärde des Perseus gleichen könnte? Ich sage dir: ich möchte die Bronze des Benvenuto der Loggia des Orcagna entführen und sie, zur Mahnung, im Vorhof des neuen Theaters aufstellen. Aber wer wird einem Poeten das Sichelschwert des Hermes und den Spiegel der Athene leihen?«

Daniele Glauro schwieg: er erriet die Qual des Freundes, er, der von der Natur die Gabe empfangen hatte, die Schönheit zu genießen, aber nicht, sie zu schaffen. Stumm schritt er an der Seite seines brüderlichen Gefährten, die gewaltige Denkerstirn, die trächtig schien mit einer noch ungeborenen Welt, tief gesenkt.

»Perseus!« – fügte nach einer inhaltsschweren, gedankenreichen Pause der Seher hinzu. – »Unterhalb der Zitadelle von Mykenä befindet sich in einer Einsenkung eine Quelle, die Quelle des Perseus benannt: die einzig lebendige Sache an diesem Ort, in dem alles versengt und tot ist. Wie zu einem Bronnen des Lebens fühlen sich die Menschen zu ihr hingezogen in diesem Lande, in dem bis zur späten Dunkelzeit die Bette der ausgetrockneten Flüsse unheilvoll weiß erglänzen. Jeder Menschendurst wendet sich gierig nach ihrer Frische. Durch mein ganzes Werk hindurch wird man das Murmeln dieser Quelle vernehmen. Das Wasser, die Melodie des Wassers...Ich habe sie gefunden! Im Wasser, im reinen Element, wird sich die reine Tat vollenden, die das Ziel der neuen Tragödie ist. Auf dem eisigkalten, klaren Wasser wird die Jungfrau entschlummern, die, wie Antigone, bestimmt ist, ohne Gatten zu sterben. Verstehst du? Die reine Tat bezeichnet das Ende des antiken Schicksals. Die neue Seele durchbricht mit einem Male den eisernen Ring, in den sie gezwängt war, mit einer Entschlossenheit, die vom Wahnsinn erzeugt ist, von einer verzückten, der Ekstase gleichenden Raserei, die wie eine vertiefte Vision der Natur ist. Die letzte Ode im Orchester singt die durch Schmerz und Opfer erlangte Rettung und Befreiung des Menschen, das ungeheuerliche Fatum ist besiegt, hier bei den Gräbern, in die das Geschlecht des Atreus hinabsank, angesichts der Leichen, selbst der Opfer. Verstehst du? Derjenige, der sich durch die reine Tat befreit, der Bruder, der die Schwester tötet, um seine Seele zu retten vor dem Entsetzlichen, das er ihr zufügen wollte, der hat in Wahrheit das Gesicht des Agamemnon gesehen!«

Der Zauber des erschauten Grabesgoldes packte ihn von neuem,« die Lebhaftigkeit seiner inneren Vision verlieh ihm das Aussehen eines Hellsehers.

»Einer der Toten dort überragt an Gestalt und Majestät alle andern; er ist geschmückt mit einer breiten goldenen Krone, mit Panzer, Schwertgehänge und goldenen Beinschienen; um ihn herum liegen Schwerter, Lanzen, Dolche, Trinkschalen; zahllose goldene Wurfscheiben, die gleich Blumenblättern mit vollen Händen über seinen Körper gestreut sind, bedecken ihn ganz; verehrungswürdiger als ein Halbgott liegt er da. Jener beugt sich über ihn, der in Licht zerfließen will, und hebt die schwere Maske...Ach, sieht er nicht jetzt Agamemnons Antlitz? Ist das etwa nicht der König der Könige? Sein Mund ist geöffnet, seine Augenlider stehen weit offen...Gedenkst du, gedenkst du Homers? ›Da erhub ich die Hände noch von der Erde, – Und griff sterbend ins Schwert der Mörderin. Aber die Freche – ging von mir weg, ohn' einmal die Augen des sterbenden Mannes – zuzudrücken, noch ihm die kalten Lippen zu schließen.‹ Erinnerst du dich? Und jetzt...der Mund des Toten ist geöffnet, seine Augenlider stehen weit offen...Er hat eine hohe Stirn, die mit einem breiten goldenen Reifen geschmückt ist; die Nase ist lang und gerade, das Kinn oval...«

Der Dichter hielt einen Augenblick inne, mit starrgeöffneten, weitblickenden Augen. Er sah, er war hellsichtig. Alles um ihn her verschwand, und seine Vision blieb als einzige Realität. Daniele Glàuro empfand es wie einen Schauer; denn er selbst wurde sehend durch diese Augen.

»Ach, da ist auch der weiße Fleck an der Schulter! Er hat den Panzer abgenommen... Der Fleck, der Fleck, das erbliche Mal in Pelops' Stamm ›mit der Elfenbeinschulter‹! Ist das nicht der König der Könige?«

Die abgebrochenen, raschen Worte des Sehers schienen wie eine Folge von Blitzen, die ihn selbst blendeten. Er staunte selbst über diese plötzliche Erscheinung, über diese unvorhergesehene Entdeckung, die, im Unbewußten seines Geistes Licht gewinnend, sich nach außen offenbarte und beinahe greifbar wurde. Wie hatte er auf diesen Fleck an der Schulter des Pelopiden kommen können? Aus welchem Hinterhalt seines Gedächtnisses war unvermutet diese so seltsame Eigentümlichkeit aufgestiegen, die zugleich so klar und deutlich war, wie die Personalbeschreibung eines gestern Verstorbenen?

»Du warst dort!« – rief Daniele Glàuro wie im Rausch. – »Du selbst hast die Maske und den Panzer gelöst... Wenn du wirklich gesehen hast, was du schilderst, so bist du mehr als ein Mensch...«

»Ich habe es gesehen, ich habe es gesehen!«

Wieder wurde er zum Schauspieler in seinem Drama, und mit Herzklopfen hörte er aus dem Munde einer lebenden Person die Worte seiner Fiktion, dieselben Worte, die in der Episode gesprochen werden sollten. »Wenn du wirklich gesehen hast, was du schilderst, so bist du mehr als ein Mensch.« Von diesem Augenblick an gewann der Erforscher der Gräber das Aussehen eines erhabenen Helden, der gegen das antike, der Asche der Atriden selbst entstiegene Fatum kämpfte, um es zu bewältigen und zu vernichten.

»Nicht ungestraft« sagte er – ».legt ein Mensch Gräber bloß und sieht Toten ins Antlitz; und welchen Toten! – Jener lebt allein mit seiner Schwester, dem süßesten Geschöpf, das jemals Erdenluft geatmet; allein mit ihr, in einer Behausung voll Licht und Schweigen, wie in einem Gebet, wie in einem Gelübde... Nun stelle dir einen vor, der, ohne es zu wissen, ein Gift trinkt, einen Liebestrank, irgendetwas Unreines, das ihm das Blut vergiftet und die Gedanken beschmutzt; ganz ahnungslos, während seine Seele in tiefstem Frieden ruht... Stelle dir diesen Fluch vor, diese fürchterliche Rache der Toten! Er ist plötzlich von blutschänderischer Leidenschaft besessen und wird die elende und zitternde Beute eines Ungeheuers, kämpft einen verzweiflungsvollen geheimen Kampf, ohne Stillstand, ohne Entrinnen, Tag und Nacht, zu jeder Stunde und zu jeder Minute, um so wilder, je mehr das unbewußte Mitleid des armen Geschöpfes sich seinem Übel zuneigt... Auf welchem Wege liegt für ihn das Heil? Vom Beginn der Tragödie an, von dem Augenblicke an, da die unschuldige Gefährtin zu sprechen beginnt, erscheint sie dem Tode geweiht. Und alles, was in den Episoden gesprochen wird und sich vollzieht, alles, was in den Zwischenspielen durch Musik, Gesang und Tanz ausgedrückt wird, alles dient dazu, sie langsam und unerbittlich dem Tode entgegenzuführen. Sie ist Antigones Schwester. In der kurzen tragischen Stunde schreitet sie vorbei, begleitet vom Lichte der Hoffnung und vom Schatten düsterer Ahnung, so schreitet sie vorbei, begleitet von Gesängen und von Klagen, von der hohen Liebe, die Wonnen gewährt, und von der rasenden Liebe, die Trauer gebiert, und nicht eher hält sie inne, als bis sie auf dem eisigkalten, klaren Wasser der Quelle entschlummert, die mit ihrem einsamen Klagen unaufhörlich nach ihr ruft. Kaum hat er sie getötet, so empfängt der Bruder durch sie, durch ihren Tod, das Geschenk seiner Erlösung. ›Jeder Flecken ist von meiner Seele gewaschen!‹ ruft er. ›Rein bin ich geworden, ganz rein. Die ganze Heiligkeit meiner früheren Liebe ist wie ein Strom von Licht meiner Seele wiedergekehrt... Wenn sie jetzt auferstünde, sie könnte über meine Seele schreiten wie über unberührten Schnee... Wenn sie wieder auflebte, so würden alle meine Gedanken für sie wie Lilien sein, schneeweiße Lilien... Jetzt ist sie vollkommen, jetzt kann man sie anbeten wie eine göttliche Kreatur... In die tiefste meiner Grabstätten will ich sie betten, und alle meine Schätze will ich um sie herum aufhäufen...‹ So wird die Todestat, zu der sein hellsehender Wahnsinn ihn hinriß, zu einer Tat der Reinigung und Befreiung und bezeichnet den Untergang des antiken

Schicksals. Aus dem symphonischen Meere auftauchend, besingt die Ode den Sieg des Menschen, erhellt mit ungewohntem Licht das Düster der Katastrophe und hebt das erste Wort des erneuten Dramas auf den Gipfel der Musik.«

»Die Gebärde des Perseus!« - rief Daniele Glàuro wie im Rausch. – »Am Ende der Tragödie schlägst du der Moira, der Schicksalsgöttin, das Haupt ab und zeigst es dem ewig jungen, ewig neuen Volke, das mit lauten Zurufen das Schauspiel beschließt.«

Beide sahen vor sich wie im Traume das marmorne Theater auf dem Gianicolo, die Menschenmenge im Banne dieser Idee von Wahrheit und von Schönheit, die feierliche Sternennacht über Rom: sie sahen den begeisterten, rasenden Menschenschwarm den Hügel herabsteigen, in den rauhen Gemütern verworren die Offenbarung dieser Poesie mit sich tragend; sie hörten das Geschrei sich fortpflanzen im Schatten der ewigen Stadt. –

»Und jetzt leb' wohl, Daniele« – sagte der Meister, den eiligen Schritt wieder aufnehmend, als ob jemand ihn erwarte oder nach ihm riefe.

Die Augen der tragischen Muse hafteten unwandelbar im tiefsten Grunde seines Traumes, blicklos, versteinert in der göttlichen Blindheit antiker Statuen.

»Wohin gehst du?«

»Nach dem Palazzo Capello.«

»Kennt die Foscarina schon den Plan deines Werkes?«

»In vagen Umrissen.«

»Und welche Rolle wird sie darin haben?«

»Sie wird blind sein, schon einer andern Welt angehörig, schon halb jenseits des Lebens. Sie wird mehr sehen als die anderen. Den Fuß wird sie im Schatten haben und die Stirn in der ewigen Wahrheit. Die Kontraste der tragischen Stunde sollen im Dunkel ihres Innern widerhallen und sich vervielfältigen, wie Töne in der Tiefe einsamer Felsenhöhlen. Wie Teiresias soll sie alles verstehen, das Erlaubte und das Verbotene, Himmlisches und Irdisches, und sie soll es erfahren, ›wie hart das Wissen ist, wenn das Wissen nutzlos ist‹. Ach, wundervolle Worte möchte ich in ihren Mund legen, und beredtes Stillschweigen, aus dem endlose Schönheiten geboren werden …«

»Ihre Macht auf der Bühne, ob sie redet oder ob sie schweigt, ist übermenschlich. Sie weckt in unseren Herzen das tiefst verborgene Böse und die geheimste Hoffnung; und durch ihren Zauber wird unsere Vergangenheit zur Gegenwart, und durch die Gewalt ihrer Darstellungen erkennen wir uns wieder in den Schmerzen, die von anderen Geschöpfen zu allen Zeiten gelitten wurden, als ob die von ihr offenbarte Seele unsere eigene wäre.«

Sie blieben auf dem Ponte Savio stehen. Stelio schwieg unter einer Flut von Liebe und von Schwermut, die plötzlich auf ihn eindrang. Er hörte wieder die traurige Stimme: »Ich habe meinen flüchtigen Ruhm nur deshalb geliebt, weil er eines Tages dem Ihren dienstbar werden könnte!« Er hörte wieder seine eigene Stimme: »Ich liebe dich und ich glaube an dich; dir gebe ich mich ganz zu eigen. Du bist meine Genossin. Deine Hand ist stark.« Die Kraft und die Sicherheit dieses Bundes richteten seinen Stolz auf; aber zugleich zitterte im tiefinnersten Grunde seines Herzens ein Sehnen und ein unbestimmtes Ahnen, das, sich langsam verdichtend, schwerlastend wie eine Angst ihn bedrückte.

»Es tut mir leid, daß ich dich heut abend lassen muß, Stelio« – sagte der brüderliche Freund, von derselben Schwermut angesteckt.

»Wenn ich an deiner Seite bin, weitet meine Brust sich, und ich fühle den Pulsschlag meines Lebens sich beschleunigen.«

Stelio schwieg. Der Wind schien nachzulassen. Vereinzelte Stöße rissen die Blätter von den Akazien im Campo di San Giacomo und jagten sie durcheinander. Die braune Kirche und der viereckige Glockenturm aus einfachen Ziegeln standen wie im stummen Gebet gegen den Himmel.

»Kennst du die grüne Säule in San Giacomo dell'Orio?« – fragte Daniele, in der Absicht, den Freund noch einige Augenblicke für sich zu behalten; denn er hatte Angst vor dem Abschied. –

»Was für ein wundevoller Marmor! Er sieht aus wie die Versteinerung eines ungeheuren, vorweltlichen, grünenden Waldes. Wenn das Auge seinen unzähligen Geädern folgt, so träumt es sich in Waldesrätsel. Während ich diese Säule betrachte, glaube ich mich im Hercynischen Gebirge, in den Wäldern von Sila.«

Stelio kannte sie. Perdita hatte eines Tages lange an den kostbaren Säulenschaft gelehnt verweilt, um den zauberhaften goldenen Fries oberhalb des Bassanoschen Bildes zu betrachten, der dieses völlig verdunkelt.

»Träumen, immer träumen!« – seufzte er in einem Rückfall jener bitteren Ungeduld, die ihm auf der Helmfahrt vom Lido höhnisch-spottende Worte eingegeben hatte. – »Von Reliquien leben! Denke doch an jenen Dandolo, der gleichzeitig diese Säule und ein Kaiserreich zu Boden warf und der es vorzog, Doge zu bleiben, da er ein Kaiser werden konnte. Der hat wohl mehr als du erlebt, der du durch Wälder irrst, wenn du den von ihm erbeuteten Marmor aufmerksam betrachtest. Leb' wohl, Daniele.«

»Erniedrige nicht dein Geschick.«

»Ich möchte es vergewaltigen.«

»Deine Waffe ist der Gedanke.«

»Oft verzehrt brennender Ehrgeiz meine Gedanken.«

»Du kannst schaffen. Was suchst du noch anderes?«

»Zu anderer Zeit hätte auch ich vielleicht einen Archipel zu erobern vermocht.«

»Was macht's? Eine Melodie wiegt eine Provinz auf. Würdest du nicht für ein neues Bild ein Fürstentum hergeben?«

»Ich möchte das ganze, volle Leben leben, nicht nur ein Gehirn sein.«

»Ein Gehirn enthält die Welt.«

»Ach, du kannst mich nicht verstehen. Du bist ein Asket; du hast deine Begierden überwunden.«

»Und du wirst sie überwinden.«

»Ich weiß nicht, ob ich's wollen werde.«

»Ich bin dessen gewiß.«

»Leb' wohl, Daniele; du bist mein Zeuge. Du bist mir teurer als irgend jemand.«

Sie drückten sich innig die Hände.

»Ich werde beim Palazzo Vendramin vorbeigehen und Nachrichten einziehen« – sagte der treue Freund.

Diese Worte beschworen das große kranke Herz wieder herauf, die Last des Helden auf ihren Armen, den schauerlichen Konduit.

»Er hat überwunden; er kann sterben« – sagte Stelio Effrena.

Er betrat das Haus der Foscarina wie ein Geist. Seine innere Aufregung verlieh den Dingen ein verändertes Aussehen. Die durch eine Schiffslaterne erhellte Vorhalle schien ihm riesengroß. Ein in der Nähe der Tür auf dem Pflaster niedergestellter Gondelpelz erschreckte ihn wie der Anblick einer Totenbahre.

»Ach, Stelio!« – rief die Schauspielerin, bei seinem Eintritt aufspringend und ihm leidenschaftlich entgegenstürzend, mit dem ganzen Ungestüm ihres durch die Erwartung gestachelten Wunsches. – »Endlich!«

Sie hielt plötzlich vor ihm inne, ohne ihn zu berühren. Die gewaltsam zurückgedrängte Leidenschaft vibrierte sichtbar in ihrem Körper, von Kopf bis zu Fuß; es schien, als ob sie in ihrer Kehle in einem kurzen Keuchen hörbar würde. Sie war wie der ersterbende Wind.

›Wer hat dich mir genommen?‹ dachte sie, das Herz von Zweifeln bedrängt; denn sie hatte plötzlich ein Etwas in dem Geliebten gefühlt, das ihn ihr entrückte, sie hatte in seinen Augen etwas Fremdes und Fernes entdeckt.

Er aber hatte sie aus dem Schatten herausstürzen sehen, wunderschön, von einer Leidenschaft belebt, nicht unähnlich jener die die Lagunen in Aufruhr versetzt. Der Schrei, die Gebärde, der Sprung, das plötzliche Anhalten, das Vibrieren der Muskeln unter der Tunika, das Erlöschen des

Gesichtes, wie einer Glut, die sich in Asche löst, die Intensität des Blickes, die dem Aufblitzen eines Schlachtfeuers glich, der Atem, der die Lippen öffnete, wie die innere Glut die Lippen der Erde spaltet: alle diese Offenbarungen des wahren Menschen bekundeten eine pathetische Lebenskraft, die nur dem Gären elementarer Kräfte, dem Wirken kosmischer Gewalten vergleichbar waren. Der Künstler erkannte in ihr das dionysische Geschöpf, den lebendigen Stoff, der bereit ist, die Rhythmen der Kunst zu empfangen, nach den Gebilden der Poesie gestaltet zu werden. Und wie er sie nun vor sich sah, ewig wechselnd wie die Wellen des Meeres, erschien ihm die blinde Maske, in die er ihr Antlitz bergen wollte, starr, enggebunden die tragische Handlung, durch die sie wehklagend schreiten sollte, zu begrenzt die Gefühle, aus denen ihre Worte hervorströmen sollte, fast leblos die Seele, die sie offenbaren sollte. »,Ach, alles was zittert, weint, hofft, sehnsüchtig strebt, rast in der Unermeßlichkeit des Lebens!« Seine Phantasiegebilde wurden plötzlich von einer Art panischen Schreckens, von einem vernichtenden Entsetzen hinweggefegt. Was konnte sein kleines Werk bedeuten gegenüber der Unermeßlichkeit des Lebens. Äschylos hatte über hundert Tragödien geschrieben, Sophokles noch mehr. Sie hatten eine Welt gestaltet aus den kolossalen Trümmern, die sie mit ihren Titanenarmen aufgerichtet hatten. Ihre Arbeit war umfassend wie eine Kosmogonie. Die Figuren des Äschylos schienen noch heiß vom Brande des Weltenraumes, leuchtend vom Sternenlicht, feucht von der befruchtenden Wolke. Die Gestalt des Ödipus schien aus demselben Felsblock gemeißelt wie der Sonnenmythos; die des Prometheus schien aus demselben primitiven Mechanismus erwachsen, mit dem auf der asiatischen Hochebene der Hirt Arya das Feuer erzeugte. Der Erdgeist schaffte unruhvoll in diesen Schöpfern.

»Verbirg mich, verbirg mich! und frag' mich nichts, und laß mich schweigen!« – bat er, unfähig, seine Qual zu verbergen, den Aufruhr seiner verworrenen Gedanken zu beherrschen.

Das Herz der nichtsahnenden Frau klopfte vor Angst.

»Warum? Was hast du?«

»Ich leide.«

»Was quält dich?«

»Seelenangst, Seelenangst! Das Leiden, das du an mir kennst.«

Sie nahm ihn in ihre Arme. Er fühlte, daß sie zitternd gezweifelt hatte.

»Mein? immer noch mein?« – fragte sie, den Mund an seiner Schulter, halb erstickend.

»Ja, immer dein.«

Ein entsetzlicher Fieberschauer durchschüttelte die Frau jedesmal, wenn sie ihn sich losreißen, jedesmal, wenn sie ihn wiederkommen sah. Sich losreißend, eilte er zur unbekannten Geliebten? Wiederkommend, erschien er, um den letzten Abschied von ihr zu nehmen?

Sie preßte ihn in ihre Arme mit der Liebe der Geliebten, der Schwester, der Mutter; mit der ganzen Menschenliebe.

»Was kann ich tun? was kann ich für dich tun? Sage es mir!«

Fortwährend quälte sie das Bedürfnis, sich anzubieten, zu dienen, einem Befehle zu gehorchen, der sie in Gefahr und Kampf schickte zu seinem Besten.

»Was kann ich dir geben?«

Er lächelte ein wenig, während Müdigkeit ihn überkam.

»Was willst du? Ach, ich weiß es!«

Er lächelte und ließ sich zärtlich hegen und pflegen von dieser Stimme, von diesen duftenden Händen.

»Alles, nicht wahr? Du willst alles.«

Er lächelte schwermütig, wie ein krankes Kind, dem ein Gefährte von schönen Spielen erzählt.

»Ach, wenn ich's vermöchte! Aber niemand auf Erden, süßer Freund, kann dir je etwas geben, das für dich von Wert wäre. Einzig von deiner Poesie und von deiner Musik kannst du alles verlangen. Ich entsinne mich jener Ode von dir, die mit den Worten beginnt: Ich war Pan.«

Er bettete seine Stirn, die sich wieder zu erhellen begann von innerer Schönheit, an das treue Herz.

»Ich war Pan!«

Der leuchtende Glanz jenes lyrischen Momentes, der schöne Wahnsinn der Ode erwachte in seinem Geist.

»Hast du heut dein Meer gesehen? Hast du den Sturm gesehen?«

Er schüttelte den Kopf, ohne zu antworten.

War der Sturm gewaltig? Du hast mir einmal erzählt, daß unter deinen Vorfahren viele Seeleute gewesen sind. Hast du an dein Haus gedacht, das auf der Düne steht? Hast du Heimweh nach Dünensand? Möchtest du dorthin zurückkehren? Du hast viel gearbeitet da unten, gute, starke Arbeit. Jenes Haus ist gesegnet. Deine Mutter war bei dir, wenn du arbeitetest. Du hörtest sie leise durch die benachbarten Zimmer gehen... Lauschte sie wohl manches Mal?«

Er drückte sie schweigend an sich. Ihre Stimme drang ihm ins Innere und schien seine verschlossene Seele gleichsam zu lösen.

»Und auch deine Schwester war bei dir? Du hast mir einmal ihren Namen genannt. Ich habe ihn nicht vergessen. Sie heißt Sofia. Ich weiß, daß sie dir ähnlich sieht. Ich möchte sie einmal sprechen hören oder sie auf einem Waldpfad vorbeigehen sehen... Eines Tages hast du ihre Hände gepriesen. Sie sind schön, nicht wahr? Du hast mir eines Tages gesagt, daß, wenn sie betrübt ist, sie ihr wehe tun, ›als wären sie die Wurzeln ihrer Seele‹. So sagtest du zu mir: die Wurzeln ihrer Seele!«

Fast glückselig hörte er ihr zu. Wie hatte sie das Geheimnis dieses Balsams entdeckt? Aus welcher verborgenen Quelle schöpfte sie den melodischen Fluß dieser Erinnerungen?

»Sofia wird niemals erfahren, was sie einer armen Pilgerin Gutes angetan hat! Ich weiß wenig von ihr, aber ich weiß, daß sie dir ähnlich sieht; und ich konnte sie mir gut vorstellen. (Auch jetzt sehe ich sie.) In fernen Ländern, weit, weit fort, wenn ich mich zwischen fremden harten Menschen verloren fühlte, ist sie mir öfter als einmal erschienen; sie ist gekommen, um mir Gesellschaft zu leisten. Sie erschien plötzlich, ungerufen, unerwartet... Einmal in Mürren, wohin ich nach mühseliger, langer Reise gekommen war, um eine arme, sterbende Freundin zum letztenmal zu sehen... Es war in der ersten Morgenfrühe: die Berge hatten jene zarte, kalte, smaragdgrüne Färbung, die man nur auf Gletschern sieht, die Farbe von etwas ewig Fernem, ewig Unberührtem, ach so Ersehntem, so Beneidenswertem! Warum kam sie? Wir warteten, gemeinsam. Die Sonne berührte den obersten Gipfel der Berge. Da strahlte ein leuchtender Regenbogen auf, dauerte einige Augenblicke und verschwand. Sie schwand dahin mit dem Regenbogen, mit dem Wunder...«

Fast glückselig hörte er ihr zu. War nicht die ganze Schönheit und die ganze Wahrheit, die er ausdrücken wollte, enthalten in einem Stein oder in einer Blume jener Berge? Kein noch so tragischer Kampf menschlicher Leidenschaften wog die Erscheinung jenes Regenbogens über dem ewigen Schnee auf.

»Und ein anderes Mal?« – fragte er leise, denn die Pause wurde immer länger, und er fürchtete, sie wolle nicht mehr fortfahren.

Sie lächelte; dann verdüsterte sie sich.

»Ein anderes Mal in Alexandrien in Ägypten, an einem Tage wirren Entsetzens, wie nach einem Schiffbruch... Die Stadt bot den Anblick der Verwesung; sie schien verfault, vermodert... Ich entsinne mich: eine Straße voll schlammig-trüben Wassers; ein zum Skelett abgemagertes grauweißes Pferd, Mähne und Schweif mit Ocker gefärbt, das darin herumwatete; die Grabsäulen eines arabischen Friedhofs; das ferne Leuchten des Sumpfes von Marnotis... Ekel, Verdammnis...!«

»O geliebtes Herz, nie mehr, nie mehr sollst du verzweifelt und einsam sein!« – sagte er, das Herz geschwellt von brüderlicher Zärtlichkeit zu dem heimatlosen Weib, das den Jammer ihres ewigen Wanderlebens so heraufbeschwor. Jetzt schien sein Geist, der sich eben so leidenschaftlich der Zukunft entgegendrängte, mit leisem Schauder sich in die Vergangenheit zurückzuwenden, die die Macht dieser Stimme zur Gegenwart schuf. Er fühlte sich in einem Zustand süßer und phantasievoller Sammlung, wie jene, die am Kaminfeuer Erzählungen vom starren

Winter ersinnen, und wie er schon angesichts von Nadianas Klausur den Zauber der Zeit empfunden hatte.

»Und ein anderes Mal?«

Sie lächelte; dann verdüsterte sie sich.

»Ein andermal in Wien, in einem Museum... Ein großer, veröderter Saal, das Prasseln des Regens gegen die Fensterscheiben, unzählige kostbare Reliquienschreine in Glasschränken, Abbilder des Todes überall, verbannte Heiligtümer, nicht mehr verehrt, nicht mehr angebetet... Wir beugten zusammen die Stirn über einen Glasschrank, der eine Sammlung von heiligen Armen enthielt, deren Metallhände in reglos-starrer Geste zurecht gelegt waren... Hände von Märtyrern, ganz übersät mit Achaten, Amethysten, Topasen, bleichen Türkisen... Durch einige Öffnungen konnte man im Innern die Knochensplitter erblicken. Eine Hand hielt eine goldene Lilie, eine andere eine kleine Stadt, eine dritte eine Säule. Eine war schlanker, mit einem Ring an jedem Finger, die trug ein Gefäß mit Balsam: die Reliquie der Maria Magdalena... Verbannte Heiligtümer, profan geworden, nicht länger verehrt, nicht länger angebetet... Ist Sofia fromm? Hat sie die Gewohnheit zu beten?«

Er antwortete nicht. Er hatte die Empfindung, als dürfe er nicht sprechen, als dürfe er kein wahrnehmbares Zeichen seiner eigenen Existenz geben in dieser Verzauberung fernen Lebens.

»Zuweilen kam sie in dein Zimmer, während du arbeitetest und legte einen Grashalm auf die angefangene Seite.«

Die Zauberin erzitterte innerlich. Denn ein verschleiertes Bild entschleierte sich plötzlich und flüsterte ihr andere Worte zu, die unausgesprochen blieben. »Weißt du, daß ich anfing, jenes singende Geschöpf zu lieben, das du unmöglich vergessen haben kannst; weißt du, daß ich anfing, sie im Gedanken an deine Schwester zu lieben? Um in eine reine Seele all die Zärtlichkeit zu ergießen, die mein Herz so gern deiner Schwester geschenkt hätte, von der so viele grausame Dinge mich trennten! Weißt du das?« Diese Worte lebten, aber sie wurden nicht ausgesprochen. Die Stimme jedoch bebte von ihrer stummen Gegenwart.

»Dann gönntest du dir einige Augenblicke der Ruhe. Du gingst ans Fenster und standest dort mit ihr, um das Meer zu betrachten. Ein Ackerknecht trieb zwei junge vor den Pflug gespannte Ochsen an und pflügte den Sand, um den jungen Tieren beizubringen, gerade Furchen zu ziehen. Du und sie, ihr sahet ihnen Tag für Tag um dieselbe Stunde zu. Als sie ihre Aufgabe begriffen hatten, kamen sie nicht mehr, um den Sand zu pflügen; sie gingen auf den Hügel... Wer hat mir nur alle diese Dinge erzählt?«

Er selbst hatte sie ihr eines Tages fast mit denselben Worten erzählt; aber nun kehrten ihr diese Erinnerungen gleich plötzlich auftauchenden Visionen zurück.

»Dann zogen die Herden längs des Meeresufers vorüber; sie kamen vom Berge, und gingen auf die Ebene der Puglia, von einer Weide auf die andere. Der Marsch der wolligen Schafe glich der Bewegung der Wellen; aber das Meer war fast immer ruhig, wenn die Herden mit ihren Hirten vorüberzogen. Alles war ruhig; über die Küsten war goldenes Schweigen gebreitet. Die Hunde liefen an der Seite ihrer Herde; die Hirten stützten sich auf ihren Stab; die Glocken klangen leise in dieser Unermeßlichkeit. Du folgtest dem Zuge mit den Augen bis zum Bergvorsprung. Später gingst du dann mit der Schwester, um die Spuren im nassen Sande zu betrachten, der an manchen Stellen goldgelb und durchlöchert war, wie Honigwaben... Wer hat mir nur alle diese Dinge erzählt?«

Fast glückselig hörte er ihr zu. Sein Fieber hatte sich gelegt. Langsamer Friede senkte sich wie ein Halbschlaf über ihn.

»Dann kamen die Seestürme; das Meer überwand die Düne, stürzte über Buschwerk und Gestrüpp und ließ seine Schaumflocken auf Ginster und Tamariskenstauden, auf Myrte und Rosmarin. Viel Seetang und zahllose Trümmer wurden ans Ufer geworfen. Irgendeine Barke hatte da unten Schiffbruch erlitten. Das Meer brachte den Armen Holz, anderen wieder Trauer! Der Strand bevölkerte sich mit Frauen, Greisen, Kindern, die miteinander wetteiferten, das größte Bündel zu erbeuten. Deine Schwester verteilte dann andere Gaben: Brot, Wein, Gemüse, Wäsche. Die Segenssprüche übertönten den Donner der Sturzwellen. Du sahst vom Fenster aus zu, und es kam dir vor, als ob keine deiner Visionen dem Dufte des frischgebackenen Brotes gleichkäme. Du ließest die angefangene Seite liegen und stiegst herab, um Sofia zu helfen. Du sprachst mit den Frauen, den Greisen, den Kindern... Wer hat mir nur alle diese Dinge erzählt?« –

Seit der ersten Nacht bevorzugte Stelio, wenn er zum Hause der Freundin ging, den Weg durch das Gitter des Gartens Gradeniga, durch die verwilderten Bäume und Sträucher. Die Foscarina hatte es durchgesetzt, ihren Garten mit dem des verlassenen Palastes verbinden zu dürfen durch eine Öffnung, die man in die Trennungsmauer gemacht hatte. Aber seit einiger Zeit war Lady Myrta angekommen und bewohnte die schweigsamen ungeheuren Räume, die als letzten Gast den Sohn der Kaiserin Josephine, den Vizekönig von Italien, aufgenommen hatten. Die Säle schmückten Instrumente ohne Saiten, und der Garten hatte sich mit schönen Windspielen bevölkert, denen die Beute fehlte.

Nichts erschien Stelio süßer und trauriger, als dieser Weg zu der Frau, die ihn erwartete und die langen und doch so flüchtigen Stunden zählte. Am Nachmittag vergoldete sich die Fondamenta von San Simeon Piccolo wie ein Gestade von feinstem Alabaster. Die Sonnenreflexe spielten mit dem Eisen der Schiffsbuge, die in Reihen an dem Landungsplatze ankerten, über den Kirchenstufen, empor an den Säulen des Tempels, den losgelösten und zerbröckelten Steinen Leben verleihend. Einige vermoderte Gondelsitze lagen im Schatten auf dem Pflaster, wie abgenutzte Totenbahren, gealtert im Dienst des Kirchhofs.

Der erstickende Dunst des Hanfes drang aus einem verfallenen Palast, der jetzt als Seilfabrik diente, durch die Eisenstäbe, die ein grauer Flaum, wirren Spinngeweben gleich, bedeckte. Und hier am Ende des Campiello della Comare, der wie ein ländlicher Pfarrhof mit Gras bewachsen war, öffnete sich das Gitter des Gartens zwischen zwei viereckigen Pfeilern, von verstümmelten Statuen gekrönt, auf deren Gliedern die dürren Efeuzweige die Vorstellung erhabener Adern erweckten. Nichts dünkte dem Besuchenden trauriger und süßer. Friedlicher Rauch stieg aus den Essen der bescheidenen Häuser auf, die den Platz umgaben, und trieb der grünschimmernden Kuppel zu. Dann und wann flog ein Schwarm Tauben über den Kanal, die sich in den Skulpturen der Scalzi eingenistet hatten. Man hörte das Pfeifen eines Zuges, der die Lagunenbrücke passierte, das Lied eines Seilers, das Brausen der Orgel, das Psalmodieren der Geistlichen. Der Spätsommer täuschte über die Schwermut der Liebe. »Helion! Sirius! Altair! Donovan Alt-Nour! Nerissa! Piuchebella!«

Auf einer Bank sitzend, die gegen die von Rosenbüschen umrankte Mauer lehnte, rief Lady Myrta ihren Hunden. Neben ihr stand die Foscarina in einem rötlichgelben Gewand, das aus jenem harten Brokatstoff gefertigt schien, wie man ihn im alten Venedig trug. Die Sonne hüllte die beiden Frauen und die Rosen in dieselbe helle Lichtwoge.

»Sie sind heute wie Donovan gekleidet« – sagte Lady Myrta lächelnd zu der Schauspielerin. – »Wissen Sie, daß Donovan Stelios Liebling vor den anderen ist?«

Die Foscarina errötete. Ihre Augen suchten das rötliche Windspiel.

»Das schönste und stärkste« – sagte sie.

»Ich glaube, er möchte es haben« – fuhr die alte Dame mit gütiger Nachsicht fort.

»Was begehrte er nicht zu besitzen?«

Die Alte hörte die Wehmut heraus, die die Stimme der liebenden Frau verschleierte. Sie blieb einige Minuten in Schweigen. In ihrer Nähe waren die Hunde, ernst und traurig, verschlafen und verträumt, fern von den Ebenen, den Steppen, den Wüsten, auf der Kleewiese lagen sie, über die sich die Kürbispflanzen schlängelten mit ihren hohlen, grünlichgelben Früchten. Still und regungslos standen die Bäume, fast als wären sie aus demselben Erz gegossen, das die drei ihrer Größe nach abgestuften Kuppeln von San Simeone deckte. Einen gleich verwilderten Anblick gewährten der Garten und das große Haus, dessen Steinmauer vom zähen Rauch der Zeit geschwärzt, von dem Rost der Eisenstäbe streifig geworden war, der in dem endlosen Herbstregen abtropfte. Und in der Krone einer hohen Pinie zwitscherte es so laut, daß die Musik in diesem Augenblick auch bis zu Radianas Ohren aus dem verschlossenen Garten dringen mußte.

»Leiden Sie durch ihn?« hätte die Greisin die liebende Frau fragen mögen, denn das Schweigen bedrückte sie, und sie erwärmte sich an der Glut dieser schmerzensreichen Seele wie an diesem unzeitgemäßen Sommer. Aber sie wagte es nicht. Ein Seufzer entrang sich ihr. Ihr immer junges Herz klopfte bei dem Anblick der verzweifelten Leidenschaft und der bedrohten Schönheit. ›Ach, Sie sind noch schön, und Ihr Mund lockt noch zu Küssen, und der Mund, der Sie liebt, kann sich noch berauschen an Ihrem bleichen Antlitz und an Ihren Augen!‹ dachte sie, während ihre Augen auf der in Gedanken versunkenen Schauspielerin ruhten, der sich die Novemberrosen entgegenreckten. ›Aber ich bin eine Larve.‹

Sie senkte den Blick und sah auf ihre eigenen entstellten Hände in ihrem Schoße; und sie wunderte sich, daß sie zu ihr gehörten, so verkrüppelt, so tot schienen sie ihr, bejammernswerte Mißbildungen, die nicht berühren konnten, ohne Widerwillen zu erregen, die nichts anderes mehr liebkosen konnten als die verschlafenen Hunde. Sie fühlte die Runzeln in ihrem Gesicht, die falschen Zähne an ihrem Zahnfleisch, die falschen Haare auf ihrem Kopf, die ganze Ruine ihres armen Körpers, der einst der Anmut ihres zarten Geistes entsprochen hatte. Und sie wunderte sich über ihre eigene Ausdauer, gegen die Verheerungen des Alters zu kämpfen, sich selbst zu betrügen, die lächerliche Illusion an jedem Morgen wieder herzustellen, mit all den Wassern, Ölen, Salben, Schminken und Tinkturen. Aber war nicht dennoch in dem immerwährenden Frühlingstraum ihre Jugend gegenwärtig? Hatte sie nicht gestern, noch gestern, mit ihren vollkommenen Händen ein liebes Gesicht gestreichelt, hatte sie nicht den Fuchs und den Hirsch in den schottischen Hochebenen gejagt, mit ihrem Verlobten im Park nach einer Weise John Dowlands getanzt?

›Im Hause der Gräfin Glanegg findet sich kein Spiegel; zu viele im Hause der Lady Myrta!‹ dachte die Foscarina. – ›Jene hat vor den andern und vor sich selbst ihren Verfall verborgen; diese hat sich jeden Morgen altern sehen, hat ihre Runzeln eine nach der andern gezählt; sie hat die toten Haare in ihrem Kamme gesammelt, sie fühlte die Zähne in ihrem blutlosen Zahnfleisch locker werden und wollte durch künstliche Mittel den unwiderbringlichen Schaden ersetzen. Arme, zärtliche Seele, die noch heute entzücken möchte und das Lächeln ins Leben tragen. Sie muß verschwinden, sterben, in die Erde versenkt werden.‹ Sie gewahrte das Veilchensträußchen, das am Saum von Lady Myrtas Kleid mit einer Nadel befestigt war. Zu jeder Jahreszeit trug sie dort unten eine frische Blume in einer Falte, kaum sichtbar, wie ein Sinnbild der täglichen Frühlingsillusion, der immer neuen Selbsttäuschung, die sie an sich beging durch die Erinnerung, durch die Musik, durch alle Künste der Phantasie, gegen die Gebrechlichkeit und die Einsamkeit. ›Man müßte eine Stunde der flammenden Leidenschaft leben und dann für immer verschwinden, in die Erde sinken, bevor jeder Reiz entschwunden, jede Anmut erstorben ist.‹

Sie fühlte die Schönheit ihrer eigenen Augen, die verderbliche Gier ihrer Lippen, die rohe Kraft ihrer vom Sturm gelösten Haare, die ganze Gewalt der Rhythmen und der Leidenschaften, die in ihren Muskeln und in ihren Knochen schlummerten. Sie vernahm wieder die Worte des Freundes, die sie gepriesen hatten; sie sah ihn wieder in der Raserei der Begierde, in der süßen Mattigkeit, in der völligen Hingabe. ›Noch für kurze Zeit, für kurze Zeit noch werde ich ihm gefallen, werde ich ihm schön erscheinen, werde ich ihm das Blut verbrennen. Noch für kurze Zeit!‹ Die Füße im Grase, die Stirn von der Sonne gebadet, umweht vom Duft welkender Rosen, in dem rötlichen Gewand, das ihr etwas von dem prächtigen Raub- und Jagdtier mitteilte, erglühte sie in Leidenschaft und Erwartung, mit einem plötzlichen Lebensungestüm, als strömte jene Zukunft, auf die sie mit der Absicht zu sterben verzichtete, in die Gegenwart über. ›Komm! Komm!‹ Sie rief in ihrem Innern nach dem Geliebten, fast trunken vor Wonne, sie fühlte ihn nahen, und noch niemals hatte sie ihr Vorgefühl betrogen. ›Noch für kurze Zeit!‹ Jeder Augenblick, der verstrich, erschien ihr als unbilliger Raub an ihr. Reglos wünschte und litt sie, in schwindelnder Bangigkeit. Mit ihren Pulsen schien der ganze verwilderte Garten zu schlagen, durchtränkt mit Wärme bis zu den Wurzeln. Sie glaubte die Besinnung zu verlieren, zu fallen.

»Ah, da ist Stelio!« – rief Lady Myrta, die den jungen Mann durch die Lorbeerbäume auftauchen sah.

Die Liebende wandte sich schnell um und errötete. Die Windspiele erhoben sich, die Ohren spitzend. Das Begegnen der beiden Blicke glich dem Aufleuchten eines Blitzes. Und wieder, wie immer in Gegenwart des wunderbaren Geschöpfes, empfand der Geliebte das göttliche Gefühl, als umhülle ihn plötzlich ein flammender Äther, eine schwingende Luft, die ihn emporhöbe aus der gemeinen Atmosphäre und ihn gleichsam entführe. Eines Tages hatte er dieses Wunder der Liebe mit einer physischen Vorstellung in Verbindung gebracht: er erinnerte sich an einen weitentlegenen Abend seiner Knabenzeit, als er über einsames Land schreitend sich plötzlich von Irrlichtern umringt fühlte und einen Schrei ausstieß.

»Sie sind erwartet worden von allem, was hinter diesen Mauern lebt« – sagte Lady Myrta zu ihm mit einem Lächeln, das hie Verwirrung verhehlen sollte, die das arme junge Herz in dem Gefängnis des alten gebrechlichen Körpers ergriffen hatte beim Anblick der Liebe und des Verlangens. – »Sie sind einem Rufe gefolgt, da Sie kamen.«

»Sie haben recht« – sagte der Jüngling, während er Donovan, der sich eingedenk früherer Liebkosungen an ihn schmiegte, am Halsband hielt. – »Ich komme sogar von einem sehr entlegenen Ort. Woher? Raten Sie.«

»Aus einem Land des Giorgione!«

»Nein, aus dem Kloster Santa Apollonia. Kennen Sie das Kloster Santa Apollonia?«

»Das ist Ihre Erfindung von heute?«

»Erfindung? Es ist ein Kloster von wirklichem Stein, mit seinen Säulchen und seinem Brunnen.«

»Mag sein. Aber alle die Orte, die Sie ansehen, werden zu Erfindungen bei Ihnen, Stelio.«

»Ach, Lady Myrta, ich wollte, ich könnte Ihnen dies Juwel schenken; ich wollte, ich könnte es Ihnen hierher in den Garten tragen. Stellen Sie sich ein kleines verborgenes Kloster vor, das sich auf eine Reihe schlanker Säulen öffnet, die paarweise zusammenstehen, wie die Nonnen, wenn sie zur Fastenzeit im Sonnenschein sich ergehen, von zartester Tönung, nicht weiß, nicht grau, nicht schwarz, sondern von so geheimnisvoller Farbe, wie sie nur der große koloristische Meister, Zeit genannt, einem Steine verleihen kann, und in der Mitte ein Brunnen; und auf dem von dem Ziehseil gefurchten Rand ein Eimer ohne Boden. Die Nonnen sind verschwunden, aber ich glaube, die Schatten der Danaiden besuchen diesen Ort.« – –

Er unterbrach sich plötzlich, weil sein Blick auf die Windspiele fiel, die ihn umgaben, und er ahmte die Kehllaute nach, mit denen der Führer der Meute die Jagdhunde in ihren Ställen zu rufen pflegt. Die Hunde wurden unruhig, ihre melancholischen Augen belebten sich. Zwei, die nicht bei den andern gewesen waren, kamen mit großen Sprüngen herbeigelaufen, setzten über das Gebüsch weg und machten bei ihm Halt, mager und glänzend, wie mit seidenüberzogene Nervenbündel.

»Ali-Nour! Crissa! Nerissa! Clarissa! Altair! Helion! Hardicanute! Veronese! Hierro!«

Er kannte sie alle bei Namen, und sie schienen ihn, da er sie gerufen, als ihren Herrn anzuerkennen. Da war das schottische Windspiel, dessen Heimat das Hochgebirge, mit rauhem dichtem Fell, härter und dichter der Schnauze zu, von grauer Farbe, wie neues Eisen; da war das irische Windspiel, das auf Wölfe geht, von rötlicher Farbe und stark, dessen braunes bewegliches Auge das Weiße sehen ließ; ein gelb- und schwarzgeflecktes entstammte der Tartarei, die endlosen asiatischen Steppen waren seine Heimat, wo es bei Nacht das Zelt gegen den Überfall von Hyänen und Leoparden bewachte; da war das persische Windspiel, hell und winzig, die Ohren mit langen seidigen Haaren bedeckt, mit buschigem Schweif, Beine und Flanken von matter Färbung, zierlicher als die Antilopen, die es getötet hatte; da war der spanische Galgo, das prächtige Tier, das auf dem Bilde von Velasquez der pompöse Zwerg an der Leine hält, das mit den Mauren eingewandert und von ihnen abgerichtet war, in den nackten Hochebenen der Mancia oder in den Buschwäldern von Murcia und Alicante zu jagen und über dürre Hecken wegzusetzen; da war der arabische Sloughi, das berühmte Raubtier der Wüste, mit dunkler Zunge und Gaumen, dessen Sehnen deutlich sichtbar, dessen ganzes Knochengerüst durch die seine Haut schimmerte, dessen edle Seele sich aus Stolz, Mut und Schönheit zusammensetzte, der gewohnt war, auf schönen Teppichen zu schlafen und reine Milch aus sauberem Gefäß zu trinken. Und wie eine Meute aneinandergedrängt, umfauchten sie ihn, der verstand, in ihrem abgestumpften Blut die Urinstinkte der Verfolgung und des Tötens wiederzuerwecken.

»Wer von euch war der beste Freund von Gog?« – fragte er hinüber zu den schönen unruhigen Augen blickend, die sich in die seinen versenkten – »Du, Hierro? Du, Altair?«

Sein seltsamer Tonfall erregte die sensitiven Tiere, die mit leisem abgebrochenem Winseln auf seine Worte horchten. Jede ihrer Bewegungen warf ein Glanzlicht auf die verschiedenen Felle; und die langen am Ende hakenförmig umgebogenen Schwänze schlugen leicht gegen die muskulösen Schenkel, gegen die niedrigen Knöchel.

»Nun wohl, ich will euch sagen, was ich bis heute verschwiegen habe: Gog, versteht ihr? er, der dem Hasen mit einem einzigen Biß den Garaus machte, Gog ist ein Krüppel.«

»Oh, wirklich?« – rief Lady Myrta mit Bedauern aus. – »Wie ist das möglich, Stelio? Und Magog?«

»Magog ist heil und gesund.«

Es war das Windspielpaar, das Lady Myrta dem jungen Freunde geschenkt, und das er mit sich in sein Haus am Meer genommen hatte.

»Aber wie trug sich das zu?«

»Der arme Gog! Schon siebenunddreißig Hasen waren ihm zum Opfer gefallen. Er besaß alle Tugenden der großen Rasse: die Behendigkeit, die Widerstandskraft, eine unerhörte Geschwindigkeit der Wendungen und die unablässige Sucht, die Beute zu töten, und die klassische Art, in gerader Linie an ihnen vorbeijagend und fast immer gleichzeitig mit ihnen den Winkel schneidend, sie am Hinterteil zu packen. Haben Sie je einem Wettlauf von Windspielen zugesehen, Foscarina?«

Sie war so gespannt, daß der unerwartete Klang ihres Namens sie erbeben machte.

»Nie.«

Sie hing an seinen Lippen, gebannt durch den instinktiven Ausdruck von Grausamkeit, der sie bei der Schilderung des blutigen Handwerks umspielte.

»Nie? Dann ist Ihnen eines der seltensten Schauspiele der Welt entgangen von Kühnheit, Kraft und Anmut. Sehen Sie!«

Er zog Donovan an sich, bückte sich zur Erde und betastete ihn mit erfahrenen Händen.

»Es gibt für seine Bestimmung in der Natur keinen präziseren und kraftvolleren Organismus. Die Schnauze ist spitz, um die Luft zu durchschneiden, sie ist lang, damit die Kinnladen beim ersten Zupacken die Beute überwältigen können. Zwischen den beiden Ohren ist der Schädel breit, damit der größte Mut und die größte Klugheit dort Platz hat. Die Backen sind so knochig und muskulös, die Lippen kurz, so daß sie kaum die Zähne bedecken.«

Mit sicherer Gewandtheit öffnete er des Hundes Maul, der nicht versuchte, Widerstand zu leisten. Man konnte das glänzende Gebiß sehen, den mit schwärzlichen Furchen gezeichneten Gaumen, die dünne und rosige Zunge.

»Sehen Sie, welche Zähne! Sehen Sie, wie lang die Reißzähne sind und an der Spitze etwas gekrümmt, um die Beute besser festhalten zu können. Keiner anderen Hunderasse ist das Maul in so vollkommener Weise zum Beißen eingerichtet.«

Seine Hände fuhren fort mit der Untersuchung, und es schien, als kenne seine Bewunderung für dieses Prachtexemplar keine Grenzen. Er kniete auf dem Klee und empfing im Gesicht den Atem des Tieres, das sich mit ungewohnter Fügsamkeit betasten ließ, als verstände es das Lob des Kenners und freute sich daran.

»Die Ohren sind klein und nach oben zugespitzt, in der Erregung stehen sie steif in die Höhe, aber in der Ruhe fallen sie schlapp herunter und liegen auf dem Schädel. Sie hindern einen nicht, das Halsband abzunehmen und anzulegen, ohne es aufzuschnallen.«

Er entfernte das Halsband, das den Hals genau umschloß, und legte es wieder an.

»Einen Schwanenhals, lang und biegsam, der ihm gestattet, das Wild in der größten Schnelligkeit zu packen, ohne das Gleichgewicht zu verlieren.

Ich habe Gog einmal einen Hasen scharf nehmen sehen, der im Sprung über einen breiten Graben war... Aber jetzt betrachten Sie die wichtigsten Teile: den breiten gewölbten Brustkasten für den langen Atem, die schräge Stellung der Schultern, die der Länge der Beine entspricht, die große Muskelmasse in den Welchen, die kurzen Fersengelenke, den gehöhlten Rücken Zwischen den beiden soliden Muskelbündeln... Sehen Sie! bei Helion sieht man die Wirbelknochen plastisch sich herausheben; hier sind sie in einer Vertiefung verborgen. Die Füße gleichen denen der Katzen, mit etwas krallenartig gebogenen Nägeln, sie sind elastisch und sicher. Und welche Anmut der Rippen, die in ihrer Anordnung die Form eines schönen Schiffskieles wiedergeben und deren zurücklaufende Linie sich in dem völlig eingezogenen Leib verliert. Alles dient nur einem einzigen Zweck. Der Schwanz, stark am Ansatz und dünn am Ende – sehen Sie nur –, fast wie ein Mauseschwanz, dient dem Tier als Steuer und ist ihm notwendig, wenn der Hase einen Winkel macht. Laß sehen, Donovan, ob du auch hierin vollkommen bist.

Und er nahm die Spitze des Schwanzes, zog sie unterhalb des Schenkels dem Hüftknochen zu, bis er damit genau dessen vorspringenden Rand berührte.

»Vollkommen! Ich sah einst einen Araber aus dem Stamms der Arbâa seinem Sloughi in dieser Weise Maß nehmen. Ali-Nour, zittertest du, wenn du das Rudel der Gazellen witterest? Denken Sie, Foscarina: der Sloughi zittert, wenn er die Beute entdeckt, er zittert wie ein Rohr, und seine Augen wenden sich flehend und schmeichelnd auf seinen Herrn, damit er ihn losbinde! Ich weiß nicht, warum mir das so wohl gefällt und mich rührt, Furchtbar ist in ihm das Verlangen, zu töten, sein ganzer Körper ist bereit, loszuschnellen, wie ein Bogen; und er zittert! Nicht in Furcht, nicht in Ungewißheit, er zittert in diesem Verlangen. Ach, Foscarina, wenn Sie in solchem Augenblick einen Sloughi sähen, Sie würden ihm unfehlbar seine Art des Zitterns rauben und würden es menschlich zu gestalten wissen mit ihrer tragischen Kunst und den Menschen noch einen neuen Schauer bringen... Auf, Ali-Nour, reißender Wüstenstrom! Entsinnst du dich? Jetzt zitterst du nur vor Kälte...«

Heiter und beweglich ließ er Donovan los und nahm den schlangenartigen Kopf des Gazellentöters zwischen seine Hände, er blickte ihm tief in die Augen, die von Heimweh nach den heißen, stillen Ländern sprachen, nach den Zelten, die nach der durch trügerische Lufterscheinungen wechselvollen Reise aufgeschlagen, nach den Feuern, die abends für das Mahl angezündet wurden unter den großen Sternen, die in dem Zittern des Windes auf den Spitzen der Palmen zu leben schienen.

»Träumerische und wehmütige, mutige und treue Augen! Ist Ihnen nie der Gedanke gekommen, Lady Myrta, daß das Windspiel mit den schönen Augen gerade der Todfeind der schönäugigen Tiere, wie der Gazelle und des Hasen, ist?«

Die liebende Frau war von jenem körperlichen Liebeszauber ergriffen, in dem es scheint, daß die Grenzen der Persönlichkeit sich ausweiten und sich in der Luft auflösen, so daß jedes Wort und jede Bewegung des Geliebten in ihr Leben erzeugen, süßer als alle Liebkosung. Der junge Mann hatte Ali-Nours Kopf zwischen seine Hände genommen, aber sie hatte das Gefühl, als berührten diese Hände ihre eigenen Schläfen. Der Freund blickte forschend in Ali-Nours Augen, aber sie empfand den Blick auf dem Grunde ihrer eigenen Seele, und es schien ihr, als ob das Lob der Augen ihren eigenen Augen gälte.

Sie stand dort auf dem Rasen, wie diese stolzen Tiere, die er liebte, gekleidet wie jener, den er seinen Gefährten vorzog, wie diese Tiere lebte sie in unklarer Erinnerung einer fernen Heimat, und in einer leichten Betäubung von der Glut der Sonnenstrahlen, die von der rosenbedeckten Mauer zurückgeworfen wurden, betäubt und erglühend, wie in einem leichten Fieber. Sie horte ihn von lebendigen Dingen sprechen, von den Gliedern, die geeignet seien zum Laufen und Fangen, von der Stärke, von der Gewandtheit, von der Naturmacht, von dem Vorzug des Blutes; und sie sah ihn am Boden, in dem Duft des Grases, in der Sommerwärme, stark und geschmeidig, wie er das Fell und die Knochen betastete, die Kraft der deutlich hervortretenden Muskeln bemaß, sich an der nahen Berührung mit diesen mutigen Tieren erfreute, fast teil hatte an dieser zarten und grausamen Bestialität, die er mehr als einmal sich gefallen hatte, in den Empfindungen seiner Kunst zum Ausdruck zu bringen. Und sie selbst, mit den Füßen auf dem heißen Boden, unter den weichen Himmelslüften, in der Farbe ihres Kleides dem rötlich-gelben Raubtier gleichend, fühlte, wie aus den Wurzeln ihrer Wesenheit ein seltsames Empfinden aufstieg wie von ursprünglicher Tierheit, fast die Illusion einer langsamen Metamorphose, in der sie einen Teil ihres menschlichen Bewußtseins verlor und wieder zur Tochter der Natur wurde, eine naive und kurzlebige Kraft, ein wildes Leben.

Berührte er so nicht in ihr das dunkelste Mysterium des Seins? Ließ er sie nicht auf diese Weise die animalische Urtiefe empfinden, der die unerwarteten Offenbarungen ihres tragischen Genius entquollen waren, die die Menge erschüttert und berauscht hatten, wie die Erscheinungen des Himmels und des Meeres, wie die Morgenröten, wie die Stürme? Als er von dem zitternden Sloughi sprach, hatte er da nicht erraten, aus welchen Analogien der Natur sie die Kraft des Ausdrucks schöpfte, der die Dichter und die Völker mit staunender Bewunderung erfüllte. Weil sie den dionysischen Sinn der schaffenden Natur wiedergefunden hatte, das alte Feuer der instinktiven und schöpferischen Kräfte, die Begeisterung für den vielfältigen Gott, der dem Gärstoff aller Säfte entstiegen war, darum erschien sie auf dem Theater so neu und so groß. Sie hatte in sich zuweilen fast den Beginn jenes Wunders gefühlt, das die Brüste der Mänaden mit göttlicher Milch schwellen ließ bei der Annäherung an die kleinen Panther, die nach Nahrung gierten.

Hier stand sie im Grase, behend und rötlichgelb, wie das Lieblingswindspiel, voll von wirren Erinnerungen an eine ferne Herkunft, voller Leben und Verlangen, Unendliches zu leben in der kurzen Stunde, die ihr vergönnt war. Verschwunden waren die weichen Tränennebel, das schmerzvolle Sehnen nach Güte und Verzicht und alle aschgrauen Melancholien des einsamen Gartens. Die Gegenwart des Weckers erweiterte den Raum, veränderte die Zeit, beschleunigte die Pulse, vervielfältigte die Genußfähigkeit und schuf von neuem die Vorstellung eines prächtigen Festes. Und sie wurde noch einmal, wie er sie sich gestalten wollte, alles Elend und alle Furcht war vergessen, sie war geheilt von jedem traurigen Leiden, ein Geschöpf aus Fleisch und Blut, vibrierend in dem Licht, in der Wärme, in dem Duft, in der ganzen Fülle der Erscheinungen, bereit, mit ihm die heraufbeschworenen Ebenen zu durcheilen, die Dünen, die Wüsten, in der Raserei der Verfolgung sich zu erfreuen an dem Anblick des Mutes, der List und der blutigen Beute. Und von Augenblick zu Augenblick, indem er sprach und sich bewegte, schuf er sie seinem Vorbild immer ähnlicher.

»Jedesmal, wenn ich den Hasen unter den Zähnen des Hundes verenden sah, ging es wie ein Blitz des Bedauerns durch meine Freude, wegen dieser großen, feuchten Augen, die erloschen! Größer als deine, Ali-Nour, und auch die deinen, Donovan, und leuchtend wie an Sommerabenden die Weiher mit ihren Binsenwäldern, die sich darin baden und mit dem ganzen Himmel, der sich darin spiegelt und sich darin verändert. Haben Sie je des Morgens einen Hasen die vom Pflug noch frische Furche verlassen und eine Weile über den silbernen Morgenreif laufen sehen, und wie er dann stillschweigend inne hält, sich auf die Hinterpfoten setzt, die Ohren spitzt und den Himmel anschaut? Es scheint, als ob sein Blick das ganze Universum mit Frieden erfüllen müsse. Der reglose Hase, der die dampfenden Felder betrachtet in einem Augenblick der Ruhe seines ruhelosen Lebens. Kein sichereres Anzeichen für den vollkommenen Frieden in der Runde könnte man sich vorstellen. In solchem Augenblick ist er ein heiliges Tier, das man anbeten muß...«

Lady Myrta brach in ihr jugendliches Lachen aus, das ihr glänzendes Gebiß bloßlegte und die an eine Schildkröte gemahnenden Runzeln unter ihrem Kinn in Bewegung setzte.

»Teuerster Stelio!« – rief sie lachend aus. – »Erst anbeten und dann umbringen: ist das Ihr Brauch?«

Die Foscarina sah sie erstaunt an, denn sie hatte sie vergessen; und nun erschien sie ihr, wie sie hier auf dieser von Flechten gelblich schimmernden Steinbank saß, mit den verkrüppelten Händen, mit dem Geglitzer von Gold und Elfenbein zwischen den schmalen Lippen, mit den kleinen grünlichen Augen unter den schlaffen Lidern, mit der heiseren Stimme und dem hellen Lachen, wie eine jener alten Zauberinnen, die durch den Wald humpeln, gefolgt von einer gehorsamen Kröte. Sie war so entrückt, daß die seltsamen Worte an ihr vorbeigingen, sie aber dennoch unangenehm berührten wie ein schriller Schrei.

»Es ist nicht meine Schuld« – erwiderte Stelio – »daß die Windspiele geschaffen sind, um die Hasen zu töten, anstatt in einem Garten friedlich zu schlummern, der von den Wassern eines toten Kanals durch eine Mauer abgeschlossen ist.«

Und wieder ahmte er die Kehllaute nach, mit denen man die Meute in den Jagdställen aufmuntert.

»Crissa! Nerissa! Altair! Sirius! Piuchebella! Helion!«

Die aufgeregten Hunde wurden unruhig, ihre Augen leuchteten auf; die dürren Muskeln zuckten unter den rötlichen, schwarzen, weißen, grauen, gefleckten, mischfarbenen Fellen, die langen Schwänze bogen sich über die Fesselgelenke, wie Bogen, die bereit sind, sich zu spannen, um das Knochengerüst, das dürrer und geschmeidiger war als ein Bündel Pfeile, in die Luft zu schleudern.

»Hier, hier, Donovan! Hier!«

Und er wies auf eine rötlichgraue Form im Grase, am Ende des Gartens, die aussah wie ein Hase mit umgebogenen Löffeln, der auf seinen Füßen sitzt. Die gebieterische Stimme täuschte die zaudernden Tiere. Und es war ein schöner Anblick, diese geschmeidigen und kraftvollen Körper mit dem seidenglänzenden Fell in der Sonne leuchten, erbeben, zittern zu sehen bei dem Anspornen der menschlichen Stimme, wie die leichtesten Banner eines bewimpelten Schiffes beim Hauch des Windes.

»Hier, Donovan!«

Und der große rötlichgelbe Hund sah ihn an und stürzte mit einem Riesensatz auf die vermeintliche Beute los, mit dem ganzen Ungestüm seines neugeweckten Instinkts. In einem Augenblick war er angelangt; enttäuscht machte er halt; auf seine Vorderpfoten gestützt, mit vorgestrecktem Halse, blieb er stehen; dann machte er wieder einen Satz, mischte sich in die Spiele der Schar, die ihm in großer Aufregung gefolgt war, geriet mit Altair in Streit und verfolgte, die Schnauze in der Luft, mit Gebell einen Flug Spatzen, der sich aus der Krone des Pinienbaumes mit fröhlichem Zwitschern in den blauen Äther aufschwang.

»Ein Kürbis! Ein Kürbis!« – rief der Verräter unter schallendem Gelächter. – »Nicht einmal ein Kaninchen! Armer Donovan! Einen Kürbis hast du gefaßt. Ach, armer Donovan, welche Demütigung! Geben Sie acht, Lady Myrta, daß er sich nicht wegen der Schande im Kanal ertränkt...« –

Von der Heiterkeit angesteckt, lachte die Foscarina mit ihm. Ihr rötliches Kleid und das seidene Fell der Windspiele glänzten in den schrägen Sonnenstrahlen auf dem grünen Klee. Das Weiß der Zähne und das silberne Lachen erfüllten ihren Mund mit neuer Jugend. Die träge Langeweile, die über dem hundertjährigen Garten brütete, schien zu zerreißen wie Spinnweben, wenn eine ungestüme Hand ein seit langem geschlossenes Fenster öffnet.

»Wollen Sie Donovan haben?« – sagte Lady Myrta mit einer boshaften Grazie ihres Geistes, die sich in ihren Runzeln verlor wie ein Bächlein in Erdhöhlen.

»Ich durchschaue Ihre künstliche Absicht...«

Stelio hörte auf zu lachen und errötete wie ein Knabe.

Eine Woge von Zärtlichkeit schwellte das Herz der Foscarina wegen dieses kindlichen Errötens. Sie strahlte vor Liebe, und ein tolles Verlangen, den Geliebten in ihre Arme zu nehmen, ließ ihre Pulse, ihre Lippen erbeben.

»Wollen Sie ihn?« – fragte Lady Myrta wieder, glücklich, schenken zu können, und ihm dankbar, von dem sie wußte, daß er die Gabe mit so frischer und so lebendiger Freude entgegennahm. – »Donovan gehört Ihnen!«

Bevor er dankte, suchte er das Windspiel mit sehnsüchtigen Blicken. Er sah es stark, schön glänzend, mit dem Stempel der Rasse in allen seinen Gliedern, als ob Pisanelli es für die Rückseite einer Medaille gezeichnet hätte.

»Aber Gog? Was ist aus Gog geworden? Sie haben kein Wort mehr davon gesagt!« – sagte die freigebige Lady. – »Ach, wie schnell sind die Kampfunfähigen vergessen!«

Stelio blickte der Foscarina nach, die sich zu der Gruppe der Windspiele gewandt hatte und über das Gras ging mit schlankem wiegendem Schritt, nach Art der alten Venetianer, deren

Gang man gerade mit *allalevriera* bezeichnet hat. Das rötliche Kleid, von der untergehenden Sonne vergoldet, schien die schmiegsame Gestalt wie mit Flammen zu umgeben. Und es war offenbar, daß sie auf das ihr gleichfarbige Tier zuging, dem sie sich aus einem tiefinnersten Nachahmungstrieb heraus seltsam ähnlich gestaltete, sich gleichsam fast verwandelte.

»Es war nach einer Jagd« – erzählte Stelio. – »Ich hatte die Gewohnheit, fast jeden Tag einen Hasen zu hetzen, oben auf der Düne längs der Meeresküste. Die Bauern brachten mir oft lebende braune kräftige Tiere von meinem Grund und Boden, bereit, ihr Leben zu verteidigen, von außerordentlicher Schlauheit, imstande, zu kratzen und zu beißen. Ach, Lady Myrta, es gibt kein herrlicheres Jagdterrain als meinen freien Strand. Sie kennen die weiten Hochebenen von Lancashire, den dürren Boden von Yorkshire, die rauhen Ebenen von Altcar, die Sümpfe im schottischen Tiefland, die Sandwüsten des südlichen England; aber ein Galopp über meine Dünen, die heller sind und leuchtender als Herbstwolken, vorbei an den Ginsterbüschen und Tamariskenstauden, vorbei an den kurzen klaren Mündungen der Bächlein, vorbei an den kleinen salzigen Weihern, längs des Meeres, das grüner schimmert als Wiesengründe, angesichts der blauen mit Schnee gekrönten Berge, ein solcher Ritt würde Ihre schönsten Erinnerungen verdunkeln, Lady Myrta.«

»Italien, Italien!« – seufzte die freundliche alte Zauberin – »Krone der Schöpfung!«

»An diesem Strand hetzte ich den Hasen. Ich hatte einen Mann unterwiesen, der die Hunde im geeigneten Augenblick von der Leine befreien mußte; ich folgte dem Rennen zu Pferde... Magog ist zweifellos ein vorzüglicher Renner; aber nie habe ich einen leidenschaftlicheren und schnelleren Töter gesehen als Gog...«

»Aus den Ställen von Newmarket!« – sagte die Geberin mit Stolz.

»Eines Tages kehrte ich längs der Meeresküste nach Hause zurück. Die Jagd war nur kurz gewesen; nach zwei oder drei Meilen hatte Gog den Hasen gegriffen. Ich ritt kurzen Galopp, dicht am Rande des ruhigen Wassers. Gog galoppierte mit Kambyses um die Wette, sich dann und wann auf das Wild stürzend, das mir vom Sattel hing, und dazu bellend. Plötzlich, am Ufer lag ein Aas, machte das Pferd einen Satz nach rechts und traf beim Herumwerfen mit dem Huf den Hund, der heulte und die linke Pfote hochzog, die am Knöchel gebrochen zu sein schien. Mit großer Mühe zügelte ich das erschreckte Tier und wendete um. Aber als Kambyses wiederum das Aas sah, machte er eine Wendung und ging mit mir durch. Das war eine wilde Jagd über die Dünen. Mit unbeschreiblicher Rührung hörte ich noch einige Sekunden dicht hinter dem Pferde Gogs Keuchen. Er folgte mir, begreifen Sie? Mit gebrochener Pfote, von seinem edlen Blut dazu getrieben, ungeachtet seiner Schmerzen, hatte er mich eingeholt, folgte er mir, lief an mir vorbei! Meine Blicke begegneten seinen schönen treuen Augen, und während ich mich bemühte, das scheugewordene Pferd in meine Gewalt zu bekommen, wollte mir jedesmal das Herz brechen, wenn die arme verwundete Pfote den Sand streifte. Ich bete ihn an, ich bete ihn an... Glauben Sie, daß ich weinen kann?«

»Ja« –antwortete Lady Myrta – »auch das glaube ich von Ihnen.«

»Nun wohl, als Sofia, meine Schwester, die Wunde mit ihren schönen Händen wusch, auf die die Tränen niederperlten, glaube ich, daß auch ich...«

Die Foscarina kam zurück mit Donovan, den sie am Halsband führte. Sie war wieder bleich geworden, fast erschöpft, als begänne schon die abendliche Kälte sie zu durchdringen. Der Schatten der ehernen Kuppel verlängerte sich auf dem Rasen, auf den Lorbeerbüschen, den Weißbuchen. Eine duftige Feuchtigkeit, in der die letzten Atome des Sonnengoldes schwammen, breitete sich zwischen den Stengeln und den Zweigen aus, die in dem Windhauch zitterten, der ab und zu sich regte. Und an die Ohren tönte wieder das Gezwitscher, das die Krone der Pinie erfüllte, die mit leeren Zapfen bedeckt war.

›Hier sind wir, wir gehören dir‹, schien die Frau zu sagen, von dem Windspiel begleitet, das sie gegen ihre Knie preßte, durchrieselt von den ersten Kälteschauern. ›Wir gehören dir für immer. Wir sind hier, um zu dienen.‹

»Nichts in der Welt, das mich so erregt und begeistert, als diese plötzlichen Erscheinungen der edlen Abstammung« – fuhr der junge Mann fort, sich an der Erinnerung dieser bewegten Stunde erquickend.

Man hörte den langgezogenen Pfiff eines Eisenbahnzuges, der über die Lagunenbrücke fuhr. Ein Windhauch entblätterte eine große weiße Rose, daß nichts davon übrig blieb als eine Knospe an der Spitze eines dürren Holzes. Die Hunde liefen zusammen, bildeten einen Haufen, drängten sich fröstelnd gegeneinander: ihre mageren Knochen erzitterten in der Kälte unter dem dünnen Fell, und in ihren langgestreckten und stachen Köpfen, die an Reptilienköpfe erinnerten, glänzten die Augen melancholisch.

»Habe ich Ihnen nie erzählt, Stelio, wie eine Dame aus dem vornehmsten Blut Frankreichs bei einer großen Hetzjagd, der ich beiwohnte, starb?« – fragte ihn Lady Myrta, der bei dem Ausdruck, den sie in dem bleichen Gesicht der Foscarina bemerkt hatte, das tragische und jammervolle Bild wieder vor Augen stand.

»Nein, nie. Wer war es?«

»Jeanne d'Elbeuf. Aus Unvorsichtigkeit und Unerfahrenheit, sowohl der eigenen, als derjenigen des Kavaliers, der ihr zur Seite ritt, wurde sie verwundet – man hat nie erfahren, durch wen – gleichzeitig mit dem Hasen, der zwischen den Beinen ihres Pferdes durchlief. Man sah sie zur Erde stürzen. Wir eilten alle hinzu und fanden sie dort auf dem Rasen, in ihrem Blut sich windend, neben ihr der Hase in Todeszuckungen. In dem Schweigen und dem Entsetzen, wie wir alle dort vereint standen und noch niemand gewagt hatte, zu sprechen oder sich zu bewegen, hob das arme Geschöpf die Hand kaum wahrnehmbar, deutete auf das verwundete schmerzleidende Tier, sagte (nie werde ich den Ton dieser Stimme vergessen): ›*Tuez-le, tuez-le, mes amis… Ça fait si mal!*‹ Und starb sogleich.« – – –

Welch ergreifende Anmut in diesem November, der lächelt gleich einem Kranken, der sich in der Genesung glaubt, dessen Inneres ein ungewohnt wohliges Gefühl durchströmt, und der nicht weiß, daß er seinem Ende naht.

»– Aber was haben Sie heute, Fosca? Was ist Ihnen geschehen? Warum sind Sie so verschlossen gegen mich? Sagen Sie es mir! Sprechen Sie zu mir!«

Stelio, der zufällig in San Marco eingetreten war, hatte sie gegen die Tür der Kapelle lehnen sehen, in der das Baptisterium sich befindet. Sie war allein dort, unbeweglich, das Gesicht von Fieber und nachttiefen Schatten verzehrt, die Augen voller Entsetzen auf die furchtbaren Mosaikgestalten geheftet, die in einem gelben Feuer flammten. Hinter der Tür hielt ein Chor seine Übungen. Der Gesang brach ab, hob wieder an in derselben Kadenz.

»Ich bitte Sie, ich bitte Sie, lassen Sie mich allein! Ich muß allein sein! Ich flehe Sie an!«

Der Ton ihrer Worte verriet die Trockenheit ihres zuckenden Mundes. Sie wollte sich umwenden, entfliehn. Er hielt sie zurück.

»So sprechen Sie doch! Sagen Sie mir wenigstens ein Wort, damit ich begreife!«

Wieder wollte sie sich ihm entziehen, und ihre Bewegung drückte eine unsägliche Qual aus. Sie sah aus wie ein von Martern zerrissenes, vom Henker gefolteres Geschöpf. Sie schien erbarmungswürdiger als ein aufs Rad geflochtener, als ein mit glühenden Zangen gequälter Körper.

»Ich flehe Sie an! Wenn ich Ihnen Schmerz bereite, nur eines können Sie jetzt für mich tun: lassen Sie mich gehen…«

Sie sprach mit gedämpfter Stimme; und daß sie nicht schrie, daß sich kein Schluchzen und Stöhnen ihrer Kehle entrang, erschien als etwas Übermenschliches, so offenbar war der Krampf ihrer ganzen erschütterten Seele.

»Aber nur ein Wort, wenigstens eines, damit ich begreife!«

Die Zornesröte stieg in ihr entstelltes Gesicht.

»Nein. Ich will alleine sein.«

Die Stimme war hart wie der Blick. Sie wandte sich um, machte einige Schritte wie jemand, den ein Schwindel befällt, und griff schnell nach einer Stütze.

»Foscarina!«

Aber er wagte nicht, sie zurückzuhalten. Er sah die verzweifelte Frau in dem Sonnenstreifen gehen, der durch die von unbekannter Hand geöffnete Tür mit dem Ungestüm eines reißenden Stromes in die Basilika eindrang. Das tiefe goldene Gewölbe mit seinen Aposteln, seinen Märtyrern, seinem heiligen Getier leuchtete hinter ihr, als ob die tausend Fackeln des Tages dort zusammenstürzten. Der Gesang brach ab und hob wieder an.

»Ich vergehe in Trauer... Der unwiderstehliche Drang, mich gegen mein Schicksal aufzulehnen, auf gut Glück davonzuziehen, zu suchen... Wer wird meine Hoffnung retten? Von wem wird mir das Licht kommen?... Singen, singen! Ach, ich möchte endlich ein Lied des Lebens singen... Könnten Sie mir sagen, wo in diesen Tagen der Herr des Feuers ist?« Vor ihren Augen, in ihrer Seele eingegraben standen diese Worte, die Donatella Arvales Brief enthalten, mit allen Eigentümlichkeiten der Schrift, mit allen Einzelheiten der Schriftzeichen, lebendig wie die Hand, die sie niedergeschrieben, zuckend wie dieser ungeduldige Pulsschlag. Sie sah sie in den Steinen eingemeißelt, in den Wolken geschrieben, von den Wassern widergespiegelt, unauslöschbar und unvermeidlich, wie der Spruch des Schicksals.

›Wo soll ich hingehen? Wo soll ich hingehen?‹ Und durch ihre Erregung und ihre Verzweiflung hindurch empfand sie die süße Anmut der Dinge, den warmen Ton des vergoldeten Marmors, den Duft der stillen Luft, die Mattigkeit der Muße. Sie sah eine Frau aus dem Volk auf den Stufen der Basilika sitzen, in ihr braunes Tuch gehüllt, nicht alt, nicht jung, nicht hübsch, nicht häßlich, die sich an der Sonne freute und mit den Zähnen in ein großes Stück Brot biß, langsam kauend und im Behagen dieses Genusses die Augen halb schließend, daß die blonden Wimpern auf der Höhe der Wangen leuchteten.

›Ach, könnte ich mit dir tauschen, mir dein Schicksal nehmen, mich mit Sonne und Brot begnügen, nicht mehr denken, nicht mehr leiden!‹ Die Rast dieser Ärmsten dünkte ihr ein unendliches Glück.

Sie wandte sich zusammenschreckend um, fürchtend, hoffend, daß der Geliebte ihr folgte. Sie gewahrte ihn nicht. Hätte sie ihn gesehen, wäre sie geflohen; aber ihr Herz zog sich zusammen, als hätte er sie in den Tod geschickt, ohne sie zurückzurufen. ›Alles ist zu Ende.‹ Sie verlor jedes Maß und jede Sicherheit. Ihre Gedanken waren abgerissen und wurden von der Bangigkeit durcheinandergewirbelt, wie die Pflanzen und Steine, die die Flußströmung mit sich reißt. In jeder Erscheinung der Dinge sahen ihre erschreckten Augen eine Bestätigung ihres Verdammungsurteils oder eine dunkle Androhung neuer Leiden, oder eine Versinnbildlichung ihres Zustandes oder eine Kundgebung verborgener Wahrheiten, die grausam auf ihr Schicksal einwirkten. An der Ecke von San Mario, bei der Porta della Carta hatte sie das Gefühl, als würden die vier Könige aus Porphyr lebendig, als flösse dunkles Blut durch ihre Adern, jene vier Könige, die sich wie zum Bündnis nur mit einem Arm umarmen, während sie fest in der harten Faust den Degengriff packen, der in einen Sperberschnabel ausläuft. Die zahllosen Adern der verschiedenen Marmorarten, mit denen die Seitenfassade des Tempels ausgelegt ist, diese unbestimmten bunten Gewebe, diese gewundenen und sich schlängelnden Muster schienen ihr ein Spiegelbild ihrer eigenen inneren Verwirrung, ihrer eigenen unklaren Gedanken. Bald erschienen ihr die Dinge fremd, entrückt, unwirklich, bald vertraut nahe, teilhaftig ihres inneren Lebens. Bald glaubte sie sich an unbekannten Orten, und bald inmitten von Erscheinungsformen, die zu ihr gehörten, als hätte sie sie mit ihrer eigenen Wesenheit materialisiert.

Gleich dem Sterbenden sah sie dann und wann Bilder aus ihrer fernsten Kindheit vor sich auftauchen. Erinnerungen längst verflossener Begebenheiten, die schnelle und deutliche Erscheinung eines Gesichts, einer Gebärde, eines Zimmers, einer Gegend. Und über all diesen Phantomen blickten aus einem Schattengefilde die mütterlichen Augen auf sie nieder, milde und fest, nicht größer als menschliche Augen, wenn sie auf Erden leben, und dennoch unendlich wie ein Horizont, zu dem sie gerufen würde. ›Soll ich zu dir kommen? Rufst du mich wirklich zum letzten Male?‹

Sie war durch die Porla della Carta eingetreten und hatte den Torweg durchschritten. Der Rausch des Schmerzes hatte sie zu jenem Punkt zurückgeführt, wo in einer sieghaften Nacht die drei Schicksale sich begegnet waren. Sie suchte den Brunnen, an dem sie sich das Stelldichein gegeben hatten. Um dieses eherne Becken erstand das Leben jener kurzen Augenblicke wieder, deutlich erkennbar und mit plastischer Wirklichkeit. Dort hatte sie, zu ihrer Gefährtin sich wendend, lächelnd gesagt: »Donatella, hier ist der Herr des Feuers!« Der ungeheure Lärm der Menge hatte ihre Stimme übertönt, und der Himmel über ihren Häuptern hatte sich an tausend feurigen Tauben entflammt.

Sie näherte sich dem Brunnen. Wie sie ihn betrachtete, prägte sich jede Einzelheit ihrem Geiste ein und nahm eine seltsame Kraft geheimnisvollen Lebens an: die Furche des Drahtseils in dem Metall, der grüne Oxyd, der den Stein des Unterbaues mit Linien überzogen hatte, die Brüste der Caryatiden, die abgenutzt waren, weil die Frauen einst bei der Anstrengung des Schöpfens ihre Knie dagegen gepreßt hatten, und dieser tiefe innere Spiegel, den der Anprall der Eimer nicht mehr störte, dieser kleine unterirdische Kreis, der den göttlichen Himmel widerspiegelte. Sie neigte sich über den Rand, sie sah ihr Gesicht, sie sah ihr Entsetzen und ihre Verdammnis, sie sah die unbewegliche Meduse im Innersten ihrer Seele. Unbewußt ahmte sie nach, was er getan, den sie liebte. Und sie sah auch sein und Donatellas Gesicht, so wie sie sie für einen Augenblick hatte aufleuchten sehen in jener Nacht von den himmlischen Flammen erhellt, als neigten sie sich über einen Hochofen oder über einen Krater.

›Liebt euch, liebt euch! Ich werde fortgehen, ich werde verschwinden. Lebt wohl.‹ Sie schloß die Lider fest in dem Gedanken an den Tod. Und im Dunkel erschienen wieder die milden und festen Augen, unendlich wie ein Horizont des Friedens. ›Du bist in Frieden und erwartest mich, du, die lebte und starb in Leidenschaft.‹ Sie richtete sich auf. Seltsames Schweigen füllte den verlassenen Hof. Die Pracht der hohen, skulpturengeschmückten Mauern lag halb im Schatten, halb im Licht, die fünf Kuppeln der Basilika überragten den leichten Bogengang, wie die weißen Wolken, die den Himmel noch blauer erscheinen ließen, gerade wie die Blüte des Jasmin das Blatt grüner erscheinen läßt. Und wieder wurde sie, durch ihre Qual hindurch, ergriffen von der Anmut der Dinge. ›Noch könnte das Leben Süßigkeiten bergen!‹

Sie ging hinaus zum Molo, bestieg eine Gondel und ließ sich zur Giudecca fahren. Das Wasserbecken, die Salute, die Riva degli Schiavoni, der ganze Stein, das ganze Wasser waren ein goldenes und opalschimmerndes Wunder. Sehnsüchtig blickte sie zur Piazzetta hinüber, ob dort nicht eine Gestalt erschiene.

In ihrer Erinnerung blitzte das Bild auf von der toten Sommergöttin, die in Gold gekleidet und eingeschlossen war in den opalschimmernden Glasschrein. Sich selbst stellte sie sich so vor, versenkt in die Lagune, auf einem Bette von Seealgen ruhend. Aber die Erinnerung an das Versprechen, das auf diesem Wasser gegeben und in dem nächtlichen Delirium gehalten worden war, drang ihr wie ein scharfes Messer ins Herz, machte sie von neuem zum Spielball der zuckenden Leidenschaften. ›Nie wieder also? Niemals wieder?‹ Alle ihre Sinne erinnerten sich aller Liebkosungen. Der Mund, die Hände, die Kraft, die Glut des Jünglings gingen über in ihr Blut, als ob sie sich in ihr aufgelöst hätten. Das Gift brannte sie inwendig bis in ihre innersten Fibern. Sie hatte mit ihm an der äußersten Grenze der Wollust eine Verzückung empfunden, die noch nicht der Tod und doch jenseits des Lebens war. ›Nie wieder jetzt? Niemals wieder?‹

Sie war am Rio della Croce angelangt. Über eine rote Mauer ragte üppiges Laubwerk. Vor einer verschlossenen Türe hielt die Gondel. Sie stieg aus, suchte einen kleinen Schlüssel, öffnete und trat in den Garten.

Es war ihr Zufluchtsort, der geheime Schlupfwinkel ihrer Einsamkeit, behütet von der ihr treuen Schwermut, wie von schweigsamen Wächtern. Hier traf sie alle ihre Kümmernisse wieder, die alten und die neuen; sie umkreisten und begleiteten sie.

Mit seinen langen Weinlaubengängen, mit seinen Zypressen, mit seinen fruchtbeladenen Bäumen, mit seinen Lavendelhecken, seinen Oleandern, mit seinen Nelken, seinen Rosenbüschen, purpurn und safrangelb, von wundersam süßer und matter Färbung, im Welken begriffen, schien dieser Garten wie in der äußersten Lagune verloren, eine von Menschen vergessene Insel, in Mazzorbo, in Torcello, in San Francesco del Deserto. Die Sonne badete ihn und drang in jeden Winkel, so daß die Schatten in ihrer Zartheit kaum sichtbar wurden.

So ruhig war die Luft, daß das trockene Weinlaub sich nicht von den Reben löste. Kein Blatt fiel nieder, obwohl alle starben.

›Nie wieder?‹ Sie schritt unter den Laubgängen hin, näherte sich dem Wasser. Auf der mit Gras bewachsenen Anhöhe blieb sie stehen, sie fühlte sich erschöpft, setzte sich nieder auf einen Stein, preßte die Handflächen gegen ihre Schläfen und versuchte sich zu sammeln, ihre Selbstbeherrschung wiederzuerlangen, zu überlegen, zu beschließen. ›Noch ist er hier, ist nahe, ich kann ihn wiedersehen. Vielleicht begegne ich ihm binnen kurzem wieder auf der Schwelle meiner Tür. Er nimmt mich in seine Arme, er küßt mir die Augen und Lippen, er sagt mir wieder, daß er mich liebt, daß alles in mir ihm gefällt. Er weiß von nichts, er begreift es nicht. Es ist nichts Entscheidendes geschehen. Was ist es also, das mich verwirrt und niederschmettert? Ich habe einen Brief erhalten von einem Wesen aus der Ferne, das gefangen ist in einer einsamen Villa bei einem geisteskranken Vater, und das über seine Lage klagt und sich danach sehnt, sie zu verändern. Das ist das Tatsächliche. Weiter nichts. Hier ist der Brief.‹ Sie suchte ihn hervor, öffnete ihn, um ihn noch einmal zu lesen.

Ihre Finger zitterten; sie glaubte Donatellas Atem zu spüren, als säße sie hier an ihrer Seite auf diesem Stein.

›Ist sie schön? Wirklich schön? Wie sieht sie aus?‹ Die Züge ihres Bildes verwirrten sich anfangs. Sie versuchte sie festzuhalten, sie verschwanden.

Aber dann war es eine Einzelheit, die vor allen andern sich abhob, die klar und deutlich ihr vor Augen trat: die große und ungeschickte Hand. ›Sah er sie an jenem Abend? Er ist überaus empfänglich für die Schönheit der Hände. Wenn er einer Frau begegnet, achtet er immer auf die Hände. Betet er nicht Sofias Hände an?‹ Sie ließ sich von diesen kindischen Erwägungen gefangen nehmen und verweilte einige kurze Augenblicke dabei; dann mußte sie bitter darüber lächeln. Und plötzlich vervollständigte sich das Bild, es lebte, strahlte von Macht und Jugend, es überwältigte, es blendete sie. ›Sie ist schön. Und ihre Schönheit ist, wie er sie will.‹

Unbeweglich blieb sie dort in dem schweigenden Glanz der Wasser, mit dem Brief im Schoße, gebannt von der unbeugsamen Wahrheit. Und über dieser untätigen Verzagtheit blitzten unfreiwillige Zerstörungsgedanken auf: Donatellas Gesicht verbrannte bei einer Feuersbrunst, durch einen Fall war ihr Körper auf immer verkrüppelt, die Stimme verlor sie durch eine Krankheit. Sie empfand Abscheu vor sich selbst, und dann Mitleid mit sich und mit den andern. ›Hat sie nicht ein Recht zu leben? Sie soll leben, lieben, genießen!‹ Und sie dachte sich für sie ein köstliches Abenteuer aus, eine glückliche Liebe, einen anbetungswürdigen Gatten, Wohlergehen, Luxus, Genuß. ›Gibt es vielleicht nur einen einzigen Mann auf Erden, den sie lieben könnte? Könnte sie nicht morgen ihm begegnen, der ihr Herz gefangen nimmt? Könnte nicht ihr Schicksal plötzlich eine andere Wendung nehmen, sie weit von uns entfernen, auf einen unbekannten Weg geleiten, sie für immer von uns trennen? Ist es denn eine zwingende Notwendigkeit, daß sie von dem Mann geliebt werde, den ich liebe? Vielleicht, daß sie einander niemals wieder begegnen...‹

So versuchte sie ihrer eigenen Ahnung zu entfliehen. Aber eine widerstrebende Stimme in ihrem Innern sagte: ›Einmal sind sie sich begegnet, sie werden einander suchen, sie werden sich wieder finden. Sie ist keine von den dunklen Seelen, die sich in der Menge oder auf einem abgelegenen Pfad verlieren. Sie hat in sich eine Gabe, die wie ein Stern leuchtet und an der sie immer von weitem zu erkennen ist: ihren Gesang. Das Wunder ihrer Stimme wird ihr Signal sein. Und sie wird sicher diese Kunst in der Welt zur Geltung bringen; auch sie wird durch die Menschen hindurchschreiten, eine Woge der Bewunderung hinter sich lassend. Wie sie die Schönheit besitzt, wird sie den Ruhm erwerben: zwei lockende Sterne, denen er leicht folgen wird. Einmal sind sie sich begegnet, sie werden sich wieder begegnen.‹

Die Schmerzensreiche beugte sich unter ein Joch. Die Grashalme zu ihren Füßen empfingen die Sonnenstrahlen und schienen sie festzuhalten, in einem grünen Lichte atmend, das sie selbst mit ihrer stillen Transparenz färbten. Sie fühlte die Tränen in ihre Augen steigen. Durch diesen Schleier blickte sie auf die Lagune, die in diesem Erzittern zitterte. Ein lichter Perlenglanz verlieh den Wassern etwas Beseligendes. Die Inseln Follia, San Elemente und San Servilio waren in blassen Dunst gehüllt, und dann und wann drangen aus der Ferne gedämpfte Schreie herüber wie von Schiffbrüchigen, die in der Meeresstille sich verirrten, denen bald das Geheul einer Sirene, bald das heisere Lachen der vereinzelten Seemöwen antwortete. Das Schweigen wurde furchtbar, dann besänftigte es sich.

Sie fand ihre tiefe Güte wieder. Sie fand ihre Zärtlichkeit für das schöne Geschöpf, auf das sie eines Tages das Bedürfnis, Sofia, die gute Schwester, zu lieben, übertragen hatte. Sie dachte wieder an die in der einsamen Villa auf dem Hügel von Settignano verbrachten Stunden, wo Lorenzo Arvale seine Statuen in der Fülle seiner Kraft und seiner Leidenschaft schuf, von dem Blitzstrahl nichts ahnend, der schon auf ihn niederzuckte. Sie durchlebte wieder diese Zeit, sie sah den Ort wieder: – sie stand vor dem berühmten Künstler, der sie in Ton nachbildete, und Donatella sang ein altes Lied, und der Geist des Liedes belebte das Modell und das Bildnis, und ihre Gedanken und die glockenreine Stimme und das Mysterium der Kunst erzeugten fast einen Schimmer überirdischen Lebens in diesem großen Atelier, das nach allen Seiten dem Tag geöffnet war, so daß man in dem frühlingsduftigen Tal Florenz und seinen Fluß erspähen konnte.

Was anders, als der Abglanz von Sofia, hatte sie zu diesem Mädchen hingezogen, das die Liebkosung der Mutter nicht gekannt hatte, die dahingegangen war, als sie sie zur Welt brachte. Sie sah sie wieder an der Seite ihres Vaters, ernst und sicher, Trösterin der hehren Arbeit, Hüterin der heiligen Flamme und auch eines eigenen geheimen Willens, den sie sich klar und scharf erhalten mußte wie ein Schwert in der Scheide.

›Sie ist ihrer selbst sicher, sie ist Herr über ihre Kraft. Wenn sie sich frei fühlen wird, wird sie sich als Herrscherin offenbaren. Sie ist gemacht, die Männer zu unterjochen, ihre Neugier zu erregen und ihre Träume. Ihr Instinkt leitet sie, kühn und vorsichtig wie die Erfahrung...‹ Und sie erwog die Haltung, die sie in jener Nacht dem jungen Mann gegenüber bewahrt hatte, die fast eigensinnige Schweigsamkeit, die kurzen und trocknen Worte und die Art, wie sie vom Tisch aufgestanden, wie sie den Speisesaal verlassen, um auf immer zu verschwinden, ihr Bild in dem Zirkel einer unvergeßlichen Melodie eingeschlossen lassend. ›Ach, sie versteht, die Seele des Träumenden zu verwirren! Gewiß, er kann sie nicht vergessen haben. Zweifellos wartet er sogar nur auf die Stunde, in der es ihm vergönnt sein wird, ihr wieder zu begegnen, und er ist ungeduldig wie sie, die mich fragt, wo er ist.‹

Sie nahm den Brief und durchflog ihn noch einmal. Aber ihr Gedächtnis eilte den Augen voran. Die rätselvolle Frage war am Ende der Seite wie eine Nachschrift, fast verborgen. Als sie die Schrift wiedersah, empfand sie dieselbe qualvolle Pein wie das erstemal. Und wieder krampfte sich alles in ihrem Herzen, als stünde die Gefahr unmittelbar bevor, als seien ihre Leidenschaft und ihre Hoffnung unwiederbringlich verloren. ›Was wird sie tun? Was war ihr Gedanke? Hatte sie vielleicht erwartet, daß er sie ohne Zaudern suchen würde, und nun enttäuscht, wollte sie ihn versuchen? Was wird sie tun?‹ Sie kämpfte gegen diese Ungewißheit wie gegen eine vergitterte Tür, hinter der sie das Licht ihres Lebens wiedererlangen könnte. ›Werde ich ihr antworten? Und wenn ich ihr so antworte, daß sie die Wahrheit begreift? Könnte meine Liebe für die ihre ein Hindernis sein?‹ Ihre Seele lehnte sich mit einer Empfindung des Widerwillens, der Scham, des Stolzes dagegen auf. ›Nie, niemals wird sie durch mich von meiner Wunde erfahren, nie, selbst wenn sie mich fragte.‹ Und sie empfand den ganzen Abscheu der offnen Rivalität zwischen der alternden Geliebten und dem jungen Mädchen, das stark ist in seiner unberührten Jugend. Sie empfand die Demütigung und die Grausamkeit des ungleichen Kampfes. ›Aber wenn es diese nicht ist‹ – sagte eine friedliche Stimme in ihrem Innern – ›würde es dann nicht eine andere sein? Glaubst du, daß du einen Mann seiner Art deiner traurigen Leidenschaft erhalten kannst? Unter einer einzigen Bedingung konntest du ihn lieben und ihm deine bis zum Tode treue Liebe darbieten, unter der Bedingung des Verbotes, das du verletzt hast.‹

»Du hast recht! Du hast recht!« flüsterte sie, als antworte sie einer lauten Stimme, einem deutlichen Urteil, das in dem Schweigen von dem unsichtbaren Schicksal ausgesprochen wurde.

›Unter einer einzigen Bedingung könnte er jetzt deine Liebe annehmen und anerkennen, unter der Bedingung, daß du ihn freigibst, daß du auf den Besitz verzichtest, daß du alles gibst, immer, und niemals etwas forderst, unter der Bedingung, daß du heroisch bist. Begreifst du?‹

»So ist es! So ist es!« – wiederholte sie, die Stirn erhebend, von der die Schönheit und Hoheit ihrer Seele widerstrahlte.

Aber das Gift nagte an ihr. Und alle ihre Sinne gedachten von neuem aller Liebkosungen. Der Mund, die Hände, die Kraft, das Feuer des Jünglings spürte sie in ihrem Blute, als hätten sie sich in ihr aufgelöst. Und sie blieb dort, regungslos in ihrem Leid, stumm in ihrem Fieber, sich an Leib und Seele verzehrend, gleich jenem rotgefleckten Weinlaub, dessen Ränder versengt zu werden schienen wie Papier, das man in die Glut wirft. Da schwebte eintöniger Gesang durch die Luft, erzitterte in der ungeheuren Stille: ein Lied von Frauenstimmen gesungen, die aus zerrissener Brust zu kommen schienen, aus Kehlen, die rissig waren wie schwaches Rohr, wie Töne klang es, die aus dem Innern alter Spinette mit zerrissenen Saiten erweckt werden, wenn eine Hand die abgenützten Tasten berührt, ein heiserer und schriller Gesang, mit einem vulgären und lustigen Rhythmus, der trauriger als die traurigsten Dinge im Leben in dieser Stille und diesem Licht berührte.

›Wer singt?‹

Mit einem seltsamen Gefühl der Rührung stand sie auf, näherte sich dem Ufer und lauschte: ›Es sind die Irren von San Clemente!‹

Von dieser Insel des Wahnsinnes, aus diesem trostlosen und hellschimmernden Hospiz, aus den vergitterten Fenstern dieses ungeheuren Gefängnisses tönte der lustige und unheimliche Chor herüber, zitterte, klang unsicher durch den von heiligem Schweigen erfüllten unermeßlichen Raum, wurde fast kindlich, zarter und leiser, und wollte verklingen, dann schwoll er wieder an, wurde lauter, schrill und beinahe gellend. Dann brach er ab, als rissen alle Stimmbänder gleichzeitig, erhob sich zu einem herzzerreißenden Schrei wie ein Hilferuf verirrter Schiffbrüchiger, die am Horizont ein Schiff vorüberstreichen sehen, wie das Geschrei Sterbender; die Stimmen erloschen, der Gesang verstummte, erklang nicht wieder.

Welch herzzerreißende Süße in diesem November, der lächelte gleich einem Kranken, in dessen Leiden eine Pause eintritt und der weiß, daß es die letzte ist, und das Leben auskosten will, das jetzt, da er im Begriff es zu verlassen, ihm mit neuer Anmut seine zartesten Reize enthüllt, und dessen Tagesschlaf dem eines Kindes gleicht, das von süßer Milch gesättigt im Schoße des Todes einschlummert!

»Sehen Sie dort unten die Euganeischen Hügel, Foscarina. Wenn der Wind sich erhebt, werden sie durch die Luft schweben wie Schleier, über unsere Köpfe weg. Ich habe sie niemals so durchsichtig gesehen... Ich möchte einmal mit Ihnen nach Arqua gehen. Die Dörfer dort sind rosig wie die Muscheln, die man zu Myriaden im Erdreich findet. Bei unserer Ankunft werden die ersten Tropfen eines unerwarteten Sprühregens den Blüten der Pfirsichbäume einige Blätter rauben. Um uns vor der Nässe zu schützen, treten wir unter einen Bogen des Palladio. Dann suchen wir den Brunnen des Petrarca auf, ohne irgend jemanden nach dem Weg zu fragen. Wir nehmen die *Rime* mit, in der kleinen Ausgabe von Missirini, das kleine Büchlein, das immer neben Ihrem Bette liegt und das man jetzt nicht mehr schließen kann, weil es mit Pflanzen angefüllt ist wie ein Puppenherbarium... Möchten Sie, daß wir an einem Frühlingstag nach Arqua gingen?«

Sie antwortete nicht, aber sie blickte auf den Mund, der von so schönen Dingen sprach; und hoffnnngslos empfand sie den flüchtigen Genuß, den nur seine Stimme, seine Bewegung ihr bereitete. In diesen Frühlingsbildern lag für sie derselbe ferne Zauber wie in einer Sestine des Petrarca. Aber in die eine konnte sie ein Zeichen legen, um sie wieder aufzufinden, während die andern mit der Stunde entschwebten. ›Ich werde nicht aus diesem Brunnen trinken,‹ wollte sie antworten, aber sie schwieg, um sich ohne Herzenskampf umschmeicheln zu lassen. ›O ja, täusche mich; treibe dein Spiel, mache mit mir, was du willst.‹

»Da ist San Giorgio in Alga. Bald sind wir in Fusina.«

Sie glitten vorüber an der kleinen befestigten Insel mit ihrer marmornen Madonna, die sich beständig im Wasser spiegelt, wie eine Nymphe.

»Warum sind Sie so weich gestimmt, meine Freundin? Nie, niemals habe ich Sie so empfunden. Es ist, als sei ich im Himmel heute mit Ihnen. Ich kann Ihnen nicht sagen, welches Gefühl unendlicher Harmonie mich heute in Ihrer Gegenwart überkommt. Sie sind hier neben mir, ich nehme Ihre Hand; und dennoch sind Sie auch verschmolzen mit dem Horizont, Sie sind der Horizont mit den Wassern, mit den Inseln, mit den Hügeln, die ich besteigen möchte. Als ich vorher sprach, schien es mir, als erzeuge jede Silbe in Ihnen solche Kreise, die sich ins Unendliche fortpflanzen, wie jene dort um das Blatt, das von dem in Gold getauchten Baum fiel... Ist es so? Sagen Sie, daß es so ist! Oh, sehen Sie mich an.«

Er fühlte sich von der Liebe dieser Frau umgeben wie von der Luft und dem Licht; er atmete in dieser Seele wie in einem Element und empfing von ihr eine so unsägliche Lebensfülle, als ginge von ihr und von dem Zenit des Tages ein gleicher Strom geheimnisvoller Dinge aus, der sich in sein übervolles Herz ergösse. Das Bedürfnis, das Glück zurückzugeben, das er empfing, erhob ihn zu einem Grad fast religiöser Dankbarkeit, der ihm Worte des Dankes und des Lobes einflößte, denen er Ausdruck verliehen haben würde, hätte er im Schatten vor ihr gekniet. Aber der Glanz des Himmels und der Wasser war so blendend rings umher geworden, daß er schwieg, wie sie es tat. Und für beide war es in dem Lichtglanz eine Minute wunderbaren Staunens, eine Minute der Gemeinsamkeit, es war eine kurze und dennoch unermeßlich weite Reise, auf der sie sich über die schwindelnden Entfernungen, die sie in ihrem Innern bargen, hinwegsetzten.

Das Boot stieg gegen das Ufer von Fusina. Zusammenfahrend blickten sie einander an mit den geblendeten Augen, und beide empfanden eine Art Verwirrung, die der Enttäuschung glich, als sie den Fuß auf die Erde setzten, als sie den öden Strand sahen, auf dem vereinzelt farblose Gräser wuchsen. Beiden wurden die ersten Schritte beschwerlich, sie fühlten das Gewicht ihres Körpers, das bei der dahingleitenden Überfahrt sich verringert zu haben schien.

›Er liebt mich also?‹ In dem Herzen der Frau erwachte mit der Hoffnung wieder die Qual. Sie zweifelte nicht, daß der Rausch des Geliebten aufrichtig wäre, daß seine Worte einer inneren Glut entsprächen. Sie wußte, wie er sich jeder Woge seiner Empfindung hingab und daß er der Heuchelei und Lüge unfähig sei. Mehr als einmal hatte sie ihn grausame Wahrheiten mit derselben einschmeichelnden, katzenartigen Anmut äußern hören wie sie gewisse in der Verführung erfahrene Menschen beim Lügen an sich haben. Sie kannte diesen klaren und geraden Blick gut, der zuweilen kalt und schneidend, aber niemals unaufrichtig werden konnte. Aber sie kannte auch die erstaunliche Schnelligkeit und Verschiedenartigkeit seines Fühlens und Denkens, die seinen Geist ungreifbar machten. Immer war etwas Wogendes, Flackerndes und Machtvolles in ihm, das in ihr die zwiefache Vorstellung erweckte von der Flamme und dem Wasser. Und sie wollte ihn fesseln, halten, besitzen! In ihm war immer eine unbegrenzte Lebensgier, fast als wäre jeder Augenblick für ihn der letzte und er stünde im Begriff, von der Freude und dem Weh des Daseins Abschied zu nehmen wie von den Liebkosungen und den Tränen eines Liebesabschiedes. Und sie wollte diese unersättliche Gier nur durch ihre einzige Speise an sich locken!

Was war sie für ihn anderes als die Erscheinung jenes »Lebens mit den tausend und abertausend Gesichtern«, nach welchem, nach einem Bilde seiner Dichtung, das Verlangen unablässig »alle seine Thyrsusstäbe schwingt«? Sie war für ihn ein Motiv zu Visionen und Erfindungen, wie die Hügel, wie die Wälder, der Regen. Er trank aus ihr Geheimnis und Schönheit wie aus allen Erscheinungsformen des Universums. Und siehe, er hatte sich schon losgelöst, suchte schon nach neuen Empfindungen: seine kindlichen und lebhaften Augen forschten in der Runde nach dem Wunder, um zu staunen und anzubeten.

Sie blickte ihn an, ohne daß sein Gesicht sich ihr zuwandte, das gespannt die feuchten und nebligen Landstrecken betrachtete, über die sie der Wagen in langsamem Tempo fuhr. Hier war sie, jeder Kraft beraubt, nicht mehr imstande in sich und für sich zu leben, ihren eigenen Atem zu atmen, einen Gedanken zu verfolgen, der ihrer Liebe fremd war, zaudernd sogar, wo es galt, die Dinge in der Natur zu genießen, auf die er sie nicht hingewiesen, und sehnsüchtig harrend, daß er ihr seine Zuneigungen und seine Träume mitteilte, um diesen Gegenden ihr wehes Herz zuzuneigen.

Ihr Leben schien sich abwechselnd aufzulösen und zu verdichten. Ein Augenblick der Intensität war vorüber, und sie wartete auf den nächsten; und zwischen dem einen und dem andern hatte sie nur die Empfindung der Zeit, die entflieht, der Lampe, die sich verzehrt, des Leibes, der dahinwelkt, unendlicher Dinge, die verderben und vergehen.

»Meine Freundin, meine teure Freundin« – sagte Stelio plötzlich, sich umwendend und ihre Hand ergreifend, mit einer Rührung, die ihm allmählich bis zur Kehle gestiegen war und ihn erstickte – »warum sind wir an diese Orte gekommen? Sie scheinen so lieblich und bergen so viel Schrecken.«

Er heftete einen jener Blicke auf sie, die dann und wann in seinen Augen erschienen, wie eine plötzliche Träne, jenen Blick, der selbst das Geheimnis im Bewußtsein des andern berührte und bis in die tiefsten Tiefen des unbewußten Seins drang, ein Blick, tief wie der des Greises und tief wie der des Kindes: und sie erbebte, als wäre ihre Seele eine Träne in diesen Wimpern.

»Du leidest?« – fragte er sie mit angstvollem Mitleid, das die Frau erbleichen machte. – »Fühlst du dieses Entsetzen?«

Sie blickte um sich mit der Angst eines Menschen, der sich verfolgt sieht, und glaubte, aus den Feldern tausend unheilvolle Geister aussteigen zu sehen.

»Diese Statuen!« – sagte Stelio mit einem Ausdruck, der sie in ihren Augen zu Zeugen ihres eignen Verfalls verwandelte.

Und schweigsam dehnte sich das Land vor ihnen aus, als hätten die Bewohner es seit Jahrhunderten verlassen, oder als schliefen sie alle seit gestern ausgestreckt in den Gräbern.

»Willst du umkehren? Das Boot ist noch da.«

Es schien, als hörte sie nicht.

»Antworte, Foscarina!«

»Laß uns gehen, laß uns gehen« – antwortete sie. – »Wohin wir auch gehen, das Schicksal ändert sich nicht.«

Ihr Körper gab der Bewegung der Räder, dem langsamen Rollen nach; und sie getraute sich nicht, diese mechanische Bewegung zu unterbrechen, die leiseste Anstrengung, die geringste Mühe wiederstrebte dem von lastender Trägheit bedrückten Körper. Ihr Gesicht glich jenen seinen Aschenlagen, die sich um glühende Kohlen bilden und deren Verglimmen verhüllen.

»Teure, teure Seele« – sagte der Geliebte, sich zu ihr neigend und ihre bleiche Wange mit seinen Lippen streifend – »presse dich an mich, verlasse dich auf mich, sicher und fest. Ich werde dich nicht verlassen, und du wirst mich nicht verlassen. Wir werden sie finden, wir werden die verborgene Wahrheit finden, auf der unsere Liebe für immer ruhen soll, unveränderlich. Verschließe dich nicht vor mir, dulde nicht einsam, verbirg mir nicht deine Qualen! Sprich zu mir, wenn dein Herz kummergeschwellt ist. Lasse mich hoffen, daß ich dich trösten könnte. Nichts soll zwischen uns verschwiegen werden und nichts verheimlicht. Ich wage dich an ein Bündnis zu erinnern, das du selbst vorgeschlagen hast. Sprich zu mir, und ich will dir immer antworten, ohne zu lügen. Laß mich dir helfen, denn von dir kommt mir so viel Gutes! Sage mir, daß du nicht fürchtest, zu leiden… Ich halte deine Seele für fähig, den ganzen Schmerz der Welt zu ertragen. Lasse mich nicht den Glauben an deine Kraft der Leidenschaft verlieren, um derentwillen du mir mehr als einmal göttlich erschienst. Sage mir, daß du dich nicht fürchtest, zu leiden… Ich weiß nicht; vielleicht täusche ich mich… Aber ich fühlte in dir einen Schatten, gleichsam ein verzweifeltes Wollen, dich zu entfernen, zu entziehen, ein Ende zu finden… Warum? Warum?… Und vorher, während ich die furchtbare Öde betrachtete, die uns hier lockt, wurde mein Herz plötzlich von einem großen Schrecken erfaßt, weil ich dachte, daß auch deine Liebe sich ändern könnte wie alles, vergehen, sich auflösen. ›Du wirst mich verlieren‹ Das sind deine Worte, Foscarina, über deine Lippen sind sie gekommen!«

Sie antwortete nicht. Und zum erstenmal, seit sie ihn liebte, schienen seine Worte ihr leer, eitler Schall, der die Luft bewegte und keine Macht über sie hatte. Zum erstenmal erschien er selbst ihr als eine schwache und ängstlich strebende Kreatur, die den unverbrüchlichen Gesetzen sich beugen mußte. Sie hatte Mitleid mit ihm wie mit sich selbst. Auch er stellte ihr die

Bedingung, heldenhaft zu sein, die Bedingung des Schmerzes und der Gewaltsamkeit. Während er versuchte, sie zu trösten und aufzurichten, prophezeite er ihr die harten Prüfungen, bereitete er sie auf Folterqualen vor. Aber wozu der Mut? wozu der Zwang? was lag an den armseligen menschlichen Aufregungen? Und warum dachten sie an die Zukunft, an das Ungewisse Morgen? Ganz allein die *Vergangenheit* herrschte rings umher, und sie waren nichts, und alles war nichts. »Wir sind Sterbende, ich und du, wir sind zwei Sterbende. Laß uns träumen und sterben.« – « »Still!« – hauchte sie matt, als ginge sie zu einer Begräbnisstätte, und auf ihren Lippen erschien ein schwaches Lächeln, gleich dem, das über die Landschaft gebreitet lag, und es blieb dort, unbeweglich wie auf den Lippen eines Bildnisses.

Die Räder rollten, rollten langsam auf der weißen Straße längs den Dämmen der Brenta. Der Fluß, prächtig und sieghaft in den Sonetten der galanten Priester, wenn sie in ihren von Musik und Lust erfüllten Barken auf seiner Strömung dahinglitten, glich jetzt einem bescheidenen Kanal, auf dem blaugrüne Enten scharenweise wateten. In der niedrigen und wasserreichen Ebene dampften die Felder, die Pflanzen entblätterten sich, und die Blätter faulten in der Feuchtigkeit des Erdreichs. Der langsame goldige Dunst schwebte über einer ungeheuren vegetalen Auflösung, die sich auch den Steinen, den Mauern, den Häusern mitzuteilen und sie zu zerstören schien, wie das abgefallene Laub. Von der Foscara bis zur Barbariga verfielen die Patriziervillen – in denen das in den blassen Adern flutende Leben, anmutig vergiftet durch Schminken und Wohlgerüche, erloschen war in schmachtenden Scherzen über ein Schönheitspflästerchen, in Spielen mit einem Hündchen oder hinter einer süßen Speise – in der Verlassenheit und im Schweigen. Einige hatten das Aussehen einer menschlichen Ruine, mit den leeren Öffnungen, die blinden Augenhöhlen glichen, zahnlosen Mündern. Andere schienen beim ersten Anblick sich in Schutt und Staub auflösen zu wollen, wie die Haare der Verstorbenen, wenn man die Gräber aufdeckt, wie alte Kleider, die von Motten zerfressen sind, wenn man die lange verschlossenen Schränke öffnet. Die Umfassungsmauern waren niedergerissen, die Meiler zerbrochen, verbogen die Gitter, die Gärten von Küchenkräutern überwuchert. Aber hier und dort, in der Nähe und in der Ferne, überall, in den Obstgärten und zwischen den Weinstöcken, bei silbergrauen Kohlköpfen und zwischen den Gemüsen, inmitten grüner Weiden, auf den Haufen von Mist und Weintrebern, unter den Strohschobern, an der Schwelle der elenden Hütten, überall auf der zum Flußgebiet gehörenden Landstrecke ragten die übriggebliebenen Statuen auf. Zahllos waren sie, ein zerstreutes Volk noch weiß- oder grau- oder gelbschimmernd von den Flechten, oder grün von den Moosen, oder gefleckt, und in allen möglichen Stellungen und mit allen Gesten, Göttinnen, Helden, Nymphen, Jahreszeiten, Stunden, mit Bogen, mit Pfeilen, mit Girlanden, mit Füllhörnern, mit Fackeln, mit allen Emblemen der Macht, des Reichtums, der Wollust, Verbannte der Brunnen, der Grotten, der Irrgänge, der Lauben, der Säulenhallen, Freundinnen des immergrünen Buchsbaum und der Myrte, Beschützerinnen flüchtiger Liebeständeleien, Zeugen ewiger Schwüre, Traumgestalten, weit älter als die Hände, die sie geschaffen, und als die Augen, die sie in den verwüsteten Gärten angeschaut hatten. Und in dem süßen Sonnenlicht dieses verspäteten Novembersommers waren ihre Schatten, die allmählich über die Gegend sich verlängerten, wie die Schatten der unwiderruflichen *Vergangenheit* dessen, der nicht mehr liebt, der nicht mehr lacht, der nicht mehr weint, der niemals wieder leben, niemals zurückkehren wird. Und das stumme Wort auf ihren steinernen Lippen war dasselbe, das das unbewegliche Lächeln auf den Lippen der abgehärmten Frau sagte: « *Nichts*«. – – –

Aber sie lernten an diesem Tage noch andere Schatten, andere Schrecken kennen.

Beide waren jetzt von der tragischen Bedeutung des Lebens erfüllt; und umsonst versuchten sie gegen diese physische Traurigkeit anzukämpfen, in die ihr Geist von Minute zu Minute klarer und unruhiger blickte. Sie hielten sich bei der Hand, als schritten sie im Dunkel oder an gefährlichen Orten. Selten sprachen sie, aber dann und wann blickten sie einander in die Augen, und der Blick des einen ergoß in den des andern eine unbestimmte Woge, die nur das Entsetzen und die überquellende Liebe widerspiegelte. Aber ihre Herzen wurden nicht leichter.

»Wollen wir weiterfahren?«

»Ja, laß uns weiterfahren.«

Sie hielten sich fest an der Hand, als gälte es eine seltsame Probe zu bestehen, entschlossen zu prüfen, wie weit die Kräfte ihrer gemeinsamen Melancholie reichen könnten. Bei Dolo knisterten die Kastanienblätter, mit denen die Straße bedeckt war, unter den Rädern, und die Kronen der großen herbstlich gefärbten Bäume flammten auf wie Purpurvorhänge, die sich entzündeten. In einiger Entfernung tauchte einsam und verlassen, inmitten ihres kahlen Gartens, die Villa Barbariga auf, rötlich schimmernd, mit den Spuren der alten Malereien in den Mauerrissen der Fassade, wie Zinnoberreste in den Runzeln einer alten Courtisane. Und mit jedem Blick verschwammen die Fernen der Landschaft mehr und färbten sich bläulich, wie Dinge, die im Wasser untertauchen.

»Wir sind in Strà.«

Sie stiegen vor der Villa der Pisani aus und traten ein; begleitet von dem Pförtner besuchten sie die verlassenen Gemächer. Sie hörten den Schall ihrer Schritte auf dem Marmor, der sie widerspiegelte, den Widerhall in den mit historischen Gemälden geschmückten Wölbungen, das stöhnende Kreischen der Türen, die man öffnete und wieder schloß, die eintönige Stimme, die die Erinnerungen heraufbeschwor. Die Räume waren groß, mit verblichenen Stoffen drapiert, geschmückt im Stil des Kaiserreichs, mit den napoleonischen Emblemen. In einem Zimmer waren die Wände mit den Bildnissen der Pisani, der Prokuratoren von San Marco, bedeckt; in einem anderen mit den Marmormedaillons aller Dogen; in einem anderen Zimmer schmückten die Wände eine Reihe in Wasserfarben ausgeführter Blumenstücke, die, in zierliche Rahmen gefaßt, von so zarter Tönung waren wie die getrockneten Blumen, die man unter Glas aufbewahrt zur Erinnerung an eine Liebe oder an eine Tote. Als sie in ein weiteres Zimmer traten, sagte die Foscarina:

» *Vergänglichkeit!* Auch hier.«

Auf einer Konsole stand die Marmorübertragung der Figur des Francesco Torbido, in der Plastik noch abschreckender durch das minutiöse Studium des Bildhauers, der mit dem Meißel jede Furche, Sehne und Vertiefung einzeln herausgearbeitet hatte. Und an den Türen der Zimmer erschienen die Geister der gekrönten Frauen, die ihr Unglück und ihren Niedergang in dieser Behausung verborgen hatten, die geräumig war wie ein Königsschloß und wie ein Kloster.

»Marie Luise von Parma im Jahre 1817« – fuhr die eintönige Stimme fort.

Und Stelio unterbrach:

»Ah, die Königin von Spanien, die Gemahlin Karls IV. und die Geliebte von Manuel Godoi! Diese interessiert mich vor allen anderen. Sie kam hierher während der Zeit ihrer Verbannung. Wissen Sie, ob sie sich hier mit dem Konig und dem Günstling aufgehalten hat?«

Der Führer wußte nichts weiter als den Namen und die Jahreszahl.

»Warum interessiert Sie diese?« – fragte die Foscarina. – »Ich weiß nichts von ihr.«

»Ihr Ende, die letzten Lebensjahre in der Verbannung, nach so viel Leidenschaft und so viel Kämpfen, sind von einem unsäglich poetischen Reiz.«

Und er schilderte ihr diese leidenschaftliche und zähe Persönlichkeit, den schwachen und leichtgläubigen König, den schönen Abenteurer, der der Bettgenosse der Königin gewesen und von der wütenden Menge auf das Straßenpflaster geschleift worden war, die Erschütterungen dieser drei durch das Schicksal miteinander verknüpften Leben, die durch den Willen Napoleons wie Strohhalme in einen Strudel gewirbelt wurden, den Aufruhr von Aranjuez, die Abdankung, die Verbannung.

»Dieser Godoi also, den Friedensfürst, wie ihn der König genannt hatte, folgte seinen Souveränen getreulich in die Verbannung; er blieb seiner königlichen Geliebten treu und sie ihm. Und sie lebten immer zusammen unter demselben Dach, und Karl hegte nie den leisesten Zweifel an Marie Luisens Tugend und schirmte die beiden Liebenden gleichmäßig mit seinem Wohlwollen bis zum Tode. Stellen Sie sich ihren Aufenthalt hier an diesem Ort vor, stellen Sie sich diese Liebe vor, die aus dem furchtbaren Orkan gesichert hervorging. Alles war zerbrochen, zerschmettert, in Staub aufgelöst unter des Zerstörers Macht. Bonaparte war darüber hingefahren, aber er hatte unter den Trümmern diese schon ergraute Liebe nicht ersticken können! Die Treue dieser beiden ungestümen Seelen rührt mich ebenso wie der Glaube des sanften Königs.

So alterten sie. Denken Sie nur! Erst starb die Königin, dann der König; und der Günstling, der jünger als die beiden war, lebte noch einige Jahre, von einem Orte zum andern irrend...«

»Das ist das Zimmer des Kaisers!« – sagte feierlich der Führer, eine Tür weit öffnend.

Der große Schatten schien allgegenwärtig in der Villa des Dogen Alvise. Die kaiserlichen Adler, das Sinnbild seiner Macht, beherrschten von der Höhe alle die verblichenen Reliquien. Aber in dem gelben Zimmer füllte er das geräumige Bett, streckte sich unter dem Baldachin, zwischen den vier von Oriflammen gekrönten Säulen. Das gewaltige Wappen leuchtete in dem Lorbeerkranze auf dem Spiegel von trübem Glase fort, zwischen zwei Siegesgöttinnen, die die Kandelaber trugen.

»In diesem Bett hat der Kaiser geschlafen?« – fragte der junge Mann den Führer, der ihm das Bildnis des Condottiere an der Wand zeigte, dargestellt im Hermelinmantel mit Krone und Szepter, spaßhaft anzusehen, wie bei der weihevollen Einsegnung durch Pius VII. – »Ist das ganz sicher?«

Er war erstaunt, daß er nicht jenen ehrfürchtigen Schauer empfand, den die Spuren des Helden den ehrgeizigen Gemütern verursachen, das nachdrückliche Klopfen des Herzens, das ihm so wohlbekannt war. Vielleicht war es die eingeschlossene Luft, der Modergeruch der alten Stoffe und Polster, die seinen Geist abstumpften, das dumpfe Schweigen, in dem der große Name keinen Widerhall erweckte, während das Picken eines Holzwurmes so deutlich und beharrlich zu vernehmen war, daß er vermeinte, es im Ohr zu haben.

Er lüftete einen Zipfel der gelben Bettdecke und ließ ihn schnell zurückfallen, als sei das darunter liegende Kissen voller Würmer.

»Laß uns gehen! Laß uns hinausgehen!« – bat die Foscarina, die durch die Fensterscheiben hinausgeblickt hatte in den Park, wo die rötlich-goldenen Streifen der schräg einfallenden Sonnenstrahlen mit den blaugrünen Schattenzonen abwechselten. – »Hier kann man nicht atmen.«

Und wirklich fehlte hier die Luft, wie in einer Krypta.

»Hier geht es in das Zimmer Maximilians von Österreich« – fuhr die eintönige Stimme fort – »der sein Bett im Gemach der Amalie Beauharnais aufgeschlagen hatte.«

Sie durchschritten das von rotem Glanz erfüllte Zimmer. Die Sonne leuchtete auf ein karmesinrotes Sofa, erweckte die Regenbogenfarben in den Kristallprismen eines zierlich-schlanken Kronleuchters, der von der Deckenwölbung herunterhing, entzündete die senkrechten roten Streifen der Tapete. Stelio blieb auf der Schwelle stehen, wandte sich rückwärts und beschwor in diesen blutroten Schein die nachdenkliche Gestalt des jungen Erzherzogs herauf mit den blauen Augen, die schöne Blüte Habsburgs, die an einem Sommermorgen auf barbarischer Erde fiel.

»Laß uns gehen!« – bat die Foscarina wieder, als sie ihn noch verweilen sah.

Sie entfloh durch den ungeheuren von Tiepolo gemalten Saal, während hinter ihr die korinthische Bronze des Gitters beim Zuschlagen einen hellen Ton gab, wie ein Klingen, das sich durch die Wölbungen in langen Schwingungen fortpflanzte. Entsetzt floh sie, fast als wollte alles über ihr zusammenstürzen und das Licht verlöschen, und sie fürchtete, sich in der Finsternis allein zu finden mit den Gespenstern des Unglücks und des Todes. In der von dieser Flucht bewegten Luft, zwischen den von Reliquien und Larven beladenen Wänden hinter der berühmten Schauspielerin herschreitend, die auf allen Bühnen der Welt die Raserei, die menschlichen Leidenschaften, die verzweifelten Anstrengungen des Willens und des Verlangens, den gewaltigen Kontrast des grausamen Schicksals geheuchelt hatte, verlor Stelio Effrena die Wärme seines Blutes, als schritte er durch einen eisigen Wind. Er fühlte sein Herz erstarren, seinen Mut ermatten, sein Lebenssinn büßte jede Kraft ein, alle Bande, die ihn mit Menschen und mit Dingen verknüpften, lockerten sich, die herrlichen Illusionen, die er seiner Seele geschenkt, um sie anzuspornen, über sich selbst und sein Schicksal sich emporzuschwingen, schwankten und zerflossen.

»Leben wir noch?« – sagte er, als sie im Freien waren, im Park, fern von der Moderluft.

Und er nahm die Hände der Frau, schüttelte sie ein wenig, blickte ihr tief in die Augen, versuchte zu lächeln: dann zog er sie in die Sonne auf das Gras der Wiese.

»Welch köstliche Milde in der Luft! Fühlst du's? Wie wundervoll das Gras!«

Er schloß die Augen halb, um die Sonnenstrahlen auf den Lidern zu empfangen, sofort wieder von der Wollust, zu leben, ergriffen. Sie tat es ihm nach, angesteckt von der Lust des Freundes; und durch die Wimpern blickte sie auf seinen frischen und sinnlichen Mund. So verblieben sie einige Augenblicke unter der liebkosenden Berührung der Sonne, die Füße im Gras, Hand in Hand, in dem Schweigen das Klopfen ihrer Adern hörend, wie die Bäche, die schneller fließen, wenn das Eis im Frühling schmilzt. Sie gedachte wieder der Euganeischen Hügel, der Dörfer, die rosig schimmerten wie die versteinten Muscheln, der ersten Regentropfen auf den jungen Blättern, des Petrarcabrunnens, all der anmutigen Dinge.

»Noch könnte das Leben süß sein!« – seufzte sie mit einer Stimme, die das Wunder der neukeimenden Hoffnung verkörperte.

Das Herz des Geliebten glich einer Frucht, die plötzlich ein Sonnenstrahl durch ein Wunder reift und ausbreitet. Herzensgüte und wonnige Lust erfüllten ihm Seele und Leib. Wieder genoß er den Augenblick wie einer, der im Begriff ist Abschied zu nehmen. Die Liebe siegte über das Schicksal.

»Liebst du mich? Sprich!«

Die Frau antwortete nicht, aber sie öffnete die Augen weit, und in den Kreisen ihrer Iris lag die Größe des Universums. Niemals kam unendliche Liebe in einem irdischen Wesen zu mächtigerem Ausdruck.

»Süße, süß ist das Leben mit dir, für dich, gestern wie heute!«

Er schien trunken von ihr, von der Sonne, von dem Gras, von dem göttlichen Himmel, als seien es Dinge, die er nie gesehen, nie besessen. Der Gefangene, der am dämmernden Morgen dem erstickenden Gefängnis entweicht, der Genesende, der das Meer erblickt, nachdem er dem Tod ins Angesicht geschaut, sind nicht trunkener, als er es war.

»Möchtest du, daß wir fortreisen? Wollen wir den Trübsinn hinter uns lassen? Möchtest du, daß wir in jene Länder gehen, die keinen Herbst haben?«

»In mir ist der Herbst, und wo immer ich gehe, trage ich ihn mit mir!« – dachte sie; aber sie lächelte mit ihrem schwachen, lauschenden Lächeln. »Ich, ich werde fortreisen, ich werde verschwinden, ich werde fortgehen, weit fort, um zu sterben, Geliebter, einzig Geliebter!«

Es war ihr nicht gelungen, während dieser Rast die Traurigkeit zu besiegen, neue Hoffnung noch zu schöpfen; aber dennoch hatte ihr Schmerz sich besänftigt, jeder Stachel, jede Bitterkeit war ihm genommen.

»Wollen wir reisen?«

›Reisen, immer reisen, in der Welt umherschweifen, in die Ferne ziehen!‹ – dachte die Frau, deren Leben ein Nomadenleben war. – ›Niemals Ruhe, niemals Frieden. Noch hat sich die Angst des Laufes nicht beruhigt, und siehe da, schon ist die Frist abgelaufen. Du möchtest mich trösten, süßer Freund; und um mich zu trösten, schlägst du mir vor, wieder in die Ferne zu schweifen, da ich doch erst gestern heimkehrte in mein Haus.‹

Plötzlich waren ihre Augen wie ein sprudelnder Quell.

»Laß mich in meinem Hause noch ein kleines Weilchen! Und wenn du kannst, so bleibe. Danach wirst du frei, wirst du glücklich sein... So viel Zeit hast du vor dir! Du bist jung. Du wirst genießen, was dir zukommt. Wer auf dich wartet, der verliert dich nicht.«

Zwei Kristallvisiere lagen über ihren Augen, die auf dem fiebrigen Antlitz in der Sonne fast unbeweglich glänzten.

»Ah, immer derselbe Schatten!« – rief Stelio schmerzlich berührt aus, mit einer Ungeduld, die zu bemeistern ihm nicht gelang. – »Aber was glaubst du? Was fürchtest du? Warum sprichst du mir nicht von dem, was dir Kummer macht? Laß uns also miteinander sprechen. Wer wartet auf mich?«

Sie zitterte vor Entsetzen bei dieser Frage, die ihr unerwartet und neu erschien, obwohl sie nur ihre letzten Worte wiederholte. Sie zitterte, sich so nahe der Gefahr zu sehen, als hätte sich plötzlich beim Gehen über dieses harmlose Gras ein Abgrund unter ihren Füßen aufgetan.

»Wer wartet auf mich?«

Und plötzlich tauchte hier an diesem fremden Ort, auf diesem schönen Rasen, an der Tagesneige, nach der Erscheinung von so viel blutigen und blutlosen Gespenstern, eine Gestalt voll lebendigen Willens und voller Verlangen auf, die sie mit starrem Schrecken erfüllte, plötzlich erhob sich hier über all den Gestalten der Vergangenheit eine Gestalt der Zukunft; und das Leben hatte wieder seine Erscheinungsform verändert, und die Wohltat der Rast war schon dahin, und der köstliche Rasen unter ihren Füßen hatte keinen Reiz mehr.

»Ja, wir wollen sprechen, wenn Sie es wünschen... Nicht jetzt...«

Die Kehle war ihr zugeschnürt, daß ihr die Stimme fast versagte, und das Gesicht hielt sie ein wenig in die Höhe gerichtet, damit die Wimpern die Tränen zurückhalten könnten.

»Sei nicht traurig! Sei nicht traurig!« – bat der junge Mann, dessen Seele an diesen Wimpern hing, wie die Tränen, die nicht flossen. – »Mein Herz liegt in deiner Hand. Ich werde dich nicht lassen. Quäle dich nicht! Ich gehöre dir.«

Auch für ihn war Donatella hier, hoch gewachsen, mit den geschwungenen Hüften, mit der geschmeidigen und kräftigen Gestalt einer Siegesgöttin ohne Flügel, gepanzert in ihre Jungfräulichkeit, lockend und feindlich zugleich, bereit zu kämpfen und sich hinzugeben. Aber seine Seele hing an den Wimpern der anderen, wie diese Tränen, die die Augensterne verschleierten, in denen er die Unermeßlichkeit der Liebe gesehen hatte.

»Foscarina!«

Endlich begannen die heißen Tropfen zu fließen; aber sie ließ sie nicht die Wangen hinunterlaufen. Mit einer jener Bewegungen, die ihrem Schmerze zu entspringen pflegen, mit der Anmut eines gefangenen Vogels, der unerwartet seine Schwingen ausbreitet und sich befreit, hielt sie sie auf, badete ihre Finger darin und benetzte mit der Feuchtigkeit ihre Schläfen, ohne sie zu trocknen. Und während sie so ihre Tränen bei sich behielt, versuchte sie zu lächeln.

»Verzeihen Sie mir, Stelio, wenn ich so schwach bin.«

Eine unendliche Liebe erfaßte ihn da zu den zarten Linien, die von den Augenwinkeln sich zu den benetzten Schläfen zogen und zu den kleinen dunklen Adern, die die Lider den Veilchen ähnlich machten, zu den weichen Wellenlinien der Wangen, dem abgezehrten Kinn, und zu allem, was von dem Herbstweh berührt zu sein schien, zu dem ganzen nachttiefen Schatten auf dem leidenschaftlichen Gesicht.

»Ach, die lieben Hände, schön wie Sofias Hände! Laß sie mich küssen, die noch tränenfeuchten Finger!«

Und er zog sie in seiner Zärtlichkeit über die Wiese zu einem goldgrünen Sonnenstreifen. Und seinen Arm leicht unter ihren legend, küßte er ihr einzeln die Fingerspitzen, die zarter waren als die noch nicht erschlossenen Tuberosen. Ein Schauer durchrieselte sie. Und er fühlte die Schauer bei jeder Berührung seiner Lippen.

»Sie schmecken salzig.«

»Geh, Stelio. Man sieht uns.«

»Es ist niemand da.«

»Dort unten in den Treibhäusern.«

»Horch! Man hört keinen Laut.«

»Seltsames Schweigen. Die Ekstase der Natur!«

»Man hört ein Blatt zur Erde fallen.«

»Und der Führer?«

»Er ist einem anderen Besucher entgegengegangen.«

»Wer kommt hierher?«

»Ich weiß, daß kürzlich Richard Wagner mit Daniela von Bülow hier gewesen ist.«

»Ah, die Enkelin der Gräfin d'Agoult, Daniel Sterne.«

»Ob das große kranke Herz mit ihr von jenen Geistern sprach?«

»Wer weiß!«

»Vielleicht nur mit sich selbst.«

»Vielleicht.«

»Sieh die Glasscheiben der Gewächshäuser, wie sie glänzen. Sie schillern in den Farben des Regenbogens. Der Regen, die Sonne und das Alter haben sie so getönt. Scheint es nicht, als spiegelte sich fernes Abenddämmern in ihnen? Bist du vielleicht einmal auf der Fondamenta Pesaro stehen geblieben um die schöne Pentaphore der Evangelisten zu betrachten? Hättest du aufgeblickt, würdest du die von der Unbill der Witterung wunderbar gemalten Glasfenster des Palastes gesehen haben.«

»Du kennst alle Geheimnisse Venedigs.«

»Alle noch nicht.«

»Wie warm es hier ist. Sieh nur diese großen Zederbäume. Dort oben hängt ein Schwalbennest am Stamm.«

»In diesem Jahr sind die Schwalben spät fortgezogen.«

»Wirst du mich wirklich im Frühling auf die Euganeischen Hügel führen?«

»Ja, Fosca, ich möchte.«

»Wie lange dauert's bis zum Frühling!«

»Das Leben kann noch schön sein.«

»Man träumt.«

»Orpheus mit seiner Leier, ganz mit Moos bekleidet.«

»Ah, welche Allee der Träume! Niemand setzt seinen Fuß mehr hierher. Gras, Gras... Keine menschliche Spur.«

»Deukalion mit den Steinen, Ganymed mit dem Adler, Diana mit dem Hirsch, die ganze Mythologie.«

»Wieviele Statuen! Aber wenigstens sind diese nicht im Exil. Die alten Weißbuchen umhegen sie noch.«

»Hier lustwandelte Marie Luise von Parma zwischen dem König und dem Günstling. Von Zeit zu Zeit blieb sie stehen, um dem Geräusch der Scheren zuzuhören, die die Weißbuchen bogenförmig beschnitten. Sie ließ ihr mit Jasmin parfümiertes Taschentuch fallen, und Don Manuel Godoi hob es mit noch jugendlicher Behendigkeit vom Boden auf, den Schmerz verbeißend, den das Bücken seiner Hüfte verursachte: eine Erinnerung an die in den Straßen von Aranjuez erlittenen Qualen, als er ein Spielball in den Händen des Pöbels war. Da die Sonne milde und der Tabak in der Emaildose ausgezeichnet war, sagte lächelnd der König ohne Krone: ›Gewiß geht's unserem teuren Bonaparte auf St. Helena weniger gut.‹ Aber in dem Herzen der Königin erwachte der Dämon der Macht, des Kampfes und der Leidenschaft... Sieh diese roten Rosen!«

»Sie glühen. Sie sehen aus, als berge ihre Blumenkrone eine brennende Kohle. Sie glühen wahrhaftig.«

»Die Sonne wird purpurn. Das ist die Zeit für die Segelboote auf dem Chioggia auf der Lagune.«

»Pflücke mir eine Rose.«

»Hier ist eine.«

»Oh, sie entblättert!«

»Hier eine andere.«

»Sie entblättert.«

»Sie sind alle dem Tode nahe. Diese vielleicht nicht.«

»Pflücke sie nicht.«

»Sieh, sie werden immer röter. Der Sammet des Bonifazio... Erinnerst du dich? Dieselbe Kraft.«

»*Die innere Blüte des Feuers.*«

»Welches Gedächtnis!«

»Hörst du? Die Türen der Gewächshäuser werden geschlossen.«

»Es ist Zeit, zum Ausgang zu gehen.«

»Es fängt schon an, kühl zu werden.«

»Frierst du?«

»Nein, noch nicht.«
»Du hast deinen Mantel im Wagen gelassen?«
»Ja.«
»Wir wollen in Dolo auf den Zug warten und mit der Bahn nach Venedig zurückkehren.«
»Ja.«
»Wir haben noch Zeit.«
»Was ist dies? Sieh nur.«
»Ich weiß nicht...«
»Welch strenger Geruch! Ein kleiner Hain von Buchsbaum und Weißbuchen...«
»Ah, es ist das Labyrinth.«
Ein rostiges Eisengitter zwischen zwei Pfeilern, die zwei auf Delphinen reitende Liebesgötter trugen, schloß es ab. Jenseits des Gitters gewahrte man nichts als den Anfang eines Ganges und eine Art verschlungener und spröder Wildnis, ein geheimnisvoller und unheimlicher Eindruck. In der Mitte der Wildnis erhob sich ein Turm, und auf der Spitze des Turmes schien die Statue eines Kriegers Wache zu halten.
»Bist du nie in einem Labyrinth gewesen?« – fragte Stelio seine Freundin.
»Niemals« – erwiderte sie.
Sie verweilten noch, um das trügerische Spiel zu bewundern, das ein erfindungsreicher Gärtner zum Zeitvertreib für die Damen und die galanten Herren zur Zeit der hohen Stöckelschuhe und der Reifröcke angelegt hatte. Aber die Verlassenheit und das Alter hatten es verwildert, verkümmert, hatten es jeder Anmut und Regelmäßigkeit beraubt; sie hatten es in einen eingeschlossenen, teils schwarz, teils gelblich schimmernden Buschwald verwandelt, voll unentwirrbaren Gestrüppes, in dem die schrägen Strahlen der untergehenden Sonne so intensiv rot leuchteten, daß hier und da dies Gesträuch Scheiterhaufen glich, die ohne Rauch brannten.
»Es ist offen« - sagte Stelio, der das Gitter seinem Drucke nachgeben fühlte. – »Siehst du?«
Er stieß gegen daß rostige Eisen, das in den gelockerten Angeln kreischte, dann tat er einen Schritt hinein.
»Was tust du?« - sagte seine Gefährtin mit instinktiver Furcht die Hand ausstreckend, um ihn zurückzuhalten.
»Wollen wir nicht hineingehen?«
Sie war betroffen. Aber das Labyrinth lockte sie mit seinem Geheimnis, erleuchtet durch jene düstere Flamme.
»Und wenn wir uns verirren?«
»Sieh nur, es ist klein. Wir finden leicht den Ausgang wieder.«
»Und wenn wir ihn nicht wiederfinden?«
Er lachte über die kindische Furcht.
»So werden wir bis in alle Ewigkeit darin herumirren.«
»Es ist niemand in der Nähe. Nein, nein, laß uns fortgehen.«
Sie versuchte ihn zurückzuziehen. Er wehrte sich, retirierte rückwärts in den Fußpfad, und war plötzlich lachend verschwunden.
»Stelio! Stelio!«
Sie konnte ihn nicht mehr sehen, aber sie hörte sein Lachen aus dem verbergenden Dickicht.
»Komm zurück! Komm!«
»Komm du und suche mich.«
»Stelio, komm zurück! Du verirrst dich.«
»Ich werde Ariadne finden.«
Sie fühlte, wie ihr Herz hoch aufklopfte bei diesem Namen, dann schnürte es sich zusammen in wirrer Angst. Hatte er nicht Donatella mit diesem Namen genannt, am ersten Abend? Hatte er sie nicht Ariadne genannt, dort, auf dem Wasser, als er neben ihr saß, Knie an Knie? Sogar der Worte erinnerte sie sich: »Ariadne besitzt eine göttliche Gabe, durch die ihre Macht grenzenlos wird,...« Sie erinnerte sich seines Ausdruckes, seiner Haltung, seines Blickes.

Ein wildes Angstgefühl verwirrte sie, verdunkelte ihren Verstand, verhinderte sie, die Willkür des Zufalls, das Unbeabsichtigte in den Worten ihres Freundes zu erkennen. Die tödliche Furcht, die sich im Grunde ihrer verzweifelten Liebe barg, brach hervor, übermannte sie, verblendete sie in kläglicher Weise. Das kleine nichtssagende Geschehnis nahm einen Anschein von Grausamkeit und Spott an. Noch hörte sie das Lachen aus dem verbergenden Dickicht.

»Stelio!«

Sie schrie, als sähe sie ihn in einem wilden Delirium, von der andern in Fesseln geschlagen, auf immer ihren Armen entrissen.

»Stelio!«

»Suche mich!« – antwortete er ihr lachend, unsichtbar.

Sie stürzte sich in das wilde Dickicht, um ihn zu suchen; sie folgte der Stimme und dem Lachen in blinder Leidenschaft. Aber der schmale Pfad machte eine Windung; eine undurchdringliche Buchsbaumwand legte sich vor ihr über den Weg. Sie folgte der trügerischen Windung; und eine Biegung folgte der andern, und alle waren gleich, und es schien, als nähme der Irrgang nie ein Ende.

»Suche mich!« – wiederholte die Stimme aus der Ferne durch die lebenden Hecken.

»Wo bist du? Wo bist du? Siehst du mich?«

Sie suchte hier und dort nach kleinen Lücken, um hindurchblicken zu können. Aber sie sah nichts als das dichte Geflecht der Zweige und die Abendröte, die sie auf der einen Seite alle entzündete, während der Schatten auf der anderen Seite sie in dunkle Nacht tauchte. Hoher Buchsbaum und Weißbuchen standen durcheinander, die immergrünen Blätter vermischten sich mit den absterbenden, die dunkleren mit den bleicheren, in einem Kontrast von Kraft und Ermattung, in einer Doppelerscheinung, die die Verwirrung der atemlosen Frau noch steigerte.

»Ich verirre mich. Komm mir entgegen!«

Wieder erklang das jugendliche Lachen aus dem Dickicht.

»Ariadne, Ariadne, den Faden!«

Jetzt kam der Schall von der entgegengesetzten Seite und drang ihr ins Herz wie ein Dolchstich.

»Ariadne!«

Sie kehrte um, lief, drehte sich in die Runde, versuchte durch die Wand zu dringen, breitete das Laub auseinander, brach einen Zweig ab. Sie sah nichts, als das vielfältige und gleichmäßige Baumgeflecht. Endlich hörte sie einen Schritt so nahe, daß sie ihn dicht neben sich glaubte, und sie erbebte. Aber es war ein Irrtum. Sie durchforschte noch einmal das undurchdringliche Baumgefängnis, das sie umschloß, sie horchte, wartete; sie hörte ihren eigenen keuchenden Atem und das Klopfen ihrer Pulse. Es herrschte tiefes Schweigen. Sie blickte auf zum Himmel, der sich rein und unermeßlich über den beiden Wänden verschlungener Zweige wölbte, in denen sie gefangen war. Es schien, als gäbe es auf der Welt nichts anderes als diese Unendlichkeit und diese Enge. Und es gelang ihr nicht, mit ihren Gedanken die Wirklichkeit des Ortes von der Vorstellung ihrer inneren Qual zu trennen, die natürliche Erscheinung der Dinge von jener Art lebendiger Allegorie, die ihre eigene Angst geschaffen.

»Stelio, wo bist du?«

Niemand antwortete. Sie horchte. Sie wartete umsonst. Die Augenblicke schienen Stunden.

»Wo bist du? Ich fürchte mich.«

Keine Antwort. Aber wo war er geblieben? Hatte er vielleicht den Ausgang gefunden? Hatte er sie hier allein gelassen? Wollte er das grausame Spiel fortsetzen?

Eine wütende Lust, aufzuheulen, zu schluchzen, sich auf die Erde zu werfen, mit Händen und Füßen um sich zu schlagen, zu sterben, überkam die vor Furcht Sinnlose. Wieder hob sie die Augen zu dem schweigsamen Himmel. Die Spitzen der hohen Hecken schimmerten rot, wie dürres Holz, wenn es keine Glut mehr gibt und in Asche zerfallen will.

»Ich sehe dich!« – sagte plötzlich im tiefen Schatten die lachende Stimme ganz aus der Nähe.

Sie schnellte in die Höhe und beugte sich wieder in den Schatten.

»Wo bist du?«

Er lachte durch das Laubwerk, ohne sich zu zeigen, wie ein Faun auf der Lauer. Das Spiel regte ihn an: alle seine Glieder wurden warm und geschmeidig bei dieser gymnastischen Übung in der Behendigkeit; und die geheimnisvolle Wildnis, der Kontakt mit dem Boden, der Herbstduft, die Seltsamkeit des unerwarteten Abenteuers, die Bestürzung der Freundin, selbst die Gegenwart der steinernen Gottheiten, mischten in seine körperliche Lust einen Anschein antiker Poesie.

»Wo bist du? O höre auf mit dem Spiel! Lache nicht so! Es ist genug.«

Auf allen Vieren war er eingedrungen in das Gesträuch mit unbedecktem Kopf. Er fühlte unter seinen Knien die mürben Blätter, das weiche Moos. Und da er freudig klopfenden Herzens in dem Zweiggeflecht atmete und sich mit all seinen Sinnen dieser Lust hingab, empfand er die Gemeinsamkeit seines Lebens mit dem Leben der Bäume inniger, und der Zauber seiner Einbildungskraft erneute in diesem Gewirr unklarer Wege die Geschicklichkeit des ersten Flügelkünstlers, den Mythus des von Pasiphaë und dem Stier geborenen Ungeheuers, der attischen Sage von Theseus auf Kreta. Diese ganze Welt wurde lebendig für ihn. Unter dem purpurnen Herbstabend verwandelte er sich, den Instinkten seines Blutes und den Erinnerungen seines Intellektes entsprechend, in eines jener halb tierischen, halb göttlichen Doppelwesen, eine lustige Geilheit stiftete ihn zu seltsamen Stellungen und Gebärden an, zu Überraschungen und Hinterhalten; malte ihm das heitere Spiel einer Verfolgung aus, des Niederwerfens, einer schnellen Umarmung auf dem weichen Moos oder gegen den wilden Buchsbaum. Und es verlangte ihn nach einem Geschöpf, das ihm gliche, nach einer jungen Brust, der er sein Lachen mitteilen, nach behenden Beinen, nach zwei Armen, die zum Kampf bereit, nach einer Beute, die er an sich reißen, nach einer Jungfräulichkeit, die er bezwingen, nach einer Gewalttat, die er vollbringen könnte. Wieder erschien ihm Donatella mit den geschwungenen Hüften.

»Genug! Ich kann nicht mehr, Stelio...Ich sinke um.«

Die Foscarina stieß einen Schrei aus, als sie fühlte, wie eine Hand, die durch das Strauchwerk griff, sie am Saum des Kleides zog. Sie bückte sich und sah im Schatten zwischen den Zweigen das Gesicht des lachenden Fauns. Dieses Lachen traf ihre Seele, ohne sie zu rühren, ohne den furchtbaren Bann zu brechen, der sie bedrückte. Ihre Qual verschärfte sich sogar unter dem Gegensatz zwischen dieser Heiterkeit und ihrer Traurigkeit, zwischen dieser immer neuen Lebensfreude und ihrer unablässigen Unruhe, zwischen diesem leichten Vergessen und der Last ihrer schweren Gedanken. Noch klarer erkannte sie seinen Irrtum und die Grausamkeit des Lebens, die hier, an dem Ort, an dem sie Qualen litt, die Gestalt der anderen herzauberte. Als sie sich niederbeugte, sah sie mit derselben Deutlichkeit, mit der sie das jugendliche Gesicht gewahrte, auch das der Sängerin, das sich gleichzeitig mit ihr niederbeugte, ihre Stellung nachahmend, wie der Schatten eine Bewegung auf der erhellten Wand wiederholt. Alles verwirrte sich in ihrem Geist; und in ihrem Denken gelang es nicht, zwischen der Wirklichkeit und dieser Vorstellung zu unterscheiden. Die andere stellte sich ihr in den Weg, verdrängte sie, erdrückte sie.

»Laß mich! Lasse mich! Ich bin nicht die, die du suchst...«

Die Stimme klang so verändert, daß Stelio sein Lachen, sein Spiel unterbrach; er zog seinen Arm zurück; er richtete sich auf. Sie konnte ihn nicht mehr sehen. Die undurchdringliche Mauer aus Zweiggeflecht trennte sie von einander.

»Führe mich hinaus! Ich kann nicht mehr, ich habe keine Kraft mehr...Ich leide.«

Er fand nicht die Worte, sie zu beruhigen, zu trösten. Die Gleichzeitigkeit seines eben empfundenen Wunsches und dieser plötzlichen Divination hatte ihn bis ins Innerste getroffen.

»Warte, warte ein wenig! Ich versuche, den Ausgang wiederzufinden...Ich werde jemand rufen...«

»Du gehst fort?«

»Fürchte dich nicht, fürchte dich nicht. Es ist nicht die geringste Gefahr.«

Und während er so sprach, um sie zu beruhigen, empfand er die Nichtigkeit seiner Worte, den Mißklang zwischen dem lachenden Abenteuer und der düsteren Erregung, die ganz anderen Ursprungs war. Und auch er hatte jetzt in seinem Innern das seltsame Doppelempfinden, aus dem heraus das kleine Geschehnis in zwei verwirrten Gestalten erschien und unter der Bekümmernis seine unterdrückte Lust zum Lachen fortbestand, so daß diese Qual ihm neu war, wie gewisse Beklemmungen, die seltsamen Träumen entspringen.

»Geh nicht fort!« – bat sie, von ihrer Sinnestäuschung völlig befangen. – »Vielleicht begegnen wir uns dort an der Biegung. Wir wollen es versuchen. Nimm mich bei der Hand.«

Durch eine Lücke nahm er ihre Hände und zuckte zusammen, als er sie berührte, so kalt waren sie.

»Foscarina! Was hast du? Fühlst du dich wirklich krank? Warte! Ich will versuchen, die Hecke zu durchbrechen.«

Gewaltsam riß er das dichte Laubwerk auseinander, brach einige Zweige ab; aber das starke Gewirr widerstand. Er verletzte sich unnütz.

»Es ist nicht möglich.«

»Schreie, rufe jemand.«

Er rief in das Schweigen. Die Spitzen der Hecken waren erloschen, aber auf dem Himmel, der sich darüber wölbte, breitete sich eine Röte, wie der Widerschein brennender Wälder am Horizont. Eine Schar Wildenten, im Dreieck geordnet, die langen Hälse vorgestreckt, zog schwärzlich vorüber.

»Laß mich gehn! Ich kann den Turm leicht wiederfinden. Von dem Turm rufe ich. Man wird meine Rufe hören.«

»Nein! Nein!«

Sie hörte ihn sich entfernen, folgte dem Geräusch seiner Schritte, irrte wieder in den Gängen umher, fühlte sich allein und verloren. Sie blieb stehen. Sie wartete. Sie horchte. Sie blickte auf zum Himmel; sie sah den dreieckigen Schwarm in der Ferne verschwinden. Sie verlor den Sinn für die Zeit. Die Augenblicke schienen ihr Stunden.

»Stelio! Stelio!«

Sie war nicht mehr imstande, die Verwirrung ihrer überreizten Nerven zu beherrschen. Sie fühlte den letzten Ausbruch des Wahnsinns kommen, wie man den nahenden Wirbelsturm fühlt.

»Stelio!«

Er hörte die angsterfüllte Stimme und mühte sich, den Turm zu finden durch die gewundenen Wege, die ihn bald näher brachten und bald wieder entfernten. Das Lachen war in seinem Herzen erstarrt. Seine Seele erzitterte bis in ihre innersten Wurzeln jedesmal, wenn sein von der unsichtbaren Todesangst ausgestoßener Name an sein Ohr drang. Und das allmähliche Erbleichen des Lichts erweckte in ihm die Vorstellung von Blut, das tropfenweise dahinfließt, von Leben, das entflieht.

»Hier bin ich! Hier bin ich!«

Einer der Gänge bog endlich zu der Lichtung ein, auf der der Turm sich erhob. Hastig eilte er die Wendeltreppe hinauf; ein Schwindel ergriff ihn, als er oben war, er schloß, sich an dem Geländer haltend, die Augen; dann öffnete er sie wieder, und er sah am Horizont einen langen Feuerstreifen, er sah die strahlenlose Mondscheibe, die einem trüben Sumpfe gleichende Ebene, unter sich das Labyrinth mit dem dunkeln Buchsbaum, von dem sich die Weißbuchen wie helle Flecke abhoben, schmal und eng mit seinen unendlichen Kreuzungen und Biegungen, mit dem Aussehen eines zerstörten, von Gestrüpp überwucherten Bauwerks, einer Ruine und einem Buschwald gleichend, wild und melancholisch.

»Bleib stehen, bleib stehen! Laufe nicht so. Man hat uns gehört. Es kommt ein Mann. Ich sehe ihn kommen. Warte! Halte ein!«

Er sah die Frau wie eine Unsinnige in den Irrgärten umherjagen, wie ein zu nutzloser Marter verdammtes Geschöpf, zu unnützer, aber ewiger Qual, eine Schwester der sagenhaften Märtyrerinnen.

»Bleib stehen!«

Sie schien ihn nicht zu hören oder vermochte nicht der verhängnisvollen Bewegung Einhalt zu tun. Und daß er ihr nicht zu Hilfe eilen konnte, sondern Zeuge bleiben mußte dieser furchtbaren Qual!

»Hier ist er!«

Einer der Wächter hatte die Rufe gehört und war näher gekommen. Jetzt trat er über die Schwelle zum Eingang. Stelio begegnete ihm am Fuße des Turmes. Zusammen machten sie sich auf die Suche nach der Verirrten. Der Mann kannte das Geheimnis des Labyrinths. Stelio verhinderte ihn am Reden und an den Späßen, die er machen wollte und setzte ihn durch seine Freigebigkeit in Verwirrung.

›Ist sie ohnmächtig geworden? Ist sie zu Boden gefallen?‹

Der Schatten und das Schweigen dünkten ihm unheilvoll, erschreckten ihn. Sie antwortete nicht den Rufen, noch hörte man ihre Schritte. Der Ort war schon in nächtliches Dunkel getaucht unter dem Tau, der von dem violetten Himmel niederfiel. ›Werde ich sie ohnmächtig am Boden finden?‹

Er erbebte, als er plötzlich an einer Biegung die geheimnisvolle Gestalt auftauchen sah, das bleiche Gesicht, das das ganze Dämmerlicht in sich aufsaugte, wie eine Perle schimmernd, die Augen groß und starr, die Lippen zusammengepreßt und hart.

Sie kehrten nach Dolo zurück und nahmen wieder denselben Weg längs der Brenta. Sie sprach nicht, nicht ein einziges Mal öffnete sie den Mund, sie antwortete nicht, als könnte sie die Zähne nicht auseinander bringen; hingestreckt lag sie im Wagenfond, bis zum Kinn in ihren Mantel eingehüllt, und es überliefen sie so starke Schauer von Zeit zu Zeit, daß sie zusammenzuckte, ihre Blässe glich der Blässe des Sumpffiebers. Ihr Freund nahm ihre Hände und hielt sie zwischen den seinen, um sie zu erwärmen, aber umsonst: sie waren leblos, sie schienen ohne Blut zu sein. Und vorbei ging es an den Statuen in endloser Folge.

Düster wälzte sich der Fluß zwischen seinen Dämmen dahin unter dem silbern-violetten Himmel, an dem der Vollmond aufstieg. Eine schwarze Barke kam die Strömung herunter, an einem Seil von zwei grauen Pferden gezogen, die auf dem Ufergrase dumpf und schwerfällig stampften und von einem friedlich pfeifenden Manne geführt wurden; und auf der Schiffsbrücke dampfte ein Schlot, wie der kleine Schornstein auf dem Dache einer Hütte, und in dem Laderaum schimmerte das gelbliche Licht einer Öllampe, und der Geruch des Abendessens verbreitete sich in der Luft. Und hier und dort, und überall, wohin man blickte, ging es in der wasserreichen Landschaft vorbei an den Statuen, in endloser Folge.

Es war ein stygisches Land, wie eine Vision des Hades: ein Land des Schattens, der Nebel und der Wasser. Alles schwebte und schwand wie Geister. Der Mond verzauberte die Ebene und zog sie an sich, wie er das Meer verzaubert und an sich zieht; er trank die große der Erde gehörende Feuchtigkeit vom Horizonte mit unersättlichem Durste, in stillem Schweigen. Überall glänzten einsame Brunnen; man sah kleine silberne Kanäle in unbestimmter Ferne zwischen Reihen hängender Weidenbäume schimmern. Die Erde schien allmählich ihre Festigkeit zu verlieren und sich in Flüssigkeit aufzulösen. Der Himmel konnte seine Melancholie aus zahllosen stillen Spiegeln zurückgestrahlt sehen. Und hier und dort, überall längs des farblosen Ufers, tauchten die Statuen auf in endloser Menge, wie die Manen eines verschwundenen Geschlechtes. – – –

»Denken Sie oft an Donatella Arvale, Stelio?« – fragte unvermittelt die Foscarina nach einer langen Pause, in der beide nichts gehört hatten als das Hallen ihrer Schritte auf der Fondamenta dei Vetrai, die in dem tausendfältigen Glitzern der zerbrechlichen Gegenstände widerstrahlte, die die Schaufenster der daran liegenden Läden füllten. Und ihre Stimme klang wie ein Glas, das gesprungen ist. Stelio blieb stehen, mit einer Bewegung, wie einer, der auf eine unerwartete Schwierigkeit stößt. Sein Geist irrte über diese rot und grüne Insel Murano, die ganz mit diesen gläsernen Blüten und Blumen übersät war und in ihrer trostlosen Armut selbst die Erinnerung verloren hatte an die fröhliche Zeit, in der die Dichter sie besangen als Heimat von Nymphen und Halbgöttern. Er dachte an die berühmten Gärten, in denen Andrea Navagero, Bembo, Aretino, Aldo und die gelehrte Schar wetteiferten in der Anmut platonischer Dialoge *lauri sub umbra*, er dachte an die Klöster, die wollüstigen Frauengemächern glichen, bewohnt von zierlichen jungen Nonnen, die in weiße Kamelotts und Spitzen gekleidet, die Stirn von Locken umrahmt, und mit entblößtem Busen nach Art der ehrbaren Dirnen, erfahren in geheimen Liebesdingen, von den ausschweifenden Patriziern sehr begehrt waren und süße Namen trugen, wie Ancilla Soranzo, Cipriana Morosin, Zanetta Balbi, Beatrice Falier, Eugenia Muschiera, alles fromme Meisterinnen der Unzucht. Eine Melodie, die er im Museum gehört hatte, begleitete seinen schwebenden Traum; langsam wie klingende Tropfen kamen die klagenden Töne aus einer kleinen metallischen Spieluhr, die die Drehung eines Schlüssels in Bewegung setzte und die verborgen war unter einem gläsernen Garten, wo mit Glasperlchen geschmückte Figuren um einen kleinen Brunnen aus Onyx tanzten. Es war eine unbestimmte Melodie, ein vergessenes Tanzlied, bei dem einige Noten fehlten, die wegen der Schadhaftigkeit und der Verstaubtheit des Instruments versagten, aber trotzdem so eindrucksvoll, daß er die Melodie nicht loswerden konnte. Und letzt nahm alles rings um ihn die Zerbrechlichkeit und die ferne Melancholie jener kleinen Figürchen an, die zu den Tönen, die langsamer tropften wie durchsickerndes Wasser, tanzten. Die matte Seele von Murano hatte aus diesem alten Spielzeug geflüstert.

Bei der unerwarteten Frage verstummte die Melodie, die Bilder verschwebten, der Zauber des fernen Lebens schwand. Der umherschweifende Geist zog sich mit Bedauern in sich selbst zurück. Stelio fühlte an seiner Seite ein lebendiges Herz bange klopfen, das er mit unbezwingbarer Notwendigkeit verwunden mußte. Er blickte seine Freundin an.

Sie schritt an dem Kanal entlang zwischen dem Grün des ungesunden Wassers und dem Schillern der zierlichen Gefäße, ohne Erregung, fast ruhig. Das abgezehrte Kinn zitterte kaum merklich zwischen dem Saum des Schleiers und dem Zobelkragen.

»Ja, zuweilen« – antwortete er nach einer Minute des Zauderns, vor der Lüge zurückschreckend und die Notwendigkeit fühlend, diese Liebe über die gemeinen Täuschungen und Anforderungen zu erheben, damit sie für ihn eine Quelle der Kraft und nicht der Schwäche bliebe, ein freies Übereinkommen und nicht eine drückende Fessel.

Die Frau schritt ohne zu schwanken vorwärts, aber sie fühlte ihre Glieder nicht in dem furchtbaren Schlagen ihres Herzens, das, wie auf einer einzigen Saite gespannt, vom Nacken bis in die Fersen widerklang. Sie sah nichts mehr, aber sie fühlte dicht neben sich das lockende Wasser.

»Ihre Stimme vergißt man nicht« – fügte er nach einer pause, in der er Mut gesammelt hatte, hinzu. – »Sie ist von fabelhaftem Klangzauber. Vom ersten Abend an hatte ich das Gefühl, als könnte sie für mein Werk ein wundervolles Instrument abgeben. Ich wollte, sie willigte ein, in meiner Tragödie die lyrischen Partien zu singen, die Oden, die sich aus den Symphonien erheben und sich zum Schluß zwischen der einen und der andern Episode in Tanzfiguren auflösen. Die Tanagräerin willigt ein, zu tanzen. Ich rechne auf Ihre guten Vermittlerdienste, teure Freundin, um Donatella Arvales Einwilligung zu erlangen. Die dionysische Dreieinigkeit wäre so auf der modernen Bühne in vollkommener Weise wiederhergestellt zur Freude der Menschen...«

Während er sprach, fühlte er, daß seine Worte einen falschen Ton hatten, daß seine Unbefangenheit in allzu grausamem Widerspruch stand mit dem tödlichen Schatten, der über dem verschleierten Gesicht der Geliebten lagerte. Wider seinen Willen hatte er seinen Freimut übertrieben, da er die Sängerin als ein einfaches Instrument seiner Kunst betrachtete, als eine rein ideale Kraft, die er in den Kreis seines herrlichen Unternehmens ziehen wollte. Beunruhigt durch das stumme Leid, das an seiner Seite schritt, hatte er sich wider seinen Willen zu einer leichten Verstellung verstanden. Gewiß war, was er sagte, die Wahrheit, aber die Geliebte hatte nach einer anderen Wahrheit gefragt. Jäh brach er ab, er konnte den Ton seiner Worte nicht mehr ertragen. Er fühlte, daß in diesem Augenblick zwischen ihm und der Schauspielerin die Kunst keinen Widerhall fand, keinen lebendigen Wert hatte. Eine andere Macht, gebieterischer und finsterer, beherrschte sie. Die von dem Intellekt geschaffene Welt war leblos wie diese alten Steine, über die sie schritten. Die einzige lebendige und furchtbare Macht war das Gift, das in ihr Menschenblut einströmte. Der Wille der einen sagte: »Ich liebe dich und will dich ganz für mich allein besitzen, Leib und Seele.« Der Wille des anderen sagte: »Ich will, daß du mich liebst und mir dienst, aber ich kann im Leben auf nichts verzichten, was mein Begehren reizt.« Der Kampf war ungleich und grausam.

Da die Frau schwieg und unwillkürlich ihren Schritt beschleunigte, machte er sich bereit, der anderen Wahrheit ins Auge zu blicken.

»Ich verstehe, daß es nicht dies war, was Sie wissen wollten...«

»Ja, nicht dies. Nun wohl.«

Sie wandte sich ihm zu mit einer Art krampfhafter Heftigkeit, die ihn an die Raserei eines fernen Abends erinnerte und an den wilden Schrei: »Geh, lauf! Sie erwartet dich.« Auf diesem stillen Quai, zwischen dem trägen Wasser und den zarten Glaswaren, auf der verödeten Insel, erschien ihm wieder, wie in einem Blitz, das Antlitz der Gefahr.

Aber ein zudringlicher Mensch trat ihnen entgegen und bot ihnen an, sie zu dem nahegelegenen Schmelzofen zu führen.

»Laß uns hineingehen, laß uns hineingehen« – bat die Frau, dem Manne folgend, und sich in den Eingang drängend wie in einen Zufluchtsort, um den Schimpf der offenen Straße, das profane Tageslicht über ihrer Verdammnis zu vermeiden.

Der Ort war feucht, mit Salzlake befleckt, und roch nach Salz wie eine Meergrotte. Sie gingen über einen Hof, auf dem Brennholz hoch aufgeschichtet lag, und durch eine verfallene Tür tretend, standen sie vor dem Herd des Feuers, wurden sie von dem feurigen Atem umhüllt, sahen sie vor sich den großen glühenden Altar, der ihre Augen schmerzhaft blendete, als fingen plötzlich ihre Augenbrauen Feuer.

›Verschwinden, verschlungen werden ohne eine Spur zu hinterlassen!‹ schrie das Herz des zerstörungstrunkenen Weibes. ›In einem Augenblick könnte dieses Feuer mich verzehren, wie dürres Reisig, wie trockenes Stroh.‹ Und sie näherte sich den Öffnungen, durch die man die flüssigen Flammen gewahrte, leuchtender als ein Sommernachmittag, wie sie die irdenen Tiegel umhüllten, in denen das formlose Metall zum schmelzen gebracht wurde, das die hinter ihren Schutzschirmen stehenden Arbeiter mit einer eisernen Röhre schöpften, um es durch das Blasen mit den Lippen und mit den Kunstwerkzeugen zu formen.

›Wunderkraft des Feuers!‹ dachte der Wecker, seiner Unruhe entzogen durch die wunderbare Schönheit des Elements, das ihm vertraut war wie ein Bruder seit dem Tage, an dem er die offenbarende Melodie gefunden hatte. ›Ach, könnte ich dem Leben der mich liebenden Wesen Gestalten in der Vollkommenheit schenken, nach der ich strebe! Könnte ich in höchster Glut alle ihre Schwächen zum Schmelzen bringen und eine gefügige Materie daraus machen, um ihr die Gebote meines heroischen Willens und die Bilder meiner reinen Dichtkunst aufzuprägen! Warum, meine Freundin, warum wollen nicht Sie die bewegliche göttliche Statue meines Geistes sein, das Werk des Glaubens und des Schmerzes, durch das unser Leben den Sieg über unsere Kunst davontragen würde? Warum sind wir auf dem Punkte, kleinlichen Liebesleuten zu gleichen, die jammern und sich verwünschen? Ich glaubte in Wahrheit, daß Sie mir mehr zu geben hätten als Liebe, da ich von Ihren Lippen das herrliche Wort vernahm: ›Das kann ich, was die Liebe nicht vermag.‹ Alles, was die Liebe kann und was sie nicht kann, muß man immer können, um meiner unersättlichen Natur zu genügen.‹

Rings um den Schmelzofen wurde die Arbeit eifrig betrieben. Am Ende der eisernen Blasröhren blähte sich das geschmolzene Glas, wand sich, wurde silberglänzend wie eine Wolke, leuchtete wie der Mond, wurde auseinander gesprengt, teilte sich in tausend feinste, klirrende, funkelnde Splitter, die zarter waren und dünner als die Fäden, die man des Morgens in den Wäldern sich von einem Zweig zum andern spinnen sieht. Die Arbeiter formten die anmutigen Kelche, jeder bei der Arbeit einem eigenen Rhythmus folgend, der sich aus der Eigenschaft der Materie und den gewohnheitsmäßigen, zu ihrer Beherrschung geeigneten Bewegungen ergab. Die Lehrlinge legten eine kleine Birne der glühenden Glasmasse in die von den Meistern angegebenen Stellen; und die Birne verlängerte sich, wand sich, verwandelte sich in einen Henkel, in einen Rand, in einen Schnabel, in einen Stiel, in einen Fuß. Unter den Werkzeugen verlor sich allmählich die rötliche Glut; und der werdende Kelch wurde, an einem Stabe befestigt, von neuem der Flamme ausgesetzt; dann zog man ihn weich und dehnbar wieder heraus, empfindlich gegen die leisesten Berührungen, durch die man ihn verzierte, abschliff, und die ihn dem Modell gleichmachten, das von den Vorräten übernommen war oder der freien Erfindung eines neuen Schöpfers entstammte. Seltsam behend und leicht waren die Bewegungen der Menschen um diese Geschöpfe des Feuers, des Atems und des Eisens, wie die Bewegungen eines stummen Tanzes. Die Gestalt der Tanagräerin erschien dem Dichter in dem unaufhörlichen Wogen der Flamme wie ein Salamander. Donatellas Stimme sang ihm die bestrickende Melodie.

›Auch heute habe ich selbst sie dir zur Gefährtin gegeben!‹ dachte die Foscarina. ›Ich selbst habe sie zwischen uns gerufen. Ich habe ihre Erscheinung heraufbeschworen; während dein Gedanke vielleicht anderswo weilte, habe ich sie plötzlich vor deine Augen geführt, wie in jener Nacht der Fieberraserei!‹

Wie wahr, wie wahr! Seit jenem Augenblick, in dem der Name der Sängerin, zum erstenmal von den Lippen des Freundes ausgesprochen, in dem Schatten des gepanzerten Kolosses auf den dämmernden Wassern, von dem Panzer des Kriegsschiffes zurückgeworfen worden war, seit jenem Augenblick hatte sie unbewußt den Eindruck des neuen Bildes in seinem Geist verstärkt, hatte es genährt mit ihrer eigenen Eifersucht, mit ihrer eigenen Furcht, hatte es erhoben, verherrlicht von Tag zu Tag und hatte es schließlich mit klarer Bestimmtheit ausgestaltet. Mehr als einmal hatte sie ihm, der vielleicht des Bildes uneingedenk war, zugerufen:

»Sie erwartet dich!« Mehr als einmal hatte sie seiner vielleicht unbekümmerten Einbildungskraft das Bild dieser fernen und geheimnisvollen Erwartung vorgeführt. Wie in jener dionysischen Nacht Venedigs Flammenmeer die beiden jugendlichen Gesichter mit demselben Widerschein entzündet hatte, so entzündete sie jetzt ihre Leidenschaft, und sie erglühten nur, weil sie es so wollte. ›Kein Zweifel,‹ dachte sie, ›das Bild beherrscht ihn jetzt, und er beherrscht es. Meine Angst ist es gerade, die sein Begehren reizt. Er freut sich des Genusses, sie unter meinen verzweifelten Augen zu lieben ...‹

Und ihre Qual war namenlos; denn sie mußte sehen, wie diese Liebe, an der sie starb, durch ihre eigene Liebe genährt wurde, sie fühlte, wie ihre eigene Glut ihn umloderte wie eine notwendige Atmosphäre, außerhalb welcher er vielleicht nicht hätte leben können.

»Sobald es geformt ist, wird das Gefäß zur Hartmachung in den Kühlofen getan« – antwortete einer der Glasbläser auf Stelios Frage. – »Es würde in tausend Stücke zerspringen, setzte man es unvermutet der äußeren Luft aus.«

In der Tat gewahrten sie durch eine Öffnung in einem Behälter, der die Fortsetzung des Schmelzofens bildete, die glänzenden Gefäße vereint, noch Sklaven des Feuers, noch in seiner Macht.

»Seit zehn Stunden sind sie schon darin« – sagte der Meister, auf die zierliche Glasfamilie deutend.

Dann verließen die schönen, zarten Geschöpfe den Vater, lösten sich von ihm los für immer; sie kühlten ab, verwandelten sich in starre Edelsteine, lebten ihr neues Leben in der Welt, unterwarfen sich den sinnlichen Menschen, gingen den Gefahren entgegen, folgten den Veränderlichkeiten des Lichtes, nahmen geschnittene Blumen in sich auf oder das berauschende Getränk.

»Ist das nicht unsere große Foscarina?« – fragte mit leiser Stimme in seinem weichen venetianischen Dialekt der kleine rotäugige Mann, der die Künstlerin in dem Augenblick erkannte, als sie in der erstickenden Hitze den Schleier in die Höhe schlug, ihren Freund.

In kindlicher Erregung zitternd, machte der Meister einen Schritt auf sie zu und verneigte sich bescheiden.

»An einem Abend, gnädige Frau, haben Sie mich zum Beben und Weinen gebracht wie einen Knaben. Erlauben Sie mir, daß ich zur Erinnerung an diesen Abend, den ich bis an mein Lebensende nicht vergessen werde, Ihnen eine kleine Arbeit aus den Händen des armen Seguso anbieten darf?«

»Ein Seguso?« rief Stelio sich lebhaft zu dem kleinen Männchen herunterbeugend, um ihm voll ins Gesicht zu sehen. »Aus der großen Familie der Glasbläser in direkter Abstammung? Aus dem guten Geschlecht?«

»Zu dienen, gnädiger Herr.«

»Ein Fürst also.«

»Ja, ein als Fürst verkappter Harlekin.«

»Ihr kennt alle die Geheimnisse, nicht wahr?«

Der Muranese machte eine geheimnisvolle Bewegung, die die von den Vätern ererbte geheime Weisheit heraufbeschwor, deren letzter Erbe er zu sein behauptete. Die anderen Glasbläser lächelten neben ihren Schirmwänden, sie hatten die Arbeit unterbrochen, während ihre Gläser an den Enden der Eisenröhren die Farbe änderten.

»Also, meine Dame, erweisen Sie mir die Ehre, es anzunehmen?«

Er schien aus einem Tafelbilde des Bartolomeo Vivarini herausgetreten zu sein, ein Bruder jener Gläubigen, die auf dem Bilde in Santa Maria Formosa unter dem Mantel der Madonna knien: gebückt, hager, dürr, wie durch das Feuer geläutert, zerbrechlich, als deckte seine Haut ein gläsernes Knochengerüst, mit spärlichen grauen Haarsträhnen, mit einer graden, scharf gezeichneten Nase, einem spitzen Kinn, zwei überaus schmalen Lippen, von deren Winkeln Falten ausgingen, die Scharfsinn und Aufmerksamkeit dort eingegraben, mit geschmeidigen, beweglichen, vorsichtigen Händen, die Narben von Brandwunden röteten, Formen, in denen Geschicklichkeit und Genauigkeit zum Ausdruck kamen, die die Bewegungen gewohnt waren, die man braucht, schöne Linien in die empfindliche Materie zu zeichnen, wahre Werkzeuge der anmutigen Kunst, die sich in dem Erben durch die ununterbrochene Ausübung so vieler arbeitsamer Generationen bis zur Vollkommenheit entwickelt hatten.

»Ja, Ihr seid ein Seguso« – sagte Stelio Effrena, der sie betrachtete. – »Der Beweis für Eure vornehme Abstammung sind Eure Hände.«

Lächelnd besah sie sich der Meister, Rücken und Fläche.

»Vermacht sie in Eurem Testament dem Museum von Murano samt Eurem Blasrohr.«

»Ja, damit man sie einkocht, wie das Herz von Canova und die Paduanischen Eingeweide.«

Das freimütige Lachen der Arbeiter ertönte rings um den Herd, und die werdenden Kelche schwankten an den Spitzen der eisernen Nähren, rötlich und bläulich schillernd, wie die Blütendolden der Hortensie.

»Aber der entscheidende Beweis soll Euer Glas sein. Laßt uns sehen.«

Die Foscarina hatte nicht gesprochen, sie fürchtete, ihre Stimme könnte ihre Erregung verraten; aber ihre ganze liebliche Anmut durchdrang plötzlich ihre Schwermut, sie hatte die dargebotene Gabe angenommen und den Geber belohnt.

»Laßt uns sehen, Seguso.«

Der kleine Mann kratzte sich die schweißtriefende Schläfe mit einer Bewegung der Unschlüssigkeit; er witterte den Kenner.

»Vielleicht errate ich« – fügte Stelio Effrena hinzu, sich dem Kühlraume nähernd und einen prüfenden Blick auf die dort vereinigten Gefäße werfend. – »Ob es dieser ist...«

Durch seine Gegenwart hatte er hier mitten in die gewohnte Arbeit ungewohntes Leben gebracht, den fröhlichen Eifer des Spiels, das er unablässig in seinem Leben verfolgte. Alle diese einfachen Gemüter nahmen jetzt, nachdem sie gelacht hatten, leidenschaftlichen Anteil an der Probe; sie folgten der Wahl mit derselben gespannten Neugier, mit der man dem Ausgang einer Wette entgegensieht; sie erwogen den Scharfsinn des Meisters im Verhältnis zu dem des Richters. Und der junge Unbekannte, der sich in der Werkstatt wie in einem vertrauten Ort befand, sich den Menschen und Dingen mit so schneller und unwillkürlicher Sympathie anpassend, war für sie schon kein Fremder mehr.

»Ob es dieser ist...«

Die Foscarina fühlte sich durch das Spiel angezogen und fast gezwungen, sich daran zu beteiligen. Jede Bitterkeit, Zeder Groll schwand sofort vor dem Glück ihres Freundes. Auch hier hatte er, mühelos, die flüchtigen Augenblicke mit Schönheit und Leidenschaft entzündet, und das Feuer seiner Lebenskraft durch Berührung seinen Nächsten mitgeteilt, er hatte die Geister in eine höhere Sphäre erhoben, in diesen heruntergekommenen Arbeitern den alten Stolz auf ihre Kunst wieder erweckt. Die Harmonie einer reinen Linie war in diesen Augenblicken der Mittelpunkt ihrer Welt geworden. Und es zog den Beleber zu den Kelchen, als hinge von der Wahl das Glück des kleinen unschlüssigen Meisters ab.

»Ja, es ist wahr, du allein verstehst zu leben,« sagte sie zu ihm, ihn zärtlich anblickend. »Alles sollst und mußt du haben. Ich will zufrieden sein, wenn ich dich leben, dich genießen sehe. Mache mit mir, was du willst!«

Sie lächelte, da sie sich selbst vernichtete. Er gehorte ihr, wie etwas, das man in der geschlossenen Hand hält, wie ein Ring an einem Finger, wie ein Handschuh, wie ein Kleid, wie ein Wort, das man sagen oder verschweigen, ein Wein, den man trinken oder verschütten kann.

»Nun, Seguso?« – rief Stelle Effrena, durch das lange Zaudern ungeduldig gemacht.

Der Mann sah ihm in die Augen, dann, nachdem er Mut gefaßt, vertraute er seinem angeborenen Instinkt. Fünf Gefäße unter den vielen waren aus seinen Händen hervorgegangen: sie unterschieden sich von den anderen, als gehörten sie einer besonderen Art an. Aber welches von den fünfen war das schönste?

Die Arbeiter wandten ihm ihre Gesichter zu, während sie die an den Röhren befestigten Kelche der Glut aussetzten, damit sie nicht erkalteten. Und die Flammen, hell wie jene, die das prasselnde Laub des Lorbeerbaumes gibt, flackerten jenseits der Schutzwände, und es sah aus, als hielten sie die Männer durch ihre Werkzeuge in Fesseln.

»Ja, ja!« – rief Stelio Effrena, als er den Meister mit unendlicher Vorsicht das erwählte Gefäß herausnehmen sah. – »Das Blut verleugnet sich nicht. Die Gabe ist der Dogaressa Foscarina würdig, Seguso.«

Den Fuß des Kelches zwischen Zeigefinger und Daumen haltend, lächelte der Muranese zu der Frau auf, hoch beglückt durch das warme Lob. Der Ausdruck von Klugheit und List in seinem Gesicht rief das Wappen von Murano ins Gedächtnis: die goldene Füchsin, die auf dem Schweif des Hahnes läuft. Die durch die starken Wärmeausstrahlungen geröteten Lider zuckten über seinen auf das zerbrechliche Werk gerichteten Augen, das noch einmal in seiner Hand glitzerte, bevor er es fortgab. Und in seinen fast liebkosenden Fingern, in seiner ganzen Haltung offenbarte sich die ererbte Fähigkeit, die schwer zu erreichende Schönheit der einfachen Linien und der zartesten Färbung zu empfinden. Wie eine jener wunderbaren Blüten, die aus den dürren und gewundenen Sträuchern hervorbrechen, so wirkte das Kelchglas tn der Hand des gebückten Mannes, der es geschaffen hatte.

Schon in der Tat, und wie die geheimnisvollen Dinge in der Natur in seiner Konkavität das Leben des menschlichen Atems tragend, in seiner Durchsichtigkeit mit Wasser und Himmel welteifernd, der violette Rand gleich den Quallen, die auf dem Meere treiben, einfach, rein, ohne anderen Schmuck, als diesen bläulichen Saum, ohne andere Glieder, als den Fuß, den Stengel und den Rand. Und warum es so schön war, hätte niemand sagen können, nicht mit einem, nicht mit tausend Worten. Und sein Wert war gleich Null oder unberechenbar, je nach dem Auge, das es betrachtete.

»Es wird zerbrechen« – sagte Stelio.

Die Foscarina hatte das Geschenk mitnehmen wollen, ohne es einzuschlagen, wie man eine Blume trägt.

»Ich werde mir den Handschuh ausziehen.«

Sie stellte den Kelch auf den Rand des Brunnens, der sich ln der Mitte des Kirchplatzes befand. Der Rost auf der Zugwinde, die verwitterte Fassade der Basilika mit ihren byzantinischen Spuren, der rote Backstein des Glockenturmes, das Gelb der Strohschober jenseits der Mauer und der Bronzeton der hohen Lorbeerbäume und die Gesichter der Frauen, die auf den Hausschwellen die Glasperlen aufreihten, und die Gräser und die Wolken, und alle Erscheinungen ringsumher variierten die Empfänglichkeit des leuchtenden Glases. In seiner Farbe verschmolzen all die anderen Farben. Und es schien in seiner duftigen Zartheit von einem vielfältigen Leben beseelt, wie die Iris eines Auges, in der sich das Universum spiegelt.

»Stellen Sie sich vor, welche Summe von Erfahrung diesen schönen Gegenstand hervorgebracht hat!« – sagte Stelio betroffen. – »Alle die Generationen der Seguso, durch Jahrhunderte hindurch, haben mit ihrem Atem und mit ihrem Handgeschick zu der Entstehung dieses Werkes beigetragen, in dem glücklichen Augenblick, in dem dieser kleine Glasbläser unbewußt dem entlegenen Impuls zu folgen und ihn sorgfältig auf die Materie zu übertragen vermochte. Das Feuer war gleichmäßig, die Mischung war reich, die Luft war temperiert; alles war dem Verlaufe günstig. Das Wunder geschah.«

Die Foscarina ergriff mit ihrer unbehandschuhten Hand den Stiel des Kelchglases.

»Wenn es zerbräche, müßte man ihm ein Mausoleum errichten, wie Nero es den Manen seines zerbrochenen Bechers errichtete. Die Liebe Zu wesenlosen Dingen! Ein anderer Despot, Xerxes, hat es uns zuvorgetan, liebe Freundin, und einen schönen Baum mit Geschmeide geziert.«

Auf ihren Lippen, dort wo der Saum des Schleiers lag, schwebte ein Lächeln, kaum sichtbar, aber unablässig; und er kannte dieses Lächeln, denn er hatte darunter gelitten an dem Ufer der Brenta, auf dem mit unheimlichen Statuen bevölkerten Landstrich.

»Gärten, Gärten, überall Gärten! Einst waren es die schönsten der Welt, irdische Paradiese, wie sie Andreas Calmo nennt, der Poesie, der Musik und der Liebe geweiht. Vielleicht hörte einer jener alten Lorbeerbäume Aldo Manuzio mit dem Navagero griechisch sprechen oder Madonna Gasparina auf den Spuren des Grafen von Collalto seufzen...«

Sie gingen durch eine Straße, die von den Mauern der verödeten Gärten eingeschlossen wurde. Auf der Höhe der Mauern in den Fugen der roten Backsteine zitterten seltsame Gräser, lang und starr, wie Finger. Die Spitzen der bronzefarbenen Lorbeerbäume waren von der untergehenden Sonne vergoldet. Die Luft glänzte von einem dichten Goldstaub, wie der Goldglimmer der Glasperlen.

»Süßes und furchtbares Schicksal, das der Gaspara Stampa! Kennen Sie ihre Verse? Ja, ich sah sie eines Tages auf Ihrem Tisch. Eine Mischung von Frost und Glut. Zuweilen tönt durch den petrarcheskischen Stil des Kardinal Bembo ein schöner Schrei ihrer tödlichen Leidenschaft. Ich weiß einen herrlichen Vers von ihr:

> Inbrünstig leben und das Leid nicht fühlen!«

»Erinnern Sie sich, Stelio« – sagte die Foscarina mit ihrem unversieglichen Lächeln, das ihr das Aussehen einer Somnambulen verlieh, »erinnern Sie sich des Sonetts, das anfängt:

> Ich weiß, o Freund, daß ich in mir erstorben
> Und sehe nun, daß auch in euch ich tot bin...?«

»Ich entsinne mich nicht, Fosca.«

»Erinnern Sie sich Ihrer schönen Phantasie von der entschlafenen Sommergöttin? Die Sommergöttin lag ausgestreckt in der Trauerbarke, in Gold gekleidet wie eine Dogaressa, und der Zug geleitete sie nach der Insel Murano, wo ein Meister des Feuers sie in einen opalschillernden Glasschrein schließen sollte, damit sie, in die Lagune versenkt, wenigstens dem Spiel der treibenden Algen zusehen könnte... Entsinnen Sie sich?«

»Es war an einem Septemberabend.«

»Der letzte September, der Abend der Allegorie. Eine wunderbare Beleuchtung auf dem Wasser... Sie waren wie berauscht: Sie sprachen, sprachen... Wieviel Sie sagten! Sie kamen aus der Einsamkeit, Ihr Herz war voll, überströmend. Einen Strom von Poesie ergossen Sie über Ihre Freundin. Eine von Granatäpfeln beladene Barke glitt vorüber... Ich trug den Namen Perdita... Entsinnen Sie sich?«

Sie selbst empfand beim Gehen die Leichtheit ihres Schrittes und in ihrem Innern etwas Dahinschwindendes, als wandle sich ihr Körper in eine leere Hülle. Das Gefühl ihrer physischen Person schien von diesem Glas abzuhängen, das sie in der Hand trug, schien nur noch vorhanden in der Unruhe, die ihr die Zerbrechlichkeit des Gegenstandes verursachte und die Furcht, ihn zur Erde fallen zu lassen, während ihre unbekleidete Hand allmählich kalt wurde, und die Adern die Farbe des bläulichen Streifens annahmen, der um den Rand des Kelches lief.

»Ich hieß damals noch Perdita... Erinnern Sie sich, Stelio, eines anderen Sonettes der Gaspara, das anfängt:

> Ich wollte nur, daß Amor selbst mir sagte
> Wie ich ihm folgen soll...?

Und des Madrigals mit den Anfangsworten:

> Wenn meinem Herrn du zu gefallen glaubst...?«

»Ich wußte nicht, liebe Freundin, daß Sie so vertraut mit der unglückseligen Annasilla sind.«

»Das will ich Ihnen erklären... Ich war kaum vierzehn Jahre alt, als ich in einer alten romantischen Tragödie auftrat, die den Titel *Gaspara Stampa* führte. Ich spielte die Rolle der Heldin. Es war in Dolo, das wir neulich auf dem Wege nach Strà passierten; wir spielten in einem kleinen armseligen Theater, einer Art Baracke... Es war ein Jahr, bevor meine Mutter starb... Ich erinnere mich genau... Ich erinnere mich an gewisse Dinge, als wäre es gestern gewesen. Und zwanzig Jahre liegen dazwischen! Ich erinnere mich an den Klang, den meine damals noch schwache Stimme hatte, als ich sie bei den großen Tiraden forcierte, weil irgend jemand zwischen den Kulissen mir zuflüsterte, ich sollte laut sprechen, immer lauter... Gaspara verzweifelte, verging, raste in Liebessehnsucht nach ihrem grausamen Grafen... So vieles, das ich nicht kannte, nicht verstand in meiner kleinen, mißbrauchten Seele; und ich weiß nicht, welcher Instinkt des Schmerzes mich leitete, die Töne und die Schreie des Schmerzes zu finden, die diese armselige Menge erschüttern sollten, von der wir das tägliche Brot erwarteten. Zehn hungrige Menschen vergewaltigten meine Seele, nutzten mich als ihre Erwerbsquelle aus; die brutale Not raubte und vernichtete alle Blütenträume, die meiner zitternden Frühreife entsprossen... Es war eine Zeit des verhaltenen Schluchzens, eine Zeit des Entsetzens, der verzweifelten Müdigkeit und Erschöpfung, eine Zeit blinden Schauders! Und die mich folterten, wußten nicht, was sie taten. Arme, durch Sorgen und Elend abgestumpfte Menschen. Gott verzeihe ihnen und gebe ihnen Frieden! Nur meine Mutter, Stelio, die auch

> Weil sie so viel und man sie wenig liebte,
> Unglücklich lebte und starb, –

nur meine Mutter hatte Mitleid mit meiner Qual und litt mit mir und wußte, mich in ihren Armen haltend, mein furchtbares Bangen zu beruhigen, mit mir zu weinen, mich zu trösten. Gesegnet sei sie! Gesegnet!«

Ihre Stimme versagte. In ihrem Innern taten sich wieder die mütterlichen Augen auf, milde und fest blickten sie, wie ein unendlicher Horizont des Friedens. »Sage mir, sage du mir, was ich tun soll! Leite mich, lehre mich, du Wissende!« Mit ihrer ganzen Seele fühlte sie wieder den innigen Druck dieser Arme; und der Schmerz jener fernen Jahre flutete voll und ganz zu ihr zurück, aber ohne Bitterkeit, fast einem wohltuenden Gefühl gleichend. Die Erinnerung an den Kampf und die Qualen schien sie wie eine warme Woge zu durchströmen, sie zu trösten, zu erheben. Auf welchem Amboß war das Eisen ihres Willens geschmiedet, in welchen Wassern war es gestählt worden! Wahrlich, hart war die Prüfung für sie gewesen, schwer der Sieg, den Mühe und Ausdauer gegen rohe und feindliche Gewalten erfochten hatten. Sie war Zeuge des tiefsten Jammers, des grausamsten Elends gewesen; sie hatte die heroischsten Anstrengungen, das Mitleid, Entsetzen, die Schwelle des Todes gekannt.

»Ich kenne den Hunger, Stelio, und ich weiß, was es heißt, noch keine sichere Unterkunft zu haben bei einbrechender Nacht« – sagte sie mit süßer Stimme, zwischen den beiden Mauern stehenbleibend.

Und sie schlug den Schleier in die Stirn zurück und blickte ihren Freund mit freien Augen an. Er erblaßte unter diesem Blick, so plötzlich war seine Erregung, so ungestüm sein Schrecken bei dem unerwarteten Anblick. Er war verwirrt, wie in unzusammenhängenden Traumzuständen, unfähig, diese seltsame Erscheinung mit den eben getanen Lebensäußerungen in Einklang zu bringen, außerstande, die Bedeutung dieser Worte auf dieselbe Frauenerscheinung zu übertragen, die ihm hier zulächelte, das zarte Glas noch zwischen ihren nackten Fingern haltend.

Und dennoch hatte er sie gehört; und sie war hier in ihrem schönen Mantel aus Zobelpelz, mit dem süßen Blick ihrer schönen Augen, die sich in den Wimpern verlängerten, wie umflort von einer Träne, die unablässig aufstieg und, ohne zu fließen, sich auflöste, hier auf dem einsamen Weg zwischen den beiden Mauern.

»Und ich weiß noch mehr.«

Sie empfand eine ungewohnte Erleichterung, indem sie so sprach. Diese Selbstdemütigung schien ihr Herz zu stärken, wie eine Handlung ungestümen Wagemutes. Das Bewußtsein ihrer Macht und ihres Weltruhms hatte sie niemals angesichts des Mannes, den sie liebte, als etwas Erhebendes empfunden; aber jetzt erzeugte die Erinnerung an ihre dunkle Leidenszeit, an diese ihre Armut, an ihren Hunger in ihr ein Gefühl tatsächlicher Überlegenheit über ihn, den sie für unbesiegbar hielt. Wie zum erstenmal, an dem Ufer der Brenta, seine Worte ihr leer erschienen waren, so fühlte sie jetzt zum erstenmal in ihrer Lebenserfahrung sich stärker als er, dem alles Glück schon von der Wiege an gelächelt hatte, und der keine anderen Qualen kannte als die Leidenschaften seiner Begierde und die Seelenkümmernisse seines Ehrgeizes. Sie stellte sich ihn vor, dem Mangel ausgesetzt, zu beschwerlicher Arbeit gezwungen wie der Sklave, durch materielle Entbehrungen zu Boden gedrückt, der gemeinen Not unterworfen.

– Ob er die Kraft zum Widerstand gefunden haben würde, die Geduld zum Ertragen? – Er erschien ihr schwach und ratlos in den festen Klammern der Notwendigkeit, erniedrigt und zerschmettert. »Ach, für dich alle heiteren und erhabenen Dinge, so lange du lebst, so lange du lebst!« Aber sie konnte das Trostlose dieser Vorstellung nicht ertragen, sie wies sie von sich in einem Ausbruch fast mütterlicher Liebe, als müßte sie ihn verteidigen, in Schutz nehmen. Und mit einer unwillkürlichen Gebärde legte sie eine Hand auf seine Schulter; sie zog sie zurück, als sie sich dessen bewußt wurde, dann tat sie es wieder. Sie lächelte wie jemand, der wußte, was er niemals erfahren durfte, wie jemand, der überwunden hatte, was er nie hätte überwinden können. In ihrem Innern hörte sie wieder die eindringlichen Worte eines furchtbaren Versprechens. »Sage mir, daß du dich nicht fürchtest zu leiden... Ich halte deine Seele für fähig, den ganzen Schmerz der Welt zu ertragen.« Ihre Augenlider, den Veilchen gleichend, senkten sich über diesen geheimen Stolz. Aber auf ihren Gesichtszügen erschien eine unendlich feine und vollkommene Schönheit, der Ausfluß eines neuen Einklanges ihrer inneren Kräfte, eines geheimnisvollen Sichzurechtfindens der erschütterten Willenskraft. In dem Schatten, den die Falten des bis auf die Augenbrauen zurückgeschlagenen Schleiers warfen, beseelte ein unnachahmliches Leben ihre Blässe.

»Ich fürchte kein Leiden« – antwortete sie ihm, der an dem Ufer des fernen Flusses gesprochen hatte.

Und ihre Hand von seiner Schulter nehmend, streifte sie leise die Wange des Freundes, der begriff, daß sie auf jene vor langer Zeit gesprochenen Worte antwortete.

Er schwieg, berauscht, fast, als hätte sie ihm das Innerste ihres Herzens, ausgepreßt wie eine Traube, in diesem Kelchglas zu trinken gegeben.

Von all den natürlichen Erscheinungsformen rings umher schien ihm in dem strahlenden Lichte keine der geheimnisvollen Schönheit dieses Menschenangesichts gleichzukommen, durch dessen Züge eine tiefe und heilige Seele leuchtete, auf deren Grunde sich zweifellos etwas Großes stillschweigend vollzogen hatte. Er zitterte in der Erwartung, daß sie fortfahren würde.

Sie schritten eine Weile Seite an Seite nebeneinander her zwischen den beiden Mauern. Der Weg war schlecht, steinig und schlüpfrig unter den Füßen. Aber darüber hingen die leuchtenden Wolken. Sie gelangten an einen Kreuzweg, an dem ein von Armen bewohntes Haus stand, das fast baufällig war. Die Foscarina blieb stehen, um hineinzublicken. Die wurmstichigen und zerbrochenen Laden wurden durch ein dazwischengeklemmtes Bambusrohr künstlich offen gehalten. Die tiefstehende Sonne beleuchtete die rußgeschwärzte Wand und ließ das Hausgerät sehen: einen Tisch, eine Bank, eine Wiege.

»Erinnern Sie sich, Stelio« – sagte sie – »an das Wirtshaus, in das wir in Dolo eintraten, um auf den Zug zu warten? Das Gasthaus zur *Flamme*? Unter dem Rauchfang brannte ein großes Feuer; die Küchengeräte funkelten an der Wand, die Polentascheiben bräunten sich auf dem

Rost. Vor zwanzig Jahren war es genau dasselbe: dasselbe Feuer, dieselben Geräte, dieselbe Polenta. Ich und meine Mutter, wir traten dort nach der Vorstellung ein, setzten uns auf eine Bank an einen Tisch. Ich hatte im Theater geweint, gebrüllt, gerast und war an Gift oder durch den Dolch gestorben. In meinen Ohren tönte noch der Rhythmus der Verse, wie von einer Stimme, die nicht die meine war, und in meiner Seele fühlte ich einen fremden Willen, von dem mich zu befreien mir nicht gelang; wie eine Gestalt, die ohne mein Dazutun noch versuchte, gewisse Schritte zu machen und gewisse Gesten...

Die Lebensverstellung blieb an meinen Gesichtsmuskeln haften, die sich an gewissen Abenden nicht beruhigen wollten... Die Maske, das Gefühl der lebendigen Maske, das schon in mir keimte... Ich öffnete die Augen, soweit ich konnte... Ein hartnäckiges Frostgefühl in den Haarwurzeln verblieb mir...

Ich vermochte nicht das volle Bewußtsein meines eigenen Selbst wiederzuerlangen, noch dessen, was in meiner Umgebung geschah... Der Küchengeruch verursachte mir Ekel; das Essen auf dem Teller erschien mir zu derb, schwer wie Kieselsteine, unmöglich hinunterzuschlucken. Dieser Widerwille entsprang einem unsagbar zarten und feinen Gefühl, das ich im innersten meiner Müdigkeit empfand, einer unbestimmten Vornehmheit, die ich im Grunde meiner Erniedrigung fühlte. Ich weiß nicht... Vielleicht war es die dunkle Gegenwart jener Kraft, die sich später in mir entwickeln sollte, jener Auserlesenheit und Mannigfaltigkeit, zu der die Natur mich berufen hatte... Zuweilen wurde das Gefühl meiner Besonderheit so stark in mir, daß ich mich fast von meiner Mutter getrennt hätte – Gott verzeihe mir –, daß ich sie fast verlassen hätte... In mir wurde es ganz einsam; nichts von allem, was mich umgab, berührte mich. Ich blieb allein mit meinem Schicksal... Meine Mutter, die an meiner Seite lebte, rückte in eine unendliche Ferne. Ach, sie mußte sterben, und sie bereitete sich schon vor auf die Trennung von mir, und vielleicht waren dies Ahnungen! Sie drängte in mich, zu essen, mit Worten, die nur ihr zu Gebote standen. Ich antwortete ihr: ›Warte! Warte!‹ Ich konnte nur trinken, ich hatte eine Gier nach frischem Wasser. Zuweilen, wenn ich erschöpfter und erregter war als sonst, lächelte ich lange Zeit hindurch. Und auch die Heilige mit ihrem tiefen Herzen konnte nicht verstehen, woher mir dieses Lächeln kam... Unvergleichliche Stunden, in denen es scheint, der Geist habe das Gefängnis des Körpers durchbrochen und irre an den äußersten Grenzen des Lebens umher! Was war wohl Ihre Jugend, Stelio? Wer kann sie sich vorstellen? Wir alle haben das Gewicht des Schlafes empfunden, der plötzlich auf unseren Körper niedersinkt nach der Anstrengung oder der Trunkenheit, schwer und schnell, wie ein Hammerschlag, und uns leblos zu machen scheint. Aber auch die Traumgewalt bemächtigt sich unser zuweilen im Wachen mit derselben Heftigkeit und packt und hält uns gefangen. Und unser Wille vermag keinen Widerstand zu leisten, und es scheint, als löste sich das ganze Gewebe unseres Seins, und als spänne mit denselben Fäden unsere Hoffnung ein anderes, leuchtenderes, seltsameres... Ich muß an einige der schönen Worte denken, die Sie über Venedig sagten an jenem Abend, als Sie es einem Geschöpfe verglichen mit wundersam geschickten Händen, die Lichter und Schatten zu einem Gewebe unendlicher Schönheit miteinander verflochten. Sie allein vermögen zu sagen, was unsagbar ist... Dort auf jener Holzbank, vor dem groben Tisch in dem Wirtshaus zur Flamme in Dolo, wohin das Schicksal mich neulich mit Ihnen zurückführte, hatte ich einst die seltsamste Vision, die der Traum je in meiner Seele weckte. Ich sah Unvergeßliches. Ich sah vor die wirklichen Gegenstände, die mich umgaben, Erscheinungen treten, die mein Instinkt und meine Gedanken erzeugten. Hier vor meinen starren Augen, die das rote und dampfige Petroleumlicht des improvisierten Lampenkastens im Theater versengt hatte hier begann die Welt meiner Ausdrucksfähigkeiten lebendig zu werden... Die ersten Linien meiner Kunst entwickelten sich in diesem Zustand der Angst, der Erschöpfung, des Fiebers, des Ekels, in dem meine Empfänglichkeit, ich möchte sagen, fast plastisch wurde, wie die glühende Materie, die vorhin die Glasbläser an den Spitzen ihrer Rohre hielten. Es war ein natürliches Sehnen in mir, umgemodelt zu werden, einen Odem zu empfangen, die Form mit einem Inhalt zu füllen... An manchen Abenden sah ich mich auf dieser mit Kupfergeräten bedeckten Wand wie in einem Spiegel mit dem Ausdruck des Schmerzes oder der Wut und mit einem unkenntlichen Gesicht.

Und um der Sinnestäuschung zu entfliehen und die Starrheit meines Blickes zu unterbrechen, blinkte ich schnell mit den Augenlidern. Meine Mutter wiederholte: ›Iß, Kind, iß wenigstens dies!‹ Aber was waren Brot und Wein, Fleisch, Früchte, alle diese schwerverdaulichen Dinge, die für den sauer erworbenen Verdienst erstanden wurden, im Vergleich zu dem, was ich in meinem Innern barg? ›Warte,‹ wiederholte ich. Und wenn wir aufstanden, um fortzugehen, nahm ich mir ein großes Stück Brot mit. Am nächsten Morgen verzehrte ich es dann gern im Freien unter einem Baum oder am Ufer der Brenta, auf einem Stein oder im Grase sitzend... Diese Statuen!«

Wieder machte die Foscarina an dem Ende des neuen, zwischen Mauern entlang führenden Fußweges Halt, der auf einen verödeten Wiesenplatz, dem Campo di San Bernardo, mündete, wo das alte Kloster stand.

In der Ferne ragte der Glockenturm von San Angeli, über dem eine schöne Wolke das Bild einer Rose auf ihrem Stiel erweckte. Und das Gras war weich und wohlig und von einem satten Grün, wie in dem Park der Pisani in Strà.

»Diese Statuen!« wiederholte die Schauspielerin mit so gespanntem Blick, als wären sie hier vor ihr in ihrer Massenhaftigkeit und verstellten ihr den Weg. »Sie erkannten mich nicht neulich, aber ich erkannte sie, Stelio.«

Die fernen Stunden, die feuchte und dunstige Landschaft, die entblätterten Pflanzen, die verfallenen Villen, der schweigsame Fluß, die Reliquien der Königinnen und Kaiserinnen, die Kristallvisiere auf dem fieberheißen Antlitz, das wilde Labyrinth, die nutzlose Verfolgung, das Entsetzen und die Todesangst, die leuchtende und furchtbare Blässe, der zu Eis erstarrte Körper in den Kissen des Wagens, die leblosen Hände, alle diese traurigen Dinge erschienen dem Geist des Geliebten in einem neuen Licht. Und er blickte das wunderbare Geschöpf an, bebend in Schrecken und Bestürzung, als sähe er sie zum ersten Male, und ihre Gesichtszüge, ihr Schritt, ihre Stimme, ihre Kleider wären von vielfältiger und seltsamer Bedeutung, die in ihrer Schnelligkeit und Zahl für ihn ungreifbar war, wie zuckende Blitze. Hier war sie, ein hinfälliges Geschöpf aus Fleisch und Bein, den traurigen Gesetzen der Zeit unterworfen. Und gleichsam eine Fülle wirklichen und idealen Lebens lastete auf ihr, breitete sich um sie aus, pulsierte mit dem Rhythmus ihres eigenen Atems. Sie war an der Grenze menschlicher Erfahrung angelangt, diese verzweifelte umherwandernde Frau: sie wußte, was er niemals hätte wissen können. Der Mann des Frohsinns empfand die Anziehungskraft von so viel angehäuftem Schmerz, von so viel Erniedrigung und so viel Stolz, von so viel Kampf und so viel Sieg. Er hätte dieses Leben leben mögen. Er beneidete dieses Los. Erschreckt betrachtete er die zarten bläulichen Adern auf dem Rücken ihrer bloßen Hand, die sich so deutlich abzeichneten, als wäre keine Haut darüber gespannt, und die durchsichtigen Nägel, die um den Stiel des Kelchglases glänzten. Er dachte an einen Tropfen dieses Blutes, das in diesem Körper kreiste, gehemmt durch die natürlichen Grenzen, und dennoch unermeßlich wie das Weltall. Es schien ihm, als gäbe es in der Welt nur einen Tempel: den menschlichen Körper. Ihn wandelte eine wilde Lust an, die Frau an seiner Seite anzuhalten, sich ihr in den Weg zu stellen, sie zu betrachten, intensiv, alle ihre Erscheinungsformen in sich aufzunehmen, sie zu befragen bis ins Endlose. Seltsame Fragen tauchten in seinem Geiste auf: ›Als junges Mädchen zogst du die Landstraße entlang, in einem mit Theaterrequisiten beladenen Karren lagst du ausgestreckt auf einem Bündel welken Laubes, gefolgt von der Schar der Komödianten, an den Weingeländen vorüber, und ein Winzer bot dir einen Korb voller Trauben dar? Glich nicht der Mann, der dich zum erstenmal besaß, einem Satyr, und hörtest du in deinem Entsetzen den Wind über die Ebene brausen und jenen Teil deines Selbst weit mit sich führen, den du immer suchen wirst und niemals wiederfindest? Wieviel Tränen trankst du an dem Tage, da ich dich hörte, und Antigone in dir mit einer so reinen Stimme sprach? Besiegtest du die Völker, eines nach dem anderen, wie man Schlachten gewinnt, um ein Reich zu erobern? Witterst du sie am Geruch, wie die reißenden Tiere? Ein Volk lehnte sich auf gegen dich, widerstand dir, und als du es bezwangst, liebtest du es mehr als jene, die dich anbeteten bei deinem ersten Erscheinen. Ein anderes, jenseits des Ozeans, dem du eine unbekannte Art des Fühlens offenbartest, kann dich nicht vergessen und schickt dir Botschaft über Botschaft, damit du ihnen wiederkehrst.... Welch unerwartete Schönheiten werde ich aus deiner Liebe und aus deinem Schmerz erstehen sehen?‹

Sie erschien ihm hier auf dem einsamen Wiesenplatz der vergessenen Insel unter dem klaren Winterhimmel dieselbe, als die sie ihm in der fernen dionysischen Nacht erschienen war, unter den Lobpreisungen der um die Tafel versammelten Dichter. Dieselbe befruchtende und offenbarende Kraft strömte von der Frau aus, die den Schleier zurückschlagend gesagt hatte: »Ich weiß, was der Hunger ist...«

»Es war im März, ich entsinne mich,« fuhr die Foscarina mit weicher, einschmeichelnder Stimme fort. »Ich ging des Morgens in der Frühe durch die Felder mit meinem Brot. Ich ging aufs Geratewohl. Die Steinbilder waren mein Ziel. Ich ging von einer Statue zur anderen, als machte ich ihnen einen Besuch. Einige schienen mir wunderschön, und ich versuchte ihre Gesten nachzuahmen. Aber am längsten hielt ich mich bei den Verstümmelten auf, gleichsam aus dem Instinkt heraus, sie zu trösten. Des Abends auf der Bühne, während ich spielte, mußte ich an eine oder die andere denken, und ich empfand ihre Ferne und Einsamkeit auf dem stillen Gelände unter den Sternen so tief, daß es mir war, als konnte ich nicht weiter sprechen. Das Publikum wurde ungeduldig bei diesen allzulangen Pausen.... Zuweilen, wenn ich auf das Ende der großen Rede meines Mitspielers warten mußte, nahm ich die Stellung einer der mir am vertrautesten Statuen an und blieb regungslos in dieser Haltung, als wäre ich selbst aus Stein. Ich begann schon, mich zu meißeln...«

Sie lächelte. Die Grazie ihrer Schwermut trug über die Lieblichkeit des zu Ende gehenden Tages den Sieg davon.

»Zärtlich liebte ich eine, der die Arme fehlten, mit denen sie einst einen Korb mit Früchten auf dem Kopf gehalten hatte. Aber die Hände waren an dem Korb geblieben, und ihr Anblick schmerzte mich. Sie erhob sich auf ihrem Postament inmitten eines Flachsfeldes, ganz dicht dabei war ein kleines stagnierendes Gewässer, in dem das Spiegelbild des Himmels eine Fortsetzung der blauen Blumen schien. Wenn ich die Augen schließe, so sehe ich wieder das steinerne Antlitz und die Sonne, die durch die Stengel des Flachses schimmert, als schiene sie durch ein grünes Glas. Immer seit jener Zeit steigen in den leidenschaftlichsten Momenten meiner Kunst auf der Bühne Visionen von Landschaften in meiner Erinnerung auf. Und ganz besonders, wenn es mir nur durch die Kraft des Schweigens gelingt, der mich anblickenden Menge einen tiefen Schauer mitzuteilen...«

Ihre Wangen hatten sich leicht gerötet. Und da die schrägen Sonnenstrahlen sie trafen und ihrem Zobelpelz und dem Kelchglase glitzernde Funken entlockten, schien von ihrer seelischen Erregung ein verklärendes Licht auszugehen.

»Welch ein Frühling war das! Zum erstenmal in meinem umherziehenden Leben sah ich einen großen Strom. Auf einmal lag er vor mir, hoch angeschwollen dahineilend zwischen zwei wilden Ufern in einer Ebene, leuchtend fast wie ein Stoppelfeld, unter den wagrechten Strahlen der Sonne, die den Horizont streifte wie ein rotes Feuerrad. Damals empfand ich das Göttliche, das in dem großen Flusse liegt, der die Erde durchströmt. Es war die Etsch, die von Verona herunterkam, aus Julias Stadt...«

Eine zwiefache Unruhe barg sie in ihrem Innern, während sie das Elend und die Poesie ihrer Jugendzeit heraufbeschwor. Es war gleichsam eine Art innerer Zwang, dem sie folgte, als sie fortfuhr und dennoch wußte sie nicht, wie sie zu dieser Beichte gekommen war, während sie sich vorgenommen hatte, mit ihrem Freund von einer anderen, nicht vergangenen, sondern gegenwärtigen Jugend zu sprechen. Durch welche Liebestäuschung war sie von einer plötzlichen Anspannung ihres Willens, von dem festen Entschluß, der schmerzlichen Wahrheit die Stirn zu bieten, von der Zusammenraffung ihrer ganzen gebrochenen Energie, dazu gekommen, bei der Erinnerung an so entlegene Tage zu verweilen und mit dem Bild der eigenen Mädchenzeit das andere so ganz verschiedene zu bedecken?

»Durch die Porta del Palio zogen wir an einem Maiabend in Verona ein. Die Angst erstickte mich. An meinem Herzen fühlte ich den Druck des Heftes, in das ich mit eigener Hand die Rolle der Julia geschrieben hatte. Und ich wiederholte innerlich die Worte des ersten Auftritts:

›Was ist? Wer ruft mich? Hier bin ich, gnäd'ge Mutter! Was beliebt?‹ Meine Einbildungskraft war durch ein seltsames Zusammentreffen in Verwirrung gebracht: ich vollendete an diesem Tag mein vierzehntes Jahr, Julias Alter! Das Geschwätz der Amme tönte mir in den Ohren, und allmählich verschmolz mein Schicksal mit dem der Veronesin. An jeder Straßenecke glaubte ich ein Trauergeleite mir entgegenkommen zu sehen, daß einer mit weißen Rosen bedeckten Bahre folgte. Als ich die Gräber der Scaliger, von dem schmiedeeisernen Gitter eingeschlossen, erblickte, schrie ich zu meiner Mutter: ›Hier ist Julias' Grab!‹ Und ich brach in einen Strom von Tränen aus und hatte ein verzweifeltes Verlangen, zu lieben und zu sterben. Ich sah zu früh, den ich zu spät erkannt!«

Ihre Stimme drang, indem sie die unsterblichen Worte wiederholte, dem Geliebten wie eine herzzerreißende Melodie bis ins Innerste. Sie blieb kurze Zeit stehen und wiederholte:

»Zu spät!«

Es waren dies die grausamen Worte, die der Geliebte selbst ausgesprochen und die sie selbst wiederholt hatte, in dem nächtlichen Garten, wo die versteckten Blütensterne des Jasmin so starken Duft ausströmten, und auch die Früchte dufteten wie in den Gärten der Inseln; als beide dem wilden Verlangen nachzugeben im Begriffe standen. »Es ist zu spät, es ist zu spät!« Die nicht mehr junge Frau hier auf dem duftenden Grase verweilte jetzt vor dem Bilde ihres einstigen Selbst, sie sah ihre zuckende Jungfräulichkeit in dem Gewand der Julia bei ihrem ersten Liebestraum. An der Grenze ihrer Erfahrung angelangt, hatte sie sich diesen Traum nicht bewahrt, unversehrt über die Menschen und die Zeit hinaus? Aber wozu? Denn ihre fernste erstorbene Jugend beschwor sie herauf, nur um darüber hinwegzuschreiten, um sie mit dem Fuße fortzustoßen, indem sie den Geliebten zu jener anderen führte, die lebendig war und ihn erwartete.

Mit dem Lächeln ihres unvergleichlichen Schmerzes sagte sie:

»Ich war Julia.«

Die Luft ringsumher war so still, daß der Rauch der Öfen zu faul war, um aufzusteigen. Überall schien es von Gold zu flimmern, wie in den Aventurinen. Die Wolke über dem Glockenturm degli Angeli färbte sich purpurn am Saum. Das Wasser war unsichtbar, aber es verlieh den Erscheinungsformen der Dinge etwas von seiner süßen Anmut.

»An einem Sonntag im Mai, in der ungeheuren Arena, in dem alten Amphitheater unter freiem Himmel, vor einer Volksmenge, die der Geschichte der Liebe und des Todes atemlos gelauscht hatte, war ich Julia selbst. Nicht der tosendste Beifall des ergriffenen Parketts, nicht der jubelndste Zuruf, kein Triumph kam jemals für mich dem Rausche und dem Vollgefühl jener großen Stunde gleich. Und als ich Romeo sagen hörte: ›Oh, sie nur lehrt den Kerzen hell zu glühn!‹...erglühte ich wirklich, verwandelte ich mich in Flammen. Ich hatte für mein erspartes Geld auf der Piazza delle Erbe unter der Fontana Madonna Verona einen großen Strauß Rosen gekauft. Die Rosen waren mein einziger Schmuck. Ich mischte sie unter meine Worte, meine Gesten, meine Stellungen: ich ließ eine zu Romeos Füßen niederfallen, als wir uns begegneten, ich entblätterte eine über seinem Haupte vom Balkon herunter, und alle deckten am Schlusse im Grabgewölbe seinen Leichnam. Der Duft, die Luft, das Licht versetzten mich in Entzückung. Die Worte strömten mit seltsamer Leichtigkeit von meinen Lippen, gleichsam unwillkürlich, wie im Fieberwahn; und ich hörte sie von dem unaufhörlichen Brausen meiner Adern begleitet. Ich sah den tiefen Raum des Amphitheaters zur Hälfte in der Sonne und zur Hälfte im Schatten, und in dem beleuchteten Teil ein Funkeln wie von tausend und abertausend Augen. Es war ein stiller Tag, wie heute. Kein Lüftchen bewegte die Falten meines Kleides oder meine Haare, die sich auf meinem nackten Halse im Schauder sträubten. Der Himmel war in ferner Höhe über uns, und dennoch schien es mir von Zeit zu Zeit, als tönten die am leisesten gesprochenen Worte bis in seine äußersten Fernen wie Donnerschläge wider, oder als nähme sein Azur eine so tiefblaue Farbe an, daß auch ich bläulich davon beschienen wurde, wie Meerwasser, in dem ich ertränke. Und meine Augen wanderten in jedem Augenblick empor zu den langen Gräsern, die oben an den Mauern hervorsprießten; und es schien mir, als gäben sie auf irgendeine Weise ihre Einwilligung zu dem, was ich sagte und tat, und wenn ich sie sich beim ersten Windhauch, der von den Hügeln sich erhob, hin- und herbewegen sah, so fühlte ich meine seelische Bewegung und die Kraft meines Atems wachsen. Wie sprach ich von der Nachtigall und der Lerche! Tausendmal hatte ich sie beide im Freien gehört: ich kannte ihre Wald-, ihre Wiesen-, ihre Wolkenmelodien; sie klangen mir in den Ohren lebendig und wild. Jedes Wort, schien mir, müßte, bevor es sich von meinen Lippen löste, mein heißes Blut durchlaufen. Es war keine Fiber in mir, die nicht einen Ton zu der Harmonie beitrug. Ach, die Gnade, der Stand der Gnade! Jedesmal, wenn es mir gegeben ist, den Höhepunkt meiner Kunst zu berühren, finde ich die unsagbare Hingebung. Ich war Julia. ›Es tagt, es tagt!‹ schrie das Entsetzen in mir. Der Wind strich mir durch die Haare. Ich fühlte das ungewöhnliche Schweigen, in das mein Wehklagen fiel. Es schien, als sei die Menge in die Erde gesunken: stumm war es auf den geschweiften Stufenreihen, die jetzt ganz im Schatten lagen. Nur dort unten blieb die Höhe der Mauer in rotglühendem Licht. Ich sprach von den Schrecken des Tages, aber in Wahrheit fühlte ich schon die ›Larve der Nacht‹ auf meinem Gesicht. Romeo war schon hinuntergestiegen. Wir waren schon tot, schon in das Dunkel eingetreten. Entsinnen Sie sich? ›Mir deucht, ich sähe dich, da du unten bist, als lägst du tot in eines Grabes Tiefe. Mein Auge trügt mich, oder du bist bleich...‹ Ich war zu Eis erstarrt, während ich diese Worte sprach. Meine Augen suchten den Lichtglanz oben an der Mauer: er war ausgelöscht. Das Publikum wurde unruhig in der Arena, es verlangte nach dem Tod der Helden! Man wollte weder der Mutter, noch der Amme, noch dem Bruder Lorenzo weiter zuhören. Die lauten Zeichen seiner Ungeduld beschleunigten das Klopfen meines Herzens in unerträglicher Weise. Das Ende der Tragödie wurde überstürzt. Ich habe die Erinnerung an einen großen Himmel, der weiß wie Perlen schimmerte, und an jenes an Meeresbrausen gemahnende Geräusch, das sich bei meinem Erscheinen legte, und an den Harzgeruch, den die Wachsfackel ausströmte, und an die Rosen, die mich bedeckten und die mein Fieber hatte welken lassen, und an fernes Glockenläuten, das den Himmel näher brachte, und an diesen Himmel, dessen Licht allmählich erlosch, wie mein Leben, und an einen Stern, den ersten Stern, der in meinen Augen zitterte mit meiner Träne...Als ich auf Romeos Leiche niedersank, brach die Menge in der Dunkelheit in so gewaltiges Beifallsbrüllen aus, daß ich erschrak. Irgend jemand hob mich auf und zerrte mich nach der Seite, von der das Rufen ertönte. Man beleuchtete mit der Fackel mein beträntes Gesicht: sie knisterte laut und roch nach Harz, und sie war rot und schwarz, Rauch und Flamme. Wie den Stern werde ich auch diese niemals vergessen. Und ich mußte aussehen wie der Tod... So, Stelio, wurde an einem Maiabend dem Volke von Verona eine von den Toten erstandene Julia gezeigt.«

Wieder blieb sie stehen und schloß die Lider, wie jemand, den Schwindel befällt; aber ihre schmerzenden Lippen lächelten wieder ihrem Freunde zu.

»Und dann? Das Bedürfnis zu geben, zu gehen, wohin es auch sei, den Raum zu durchmessen, im Winde zu atmen... Meine Mutter folgte mir schweigend. Wir überschritten eine Brücke, wir gingen längs der Etsch; dann ging's über eine zweite Brücke, wir kamen in eine kleine Straße, wir verloren uns in den dunklen Gassen, gelangten auf einen Platz mit einer Kirche, und weiter, weiter, immer vorwärts. Meine Mutter fragte mich von Zeit zu Zeit: ›Wohin gehen wir?‹ Ich wollte auf gut Glück das Kapuzinerkloster finden, wo Julias Grab verborgen war, da ich zu meinem Schmerz erfahren hatte, daß man sie nicht in einem jener schönen Gewölbe beigesetzt, die von den schönen Gittern umschlossen waren. Aber ich wollte es nicht sagen, und ich konnte es nicht sagen. Den Mund zu öffnen, ein Wort zu sprechen, war mir ebenso unmöglich, wie einen Stern vom Himmel zu lösen. Meine Stimme hatte sich mit der letzten Silbe der Sterbenden verloren. Meine Lippen versiegelte ein Schweigen, notwendig wie der Tod. Und mein ganzer Körper schien mir nur zur Hälfte lebend, bald zu Eis erstarrt, bald in Feuer erglühend, und bald, ich weiß nicht, als brannten nur die Gelenke der Knochen, und der Rest wäre Eis. ›Wohin gehen wir?‹ fragte mich zum andern Male die verkörperte Güte in banger Sorge. Ach, ich antwortete ihr innerlich mit Julias letztem Wort. Wir waren wieder am Wasser, am Anfang einer Brücke über der Etsch. Ich glaube, ich begann zu laufen, denn kurz darauf fühlte ich mich von den Armen meiner Mutter umfangen und blieb dort stehen, gegen das

Geländer der Brücke gepreßt, von Schluchzen erstickt. ›Stürzen wir uns so umarmt hinunter!‹ wollte ich sagen; aber ich konnte nicht. Der Fluß trug die Nacht mit allen ihren Sternen davon. Und ich fühlte, daß nicht in mir allein der Wunsch, zu sterben, war ... Ach du Gesegnete!«

Sie wurde totenblaß. Ihre ganze Seele fühlte wieder die innige Umschlingung dieser Arme; die Küsse dieser Lippen, die Tränen dieser zärtlichen Liebe, die Tiefe dieses Kummers. Aber ihr Blick fiel auf den Freund, und plötzlich strömte das Blut in ihre Wangen, stieg auf in die Stirn, fast als triebe eine verborgene Scham ihr ins Gesicht.

»Was sage ich Ihnen da alles? Warum erzähle ich Ihnen all diese Dinge? Man spricht und spricht, ohne zu wissen, warum.«

Sie senkte die Augen über ihrer Verwirrung. Bei der Erinnerung an die geheimnisvolle Furcht, die den Anzeichen der Pubertät vorangegangen war, bei der Erinnerung der mütterlichen Liebe voller Herzeleid, erwachte in ihrem unfruchtbaren Schoße der Urtrieb ihres Geschlechts. Das Weibverlangen in ihr, das sich gegen den heroischen Vorsatz völliger Entsagung auflehnte, war seltsam erregt, war bereit, sich hinzugeben. Aus den innersten Wurzeln ihrer Wesenheit erhob sich ein gestaltloses Sehnen, an das sie nicht zu rühren wagte. Die Möglichkeit eines göttlichen Lohnes blitzte über der Trauer ihrer notwendigen Entsagung auf. Sie fühlte ihr Herz erzittern, aber es war wie jemand, der nicht wagt, den Blick zu einem unbekannten Angesicht zu erheben, in der Furcht, dort das Urteil, das über Leben oder Tod entscheidet, zu lesen. Sie fürchtete das, was keine Hoffnung war und dennoch einer Hoffnung glich, das, was ihr Geist und ihr Fleisch in einer so neuen Art erzeugt hatten, sich plötzlich auflösen zu sehen. Das helle Licht, das den Himmel bestrahlte, und die Gegend, durch die sie wandelte, und die Schritte, die sie zu machen gezwungen war, und selbst die Gegenwart des Freundes machten sie ungeduldig. Sie dachte an das träge Halbwachen, an den zögernden Halbschlaf gegen die Morgendämmerung, wenn der verschleierte Wille leicht den glücklichen Traum lenkt. Sie sehnte sich nach der Einsamkeit, der Ruhe, dem verschlossenen und abgelegenen Zimmer, dem Schatten der schweren Vorhänge. Plötzlich, in heißer Seelenqual, die dieser Ungeduld entsprang, wie um mit den Gedanken eine Erscheinung festzuhalten, die im Begriffe war, zu verschweben, fühlte sie diese Worte, die sich ihr auf die Lippen drängten, ohne daß sie sie aussprach: »Ein Kind von dir!«

Sie wandte sich dem Freunde zu und blickte ihm, am ganzen Körper bebend, in die Augen. Der geheime Gedanke flackerte in ihrem Blick wie inbrünstiges Flehen und wie Verzweiflung. Sie schien in ihm angstvoll nach einem verborgenen Zeichen, nach einem unbekannten Anblick, gleichsam nach einem neuen Menschen zu suchen. Sie rief ihn mit unterwürfiger Stimme:

»Stelio!«

Und ihre Stimme klang so verändert, daß der junge Mann innerlich zusammenschrak und sich zu ihr neigte, als wollte er ihr beistehen.

»Liebe, liebste Freundin!«

Betroffen und ängstlich sah er diesen breiten Strom verlangenden Lebens sie durchfluten, den merkwürdigen Ausdruck, das Wechselspiel von Licht und Schatten auf ihren Zügen. Und er wagte nicht zu sprechen, wagte nicht die verborgene Qual, in der die Kräfte dieser großen bejammernswerten Seele sich bewegten, zu unterbrechen. Er fühlte wohl durch ihre Worte die Schönheit und die Traurigkeit der unausgesprochenen Dinge, aber unklar. Und während er nicht zweifelte, daß irgendein schwererworbenes Gut aus solchem Fieber der Leidenschaft hervorgehen mußte, wußte er nicht, zu welchem Ende diese Liebe von der Notwendigkeit geführt werden würde, vollkommen zu werden oder unterzugehen. Sein Geist füllte sich mit staunender Erwartung bei dem intensiven Leben, das er an diesen vergessenen Orten fand, auf diesem armseligen Grase, auf dem stillen Weg. Niemals war in ihm das Bewußtsein der unberechenbaren Kraft, deren das Menschenherz fähig ist, so stark gewesen. Und da er das Pochen des eigenen Herzens hörte und das ungestüme Klopfen des anderen erriet, glaubte er die Schläge des Hammers auf dem harten Amboß erdröhnen zu hören, auf dem das Menschenschicksal geschmiedet wird.

»Sprechen Sie weiter« – sagte er. – »Lassen Sie mich Ihnen noch nähertreten, teure Freundin. Seit ich Sie liebe, hat es keinen Augenblick gegeben, den ich dem Weg, den wir heute zusammen gemacht haben, an die Seite stellen könnte.«

Sie schritt vorwärts gesenkten Hauptes, sich neuen Illusionen hingebend. ›Wäre es möglich?‹ Sie fühlte die Unfruchtbarkeit ihre Hüften umspannen, wie ein eiserner Gurt. Sie dachte der hartnäckigen, unerbittlichen Leiden, die eingewurzelt waren in ihrem der Sinnenlust preisgegebenen Leibe. Aber die Gewalt ihrer Leidenschaft und ihres Verlangens, verstärkt durch den Gedanken der Gerechtigkeit, schien ihr ein Wunder vollbringen zu wollen. Und was an Aberglaube in ihrer Natur war, begünstigte, die Klarheit ihres Geistes verschleiernd, die keimende Hoffnung. ›Habe ich wohl je geliebt vor dieser Stunde? Habe ich nicht alle diese Jahre auf die große Liebe gewartet, die mich retten oder vernichten muß? Von welchem unter allen denen, die meine Traurigkeit vermehrt haben, hätte ich mir einen Sohn gewünscht? Ist es nicht gerecht, daß neues Leben aus meinem Leben keime, jetzt, da ich mich meinem Herrn mit meinem ganzen Selbst hingegeben habe? Habe ich ihm nicht meinen jungfräulichen Traum, Julias Traum, unberührt dargebracht? Wurde nicht mein ganzes Dasein seit jenem Frühlingsabend bis zu einer Herbstnacht ausgelöscht?‹ In ihrer trügerischen Hoffnung sah sie das Weltall umgewandelt. Die Erinnerung an die Mutter gab ihr eine erhabene Vorstellung von mütterlicher Liebe. Wieder öffneten sich in ihrem Innern die mild und fest blickenden Augen. Und sie betete: ›O sage mir, daß auch ich für ein Geschöpf aus meinem Fleisch und meinem Geist sein werde, was du für mich warst! Versprich es mir, du Wissende!‹ Die Einsamkeit der Vergangenheit erschien ihr als etwas Furchtbares. Sie sah in der Zukunft nichts als den Tod oder diese Rettung. Sie glaubte alle Prüfungen auf sich nehmen zu können, um ihrer würdig zu werden; sie betrachtete sie wie eine Gnade, die sie erlangen konnte. Eine fromme Inbrunst, sich zu opfern, ergriff sie. Es schien, als ob der fieberheiße Pulsschlag der heraufbeschworenen fernen Jugendzeit in diesem inneren Aufruhr sich erneute, und wie damals schritt sie vorwärts unter freiem Himmel, getrieben von einer fast mystischen Gewalt.

Sie schritt der Gestalt von Donatella Arvale entgegen, die sich auf dem flammenden Horizont am Ende einer Straße abzeichnete, die sich nach dem Wasser öffnete. Und ihre erste plötzliche Frage tönte in ihrem Innern wider: ›Denken Sie oft an Donatella Arvale, Stelio?‹

Die kurze Straße führte zu der Fondamenta degli Angeli, an den mit Fischerbarken bedeckten Kanal, von wo man die große, stille und strahlende Lagune sah.

Sie sagte:

»Welches Licht! Wie an jenem Abend, als ich noch Perdita hieß, Stelio.«

Sie schlug von neuem eine Note an, die sie schon in einem dann abgebrochenen Präludium berührt hatte.

»Am Abend des letzten September« – fügte sie hinzu. – »Entsinnen Sie sich?«

Ihr Herz schlug so hoch, daß es schien, als setzte es von Zeit zu Zeit ganz aus, und als hätte sie die Leidenschaft ihres Gefühls nicht in ihrer Gewalt, sondern sie könnte von einem Augenblick zum andern mit ihr durchgehen und sie zum Spielball der niedrigen Liebesrasereien machen, deren plötzlichem Erscheinen sie schon mehr als einmal nachgegeben hatte. Sie wollte, daß ihre Stimme nicht zitterte bei dem Namen, der mit zwingender Notwendigkeit in diesem Schweigen zwischen ihr und ihrem Freunde ausgesprochen werden mußte.

»Entsinnen Sie sich jenes Kriegsschiffes, das vor den Gärten vor Anker lag? Eine Salve grüßte das Banner, das auf dem Heck des Schiffes niedersank. Die Gondel glitt, den Panzer streifend, vorüber.«

Einen Augenblick zögerte sie. Ihre Blässe war von einem unvergleichlichen Leben beseelt.

»Damals nannten Sie in dem dunklen Schatten Donatella.«

Wieder machte sie eine Anstrengung, einem Schwimmenden vergleichbar, den eine neue Welle überflutet, und der den Kopf herausreckend den Meeresschaum abschüttelt.

»Sie begann Ihnen anzugehören.«

Es überlief sie kalt vom Kopf bis zu den Füßen, als habe sie ein giftiges Insekt gestochen. Sie hielt die weit geöffneten Augen auf die blendenden Wasser gerichtet.

»Sie muß die ihre werden« – sagte sie mit zwingender Härte in der Stimme, wie um ein zweites Mal die furchtbaren Versuchungen von sich zu stoßen, die aus dem Grunde ihrer Leidenschaft aufsteigen wollten.

Von quälender Angst gepeinigt, unfähig zu sprechen, mit einem leeren Wort diese jähen Blitzen gleichenden Offenbarungen der tragischen Seele zu unterbrechen, blieb Stelio Effrena stehen. Er legte seine Hand auf den Arm seiner Gefährtin, damit auch sie stillstünde.

»Ist es nicht so?« – fragte sie ihn mit fast heiterer Sanftmut, als wäre die Lähmung plötzlich von ihr gewichen, und ihre Leidenschaft hätte sich dem Joche gebeugt, das der Wille ihr auferlegte. – »Sprechen Sie. Ich fürchte mich nicht zu leiden. Lassen Sie uns hier niedersitzen. Ich bin ein wenig müde.«

Sie lehnten sich gegen eine niedrige Mauer mit dem Blick auf die Wasser. So rein war die Stille der Lagune bei der Sonnenwende, daß die Formen der Wolken und der Gestade in ihrem Spiegel eine Idealgestalt annahmen, als hätte die Kunst sie nachgebildet. Die Gegenstände in der Nähe und in der Ferne, der rote Palast der Da Mula auf dem Kanal und das bewaldete Fort von Tessara in der Ferne erschienen in dem Doppelbilde mit gleicher Klarheit. Die schwarzen Barken mit den aufgerollten Segeln, mit den längs der Rahen ausgespannten Netzen, sammelten in ihren Kielen das Gefühl der unendlichen Ruhe, das die Himmel ausströmten. Keine dieser Linien konnten menschliche Schmerzensausbrüche verrücken, und alle lehrten das Schweigen und versprachen den Menschen den Frieden in dieser Zeitlichkeit.

»Was soll ich Ihnen sagen?« – sagte der Jüngling mit erstickter Stimme, als spräche er mehr zu sich selbst als zu der Freundin, und nicht mehr fähig, die Seelenangst zu besiegen, die ihm die Gewißheit seiner gegenwärtigen Liebe verursachte und das Bewußtsein seines Verlangens, das unerbittlich wie das Schicksal war. – »Vielleicht ist, was Sie glauben, Wahrheit. Vielleicht ist es nur ein Gespinst Ihrer Phantasie. Eins weiß ich heute sicher: daß ich Sie liebe und den Adel Ihrer Seele voll und ganz erkenne. Und noch eins weiß ich: daß ich ein Werk vollbringen und ein Leben leben muß, zu dem die Natur mich bestimmt hat. Auch Sie müssen sich entsinnen! An jenem Septemberabend sprach ich Ihnen lange von meinem Leben und von dem Genius, der es seiner Bestimmung zuführt. Sie wissen, daß ich auf nichts verzichten kann.«

Er zitterte wie jemand, der eine scharfe Waffe in den Händen hält, und der, gezwungen sie zu bewegen, es nicht vermeiden kann den Unbewaffneten zu verletzen.

»Auf nichts. Und vor allem nicht auf Ihre Liebe, die meine Kraft und meine Hoffnung an jedem Tag von neuem stärkt. Aber versprachen Sie mir nicht mehr als Liebe? Vermögen Sie für mich nicht Dinge zu vollbringen, die Liebe nicht vermag? Wollen Sie nicht für mein Leben und mein Werk der immer belebende Odem sein?«

Sie hörte ihm unbeweglich zu, ohne mit der Wimper zu zucken. Nicht anders als eine Kranke, deren Bewegungsfreiheit aufgehoben, die einem entsetzenvollen Schauspiel beiwohnt, wie ein Geist in einer Bildsäule.

»Es ist wahr« – fuhr er nach einer qualvollen Pause fort, all seinen Mut zusammenfassend, sein Mitleid bezwingend, wohl fühlend, daß von der Aufrichtigkeit dieser Minute das Schicksal der freien Vereinigung abhinge, bei der er nichts verlieren, sondern gewinnen wollte – »es ist wahr: als ich Sie an jenem Abend in der Menge die Treppe hinunterkommen sah, zusammen mit ihr, die gesungen hatte, da glaubte ich, daß es ein geheimer Gedanke war, der Sie leitete, mir nicht allein entgegenzutreten...«

Sie fühlte, wie ein eisiger Schauder von ihren Haarwurzeln auslief, und ihre Augen sich verschleierten, obwohl sie trocken blieben. Ihre Finger umspannten den Stiel des Kelchglases, und die Farben des Himmels und der Wasser färbten das Glas, das in der schmerzenden Hand schwankte.

»Ich glaubte, daß Sie selbst sie erwählt hätten... Sie sahen aus wie eine Wissende und Voraussehende... Es verwirrte mich.«

Sie fühlte in dem furchtbaren Krampf, wie wohl ihr die Lüge getan hätte. Sie wünschte, daß er lügen oder schweigen möchte. Sie maß mit den Augen den Raum, der sie von dem Kanal trennte, von dem alles verschlingenden, ruhebringenden Wasser.

143

»Es war in ihr etwas Feindliches gegen mich... Sie blieb für mich dunkel, undurchdringlich... Entsinnen Sie sich, in welcher Art sie verschwand? Das Bild verblaßte; es blieb die Sehnsucht nach dem Gesang. Sie, die sie mir zuführten, haben auch mehr als einmal ihr Bild in mir wieder neubelebt. Sie sahen ihren Schatten, wo sie nicht war.«

Sie sah den Tod. Kein anderer Stachel war ihr so tief ins Herz gedrungen, hatte sie grausamer verwundet. «Ich selbst, ich selbst!« – wiederholte sie. Wieder hörte sie den Schrei ihres Todesurteils: ›Sie erwartet dich!‹ Aber von Augenblick zu Augenblick fühlte sie, wie ihre Knie sich lösten und ihr erschöpfter Leib der wilden Lust nachzugeben im Begriffe stand, die sie zum Wasser trieb. Aber ein lichter Punkt blieb in ihr, der sie zu der Überlegung befähigte, daß dies nicht der Ort noch die Zeit sei. Die von der Ebbe bloßgelegten Sandbänke sah man jetzt schwärzlich durch die Lagune schimmern. Plötzlich beruhigte sich der innere Aufruhr durch eine seltsame Erscheinung. Sie glaubte sich nicht mehr lebend. Sie staunte, das Glas in ihrer Hand leuchten zu sehen. Sie verlor das Bewußtsein des Körperlichen. Alles Geschehene war nur in der Einbildung bestehend. Sie hieß Perdita: die tote Sommergöttin ruhte auf dem Grunde der Lagune. Worte blieben Worte.

»Könnte ich sie lieben?«

Noch ein Hauch, und Dunkelheit umgab sie. Wie das Flämmchen einer Kerze sich bei dem Windstoß biegt und sich von dem Docht loszulösen scheint, aber dennoch durch einen seinen bläulichen Rand mit ihm verbunden bleibt, gleichsam durch einen verglimmenden Funken, der, sobald der Wind aufhört, sich wieder entzünden und aufflackern wird, so war der Verstand der Bejammernswerten im Begriff zu verlöschen. Der Hauch des Wahnsinns streifte sie. Das Entsetzen entfärbte und verzerrte ihr Gesicht.

Er blickte sie nicht an, sondern heftete seine Augen auf die Steine.

»Wenn ich ihr wieder begegnete, könnte ich wünschen, daß ihr Geschick sich mir zuwende?«

Er sah sie wieder, die jugendliche Erscheinung mit den geschwungenen und kraftvollen Lenden aus dem klingenden Wald auftauchen in der Wechselbewegung der Geigenbogen, die den Ton aus der in ihr verborgenen Musik hervorzuziehen schienen.

»Vielleicht.«

Er sah wieder dieses verschlossene, fast harte Gesicht von einem geheimen Gedanken erfüllt, und das Runzeln der Stirn, das ihr etwas Feindliches gab.

»Aber wozu sollte das nützen? Und was bedeuten alle Wechselfälle und alle Schicksale des Lebens neben dem Vertrauen, das uns miteinander verbindet? Könnten wir je den kleinlichen Liebesleuten gleichen, die ihre Tage damit verbringen, sich zu verunreinen, zu weinen und einander zu verwünschen?«

Sie preßte die Zähne aufeinander. Der wilde Instinkt, sich zu verteidigen und zu verletzen wie in einem verzweifelten Kampfe, übermannte sie. Über die Unschlüssigkeit ihres Gedankens blitzte ein mörderischer Wille auf.

»Nein, du sollst sie nicht haben!« – Und die Grausamkeit des Herrn, dem sie diente, erschien ihr ungeheuerlich. Es schien ihr, als blute sie unter den wohlgezielten und wiederholten Schlägen, wie jener Mann auf der weißen Straße in der Stadt der Bergarbeiter. Die Schreckensszene erstand wieder vor ihren Augen: der Mann, der, von einem Schlag mit dem Stock zu Boden gestürzt, wieder aufstand und versuchte, sich auf den Gegner zu werfen, und der Knüttel, der ihn von neuem traf, die Hiebe einer nach dem anderen von einer sicheren und festen Hand versetzt, das dumpfe Geräusch auf dem Menschenkopf, der Widerspenstige, der wieder aufstand, die Zähigkeit des Lebens, das Fleisch des Gesichts, das zu einem roten Brei verwandelt war. Die Bilder dieser grauenvollen Erinnerung vermischten sich in der inneren Zusammenhanglosigkeit der Gedanken mit der qualvollen Wirklichkeit. Sie schnellte in die Höhe, entsetzt von der bestialischen Kraft, die durch ihre Adern strömte. Das Glas zerbrach in ihrer zuckenden Hand, verwundete sie, fiel in Scherben nieder zu ihren Füßen.

Er fuhr zusammen, er, den das regungslose Schweigen der Frau getäuscht hatte. Er blickte auf sie und erkannte, was in ihr vorging. Und wieder sah er, wie an jenem Abend in dem

Zimmer, wo die Holzscheite knisterten, den Wahnsinn aus diesem entstellten Gesicht leuchten. Bekümmert stammelte er einige Worte; aber auf dem Grunde seines Schreckens wallte die Ungeduld auf.

»Ah« – sagte die Unglückliche, ihren Schauder überwindend, mit einer Bitterkeit, die ihr den Mund verzog – »wie stark ich bin! Ein anderes Mal müssen Sie schneller zustoßen, da ich so wenig widerstandsfähig bin, mein Freund.«

Sie gewahrte, daß das Blut aus ihren Fingern tropfte, und umwand sie mit dem Taschentuch, das sich rot färbte. Sie blickte auf die Glasscherben, die auf der Erde zerstreut glänzten.

»Das Kelchglas ist zerbrochen! Sie haben es zu sehr gelobt. Wollen wir ihm hier ein Mausoleum errichten?«

Sie sprach erbittert, fast höhnisch, die Lippen von einem herben Lachen verzogen, das lautlos blieb. Er schwieg, enttäuscht und voller Groll, die Schönheit dieses vollkommenen Gefäßes gewaltsam zerstört zu sehen.

»Laß uns Nero nachahmen, wie wir schon Xerxes nachgeahmt haben!«

Schärfer als ihr Freund empfand sie den gellenden Mißklang ihres Sarkasmus, den falschen Ton ihrer Stimme, die Bosheit ihres Lachens, das wie ein Muskelkrampf war. Aber es gelang ihr nicht, ihre Seele wieder einzufangen, und sie sah sie ihrem Willen entschlüpfen, unwiederbringlich, wie auf dem Schiff die Matrosen, denen die Kurbel aus der Hand entglitten ist, untätig vor der Winde stehen bleiben, die mit erschreckender Geschwindigkeit sich rückwärts dreht, das Ankertau oder die Ketten lösend. Sie empfand ein zwingendes, unwiderstehliches Bedürfnis, zu höhnen, zu zerstören, mit Füßen zu treten, als hätte ein boshafter Dämon von ihr Besitz genommen. Jede Spur von Zärtlichkeit und Güte war verschwunden, und jede Hoffnung und jede Illusion. Der dumpfe Haß, der bei allen leidenschaftlichen Frauen unter der Liebe schlummert, offenbarte sich als Sieger. Sie entdeckte in dem Blicke des Mannes denselben Schatten, der über ihr eigenes Auge glitt.

»Erzürne ich Sie? Wollen Sie allein nach Venedig zurückkehren? Wollen Sie die tote Sommergöttin zurücklassen? Das Wasser fällt zwar, aber es ist immer noch genug davon da für den, der nicht die Absicht hat, darauf zurückzukehren. Wünschen Sie, daß ich es versuche? Konnte ich gefügiger sein?«

Sie sagte diese sinnlosen Dinge mit zischender Stimme. Und ihr Gesicht war fast aschgrau, sie war plötzlich zusammengebrochen, als zehrte ein Gift an ihr. Und jener erinnerte sich auf ihrem Gesicht dieselbe Maske gesehen zu haben an einem entlegenen Tage der Wollust, der Raserei und der Traurigkeit. Sein Herz zog sich zusammen und löste sich dann.

»Wenn ich Ihnen weh getan habe, so verzeihen Sie mir!« – sagte er und versuchte ihre Hand zu nehmen, um sie mit einer liebevollen Gebärde zu beruhigen. – »Aber sind wir nicht gemeinsam demselben Ziele zugesteuert? Kam mir nicht von Ihnen...«

Sie unterbrach ihn, nicht imstande, diesen weichen Ton, diese gewohnte Medizin länger zu ertragen.

»Weh? Und was tut's? Kein Mitleid, um Gottes willen kein Mitleid! Weinen Sie nicht um die schönen Augen des zusammengeschossenen Hasen.«

Sie schritt den Quai entlang längs des violettschimmernden Kanals, vorbei an den Türen, in denen beim letzten Tagesschimmer noch die Frauen saßen, die Körbe voller Glasperlen im Schoße. Sie stieß die Worte einzeln zwischen den Zähnen hervor. Ihr verzerrter Mund brach in ein konvulsives wildes Lachen aus, das wie herzzerreißendes Schluchzen klang. Ihr Gefährte schauderte, und fassungslos unter den forschenden Blicken der Neugierigen sprach er zu ihr mit leiser Stimme:

»Nimm dich zusammen! Foscarina, ich bitte dich! Nimm dich zusammen! Sei nicht so! Ich bitte dich! Wir sind gleich an der Riva, gleich zu Hause... Ich will dir alles sagen... Dann wirst du mich verstehen... Wir sind auf der Straße... Hörst du mich?«

Sie hatte auf einer der Schwellen eine Frau bemerkt, die guter Hoffnung war, mit einem hochgetriebenen Leib wie ein voller Schlauch, die den Raum zwischen den beiden Türpfosten ausfüllte und in Träumereien versunken schien, während sie ein Stück Brot aß.

»Hörst du mich? Foscarina, ich bitte dich! Beherrsche dich! Stütze dich auf mich.«

Er fürchtete, sie in dem schrecklichen Krampf zu Boden stürzen zu sehen, und hielt sich bereit, ihr beizuspringen. Aber sie beschleunigte den Schritt, nicht imstande zu antworten und mit der verbundenen Hand das Lachen erstickend, während sie glaubte zu fühlen, wie in dem Krampfe die Haut ihres Gesichtes rissig würde.

»Was hast du? Was siehst du?«

Niemals wird dieser Mann die Veränderung dieser Augen vergessen können. Sie waren weit aufgerissen, blicklos, von totenhafter Starrheit bei den grausamen Zuckungen, fast als wären sie lidlos. Und dennoch sahen sie: sie sahen etwas, das nicht da war, sie waren von einer unbekannten Vision erfüllt, von einer grauenerregenden Vorstellung, die vielleicht dieses Lachen der Angst und des Wahnsinns erzeugte.

»Möchtest du dich ausruhen? Willst du einen Schluck Wasser?«

Sie waren auf dem Fondamenta dei Vetrai angelangt, wo jetzt die Läden geschlossen waren, wo die Schritte widerhallten, wo das Geräusch der grauenhaften Lustigkeit sich in einem Echo wie unter einem Bogengang zu verlängern schien. Wie lange war es her, seit sie an diesem toten Wasser entlang gegangen waren? Welch Lebensschicksal hatten sie inzwischen durchlaufen? Welch tiefen Schatten ließen sie hinter sich?

Als sie in der Gondel saß, fest in ihren Mantel eingehüllt, blasser noch als auf dem Weg nach Dolo, versuchte die Unglückliche ihren Krampf zu unterdrücken, indem sie ihre beiden Hände gegen ihre Kinnbacken preßte. Aber von Zeit zu Zeit gellte noch wider Willen das entsetzliche Lachen in dem dumpfen Schweigen, den Rhythmus der Ruderschläge unterbrechend. Sie preßte den Mund noch stärker zusammen, wie um sich zu ersticken. Zwischen dem bis unter die Augenbrauen zurückgeschlagenen Schleier und dem blutbefleckten Taschentuch starrten ihre weitgeöffneten Augen in den im Abenddämmerlicht ruhenden unermeßlichen Raum.

Die Lagune und die dichten Dünste verschlangen alle Formen und Farben. Das graue Einerlei wurde nur durch die Gruppen von Pfählen unterbrochen, die einer Prozession von Mönchen auf einer Bußwanderung glichen. Venedig rauchte in der Ferne, wie die Überreste einer großen Plünderung.

Als das Lauten der Glocken herüberdrang, kam die Seele wieder zu sich, Tränen entquollen den Augen, das Entsetzen war besiegt.

Die Frau ließ die Hände sinken, neigte sich ein wenig zu der Schulter ihres Freundes und fand ihre Stimme wieder, um ihm zu sagen:

»Verzeihe mir.« – – –

Sie erniedrigte sich, sie schämte sich ihrer selbst. Seit diesem Tage war jede ihrer Handlungen ein stummes Flehen um Vergebung und Vergessen.

Es schien dann, als keimte eine neue Gabe in ihr auf. Es war etwas Schwebendes in ihr, sie sprach mit leiser Stimme, sie bewegte sich mit leichten Schritten durch das Zimmer, sie kleidete sich in weiche Stoffe, sie verschleierte mit dem Schatten der Wimpern ihre schönen Augen, die nicht wagten, den Freund anzublicken. Die Furcht, ihm beschwerlich zu fallen, auf ihm zu lasten, ihn zu langweilen, verliehen ihrem Ahnungsvermögen Flügel. Ihre immer wache Sensibilität lauschte und spähte vor der unzugänglichen Pforte der Gedanken. Sie kam dahin, in gewissen Stunden unter ihrem eigenen Pulsschlag den Rhythmus jenes anderen Lebens pochen zu fühlen.

Ihre Seele, erfüllt von dem Wunsche, eine neue Empfindung zu schaffen, die fähig wäre, die Leidenschaften des Naturtriebes zu besiegen, offenbarte durch wunderbare Zeichen auf ihrem Antlitz die Schwierigkeit dieser heimlichen Aufgabe. Niemals hatte ihre höchste Kunst so seltsamen Ausdruck gefunden, noch war je der tiefe Schatten ihrer Züge so dunkel und so bedeutungsvoll erschienen. Eines Tages, da er sie ansah, sprach ihr Freund zu ihr von der unendlichen Kraft, die sich in dem Schatten offenbart, den der Helm auf das Gesicht des Pensieroso wirft.

»Michelangelo« – sagte er – »konzentrierte in einer kleinen Vertiefung seines Marmors die ganze Kraft menschlichen Nachdenkens.

Wie der Fluß die Handfläche, die sich höhlt, anfüllt, so füllte das ewige Mysterium, von dem wir umgeben sind, das kleine Räumchen, das der Meißel des Titanen in dem Gestein der Berge offen gelassen hatte; und es verblieb darin und verdichtete sich dort im Laufe der Jahrhunderte. Ich kenne nur den beweglichen Schatten Ihres Gesichts, Fosca, der zuweilen an Intensität jenem gleicht und ihn zuweilen auch übertrifft.«

Sie strebte dem Wecker zu, hungrig nach Poesie und Wissen. Für ihn war sie die Idealerscheinung der Zuhörenden und Verstehenden. In der Art, wie ihre starken und wildgeordneten Haare ihre reine Stirn umgaben, lag etwas von der Ungeduld der Flügel. Ein schönes Wort trieb ihr plötzlich die Tränen in die Augen, wie der Tropfen, der in ein volles Gefäß fällt und es überlaufen macht.

Sie las ihm Seiten aus den Werken der größten Dichter vor. Und die erhabene Form des Werkes erschien bedeutungsvoller, nur durch die Stellung, in der sie es hielt, durch die Bewegung, mit der sie die Blätter umwandte, durch den frommen, weihevollen Ernst der Aufmerksamkeit, durch die Harmonie der Lippen, die die Schriftzeichen in klingende Noten umwandelten. Beim Lesen der Danteschen Gesänge war sie streng und edel, wie die Sibyllen, die auf dem Deckengewölbe der Sixtinischen Kapelle das Gewicht der heiligen Bücher mit der ganzen heroischen Kraft ihrer von dem Hauch der Weissagungen bewegten Körper stützen. Die Linien ihres Gebärdenspiels und selbst die kleinsten Falten ihrer Tunika erläuterten ebenso, wie die Modulationen ihrer Stimme, den göttlichen Text.

Sobald die letzte Silbe verklungen war, sah sie ihren Freund sich ungestüm erheben, zittern wie im Fieber, vom Gott getrieben im Zimmer umherirren, nach Atem ringen in der Seelenqual, die der wirre Aufruhr seiner schöpferischen Kraft in ihm erregte. Bisweilen sah sie ihn mit strahlenden Augen zu ihr treten, verklärt von plötzlicher Glückseligkeit, erleuchtet von einer inneren Flamme, als ob unerwartet eine übermenschliche Hoffnung in ihm aufflammte oder eine unsterbliche Wahrheit sich ihm offenbart hätte. Mit einem Erschauern, das in ihrem Blut die Erinnerung an jede Liebkosung auslöschte, sah sie ihn zu sich kommen und seinen Kopf in ihren Schoß legen, erschöpft von der furchtbaren Erschütterung der Welt, die er in sich trug, von dem Stoß, der irgendeine verborgene Metamorphose begleitete. Sie litt und war freudig bewegt, nicht wissend, ob er Qualen duldete oder Freude empfand. Mitleid, Furcht und Ehrfurcht bewegten sie, da sie diesen wollüstigen Körper so tief unter der Genesis des Gedankens leiden sah. Sie schwieg. Sie wartete. Sie betete die unbekannten Gedanken in diesem auf ihren Schoß gebetteten Kopf an.

Aber noch besser begriff sie den großen Schmerz, als er ihr eines Tages nach der Lektüre von dem Verbannten sprach.

»Stellen Sie sich vor, Fosca, wenn Sie es können, ohne zu erschrecken, stellen Sie sich die Gewalt und die Glut dieser uferlosen Seele vor, wie sie sich den Elementarkräften vermählt, um seine Welten zu empfangen! Stellen Sie sich Alighieri vor, schon erfüllt von seiner Vision, auf den Straßen der Verbannung, ein unermüdlicher Waller, von seiner Leidenschaft und von seinem Elend von Land zu Land getrieben, von Zufluchtsstätte zu Zufluchtsstätte, über die Ebenen, über die Berge, längs der Flüsse, längs der Meere, Zu jeder Jahreszeit, von der Süße des Lenzes erstickt, durchschüttelt von der Härte des Winters, immer die verschlingenden Augen wachsam und gespannt geöffnet, mit banger Begierde der inneren Qual folgend, in der sich das Titanenwerk vorbereitete. Stellen Sie sich die Fülle dieser Seele vor in dem Kontrast der gemeinen Bedürfnisse und der flammenden Visionen, die ihm plötzlich an der Biegung eines Weges entgegentraten, über einem Wasserwehr, in einer Felsenhöhle, am Abhang eines Hügels, im Waldesdickicht, in einem von hellem Lerchensang widertönenden Wiesengrunde. Durch die Sinnesnerven stürzte das vielfältige und vielgestaltige Leben mit Allgewalt auf seinen Geist ein, die Überfülle der abstrakten Ideen in lebendige Bilder umwandelnd. Wohin immer sein schmerzender Schritt sich lenkte, entsprangen unerwartete Quellen der Poesie unter seinem Fuße. Die Stimmen, die Erscheinungen, die Wesenheiten der Elemente mischten sich in die geheime Arbeit und erhöhten den Wohlklang, die Umrisse, die Farben, die Bewegungen, die zahllosen Mysterien. Feuer, Luft, Wasser und Erde waren Mitarbeiter an dem heiligen Gedicht, sie durchdrangen die Quintessenz der Lehre, erwärmten sie, milderten sie, bewässerten sie, deckten sie mit Blättern und Blüten... Öffnen Sie dieses christliche Buch und stellen Sie sich vor, daß beim Aufschlagen die Statue eines Griechengottes Ihnen gegenüberstände. Sehen Sie nicht aus dem einen wie dem andern die Wolke hervorbrechen oder das Licht, Blitze oder Himmelsstürme?«

Sie begann jetzt zu fühlen, wie ihr eigenes Leben in das Werk überströmte, das alles aufsaugte, wie Tropfen um Tropfen ihre eigene Seele in die Gestalt des Dramas eindrang, und ihr Ausdruck, ihre Stellungen, ihre Gesten, ihre Stimme dazu beitrugen, die Heldin zu gestalten, »jenseits des Lebens lebend«. Sie war gleichsam eine Beute für diese gierigen Augen, die sich zuweilen mit unerträglicher Gewalt auf sie hefteten. So lernte sie eine neue Art kennen, von einem andern besessen zu werden. Es schien ihr, als löste sie sich in dem Feuer dieses Geistes in ihre Urelemente auf und als bildete sie sich dann zu neuer Vollkommenheit um, in dem Bedürfnis eines über das Schicksal siegenden Heroismus. Da ihre geheime Aufgabe im Einklang stand mit der Vollkommenheit des idealen Wesens, so wollte sie dem Bilde, dem sie gleichen sollte, entsprechen. Die Kunst unterstützte das Erscheinen des neuen, von ihr vorbereiteten Gefühls.

Jedoch litt sie unter diesem Trugbild, das seinen Schatten über die Wirklichkeit des Verzichtes und des Schmerzes warf. Die Gleichheit des erdichteten und ihres wahren Wesens erzeugte ein seltsames, zwiespältiges Empfinden. Zuweilen schien es ihr, als bereitete ihre verborgene Arbeit das Gelingen eines Theaterspieles vor, statt den Sieg ihres Gewissens über den dunkeln Instinkt. Zuweilen glaubte sie ihr echtes Menschentum zu verlieren und sich wieder in dem Zustand künstlicher Erregung zu befinden, in den sie sich zu bringen pflegte, wenn sie den Charakter der tragischen Person studierte, die sie verkörpern sollte. So lernte sie eine neue Qual kennen. So verschloß sie sich dem Blick des Forschenden, als wollte sie ihn hindern, in sie einzudringen, sie dieses geheimen Lebens zu berauben. Sie fürchtete den Seher. ›Er wird in meiner Seele die stummen Worte lesen, die er seinem Geschöpf in den Mund legen wird, und ich werde sie nur auf der Bühne aussprechen können unter der Maske!‹ Sie fühlte, wie ihr freier Wille gelähmt wurde. Wirre Ratlosigkeit und Niedergeschlagenheit bemächtigten sich ihrer, aus der zuweilen ein gebieterisches Bedürfnis aufstieg, den Zauber zu brechen, sich umzuwandeln, sich von dem Bilde, das ihr gleichen sollte, loszulösen, diese Linien der Schönheit, die sie gefangen hielten und sie zu einem entscheidenden Opfer zwangen, zu durchbrechen.

›War nicht auch in der Tragödie eine liebedürstende und freudebegehrende Jungfrau, in der ein hoher Geist die lebengewordene Gestalt seines flüchtigsten Traumes erkannte, die erflehte Siegesgöttin, die sein Leben bekränzen sollte? Und war nicht auch ein liebendes, nicht mehr junges Weib dort, das mit dem Fuße schon im Schattenreiche stand und nur einen kurzen Schritt zu machen brauchte, um zu verschwinden?‹ Mehr als einmal war sie versucht, durch eine rasche Tat diese Resignation Lügen zu strafen.

Und nun schauderte sie vor der Möglichkeit, in das Entsetzen zurückzufallen, wieder von der grauenvollen Raserei ergriffen, von der reißenden Wölfin hinterlistig gepackt zu werden, die nicht in ihr erstorben war, sondern die immer noch lebte und im Dunkeln wühlte, nur den Augenblick erwartend, um loszustürzen. Einer Büßenden gleich, vervielfältigte sie ihre eifernde Inbrunst, verschärfte sie ihre Selbstzucht und ihre Wachsamkeit gegen die Gefahr. In einer Art von Rausch wiederholte sie diesen Grad äußerster Hingabe, die aus dem Grunde ihrer Seelenpein hervorgegangen war angesichts des reinigenden Feuers: »Dir muß alles gehören. Ich werde zufrieden sein, wenn ich dich leben, genießen sehe. Und mache mit mir, was du willst!«

Und er liebte sie nun, um der unerwarteten Visionen willen, die sie in ihm erzeugte, wegen des geheimnisvollen Sinnes der inneren Vorgänge, die sie ihm durch ihr wechselvolles Mienenspiel offenbarte. Er staunte darüber, daß die Züge eines Gesichts, die Bewegungen eines Menschenleibes den Geist so stark beeinflussen und befruchten konnten. Er schauderte und erbleichte eines Tages, als er sie in das Zimmer treten sah mit ihrem stillen Schritt, auf dem Gesicht einen seltsam ruhigen Schmerz, sicher und gefaßt, als käme sie von der Weisheit Tiefen her, von dort, wo alles, was Menschen bewegt, ein Spiel der Winde scheint in dem Staub eines endlosen Weges.

»Ah, ich habe dich geschaffen, ich habe dich geschaffen!« – rief er ihr zu, getäuscht durch die Intensität der Halluzination. Er glaubte seine Heldin selbst auf der Schwelle des entlegenen Zimmers erscheinen zu sehen, das angefüllt war mit den den Gräbern der Atriden entrissenen Schätzen. – »Bleib einen Augenblick stehen! Zucke nicht mit der Wimper! Halte die Augen unbeweglich wie zwei Steine! Du bist blind. Und du siehst alles, was die andern nicht sehen. Und niemand kann vor dir etwas verbergen. Und hier, in diesem Zimmer, hat der Mann, den du liebst, seine Liebe der andern offenbart, die noch angstvoll bebt. Und sie sind hier, und ihre Hände haben sich erst vor kurzem voneinander gelöst, und die Glut ihrer Leidenschaft durchzittert die Luft. Und das Zimmer ist angefüllt mit Grabschätzen; und auf zwei Tischen liegen die Reichtümer ausgebreitet, die die Leichen des Agamemnon und der Kassandra schmückten; und hier sind die mit Geschmeide bis zum Rande gefüllten Truhen und hier die Aschenurnen. Und von dem offenen Balkon sieht man die Ebene von Argos und die fernen Berge. Und die Sonne geht unter, und all das furchtbare Gold leuchtet im Schatten. Begreifst du? Du bist hier auf der Schwelle, von der Wärterin geführt. Du bist blind, und nichts ist dir verborgen. Bleib einen Augenblick stehen!«

Er sprach in dem plötzlichen Fieber der dichterischen Eingebung. Die Szene stand vor ihm und verschwand wieder, als versänke sie in einem Strom der Poesie.

»Was wirst du tun? Was wirst du sagen?«

Die Schauspielerin fühlte einen Kälteschauer bis zu den Wurzeln ihrer Haare heraufkriechen. Ihre Seele vibrierte gegen die Grenzen des Körperlichen, wie eine klingende Kraft. Sie wurde blind und sehend. Die Wolke der Tragödie stieg nieder und lagerte sich über ihr Haupt.

»Was wirst du sagen? Du wirst sie rufen. Du wirst sie beide bei Namen rufen, in dem Schweigen, in dem die großen königlichen Toten ruhen.«

Die Schauspielerin hörte in ihren Ohren das Brausen ihrer Adern. Ihre Stimme sollte in dem Schweigen der Jahrtausende, in der Ferne der Zeiten widerklingen, sie sollte den alten Schmerz der Menschen und der Helden wiedererwecken.

»Du nimmst sie bei der Hand; und du fühlst beider Leben mit ganzer Macht zueinander streben, und du fühlst, wie sie die Blicke durch deinen regungslosen Schmerz hindurch aufeinander heften, wie durch eine zerbrechliche Kristallscheibe.«

In ihren Augen lag die Blindheit der unsterblichen Statuen. Sie sah sich selbst in dem großen Schweigen gemeißelt; und sie fühlte den Schauer der stummen Menge, die von dieser höchsten Macht der Pose bis in die innersten Tiefen des Herzens erschüttert war.

»Und dann? Und dann?«

Der Wecker näherte sich ihr mit solchem Ungestüm, als wollte er sie schlagen, um ihr Funken zu entlocken.

»Du mußt Kassandra aus ihrem Schlaf heraufbeschwören, in deinen Händen mußt du ihre Asche zu neuem Leben erstehen fühlen, du mußt sie in deiner Hellsichtigkeit vor dir sehen. Willst du? Begreife nur! Deine lebendige Seele muß die antike Seele berühren, sie muß mit ihr verschmelzen zu einer einzigen Seele und einem einzigen Unglück, so daß der Irrtum der Zeit zerstört erscheint, und jene Einheit des Lebens sich offenbart, nach der meine Kunst mit Gewalt strebt. Kassandra ist in dir, und du bist in ihr. Hast du die Tochter des Priamus nicht geliebt, liebst nicht auch du sie? Wer könnte dich je vergessen, wenn er dich einmal hörte, wer könnte je den Ton deiner Stimme vergessen und die Zuckungen deiner Lippen beim ersten Schrei der prophetischen Raserei: ›O Erde! O Apoll!‹ Ich sehe dich wieder auf deinem Karren, stumm und taub, einer Wölfin gleichend, wie oft in jüngster Zeit. Aber durch so viel Entsetzensschreie klang ein unendlich süßes und trauriges Sehnen. Die Alten verglichen dich der ›roten Nachtigall‹. Wie sprachen, wie lauteten doch deine Worte, als du dich deines schönen Flusses erinnertest? Und als die Alten dich nach der Liebe des Gottes fragten? Hast du sie nicht im Gedächtnis?«

Die Tragödin erbebte, als ob von neuem der Odem des Gottes sie durchdränge. Sie war eine feurige und dehnbare Materie geworden, die allen Beseelungen des Dichters untertan war.

»Hast du sie nicht im Gedächtnis?«

»O Paris, dessen Hochzeit unheilvoll den Teuren! O ihr heimischen Wasser des Skamander! Damals, an euren Ufern, waret ihr es, die meiner Jugend Nahrung gabt...«

»O du Göttliche, deine Melodie weckt kein Bedauern nach des Aschylos Worten! Ich entsinne mich. Die von der Wehklage ›in unharmonischen Tönen‹ gepreßte Seele der Menge weitete sich und war beglückt durch diesen melodischen Seufzer. Und jeder von uns hatte die Vision seiner fernen Jahre und seines unschuldigen Glückes. Du darfst sagen: ›Ich war Kassandra.‹ Wenn du von ihr sprichst, wirst du dich eines früheren Lebens erinnern... Ihre goldene Maske wird unter deinen Händen...«

Er ergriff ihre Hände, und ohne es zu wissen, tat er ihr weh. Sie fühlte nicht den Schmerz. Beide folgten gespannt den Funken, die ihren vereinten Kräften entsprangen. Eine gleiche elektrische Schwingung lief durch ihre wunderbaren Nerven.

»Du bist dort, neben der Hülle der gefangenen Fürstin; und du betastest die Maske... Was wirst du sagen?«

Es schien, als erwarteten sie in der Pause einen Blitz, um zu sehen. Die Augen der Künstlerin wurden wieder starr. Blindheit erfüllte sie. Ihr ganzes Gesicht wurde zu Marmor. Instinktiv gab der Beleber ihre Hände frei, die die Geberde machten, als betasteten sie das dem Grabe entrissene Gold.

Sie sagte mit einer Stimme, die die Gestalt greifbar schuf:

»Wie groß ihr Mund ist!«

Er erbebte in fast angstvoller Spannung.

»Du siehst sie also?«

Sie blieb mit den gespannten und blicklosen Augen unbeweglich.

»Auch ich sehe sie. Sie ist groß. Die furchtbare Qual der Sehergabe dehnte ihre Formen aus. Sie schrie, sie verwünschte, sie jammerte, ohne Unterlaß. Kannst du dir ihren Mund im Schweigen vorstellen?«

In derselben Stellung, fast in Verzückung, sagte sie langsam:

»Welch Wunder, wenn sie schweigt!«

Es schien, als wiederholte sie Worte, die ein geheimnisvoller Genius ihr zuraunte. Und dem Dichter schien es, daß er selbst sie spräche, während er sie hörte. Er erbebte in tiefem Schauer, wie vor einem Wunder.

»Und ihre Augen?« – fragte er zitternd. – »Von welcher Farbe, glaubst du, daß ihre Augen wären?«

Sie antwortete nicht. Die marmornen Züge ihres Gesichts veränderten sich, als glitte eine leichte Woge des Schmerzes darüber hin. Eine tiefe Falte grub sich zwischen die Augenbrauen ein.

»Schwarz vielleicht?« – fuhr er mit gedämpfter Stimme fort.

Sie sprach.

»Sie waren nicht schwarz, aber sie erschienen so, weil in der seherischen Glut die Pupillen sich weiteten, daß sie die Iris verschlangen...«

Sie hielt inne, als versage ihr plötzlich der Atem. Auf ihrer Stirne brach der Schweiß aus. Stelio blickte sie stumm und totenbleich an; und das laute Pochen seines bewegten Herzens füllte die Pause.

»In den Zwischenräumen« – fuhr mit qualvoller Langsamkeit die Verkünderin fort – »wenn sie sich den Schaum von den bleichen Lippen trocknete, waren ihre Augen süß und traurig wie zwei Veilchen.«

Wieder hielt sie inne, angsterfüllt, mit dem Ausdruck eines, der träumt und träumend leidet. Ihr Mund schien vertrocknet. Ihre Schläfen waren schweißbedeckt.

»So mußten sie sein, bevor sie sich für immer schlossen.« – – –

Nun riß ihn der lyrische Wirbelsturm völlig mit sich fort. Er atmete nur noch in dem flammenden Äther seiner Poesie. Die musikalische Empfindung, die Erzeugerin des Dramas, offenbarte sich in der Ausgestaltung des Präludiums, das er komponierte. Die Tragödie fand auf diesem klingenden Untergrund ihr vollkommenes Gleichgewicht zwischen den beiden Kräften, die sie beleben sollten, die Macht der Bühne und die Macht des Orchesters. Ein Motiv von seltener Gewalt bezeichnete in dem symphonischen Meer das Erscheinen des antiken Schicksals.

»Du wirst auf dem neuen Theater den *Agamemnon*, die *Antigone* und zum Schluß den *Sieg des Menschen* zur Aufführung bringen. Meine Tragödie ist ein Kampf: sie feiert die Wiedergeburt des Dramas mit der Vernichtung des ungeheuerlichen Willens, der die Geschlechter des Labdakos und des Atreus stürzte. Sie beginnt mit der Klage eines antiken Opfers und schließt mit dem Schrei des Lichts.«

Durch die Melodie neuerweckt, lebte für ihn die Moira wieder in sichtbarer Gestalt, wie sie den wilden Augen der Erynnien erscheinen mußte bei dem Grabe des gemordeten Königs.

»Entsinnst du dich« – sagte er zu der Schauspielerin, um ihr diese gewaltsame Erscheinung nahe zu bringen – »entsinnst du dich des abgeschlagenen Hauptes von Marcus Crassus in der Erzählung des Plutarch? Ich hatte mir eines Tages vorgenommen, ihr eine dramatische Episode zu entnehmen. Unter dem königlichen Zelt feiert der Armenier Artavasdes den König der Parther Hyrodes mit einem großen Gastmahl; und die Heerführer sitzen in der Runde und trinken. Und der Geist des Dionysos kam über die gegen die Macht des Rhythmus nicht unempfänglichen Barbaren; vor den noch nicht aufgehobenen Tafeln singt ein Trallianer, der tragische Schauspieler Jason die Begebenheiten der Agaue in den *Bacchantinnen* des Euripides, als Sillakus mit dem Kopf des Crassus in den Saal tritt, sich vor dem König niederwirft und dann den blutigen Kopf dort in die Mitte wirft. Darüber erheben die Parther ein lautes Freudengeschrei. Da übergibt Jason die Maske des Pentheus einem Chortänzer, ergreift den Kopf des Crassus und singt voller Begeisterung mit bacchischem Feuer diese Verse:

Da bringen wir vom Berge
Ein frischblutendes Rind ins Haus!
O der herrlichen Beute!

Und der Chor jubelt vor Freude. Und als Agaue sagt, daß sie den jungen Löwen ohne Netz gefangen, und der Chor fragt:

Wer gab den ersten Streich?

antwortet Agaue:

Mein, mein ist diese Ehre.

Da springt Pomaxäthres, der mit bei der Tafel war, auf, reißt dem rasenden Schauspieler den Kopf aus den Händen und ruft, daß ihm mehr zukomme, diese Worte zu sprechen, denn Jason, da er den Römer getötet habe. Fühlst du die wunderbare Schönheit dieser Szene? Das grimme Antlitz des Lebens leuchtet plötzlich neben der Maske aus Metall und Wachs auf. Der Geruch des Menschenblutes erregt die rhythmische Raserei des Chores; die gebietende Gewalt des Todes zerreißt die Schleier der tragischen Dichtung. Dieser unerhörte Ausgang von des Crassus Feldzug erfüllt mich mit Begeisterung. Nun wohl, dieses gewaltsame Erscheinen der antiken Parze in meiner modernen Tragödie gleicht dem unerwarteten Eintreffen des Sillakus bei dem Gastmahl des armenischen Herrschers. Auf der Loggia, von der aus man die cyklopischen Mauern und das Löwentor sieht, hält die Jungfrau, zu Beginn des Dramas, das Tragödienbuch in den Händen und liest die Klage der Antigone. Die Schicksalsgottheit ist eingeschlossen in dieses Buch, Herrscherin über alle Bilder des Schmerzes und des Verbrechens. Aber diese Bilder werden heraufbeschworen durch lebendige Worte, und neben dem weißen Peplon der thebanischen Märtyrerin schimmert rot der hinterlistig von Klytämnestra ausgebreitete Purpur, und die Helden der Orestie scheinen zu neuem Leben zu erwachen, während ein Mann ihre Gräber in Argolis erforscht. Sie scheinen sich wie dunkle Schatten im Hintergrund des Schauplatzes zu bewegen, sich vorzuneigen, um die Zwiegespräche zu belauschen, die Luft mit ihrem Atem zu vergiften. Plötzlich vernimmt man die Freudenschreie, die das große Ereignis ankünden. Hier ist er, der die Gräber aufgedeckt und die Gesichter der Atriden gesehen hat, hier ist er, geblendet von dem Wunder des Todes und des Goldes! Er ist hier und gleicht einem Fieberrasenden. Die Seelen zittern. Wird die Sage aus dem Boden auferstehen, um die Menschen noch einmal zu täuschen? Die Seelen erzittern in bangem Erwarten, plötzlich stürzt sich die Macht des Fluches und der Vernichtung auf sie, packt sie und schleift sie zu der erniedrigenden Schuld. Der verzweifelte Kampf beginnt. Die Tragödie trägt nicht mehr ihre unbewegliche Maske, sondern sie zeigt ihr nacktes Gesicht. Und das Buch, in dem die Jungfrau ahnungslos gelesen, kann nicht mehr ohne Schauder geöffnet werden, denn die Seelen fühlen, daß dieses ferne Entsetzen gegenwärtig und lebendig geworden ist und daß sie darin atmen und rasen wie in einer unabwendbaren Wirklichkeit. Die Vergangenheit ist gegenwärtig. Die Illusion der Zeit ist geschwunden. Das Leben ist einzig.«

Die Größe seiner Konzeption erschreckte ihn selbst. Zuweilen suchte er angstvoll in der Runde, forschte an den Horizonten, befragte die stummen Gegenstände, als erflehte er Beistand, als hoffte er auf eine Botschaft. Lange blieb er im Schweigen, auf dem Rücken liegend, mit geschlossenen Augen, wartend.

»Ich muß, du verstehst? ich muß vor den Augen der Menge diese ungeheuere Fülle mit einem Schlag erstehen lassen. Das ist es, worin die Schwierigkeit meines Präludiums besteht. Ich muß meine Welt aus dem Nichts aufrichten und gleichzeitig die vielfältige Seele in den für die ungewöhnliche Offenbarung empfänglichsten musikalischen Zustand versetzen. Das Orchester muß dieses Wunder vollbringen.

›Die Kunst ist, wie die Zauberei, ein metaphysisches Verfahren‹, sagt Daniele Glauro. Und er hat recht.« – – –

Zuweilen langte er im Hause seiner Freundin atemlos und erregt an, als verfolgten ihn die Erynnien. Sie fragte ihn nicht, aber ihre ganze Person wurde zu einem Besänftigungsmittel für die Unruhe.

»Ich habe Furcht gehabt« – sagte er ihr eines Tages lächelnd – »Furcht zu ersticken... Du hältst mich wohl für toll, nicht wahr? Entsinnst du dich jenes stürmischen Abends, als ich vom Lido heimkehrte? Wie süß du warst, Fosca! Kurz zuvor, auf der Rialtobrücke, hatte ich ein Motiv gefunden. Ich hatte die Sprache der Elemente in Noten übertragen... Weißt du, was ein Motiv ist? Eine kleine Quelle, die eine Schar von Flüssen gebären kann, ein kleines Samenkorn, das einen Kranz von Wäldern erzeugen kann, ein kleiner Funke, der endlose Ketten von Feuersbrünsten entzünden kann: um es kurz zu sagen, ein schöpferischer Keim von unbegrenzter Kraft. In der Welt der idealen Triebe gibt es kein Wesen, das mächtiger, kein Zeugungsorgan, das kraftvoller ist. Und für ein tätiges Gehirn gibt es keine höhere Freude als diejenige, die ihm die Entwickelungen einer solchen Kraft geben können... Freude, ja, aber zuweilen auch Schrecken, meine teuere Freundin!«

Er lachte sein jugendliches Lachen. Die Art, in der er von diesen Dingen sprach, war der Beweis von der außerordentlichen Gabe, die seinen Geist dem der primitiven Umbildner der Natur gleich machte. Zwischen der unwillkürlichen Mythenbildung und diesem instinktiven Bedürfnis, alles, was ihm sinnfällig beggnete, zu beseelen, war eine tiefe Analogie.

»Vor kurzem nahm ich mir vor, das Motiv dieses stürmischen Abends zu entwickeln, das ich den Schlauch des Äolus nennen will. Dies ist es.«

Er ging zum Flügel und schlug einige Tasten an, mit einer Hand nur.

»Nichts als dies! Aber du kannst dir nicht die schöpferische Kraft dieser wenigen Noten vorstellen. Ein Musikorkan hat sich aus ihnen entwickelt, und ich vermag ihn nicht zu meistern... Übermannt, erstickt, zur Flucht gezwungen!«

Wieder lachte er. Aber seine Seele flutete gleich einem Meere.

»Der Schlauch des Windgottes Äolus, den die Gefährten des Odysseus öffnen! Entsinnst du dich? Die gefangenen Winde brausen heraus und treiben das Schiff wieder zurück. Die Menschen erbeben in Schrecken.«

Aber seine Seele fand keine Ruhe, und nichts konnte ihn von seiner Pein befreien. Und er küßte seiner Freundin die Hände und entfernte sich von ihr; und ruhelos durchmaß er das Zimmer, blieb vor dem Klavier stehen, auf dem Donatella sich das Lied des Claudio zum Gesang begleitet hatte; erregt trat er ans Fenster und sah den entlaubten Garten, das schöne einsame Gewölk, die heiligen Türme. Seine Sehnsucht ging zu dem musikalischen Geschöpf, zu ihr, die die Hymnen auf dem Höhepunkt der tragischen Symphonien singen sollte.

Mit leiser und klarer Stimme sagte die Frau:

»Wenn Donatella hier mit uns wäre!«

Er wandte sich um, machte einige Schritte auf sie zu und blickte sie fest an, ohne zu sprechen. Sie lächelte ihr leises, fragendes Lächeln, als sie ihn so nah und doch so fern sah. Sie fühlte, daß er in diesem Augenblick niemanden liebte: nicht sie, nicht Donatella, sondern daß er sie beide nur als Werkzeuge der Kunst betrachtete, als anzuwendende Kräfte, »als zu spannende Bogen«. Er begeisterte sich an seinem Dichterwerk; und sie blieb dort mit ihrem armen gebrochenen Herzen, mit ihrer geheimen Todesqual, mit ihrem stummen Flehen nur darauf bedacht, ihr Opfer vorzubereiten, über die Liebe und das Leben hinwegzuschreiten wie die Heldin des Zukunftsdramas.

›Ach, was vermöchte dich mir zu nähern, dich an mein treues Herz zu werfen, dich erbeben zu machen in neuem Verlangen?‹ dachte sie, als sie ihn fremd und traumverloren sah. ›Ein großer Schmerz vielleicht: ein plötzlicher Schicksalsschlag, eine grausame Enttäuschung, ein unabänderliches Leid.‹

Sie mußte wieder an den von ihm gepriesenen Vers der Gaspara Stampa denken:

Inbrünstig leben und das Leid nicht fühlen!

Und sie sah wieder die Blässe, die sein Gesicht überzog, als sie auf dem schmalen Weg zwischen den beiden Mauern stehen geblieben war und von ihren vornehmsten Adelstiteln im Kampf ums Dasein gesprochen hatte.

›Könntest du eines Tages in Wahrheit den Wert einer Ergebenheit wie die meine, einer Unterwürfigkeit, wie ich sie dir darbiete, empfinden! Wenn du wirklich eines Tages meiner bedürfen solltest und, entmutigt, durch mich den Glauben wiedererlangtest und, ermattet, durch mich die Kraft wiederfändest!‹

Sie kam dahin, den Schmerz anzurufen zur Unterstützung ihrer Hoffnung; und während sie in ihrem Innern sagte »wenn eines Tages...«, erfüllte sie der Gedanke an die Zeit, der Gedanke an die Zeit, die entflieht, an die Flamme, die sich verzehrt, an den Leib, der verblüht, an unendliche Dinge, die verderben und umkommen. Jeden Tag würde sie ihr nun ein Zeichen ins Gesicht graben, ihre Lippen entfärben, ihre Haare lichten, jeden Tag von nun ab würde sie im Dienste des Alters tätig sein und das Werk der Zerstörung an dem armseligen Fleische beschleunigen.

»Und dann?«

Und wieder erkannte sie, daß immer das Verlangen, das unbesiegbare Verlangen der Schmied aller Illusionen und aller Hoffnungen war, die ihr zu helfen schienen, das zu vollbringen, »was über die Liebe ging«. Sie erkannte, daß jede Bemühung, es mit der Wurzel auszureißen, fruchtlos sein würde. Und in einem Augenblick sah sie den künstlichen Bau zusammenbrechen, zu dem der Wille ihre Seele gezwungen hatte. Mit heimlicher Scham empfand sie, wie jämmerlich sie in diesem Punkt der Schauspielerin gliche, die von der Bühne kommt und ihre Maske ablegt. Als sie die Worte sprach, die das Schweigen unterbrochen hatten, und im Tone der Aufrichtigkeit ein erheucheltes Bedauern ausdrückte, war es da nicht gewesen, als spielte sie eine Rolle? Aber sie hatte gelitten, sie hatte mit ihrem Herzen gerungen, sie hatte ihrem erbittertsten Blut eine solche Süße entnehmen können. »Und nun?«

Sie erkannte, daß der marternde Zwang dieser Tage nicht vermocht hatte, in ihr auch nur eine Andeutung des neuen Gefühls zu erzeugen, in das die Liebe sich erhöhen sollte. Sie glich jenen Gärtnern, die mit der Schere den eigensinnigen Pflanzen eine künstliche Form geben; aber diese bewahren dennoch den Stamm frisch und kräftig und alle ihre Wurzeln unversehrt, um mit einem schnellen und wilden Wachstum die Zeichnung zu überwuchern, es sei denn, das Eisen arbeitete unablässig in den Zweigen. Ihre Anstrengung war also ebenso schmerzlich wie unnütz; denn die Wirkung war nur eine äußerliche, der Grund blieb unverändert, ja das Übel nahm, da es zurückgehalten wurde, an Intensität zu. Ihre geheime Aufgabe beschränkte sich also auf eine beständige Verstellung! Lohnte es der Mühe, deswegen zu leben?

Sie konnte und wollte nicht weiter leben, es sei denn, sie fände ihren Lebenseinklang schließlich wieder. Aber in diesen Tagen hatte sie erfahren müssen, daß der Widerspruch zwischen ihrer Güte und ihrem begehrenden Verlangen sich noch verschärft hatte, daß ihre Unruhe und ihre Traurigkeit nur zugenommen hatten oder sich vollkommen auflösten in dem Ungestüm der schöpferischen Seele, die sie an sich zog, um sie umzugießen wie eine plastische Masse. Und so weit war sie entfernt von der gesuchten Harmonie, daß sie an einem Punkte gefühlt hatte, wie ihr freier Wille sie im Stich ließ, ihre Aufrichtigkeit sich trübte und wie eine dumpfe, gärende Empörung ihr Herz schwellte, und der Geist des gefürchteten Wahnsinnes wieder über sie kam. Dort auf den Kissen des Diwans im Schatten, war das nicht dieselbe Frau, die an einem Oktoberabend, als in ihren Adern das Gift brannte, zu ihrem Freund gesagt hatte, »Muß ich sterben?« War es nicht dieselbe Frau, die dort wie ein gehetztes Wild auf ihn zugesprungen war, als wollte sie ihn verschlingen?

Und wenn sie unter der unlauteren Brunst des Liebenden grausam gelitten hatte, waren die Qualen jetzt nicht noch wilder, da sie fühlte, daß die Glut sich gelegt hatte, daß an ihre Stelle bei dem Freunde eine gewisse Zurückhaltung und zuweilen fast eine Abneigung selbst gegen die zartesten Liebkosungen getreten war? Sie schämte sich, daß sie Kummer darüber empfand, als sie ihn nur von dem Gedanken beherrscht sah und alle seine Willenskräfte nur auf die geistige Anstrengung konzentriert. Aber an gewissen Abenden bemächtigte sich ihrer ein dumpfer Groll, wenn er sich verabschiedete; und unbegründeter Argwohn marterte in den Nächten ihre schlaflose Seele.

Sie gab dem nächtlichen Übel nach. Mit klopfendem Herzen und fiebernden Pulsen unter dem schützenden Dunkel des Gondeldaches streifte sie durch die Kanäle. Sie zögerte, bevor sie dem Ruderer den Namen eines entfernten Ufers angab. Sie wollte umkehren. Sie schluchzte herzbrechend über ihr Unglück; sie fühlte die Seelenqual ihre Kräfte übersteigen. Sie neigte sich hinunter zu dem todbringenden Zauber des Wassers; sie hielt Zwiesprache mit dem Tode. Dann überließ sie sich ihrem Elend. Sie spähte nach dem Hause des Freundes. Lange Stunden verbrachte sie in angstvoller und vergeblicher Erwartung. Es waren dies ihre herbsten Qualen an dem trostlosen Rio della Panada, der bei einer Brücke endigt, unter deren Bogen die Toteninsel von San Michele in der offenen Lagune sichtbar wird. Der alte gotische Palast an der Ecke von San Canciano glich einer schwebenden Ruine, die plötzlich auf sie stürzen und sie begraben müßte. Die schwarzen Pfähle faulten längs der morschen Mauern und strömten, von der Ebbe bloßgelegt, einen Verwesungsgeruch aus. Und einmal hörte sie beim Morgengrauen in dem Garten der Clarissen die Vöglein erwachen.

»Fortgehen!« Die Notwendigkeit zu handeln drängte sich ihr mit plötzlicher und zwingender Gewalt auf. An einem denkwürdigen Tage hatte sie schon einmal zu ihrem Freund gesagt: »Jetzt, scheint mir, bleibt mir nur ein einziges zu tun übrig: fortzugehen, zu verschwinden, dich deinem Schicksal überlassen Das vermag ich zu tun, was über die Liebe hinausgeht!« Und jetzt war ihr keine Frist mehr gegeben. Sie mußte dieser Unentschlossenheit ein Ende machen, sie mußte endlich heraustreten aus diesem verhängnisvollen Stillstand der Ereignisse, in dem sie seit so unendlich langer Zeit zwischen dem Leben und dem Tode schwankte, als wäre sie dort unten in jenes trübe und stumme Wasser gefallen, neben der Toteninsel, und kämpfte dort in Todesangst um ihr Leben, fühlend, daß der weiche Boden unter ihren Füßen nachgab, jeden Augenblick erwartend, verschlungen zu werden, und immer die gleichmäßige Ausdehnung der großen Stille vor Augen, und niemals ertrinkend.

In Wirklichkeit war nichts vorgefallen, fiel nichts vor. Seit jenem Morgengrauen im Oktober hatte sich an dem äußeren Leben nichts verändert. Kein Wort war gefallen, das ein Ende festsetzte, auf eine Unterbrechung hindeutete. Fast schien es, als sollte das süße Versprechen der Reise nach den Euganeischen Hügeln eingelöst werden, jetzt, da sich die Zeit der Pfirsichblüte nahte! Und dennoch fühlte sie in diesem Augenblick die absolute Unmöglichkeit, so weiter zu leben, wie sie lebte neben dem Geliebten. Das Gefühl war so bestimmt und so unwiderlegbar, wie das eines Menschen, der sich in einem brennenden Hause befindet, oder der im Gebirge am steilen Felsabhang nicht weiter kann, oder der in der Wüste aus seinem Schlauch den letzten Tropfen getrunken hat. Es war in ihr etwas Vollbrachtes, wie im Baum, der alle seine Früchte getragen hat, wie im Feld, das abgeerntet wurde, wie im Strom, der das Meer erreicht hat. Ihre innere Notwendigkeit war die Notwendigkeit der Naturereignisse, wie Ebbe und Flut, wie die Jahreszeiten, wie der Wechsel der Gestirne. Sie nahm sie hin, ohne sie zu prüfen.

Und ihr Mut war neubelebt, ihre Seele neugestärkt, ihre Tatkraft erwachte, ihre entschlossenen Eigenschaften als Leiterin kehrten ihr wieder. In kurzer Zeit hatte sie ihre Reiseroute bestimmt ihre Truppe versammelt, den Tag der Abreise festgesetzt. »Du wirst dort unter den Barbaren, jenseits des Ozeans, arbeiten« – sagte sie in hartem Tone zu sich selbst. – »Wieder wirst du umherziehen von Stadt zu Stadt, von Gasthaus zu Gasthaus, von Theater zu Theater; und jeden Abend wirst du die Menge zum Beifallsbrüllen bringen, die dich bezahlt. Du wirst viel Geld verdienen. Du wirst heimkehren, beladen mit Gold und Weisheit, wenn es dir nicht vielleicht beschieden ist, an einem nebeligen Tage auf einer Schienenkreuzung von den Rädern zermalmt zu werden...«

»Wer weiß!« – fügte sie hinzu. – »Von wem kam dir der Befehl, fortzugehen? Von einem Wesen, das in dir ist, im allertiefsten Grunde deines Innern, und das sieht, was du nicht siehst, wie die Blinde in der Tragödie. Wer weiß, ob dort drüben auf einem jener großen, friedlichen Ströme deine Seele ihren Einklang nicht wiederfindet, und deins Lippen nicht wieder jenes Lächeln lernen, das sie so viele Male vergebens versuchten! Vielleicht wirst du zur gleichen Stunde in deinem Spiegel ein weißes Haar und jenes Lächeln entdecken. Geh hin in Frieden!«

Sie bereitete sich vor zum Büßerweg.

Von Zeit zu Zeit wehte es durch die Februarluft wie ein Hauch von Vorfrühling.

»Fühlst du den Frühling?« fragte Stelio die Freundin, und seine Nasenflügel weiteten sich.

Sie lehnte sich ein wenig zurück, das Herz von Sehnsucht geschwellt, das Gesicht dem Himmel zugewandt, der ganz mit leichtem Dunst wie mit flockigen Federn bedeckt war. Das heisere Heulen einer Sirene klang langgezogen über das bleiche Wasser der Lagune und wurde nach und nach sanft wie ein Flötenton. Der Frau kam es vor, als ob irgend etwas aus ihrem innersten Herzen sich loslöse und mit diesem Ton in die Ferne zerstiebe; wie ein Schmerz, der sich nach und nach in Erinnerung wandelt.

Sie erwiederte:

»Er ist an den Tre Porti angelangt.«

Sie fuhren wieder einmal planlos über die Lagunen, über das Wasser, das ihren Träumen so vertraut war, wie das Gewebe dem Weber.

»Du sagst, an den Tre Porti?« – rief der junge Mann lebhaft, als ob ein Erinnern in ihm erwache. – »Gerade dort, in der Nähe der flachen Küste, fangen die Schiffer den Wind ein, wenn der Mond untergeht, und bringen ihn gefesselt zu Dardi Seguso... Ich will dir eines Tages die Geschichte von der Riesenorgel erzählen.«

Sie lächelte über die geheimnisvolle Art, mit der er der Handlung der Schiffer Erwähnung getan.

»Welche Geschichte?« – fragte sie, der Versuchung nachgebend. – »Und was hat Seguso damit zu tun? Sprichst du von dem Meister der Glasbläserei?«

»Ja; aber er war ein alter Meister, der griechisch und lateinisch konnte, und Musik und Architektur, der in der Akademie der Pellegrini zugelassen war und seine Gärten in Murano hatte, der häufig an Vedellios Tafel in dessen Haus in der Gegend der Biri speiste, der Freund von

Bernardo Cappello, von Jacopo Zane und anderer in Petrarkas Geist lebender Patrizier... Gerade in Caterino Zenos Haus sah er die berühmte Orgel, die für Matthias Corvinus, König von Ungarn, gebaut worden war; und seine große Idee kam ihm im Laufe einer Unterhaltung mit jenem Agostino Amadi, dem es gelungen war, für seine Instrumentensammlung eine echte griechische Lyra, eine große siebensaitige lesbische Leier, reich mit Elfenbein und Gold eingelegt, aufzutreiben... Ach, kannst du sie dir vorstellen, diese Reliquie aus der Schule von Mytilene, nach Venedig übergeführt von einem Ruderschiff, das in seinem Kielwasser den Leichnam der Sappho wie ein Bündel trockenen Grases hinter sich her schleift, bis Malamocco? Aber das ist eine andere Geschichte.«

Wieder schien die rast- und ruhelose Frau ihre Jugend wieder zu finden, um zu lächeln wie ein erstauntes Kind, dem man ein Bilderbuch zeigt. Wie viele wunderbare Geschichten, wie viele köstliche Phantasien hatte der Erfindungsreiche nicht für sie gefunden auf dem Wasser, im langsamen Fluß der Stunden! Wie viele Zaubermärchen hatte er nicht für sie erdichtet nach dem Rhythmus des Ruders, mit seinem Worte, das alles leibhaftig zu schaffen verstand! Wie oft hatte sie nicht an seiner Seite, in dem leichten Schiffchen, jene Art von hellsichtigem Halbschlaf ausgekostet, in dem alle Schmerzen ausgeschaltet scheinen, und einzig die Visionen der Poesie Leben gewinnen!

»Erzähle sie« – bat sie und wollte hinzufügen: – »es wird die letzte sein.« Aber sie hielt an sich, denn sie hatte vor dem Freunde ihren festen Entschluß geheim gehalten.

Er lachte.

»Ach, du bist auf Geschichten aus wie Sofia.«

Sie fühlte bei diesem Namen, wie beim Namen des Frühlings, ihr Herz sich zusammenziehen; die Grausamkeit ihres Geschickes glitt über ihre Seele, und ihr ganzes Sein drängte nach den verlorenen Gütern.

»Sieh« – sagte er und zeigte auf die schwelgende Wasserebene, die sich dann und wann bei dem leisen Windhauch ein wenig kräuselte. – »Drängen diese endlosen Linien des Schweigens nicht danach, Musik zu werden?«

In dem bleichen Abenddämmerlichte schwammen die Inseln in der Lagune leicht und unkörperlich, wie am Himmel die zarten Wölkchen. Die langen, dünnen Streifen des Lido und des Festlandes sahen schattenhaft aus wie jene schwärzlichen Bruchstücke, die strichweise auf den besänftigten Wogen treiben. Torcello, Burano, Mazzorbo, San Francesco del Deserto wirkten von weitem nicht wie feste Erde, sondern wie untergegangenes Land, dessen Gipfel über den Wasserspiegel hinausragt wie die Maste gestrandeter Schiffe. In dieser weiten Einsamkeit waren Zeugnisse für Menschentätigkeit nur undeutlich zu erkennen; wie Schriften auf uralten Denksteinen, die die Zeit verwischt hat.

»Als nun also der Meister der Glasblasekunst im Hause des Zeno die berühmte Orgel des Matthias Corvinus preisen hörte, rief er: › *Corpo di Baco!* Ihr sollt sehen, was ich mit meinem, Blasrohr für eine Orgel machen kann; ich will, daß meine Orgel die Göttin unter den Orgeln sei! *Dant sonitum glaucae, per stagna loquacia cannae* ... Das Wasser der Lagunen soll den Ton wiedergeben, und Pfähle und Steine und Fische sollen mitsingen! *Multisonum silentium*... Ihr sollt sehen, *Corpo di Diana!*‹ Alle Anwesenden lachten, außer Giulia da Ponte, denn die hatte schlechte Zähne. Und Sansovino hielt einen Vortrag über Wasserorgeln. Aber der Prahlhans lud, ehe er Abschied nahm, die ganze Gesellschaft ein, seine neue Musik am Himmelfahrtstage anzuhören, und versprach, der Doge werde inmitten der Lagune auf seinem Bucentaur anhalten, um zu lauschen. An diesem Abend ging in Venedig das Gerücht, Dardi Seguso habe den Verstand verloren; und der Rat, der für seine Glasbläser eine große Zärtlichkeit empfand, schickte einen Boten nach Murano, um Erkundigungen einzuziehen. Der Bote fand den Künstler mit seiner Buhle Perdilanza del Mido, die ihn unruhig und erschreckt liebkoste, denn es kam ihr vor, als ob er irre rede. Nachdem der Meister ihn flammenden Auges betrachtet hatte, brach er in ein gewaltiges Gelächter aus, das für seinen Geisteszustand beruhigender war als irgendein Wort; und ruhig befahl er, dem Rat zu berichten, daß am Himmelfahrtstage Venedig, nebst San Marco, dem Canalazzo und dem Dogenpalaste ihr blaues Wunder erleben würden. Und tags darauf machte er eine Eingabe, um eine von den fünf Inselchen zu erhalten, die um Murano herum wie Satelliten um einen Planeten gelagert waren und die heute entweder verschwunden oder in Morast verwandelt sind. Nachdem er das Wasser genau untersucht hatte, wählte er unter Temódia, Trencóre, Galbaia, Mortesina und Fólega Temódia, wie man eine Braut wählt. Und Perdilanza del Mido fing an, sich zu grämen... Sieh, Fosca! Vielleicht gleiten wir gerade jetzt über die Reste von Temódia. Die Pfeifen der Orgel sind im Schlamm begraben, aber sie werden nicht vermodern. Siebentausend waren es. Wir gleiten über die Trümmer eines Waldes von tönendem Glas. Wie die Schlingpflanzen hier zart sind!«

Er beugte sich über das herrliche Wasser und sie ebenfalls über die andere Lehne. Die Bänder, Federn, Sammetstoffe und anderen eleganten Zutaten, aus denen mit auserwähltem und feinem Geschmack der Hut der Foscarina zusammengestellt war; ihre Augen und der blaue Schatten, der sie umränderte; das Lächeln selbst, durch das sie ihrem anmutsvollen Welken einen Zauber zu verleihen verstand; der Narzissenstrauß, der vorn am Schiff an Stelle der Laterne angebracht war; die seltsam fremden Vorstellungen des Dichters; die phantastischen Namen der verschwundenen Inseln; das Blau des Himmels, das zwischen dem schneeigen Dunst bald auftauchte, bald verschwand; das schwache Gezwitscher von einem Schwarm unsichtbarer Vögel, das dann und wann bis zu ihnen drang: all diese zarten, anmutenden Dinge verschwanden neben dem Spiel jener flüchtigen Erscheinungen, neben den Farben dieser der Salzflut entstiegenen Gräser, die in der Wechselfolge der Fluten lebten und sich wanden und schlangen wie unter einer gegenseitigen Liebkosung. Zwei Wunder schienen zusammenzuwirken, um ihnen Farbe zu verleihen. Grün wie das Korn, das aus der Furche geboren wird, und rot wie das Laub, das auf der jungen Eiche stirbt, und grün und rot in den zahllosen Nuancen der pflanzen, die keimen und sterben, erweckten sie das Bild einer zwiefachen Jahreszeit, die der Lagune in ihrem Bette zu eigen wäre. Das Tageslicht, das durch ihre Durchsichtigkeit hindurchleuchtete, erschien nicht schwächer, sondern geheimnisvoller, so daß ihre zärtliche Geschmeidigkeit daran gemahnte, daß sie der Anziehungskraft des Mondes unterworfen seien.

»Und warum also grämte sich Perdilanza?« – fragte die Frau, in ihrer Stellung, über das Wasser gebeugt, verharrend.

»Weil sowohl im Munde, wie im Herzen des Geliebten ihr Name ausgelöscht war neben dem Namen Temódia, den er mit leidenschaftlicher Inbrunst aussprach, und weil die Insel der einzige Ort war, dessen Zugang ihr versagt wurde. Dort hatte er seine neue Werkstatt aufgeschlagen, und dort blieb er einen großen Teil des Tages und fast die ganze Nacht zusammen mit seinen Gehilfen, die er vor dem Altar mit heiligem Eide zur Geheimhaltung verpflichtet hatte. Der Rat, der angeordnet hatte, daß der Meister mit allem versehen würde, dessen er zu seiner schrecklichen Arbeit bedürfe, verurteilte ihn zugleich zur Enthauptung für den Fall, daß das Werk dem stolzen Versprechen nicht gleichkäme. Von Stund' an trug Dardi einen scharlachroten Faden um seinen nackten Hals.«

Träumerisch erhob sich die Foscarina, um sich wieder bequem zurechtzusetzen. Zwischen den Erscheinungen des Meeresgrundes und jenen der Geschichte verirrte sie sich wie in dem Labyrinth; und sie begann dieselbe qualvolle Angst zu empfinden und in ihrem Geiste Wirklichkeit und Traum zu verwechseln. Mit jenen seltsamen Gestalten schien er von sich selbst zu sprechen, wie damals, als er beim letzten Abendläuten im September ihr den Mythus vom Granatapfel erzählt hatte; und der Name der erdichteten Frau fing genau mit denselben beiden ersten Silben an, wie der Name, den er ihr damals gegeben! – Wollte er unter dem Schleier dieser Erzählung ihr irgend etwas andeuten? Was mochte es sein? Und warum gefiel er sich in der Nähe des Ortes, wo sie von dem fürchterlichen Lachkrampf befallen worden, in dieser Phantasie, die von der Erinnerung an das zerbrochene Kelchglas inspiriert schien? – Der Zauber war gebrochen, die selige Vergessenheit gelöst. Indem sie zu verstehen suchte, ward ihr selbst dieser Traum ein Gegenstand neuer Qual. Sie schien sich nicht zu erinnern, daß ihr Freund von der bevorstehenden Trennung ja nichts wußte. Sie sah ihn an und fand in seinem Gesicht jenen intellektuellen Glücksausdruck, der wie etwas Ehernes, Stahlhartes darin zu leuchten pflegte. Instinktiv sagte sie innerlich zu ihm: ›Ich gehe fort; tu' mir nicht wehe!‹

»Zorzi, was ist das weiße, was dort unter der Mauer schwimmt?« fragte er den hinten sitzenden Ruderer.

Sie fuhren längs der Küste von Murano. Man erblickte die Mauern der Gärten, die Wipfel der Lorbeerbäume. Der schwarze Rauch der Schmelzöfen schwebte gleich Trauergewändern in der silbernen Luft.

Die Schauspielerin überkam mit einem plötzlichen Schauder die Vision des fernen Hafens, in dem das riesige, stoßende Schiff ihrer wartete; sie sah vor sich die ewige Wolke über der abstoßenden Stadt mit den Tausenden und Tausenden von Schornsteinen, mit den Bergen von Kohlen, den Wäldern von Schiffsmasten, den ungeheuren Kriegsschiffen; sie hörte deutlich den Lärm der Hämmer, das Kreischen der Winden, das Keuchen der Maschinen, das endlose Stöhnen des Eisens in dem rotglühenden Qualm.

»Das ist ein toter Hund« – sagte der Ruderer.

Eine aufgedunsene gelbliche Tierleiche trieb auf dem Wasser, dicht bei der roten Ziegelmauer, in deren Fugen Gräser und Blumen, Kinder der Zerstörung und des Windes, lustig wucherten.

»Schnell fort!« – schrie Stelio, von Ekel durchschüttelt.

Die Frau schloß die Augen. Das Schiffchen schoß wie ein Pfeil unter der Anstrengung der Ruderer dahin und flog über das milchweiße Wasser. Der Himmel wurde ganz klar. Ein gleichmäßiger Glanz lag über der Lagune. Stimmen von Schiffern drangen her von einem mit Gemüsen beladenen Boot. Von San Giacomo di Palude horte man das Zwitschern der Sperlinge. Eine Sirene heulte kläglich aus der Ferne.

»Der Mann also mit dem scharlachroten Faden...« – fragte die Foscarina, begierig, die Fortsetzung zu hören; denn sie wollte verstehen.

»Fühlte öfter als einmal den Kopf auf seinem Halse wackeln« – fuhr Stelio lachend fort. – »Er sollte Röhren blasen, so dick wie Baumstämme, und zwar mit der Kraft des lebendigen Mundes, nicht mit Zuhilfenahme eines Blasebalgs, und ohne Unterbrechung in einem einzigen Atem. Stell' dir vor! Die Lungen eines Zyklopen hätten dazu nicht genügt. Ach, eines Tages will ich die Siedehitze dieses Lebens erzählen, das, zwischen das Beil des Henkers und die Notwendigkeit des Wunders gestellt, im Zwiegespräch mit den Elementen dahinfloß! Feuer, Wasser und Erde hatte er; es fehlte ihm die Luft, die Bewegung der Luft. Inzwischen schickte ihm der Rat der Zehn jeden Morgen einen roten Mann, um ihm guten Tag zu wünschen; verstehst du? jenen roten Mann mit der Kapuze über den Augen, der in der Anbetung der Weisen aus dem Morgenlande des zweiten Bonifazio die Säule umklammert. Nach endlosen Versuchen hatte Dardi einen guten Gedanken. An diesem Tage unterhielt er sich unter den Lorbeerbäumen mit Priscianese über die Wohnstätte des Äolus und seiner zwölf Söhne und über die Landung des Laertiaden auf der westlichen Insel. Er durchlas wieder Homer, Vergil und Ovid in der schönen Ausgabe des Aldus. Dann suchte er einen slavonischen Schwarzkünstler auf, der im Geruch stand, die Winde zugunsten langer Seefahrten zu verzaubern. »Ich brauche einen Wind, weder zu stark noch zu schwach, den ich gefügig lenken kann, wie ich will, einen Wind, mit dem ich gewisse Dinge, die mir im Kopfe herumgehen, ausführen kann... *Lenius aspirans aura secunda venit* ... Verstanden, Alter?«

Der Erzähler brach in helles Lachen aus, denn er sah die Szene vor sich, mit allen Einzelheiten, in einem Hause der Straße de la Testa in San Zanepolo, wo der Slavone zusammen mit seiner Tochter Cornelia Sciavonetta, einer angesehenen Courtisane, wohnte. (»Preis, soviel ich weiß, zwei Skudi.«)

›Was das nur bedeuten soll?‹ – dachten die beiden Ruderer, die ihren Dialekt, vermischt mit fremden Lauten, von Stelio sprechen hörten (denn er hatte den Glasbläser venezianisch redend eingeführt).

Die Foscarina versuchte, seine Fröhlichkeit zu teilen; aber sie litt unter dem jugendlichen Lachen, wie früher schon in den Windungen des Labyrinths.

»Die Geschichte ist lang« – fuhr er fort.» »Ich werde eines Tages etwas daraus machen. Aber ich spare sie mir für müßige Zeiten auf... Nun höre! Der Slavone vollführt den Zauber. Dardi schickt allnächtlich die Schiffer nach den Tre Porti, um den Winden einen Hinterhalt zu legen.

Und endlich eines Nachts, kurz vor Tagesanbruch, während der Mond unterging, überraschten sie ihn schlafend auf einer Sandbank, inmitten eines Schwarmes müder Schwalben, die er geführt hatte... Er liegt auf dem Rücken und atmet leicht wie ein Kind in der aromatischen Salzluft, fast zugedeckt von den zahllosen Schwalbenschwänzchen: der leichte Seegang wiegt seinen Schlaf: die weißschwarzen Reisenden schlagen mit den Flügeln, ermüdet vom langen Fluge...«

»Wie süß!« – rief die Frau angesichts dieses köstlichen Bildes. – »Wo hast du das gesehen?«

»Hier beginnt die Grazie meiner Erzählung. Sie nehmen ihn und binden ihn mit Weidenruten, tragen ihn an Bord und segeln nach Temódia. Die Barke ist von Schwalben besetzt, die ihren Führer nicht verlassen...«

Stelio hielt inne, denn die Einzelheiten der Geschichte drängten sich seiner Phantasie in solcher Fülle auf, daß er nicht mehr wußte, welche er wählen sollte. Aber er lauschte gespannt einem Gesang in den Lüften, der von der Seite von San Francesco del Deserto kam. Der ein wenig schiefe Glockenturm von Burano tauchte auf und hinter dieser Insel die Glockentürme von Torcello in einsamer Pracht.

»Und dann?«« mahnte seine Gefährtin.

»Weiter kann ich nichts sagen, Fosca. Ich weiß zu vielerlei... Stell' dir vor, daß Dardi sich in seinen Gefangenen verliebt!... Er heißt Ornitio, weil er der Führer der Zugvögel ist. Ein unaufhörliches Zwitschern von Schwalben ist rund um Temódia zu hören; die Nester hängen an den Stangen und Winden der Gerüste, die das Werk umgeben; ab und zu versengt sich ein Flügel an den Flammen des Schmelzofens, wenn Ornitio in das Eisen bläst, um aus der weißglühenden Glasmasse eine leuchtende, leichte Säule zu schaffen. Aber zuvor, welche endlosen Mühen, um ihn zu zähmen und anzulernen! Der Meister des Feuers beginnt lateinisch mit ihm zu sprechen und ihm etliche Verse des Vergil zu rezitieren, in der Meinung, verstanden zu werden. Aber Ornitio mit dem blauen Haupthaar spricht griechisch, natürlich mit etwas zischenden Lauten... Er weiß zwei Oden der Sappho, die den Humanisten unbekannt geblieben und die er an einem Frühlingstage von Mytilene nach Chios trug, auswendig; und während er die ungleichen Röhren bläst, erinnert er sich der Flöte des Pan... Eines Tages, ja eines Tages will ich dir alle diese Dinge sagen.«

»Und von was nährte er sich?«

»Von Blütenstaub und von Salz.«

»Und wer schaffte es ihm?«

»Niemand. Es genügte ihm, den Blütenstaub und das Salz, das in der Luft enthalten war, einzuatmen.«

»Und machte er keinen Fluchtversuch?«

»Fortwährend. Aber Dardi hatte endlose Vorsichtsmaßregeln getroffen, wie ein Verliebter, der er war.«

»Und liebte Ornitio ihn wieder?«

»Ja, er begann ihn wieder zu lieben, vornehmlich, weil ihm der scharlachrote Faden so wohl gefiel, den der Meister stets um seinen nackten Hals trug.«

»Und Perdilanza?«

»Schmachtete dahin in Schmerz und Verlassenheit. Ich will es dir eines Tages sagen... Eines Sommers will ich an den Strand von Pellestrina gehen und dort, in den goldenen Sand, diese schöne Geschichte für dich schreiben.«

»Aber wie endet sie?«

»Das Wunder erfüllt sich. Die Orgel der Orgeln erhebt sich in Temódia mit ihren siebentausend gläsernen Pfeifen, ähnlich einem jener vereisten Wälder, die Ornitio, der dazu neigte, seine Reisen aufzubauschen, im Lande der Hyperboreer gesehen haben wollte. Nun kommt der Himmelfahrtstag. Zwischen dem Patriarchen und dem Erzbischof von Spalatro naht der Serenissimo auf dem Bucentaur, von der San Marco-Lagune her. Ornitio meint, daß der Kronide im Triumph zurückkehrt, so groß ist das Gepränge. Rings um Temódia öffnen sich die Schleusen; und, getragen vom ewigen Schweigen der Lagune, verbreitet das gigantische Instrument unter den magischen Fingern des neuen Musensohnes eine so unermeßliche Woge von Harmonien, daß sie bis zum Festlande dringt und sich über das adriatische Meer ergießt. Der Bucentaur bleibt stehen, denn seine vierzig Ruder senken sich längs seiner Seiten wie Flügel, die erlahmen, von der fassungslosen Mannschaft den Seefischen überlassen. Aber plötzlich bricht die Woge sich, sie verwandelt sich in wenige mißklingende Töne, sie wird schwächer, sie erlischt. Dardi fühlt plötzlich, wie das Instrument unter seinen Händen dahinstirbt, als ob seine Seele verlösche, als ob tief in seinem Innern eine fremde Kraft das wundervolle Triebwerk zerstöre. Was ist geschehen? Er hört nur noch das Hohngebrüll, das über die verstummten Pfeifen dahinbraust, das Donnern der Geschütze, das wilde Rufen des Pöbels. Eine kleine Barke löst sich vom Bucentaur los, die den roten Mann mit dem Henkerblock und dem Beil trägt. Der Streich richtet sich nach dem scharlachroten Faden und trifft sicher. Der Kopf fällt; er wird ins Wasser geschleudert, wo er, wie jener des Orpheus, an der Oberfläche treibt...«

»Was war geschehen?«

»Perdilanza hat sich in die Schleusen geworfen! Das Wasser hat sie hineingezogen in die Tiefen der Orgel. Ihr Körper mit seiner ganzen berühmten Haarpracht ist in das große und empfindliche Triebwerk geraten und hat in dem tönenden Innern als ein Hemmnis gewirkt...«

»Aber Ornitio?«

»Ornitio bemächtigt sich des auf dem Wasser schwimmenden, blutigen Kopfes und entflieht meerwärts. Die Schwalben merken seine Flucht und folgen ihm. In wenigen Augenblicken bildet sich eine schwarzweiße Wolke von Schwalben hinter dem Flüchtling. In Venedig und auf den Inseln bleiben die Nester leer infolge dieses Vorzeitigen Aufbruchs. Der Sommer ist ohne Vogelflug, er September ohne den Abschied, der ihn traurig und heiter zugleich zu machen pflegte...«

»Und Dardis Kopf?«

»Wo der ist, weiß niemand!« – schloß lachend der Erzähler.

Und er lauschte von neuem dem Gesang in den Lüften, in dem er einen Rhythmus zu unterscheiden begann.

»Hörst du?« – sagte er.

Und er gab den Schiffern ein Zeichen, anzuhalten. Die Ruder blieben in den Gabeln stehen. So allbeherrschend war das Schweigen, daß man, wie von weitem den Gesang, auch von nahem das Tropfen von den Ruderschaufeln deutlich hörte.

»Das sind die Wiesenlerchen« – belehrte unterwürfig Zorzi: – »auch diese Ärmsten singen zum Lobe von San Francesco.«

»Weiter!«

Die Gondel flog über die milchweiße Fläche.

»Wollen wir bis nach San Francesco fahren, Fosca?«

Nachdenklich, mit gesenktem Haupte, saß die Frau da.

»Es liegt vielleicht ein verborgener Sinn in deiner Geschichte« – sagte sie nach einer Pause. – »Vielleicht habe ich ihn verstanden

»Mein Gott, ja; es ist vielleicht eine gewisse Ähnlichkeit zwischen meinem Wagemut und dem des Muranesers. Ich glaube, ich sollte ebenfalls zur Warnung einen scharlachroten Faden um den Hals tragen.«

»Du wirst dein schönes Schicksal leben. Für dich fürchte ich nicht.«

Er hörte auf zu lachen.

»Ja, meine Freundin, Ich muß siegen. Und du sollst mir helfen. Jeden Morgen erhalte auch ich einen drohenden Besuch: die gespannte Erwartung derer, die mich lieben, und derer, die mich hassen, meiner Freunde und meiner Feinde. Der Erwartung gebührt das Kleid des Henkers, denn Erbarmungsloseres ist nicht auf Erden.«

»Aber sie ist ein Maßstab deiner Kraft.«

Er fühlte den Schnabel des Geiers in seiner Leber wühlen. Instinktiv sprang er auf, von blinder Ungeduld ergriffen, die ihn selbst die langsame Fortbewegung des Schiffes als ein Leiden empfinden ließ. Warum säumte er? In jeder Stunde, in jedem Augenblick mußte er arbeiten, sich festigen, anwachsen, kämpfen gegen Zerstörung, Verringerung, gegen Gewalt und

Ansteckung. In jeder Stunde, in jedem Augenblick mußte er die Augen fest aufs Ziel gerichtet halten, mit all seinen Kräften dahin streben, ohne Stillstand, ohne Straucheln. So schien die Begierde nach Ruhm stets einen kriegerischen Instinkt, elne Kampfeswut und eine feindselige Gewaltsamkeit in ihm zu entfesseln.

»Kennst du das Wort des großen Heraklit: ›Der Name des Bogens ist *Bios*, und sein Werk ist der Tod?‹ Das ist ein Wort, das diejenigen aufreizt, denen sein volles Verständnis noch nicht aufgegangen ist. Ich vernahm es fortwährend in meinem Innern, als ich in jener Herbstnacht, beim Epiphaniasfeste des Feuers, an deinem Tische saß. Ich hatte da eine Stunde wahrhaft dionysischen Lebens, eine Stunde kurzen, aber rasenden Rausches, als ob ich in mir jenen Feuerberg trüge, auf dem die entfesselten Mänaden heulen. Es kam mir wahrhaftig vor, als hörte ich hin und wieder Lärmen und Singen und das Geschrei eines fernen Gemetzels. Und ich staunte, daß ich regungslos blieb, und das Gefühl meiner körperlichen Regungslosigkeit erhöhte meine innere Raserei. Und ich sah nichts mehr als dein Gesicht, das mit einem Male wunderbar schön geworden war, und in deinem Gesicht die Kraft all der dir innewohnenden Seelen, und dahinter auch ferne Länder und Völker. Ach, wenn ich dir beschreiben könnte, wie ich dich sah! In dem inneren Aufruhr, während wunderbare, von Musik begleitete Bilder an mir vorüberzogen, sprach ich zu dir wie im Schlachtgetümmel und stieß Lockrufe aus, die du vielleicht vernommen hast, nicht nur der Liebe, sondern auch des Ruhmes wegen, nicht nur eines Durstes, sondern zwiefachen Durstes wegen und wußte selbst nicht, welcher der glühendere wäre. Und so wie dein Gesicht mir erschien, so erschien mir damals auch das Angesicht meines Werkes. Ich erschaute es! Verstehst du? Mein Werk wuchs in Wort, Gesang, Bewegung und Musik mit unglaublicher Schnelligkeit zu einem Ganzen und lebte ein so intensives Leben, daß, wenn es mir gelänge, auch nur einen Teil davon den Formen, die ich prägen will, einzustoßen, ich wahrhaftig imstande sein müßte, die Welt von mir zu entflammen.«

Er sprach mit verhaltener Stimme; und die erstickte Glut seiner Worte fand einen seltsamen Widerhall in diesem friedlichen Wasser, in diesem weißen Glanz, über dem der gleichmäßige Rhythmus der beiden Ruder ertönte.

»Zum Ausdruck bringen! Das ist das Notwendige. Die erhabenste Vision hat keinen Wert, wenn sie nicht, in lebendige Formen verdichtet, offenbar wird. Und mir bleibt alles zu schaffen. Ich gieße meinen Stoff nicht in ererbte Formen. Mein Werk ist von Grund aus neu. Ich muß und ich will einzig meinem Instinkt und dem Genius meiner Rasse gehorchen. Und doch: wie Dardi im Hause des Caterino Zeno jene berühmte Orgel sah, so sehe ich vor meinem Geiste ein anderes Werk, ein gigantisches, das ein gewaltiger Schöpfer hier, inmitten der Menschen, vollendet hat.«

Wieder erstand das Bild des barbarischen Schöpfers vor ihm: die blauen Augen glänzten unter der geräumigen Stirn, die Lippen voll Sinnlichkeit, Stolz und Verachtung waren fest geschlossen über dem kräftigen Kinn. Dann sah er wieder die weißen Haare, die der rauhe Wind auf dem greisen Nacken, unter der breiten Krempe des Filzhutes, hin und her bewegte, und das beinahe leichenfarbene Ohr mit dem geschwollenen Läppchen. Und er sah wieder den regungslosen Körper auf den Knien der Frau mit dem schneebleichen Gesicht und das leise Zittern, das einen der herabhängenden Füße erschütterte. Er dachte zurück an jenen unauslöschlichen Schauer von Schreck und von Freude, als er plötzlich unter seinen Händen das geheiligte Herz von neuem hatte pochen fühlen.

»Ach, nicht vor meinem Geist, sollte ich sagen; sondern ich fühle mich ganz durchdrungen von ihm. Zuweilen ist's wie ein Ozean im Sturm, der mich in seinem Wirbel fortzureißen und zu verschlingen droht. Mein Temódia ist ein Granitfelsen im hohen Meer, und ich bin wie ein Künstler, der dort mitten in den stürmenden Fluten einen reinen dorischen Tempel erbaut, dessen Säulenordnungen er gegen den Ansturm verteidigen muß, den Geist unaufhörlich intensiv gespannt, um in diesem donnernden Tosen niemals den intimen Rhythmus zu verlieren, der allein die Abstände seiner Linien und Räume bestimmen kann. Auch in diesem Sinne ist meine Tragödie ein Kampf.«

Er sah den Patrizierpalast vor sich, wie er ihm in dem ersten Morgenrot jenes Oktobermorgens erschienen war, mit den Adlern, den Rennern, den Amphoren und Rosen, stumm und verschlossen wie ein hohes Grabgewölbe, während über dem Dache der Himmel aufflammte im Hauche der Morgenröte.

»Als ich an jenem Morgen« – fuhr er fort – »nach der Nacht des Entzückens, durch den Kanal fahrend, eine Gartenmauer streifte, pflückte ich in den Fugen der Ziegelsteine ein paar violette Blumen und ließ die Gondel vor dem Palazzo Vendramin halten, um sie vor die Tür zu werfen. Die Gabe war allzu gering, und ich dachte an Lorbeeren, Myrten und Zypressen. Aber in diesem spontanen Tun drückte sich unwillkürlich meine Dankbarkeit aus gegenüber demjenigen, der meinem Geiste die Notwendigkeit auferlegen sollte, in seinem gewaltigen Freiheits- und Schaffensdrang heroisch vorzugehen.«

Mit einem plötzlich aufsteigenden Lachen wandte er sich an den hinten sitzenden Ruderer.

»Erinnerst du dich an die Wettfahrt, Zorzi, die wir eines Morgens anstellten, um die Schifferbarke zu erreichen?«

»Ob ich mich erinnere! Das war 'ne Fahrt! Mir tun heut noch die Arme weh davon! Und der gesunde Hunger, den Ihr damals hattet, Herr! Jedesmal, wenn ich den Schiffpatron sehe, fragt er mich nach dem Fremden, der mit dem Korb voll Feigen und Trauben an Bord kam... Er sagt, daß er den Tag nie vergessen würde, denn da hat er den schönsten Fischzug seines Lebens getan. Er hat eine solche Unmasse herausgezogen, wie er's noch nie erlebt hat...«

Der Schiffer unterbrach sich erst in seinem Redefluß, als er bemerkte, daß der Herr nicht mehr hinhörte, und daß es angezeigt wäre, zu schweigen und sogar den Atem anzuhalten.

»Hörst du den Gesang?« fragte Stelio die Freundin, sanft eine ihrer Hände ergreifend, denn es tat ihm leid, daß er diese Erinnerung, die ihr Schmerz verursachte, neu belebt hatte.

Aufblickend fragte sie:

»Wo ist er? Im Himmel? Auf Erden?«

Eine unendliche Melodie ergoß sich über den weißen Frieden.

Sie sagte:

»Wie er emporsteigt!«

Sie fühlte die Hand ihres Freundes zucken.

»Als Alexander in das lichterfüllte Gemach kommt, in dem die Jungfrau Antigones Klage gelesen« – sagte er, mit Bewußtsein einen Teil der dunklen Arbeit ergreifend, die sich in seinem Unbewußten fortwährend vollzog – »erzählt er, er sei durch die Ebene von Argos geritten und habe den Inacus, den Fluß mit den verbrannten Kieselsteinen, überschritten. Das ganze Land ist bedeckt mit kleinen wilden Blumen, die dahinsterben; und Lerchengesang erfüllt den ganzen Himmel... Tausende von Lerchen, eine zahllose Menge... Er erzählt, daß eine davon plötzlich seinem Pferde vor die Füße gefallen ist, schwer wie ein Stein, und dort liegen geblieben ist, stumm, getötet von ihrem Rausche, von dem Übermaß ihres jubelnden Gesanges. Er hat sie aufgenommen. ›Hier ist sie.‹ Du streckst nur die Hand nach ihm aus, nimmst sie und murmelst ›o, sie ist noch warm...‹ Während du sprichst, zittert die Jungfrau. Du fühlst ihr Zittern...«

Die Tragödin spürte wieder bis in die Haarwurzeln die Eiseskälte, als ob von neuem die Seele der Blinden sie durchdränge.

»Am Ende des Vorspiels drückt der Sturm der chromatischen Tonfolgen diese himmelstürmende Freude aus, diese sehnsüchtige Fröhlichkeit... Horch! Horch!... O des Wunders! Heut morgen, Fosca, heut morgen habe ich gearbeitet... Und jetzt, jetzt steigt meine eigene Melodie zum Himmel... Sind wir nicht gottbegnadet?«

Ein Geist des Lebens ging durch die Einsamkeit, ein heftiges Sehnen lag im Schweigen. Es schien, als ob durch die bewegungslosen Linien, durch den weiten Horizont und über die unermeßliche Wasserebene, über das hingestreckte Land gleich einem Erwachen oder gleich der Verkündung einer Heimkehr der drängende Wunsch ginge, emporzusteigen. Die Seele der Frau gab sich ihm völlig hin, wie das Blatt einem Wirbelwind, und wurde auf den Gipfel der Liebe und des Glaubens getragen. Fieberhaft ungeduldige Tatkraft aber, der Drang, zu handeln, und das Bedürfnis, die Erfüllung zu beschleunigen, stürmten auf den jungen Mann ein. Seine Arbeitsfähigkeit schien sich zu vervielfältigen. Er erwog die Fülle seiner kommenden Stunden. Er hatte vor sich den greifbaren Anblick seines Werkes, die Anzahl der Seiten, den

Band der Partitur, alle notwendigen Zutaten, den Reichtum des Materials, das geeignet war, den Rhythmus aufzunehmen. Ebenso sah er den quirinischen Hügel, das entstehende Gebäude, die Gleichmäßigkeit der behauenen Steine, die Maurer, die aufmerksam am Werk waren, den gewissenhaften und tüchtigen Architekten, die wuchtige Masse des Vatikan gegenüber dem Theater des Apoll, unten die heilige Stadt. Lächelnd stellte er sich das Bild des kleinen Mannes vor Augen, der mit päpstlicher Freigebigkeit das Unternehmen unterstützte; er grüßte ehrerbietig das blutlose, langnasige Gesicht des römischen Fürsten, der, nicht unwürdig seines Namens, mit dem Golde, das in Jahrhunderten durch Raub und ungerechte Begünstigungen aufgehäuft worden, einen harmonischen Tempel errichtete für die Wiedergeburt der Künste, die das starke Leben seiner Vorfahren mit Schönheit durchleuchtet hatten.

»Wenn die Gnade mich nicht verläßt, Fosca, werde ich binnen einer Woche mein Vorspiel vollendet haben. Ich mochte es sofort im Orchester probieren. Dazu gehe ich vielleicht nach Rom. Antimo della Bella ist noch ungeduldiger als ich. Fast jeden Morgen bekomme ich einen Brief von ihm. Ich glaube, daß meine Anwesenheit in Rom für einige Tage notwendig sein wird, auch um irgendwelchen Irrtümern beim Bau des Theaters vorzubeugen. Antimo schreibt mir, daß man darüber verhandelt, ob es opportun sei, die alte Steintreppe zu beseitigen, die vom Garten der Corsini zum Gianicolo emporführt! Ich weiß nicht ob dir die Örtlichkeit gegenwärtig ist. Die Straße, die zum Theater führen soll, windet sich, unter dem Arco Settimanio vorüberführend, längs der Seite des Palazzo Corsini, geht durch den Garten und mündet am Fuße des Hügels. Der Hügel – schwebt er dir vor? – ist ganz grün, mit kleinen Wiesen, mit Schilf, Platanen, Zypressen, Lorbeeren und Steineichen bedeckt; er sieht aus wie ein heiliger Hain, von hohen italischen Pinien gekrönt. Auf dem Abhang steht ein wahrer Wald von Steineichen, von unterirdischen Wasserläufen berieselt. Der ganze Hügel ist reich an fließendem Wasser. Links erhebt sich die Fontana Paolina in die Luft. Weiter unten düstert der Bosco Parrasio, der alte Sitz der Arkadier. Eine steinerne Treppe, die durch eine ganze Reihe großer, übersprudelnder Brunnenbecken in zwei Flügel geteilt ist, führt auf einen terrassenförmigen Absatz, in den zwei wahrhaft apollinische Lorbeeralleen münden, die würdig sind, die Menschen der Poesie entgegenzuführen. Wer könnte sich einen vornehmeren Eingang ausdenken? Die Jahrhunderte haben ihn geheimnisvoll überschattet. Der Stein der Stufen, der Balustraden, der Brunnenbecken und der Statuen wetteifert an strengem Ernst mit der Rinde der ehrwürdigen Platanen, die das Alter ausgehöhlt hat. Man hört nichts als Vogelgesang, das Plätschern der Wasserstrahlen und das Rauschen des Laubes. Ach, und ich glaube, daß die Dichter und die Einfältigen hier das Weben der Waldnymphen und den Atem des großen Pan vernehmen können...«

Unermüdlich stieg der luftige Chor empor, stieg empor ohne Aufhören, ohne Pause, den Raum mit sich erfüllend, gleich der unermeßlichen Wüste, gleich dem unendlichen Licht. Die leidenschaftliche Melodie schuf über den schlafenden Lagunen die Vorstellung eines einmütigen Sehnens, das aufstieg von den Wassern, von der Erde, von den Gräsern, von den Dünsten, von der ganzen Natur, um dem hohen Fluge zu folgen. Alle Dinge, die sonst leblos dalagen, hatten jetzt lebendigen Atem, eine fühlende Seele, den Wunsch, sich mitzuteilen.

»Horch! Horch!«

Und die Bilder des Lebens, die der Erwecker heraufbeschworen, und die antiken Namen der unsterblichen Kräfte, die im Weltall kreisen, und die Sehnsucht der Menschen, den engen Kreis ihrer täglichen Mühen zu durchbrechen, um im Sonnenglanze der Idee Frieden zu finden, und alle Gelübde und alle Hoffnungen und alles glühende Streben und alle Anstrengungen wurden einzig durch die Kraft dieser Melodie befreit von dem Schatten des Todes, an diesem Ort des Vergessens und des Gebets, angesichts dieser bescheidenen Insel, auf der der Angelobte der Armut seine Spuren hinterlassen hatte.

»Scheint es nicht wie die verzückte Fröhlichkeit eines Sturmangriffes?«

Vergeblich riefen die düsteren Ufer, die zerbröckelnden Steine, die vermorschten Wurzeln, all die Spuren zerstörter Pracht, die Düfte der Verwesung, die trauernden Zypressen, die schwarzen Kreuze, vergebens riefen sie dasselbe Wort in die Erinnerung, das schon längs des Flusses die Statuen mit ihren steinernen Lippen gepredigt hatten. Stärker als alle diese Zeichen berührte einzig dieser Jubel- und Siegesgesang das Herz dessen, der in Freude schaffen sollte. »Vorwärts! Vorwärts! Höher, immer höher hinauf!«

Und Perditas Herz, rein von jeder Niedrigkeit, zu jeder Prüfung bereit, folgte dem hohen Fluge des Hymnus und gelobte sich von neuem dem Leben. Wie in jener fernen Stunde nächtlichen Rausches wiederholte die Frau: »Dienen, dienen!«

Das Fahrzeug glitt in einen zwischen grüne Ufer eingeschlossenen Kanal, die dem Auge so nahe rückten, daß man deutlich die zahllosen Schilfgräser unterscheiden und das frische Grün von zartester Farbe entdecken konnte.

»Sei gelobt, mein Herr Gott, für unsere Mutter Erde, die tausendfache Früchte und farbige Blumen und Gräser hervorbringt und erhält.«

Aus der Überfülle ihres Gemütes ermaß die Frau die Liebe des der Armut Geweihten für alle Kreatur. So groß war ihr Überfluß, daß sie überall nach Lebendigem suchte, um es anzubeten; und ihr Blick wurde wieder kindlich, und alle Dinge spiegelten sich darin wie in dem friedlichen Wasser, und manche davon schienen aus ihrer fernsten Vergangenheit aufzutauchen, damit sie sie wiedererkenne, und lagen wie unerwartete Erscheinungen vor ihr.

Als das Schiff sich dem Landungsplatz näherte, staunte sie, daß sie schon angekommen wären.

»Willst du aussteigen, oder willst du wieder umkehren?« – fragte Stelio, sich aufrüttelnd.

Sie zögerte anfangs, denn ihre Hand ruhte in der seinen, und sie bangte davor, sich loszulösen, wie vor einer Verminderung des süßen Glücksgefühles.

»Ja« – sagte sie lächelnd – »laß uns auch über dieses Gras ein wenig wandeln.«

Sie landeten auf der Insel San Francesco. Eine junge Zypresse grüßte sie schüchtern. Kein menschliches Gesicht war zu sehen. Die unsichtbare Myriade erfüllte die Einsamkeit mit ihrem Lobgesang. Der Dunst zerriß, ballte sich zu Wolken zusammen, die die Sonne verdüsterten.

»Über wieviel Gras sind wir schon zusammen gewandelt, nicht wahr, Stelio?«

Er sagte:

»Jetzt aber kommt der Aufstieg über harte Felsen.«

Sie sagte:

»Mag der Aufstieg kommen und sei er noch so hart.«

Er wunderte sich über die ungewohnte Freudigkeit, die in ihrem Ausdruck lag. Er sah sie an; in ihren schönen Augen sah er den Rausch.

»Warum« – sagte er – »fühlen wir uns so froh und so frei auf dieser verlorenen Insel?«

»Weißt du es?«

»Für die anderen ist das eine traurige Pilgerfahrt. Wer hierher kommt, kehrt mit dem Geschmack des Todes im Munde wieder zurück.«

Sie sagte:

»Wir sind im Stande der Gnade.«

Er sagte:

»Wer am meisten hofft, lebt am meisten.«

Und sie:

»Wer am meisten liebt, hofft am meisten.«

Der Rhythmus des Gesanges in den Lüften fuhr fort, ihre idealste Wesenheit zu sich hinaufzuziehen.

Er sprach: »Wie schön du bist!«

Eine plötzliche Röte übergoß das leidenschaftliche Gesicht. Zitternd blieb sie stehen mit halbgeschlossenen Augen.

Mit erstickter Stimme sagte sie:

»Es geht ein heißer Luftzug. Hast du nicht auf dem Wasser von Zeit zu Zeit einen schwülen Windstoß verspürt?«

Sie sog die Luft ein.

»Es ist wie ein Duft von gemähtem Heu, riechst du ihn nicht?«

»Es ist der Duft der weißen Algen, die sich zu erschließen beginnen.«
»Sieh die schonen Felder!«
»Das sind Le Vignóle. Und das ist der Lido. Und das dort die Insel Sant' Erasmo.«
Die Sonne leuchtete jetzt schleierlos über der Lagune. Die aus dem Wasser ragenden Inseln schienen in ihrem feuchten Glanze wie lebendige Blumen. Die Schatten der Zypressen wurden länger und dunkler.

»Ich bin ganz sicher« « sagte sie – »daß irgendwo hier ganz in der Nähe die Mandelbäume blühen. Komm auf den Damm.«

Sie warf mit einer ihr eigentümlichen instinktiven Bewegung den Kopf nach hinten, als wolle sie sich von einem Zwang befreien, ein Hindernis beseitigen.

»Warte!«

Und mit raschem Griff die beiden langen Nadeln, die den Hut festhielten, herausziehend, entblößte sie ihren Kopf. Sie lief zur Landungsstelle zurück und warf das glitzernde Ding in die Gondel. Dann kam sie wieder zum Freunde, leichtfüßig, das reiche Gelock, das von Luft und Licht frei durchspielt wurde, mit den Händen aufhebend. Sie schien erquickt und befreit, als ob ihr Atem sich geweitet hätte.

»Litten die Schwingen?« fragte lachend Stelio.

Und er sah auf die ungeordneten Haare, die nicht der Kamm, sondern der Wind geteilt hatte.

»Ja, auch das kleinste Gewicht belästigt mich. Wenn ich nicht fürchten müßte, sonderbar zu erscheinen, würde ich immer mit bloßem Kopf gehen. Aber wenn ich dann Bäume sehe, kann ich nicht länger widerstehen. Meine Haare erinnern sich, daß sie von Natur wildgewachsen sind, und sie wollen auf ihre Weise Luft schöpfen, in der Einsamkeit zum mindesten...«

Sie sprach lebhaft und frei, während sie mit leise wiegendem Gang über das Gras schritt. Und Stelio erinnerte sich jenes Tages, als sie ihm im Gradenigo-Garten wie ein schönes rotbraunes Windspiel vorgekommen war.

»Ach, hier ist ein Kapuziner!«

Der Pater Guardian kam ihnen entgegen und grüßte sie freundlich. Er erbot sich, den Besucher ins Kloster zu führen, machte aber darauf aufmerksam, daß die Klosterregel seiner Gefährtin den Eingang verwehre.

»Soll ich eintreten?« – fragte Stelio die lächelnde Freundin.

»Ja, gehe hinein.«

»Und du willst allein bleiben?«

»Ich bleibe allein.«

»Ich bringe dir einen Splitter der heiligen Pinie mit.«

Er folgte dem Franziskaner unter den kleinen Säulengang mit der Balkendecke, an der die leeren Schwalbennester hingen. Ehe er die Schwelle überschritt, wendete er sich noch einmal nach der Freundin um. Die Tür schloß sich.

O glückselige Einsamkeit!
O einzige Glückseligkeit!

Wie bei der Orgel der plötzliche Wechsel der Register die Töne gänzlich verändert, so schlugen jetzt plötzlich die Gedanken der Frau um. Das Grauen vor der Abwesenheit, dieses schrecklichste aller Übel, tauchte vor der Seele der Liebenden auf. Ihr Freund war nicht mehr da: nicht länger hörte sie seine Stimme, nicht mehr spürte sie seinen Atem, sie fühlte nicht mehr seine sanfte und feste Hand. Sie sah ihn nicht mehr leben, sie sah nicht mehr, wie die Luft und das Licht und der Schatten, das Leben der Welt in Harmonie mit seinem Leben zusammenfloß. »Wenn er nicht zurückkehrte! wenn diese Tür sich nicht wieder öffnete!« Das konnte nicht sein. In wenigen Minuten würde er ohne Zweifel die Schwelle wieder überschreiten, und ihre Augen würden ihn wiedersehen, ihr Blut ihn empfinden. Aber so, so sollte er binnen wenigen Tagen entschwinden; zuerst würden sich die Ebene, und dann das Gebirge, und dann wieder Ebenen und Gebirge und Flüsse, und dann die Meerenge, und dann der Ozean, der unendliche Raum, den keine Tränen und keine Klagen überbrücken, sie würden sich zwischen sie und diese

Stirn, die Augen, diese Lippen legen. Das Bild der brutalen, kohlengeschwärzten, von Rüstungen starrenden Stadt füllte die friedliche Insel aus; das Getöse der Hämmer, das Kreischen der Winden, das Keuchen der Maschinen, das endlose Stöhnen des Eisens übertönte die Frühlingsmelodie. Und jedem einzelnen dieser einfachen Dinge: dem Grase, dem Sande, dem Wasser, dem Seetang, der leichten Flaumfeder, die, vielleicht einem helltönenden Kehlchen entfallen, herniederschwebte, all diesem stellten sich die vom Menschenstrom überschwemmten Straßen entgegen, die Häuser mit den tausend mißgestalteten Augen, voll feindseliger, schlafscheuchender Fieber, und die von Brünstigen oder von Stumpfsinnigen vollgepfropften Theater, die für eine Stunde ihre auf den grausamen Kampf ums Geld gerichteten Willenskräfte flüchtig ausspannen wollen. Und sie sah ihr Bild und ihren Namen auf Mauern, die durch den Aussatz schmutziger Plakate befleckt waren, auf Anzeigen, die von heruntergekommenen Packträgern durch die Stadt getragen wurden, auf den Gerüsten von Neubauten, an den Wagenfenstern der öffentlichen Fuhrwerke, hoch oben und tief unten, allüberall.

»Sieh her! Nimm! Ein Mandelzweig! Der Mandelbaum im Klostergarten, im zweiten Hof, dicht bei der Grotte der heiligen Pinie, steht in Blüte. Und du hast es gewußt!«

Ihr Freund kam angelaufen, lustig wie ein Kind, vom lächelnden Kapuziner, der ein Thymiansträußchen trug, gefolgt.

»Sieh das Wunder! Nimm!«

Zitternd nahm sie den Zweig, und Tränen verschleierten ihren Blick.

»Du hast es gewußt!«

Er entdeckte zwischen ihren Wimpern einen feuchten Schimmer, etwas Silbriges, Zartes, eine glänzende und gleitende Feuchtigkeit, durch die das Weiße des Augapfels an ein Blumenblatt erinnerte. An dem ganzen liebenden Weibe liebte er in diesem Augenblicke mit hingebender Glut die zarten Linien, die sich von den Augen nach den Schläfen hinzogen, und die kleinen dunklen Adern, die die Augenlider veilchengleich erscheinen ließen, und das Oval der Wangen, und das abgezehrte Kinn, und all das, was nie wieder aufblühen konnte, alles, was Schatten war auf diesem leidenschaftdurchwühlten Gesicht.

»Ach, Pater« – sagte sie mit heiterem Gesicht, ihre Angst verbergend – »wird nicht Christi Armer im Paradiese weinen um diesen entwendeten Zweig?«

Der Pater lächelte mit seiner Nachsicht.

»Als dieser gute Herr« – erwiderte er – »den Baum erblickte, hat er mir keine Zeit gelassen, den Mund aufzutun. Er hatte den Zweig schon in der Hand, und mir blieb nichts übrig, als Amen zu sagen. Aber der Mandelbaum ist reich.«

Er war friedlich und freundlich, mit einem Kranz noch fast völlig schwarzer Haare um die Tonsur, mit feinem, olivfarbenem Gesicht und zwei großen, rötlichbraunen Augen, die klar wie Topase leuchteten.

»Hier ist duftender Thymian« – fügte er hinzu, sein Sträußchen überreichend.

Ein Chor jugendlicher Stimmen ließ sich hören, die ein Responsorium sangen.

»Es sind die Novizen. Wir haben ihrer fünfzehn.«

Und er begleitete die Besucher auf die Wiese, die sich hinter dem Kloster ausbreitete. Auf dem Damm stehend, zu Füßen einer durch den Blitz gespaltenen Zypresse, zeigte der wohlmeinende Franziskaner mit einer Bewegung die fruchtbaren Inseln, pries ihren Reichtum, zählte die Fruchtarten auf, lobte die nach den verschiedenen Jahreszeiten wohlschmeckendsten und deutete mit dem Finger auf die Barken, die mit jungen Gemüsen nach dem Rialto segelten.

»Sei gelobt, mein Herr Gott, für unsere Mutter Erde!« – sagte die Frau mit dem blühenden Zweig.

Der Franziskaner war empfänglich für die Schönheit dieser weiblichen Stimme. Er schwieg.

Hohe Zypressen umstanden die fromme Wiese; und vier davon, die altehrwürdigsten, trugen die Spuren des Blitzes, ohne Kronen und ohne Mark. Unbeweglich standen die Wipfel, die einzigen, ragenden Formen in der langgestreckten Fläche der Erde und des Wassers, die mit der Linie des Horizontes zusammenflossen. Nicht der leiseste Windhauch kräuselte den unendlichen Spiegel. Die Algen am Meeresgrund schimmerten herauf wie leuchtende Schätze; das Schilfrohr glänzte wie von Bernstein; der angespülte Sand schillerte wie Perlmutter; der Schlamm sah aus wie opalisierende, weiche Quallen. Ein tiefer Zauber lag beseligend wie ein Entrücktsein über der Einsamkeit. Die Melodie der beschwingten Kreaturen ertönte zwar noch aus unsichtbaren Höhen, schien sich aber endlich in dem heiligen Schweigen beruhigen zu wollen.

»Zu dieser Stunde« – sprach der, der den klösterlichen Mandelbaum beraubt hatte – »hat auf den Umbrischen Hügeln jeder Olivenbaum zu seinen Füßen, wie eine dort niedergelegte Beute, sein Bündel geschnittener Zweige und scheint darum um so süßer; denn das Bündel birgt die beste Kraft der gewundenen Wurzeln. Und der heilige Franziskus fliegt mitten durch die Luft und besänftigt mit seinem Finger den Schmerz in den Wunden, die das scharfe Messer geschnitten.«

Der Kapuziner bekreuzte sich und nahm Abschied.

»Gelobt sei Jesus Christus!«

Die Gäste sahen ihn sich über die kleine Wiese entfernen, auf die die Zypressen lange Schatten warfen.

»Er hat den Frieden« – sagte die Frau. – »Meinst du nicht, Stelio? Ein großer Frieden lag auf seinem Gesicht und in seiner Stimme. Beobachte auch seinen Schritt.«

Ein Streifen Sonne und ein Streifen Schatten glitten abwechselnd über seine Tonsur und seine Kutte.

»Er hat mir einen Splitter der Pinie geschenkt« – sagte Stelio. – »Ich will ihn Sofia schicken, die den heiligen Franziskus verehrt. Hier ist er. Er hat keinen Harzgeruch mehr.«

Sie küßte die Reliquie für Sofia. Die Lippen der guten Schwester würden an derselben Stelle ruhen, wo die ihren geruht hatten.

»Schicke ihn ihr.«

Sie gingen eine Weile schweigend, gesenkten Hauptes, in den Spuren des zum Frieden eingekehrten Mannes, unter den mit Zapfen schwer beladenen Zypressen dem Landungsplatze zuschreitend.

»Hast du nicht den Wunsch, sie wiederzusehen?« – fragte mit schüchternem Beben die Foscarina den Freund.

»Ich wünschte es lebhaft.«

»Und deine Mutter...«

»Ja; mein Herz zieht mich zu ihr, die mich täglich erwartet.«

»Und wirst du nicht heimkehren?«

»Doch; ich werde vielleicht heimkehren.«

»Wann?«

»Ich weiß es noch nicht. Aber ich sehne mich danach, die Mutter und Sofia wiederzusehen. Ich sehne mich sehr danach, Foscarina.«

»Und warum gehst du nicht? Was hält dich zurück?«

Er ergriff ihre am Körper schlaff herunterhängende Hand. So gingen sie weiter. Wie die schräge Sonne ihre rechte Wange beschien, so sahen sie auf dem Gras ihre vereinigten Schatten vorwärts schreiten.

»Als du vorher von den Umbrischen Hügeln sprachst« – sagte die Frau – »dachtest du vielleicht an die Hügel deiner Heimat. Dieses Bild der beschnittenen Olivenbäume war nicht neu für mich. Ich erinnere mich, daß du mir eines Tages von diesem Beschneiden der Bäume erzählt hast... Bei keiner anderen Tätigkeit hat der Landmann so tief den Sinn des stummen Lebens, das im Baume waltet, vor Augen. Wenn er so vor dem Birnbaum, oder dem Apfel-, oder dem Pfirsichbaum steht mit dem Messer oder der Schere, die die Kräfte erhöhen oder auch den Tod verursachen können, dann bricht sich die wahrhaft geniale Divinationsgabe Bahn, die seine Erfahrung in dem täglichen Verkehr mit der Erde und mit dem Himmel erworben hat. Der Baum ist in seinem empfindlichsten Stadium, wenn seine Kräfte erwachen und in die schwellenden, zum Öffen bereiten Knospen strömen. Mit seinem gewalttätigen Eisen soll der Mensch in dem geheimnisvollen Aufsteigen der Säfte das Gleichgewicht regulieren! Der Baum steht vor ihm, noch unberührt, weiß nichts von Hesiod und von Vergil, einzig damit beschäftigt, seine

Blüten und seine Früchte hervorzubringen; und jeder Zweig in der Luft ist so lebendig wie die Pulsader am Arme des Landmannes. Welchen wird der Schnitt treffen? Und wird der Saft die Wunde heilen?...So sprachst du eines Tages zu mir von deinem Obstgarten. Ich erinnere mich wohl. Du sagtest mir, man müßte alle Verwundungen nach Norden wenden, damit die Sonne sie nicht sähe...«

Sie sprach wie an jenem fernen Novemberabend, als der junge Mann durch den großen Sturm keuchend zu ihr gekommen war, nachdem er den Helden getragen hatte.

Er lächelte. Und ließ sich von der teuren Hand fortziehen. Und er sog den Duft des blühenden Zweiges ein, der nach säuerlicher Milch roch.

»Es ist wahr« – sagte er. – »Und Láimo, der die Salbe des San Fiadrius zubereitete und sie in dem Steintrog zerrieb, und Sofia, die ihm starke Leinwand brachte, um nach der Einreibung die größten Wunden zu verbinden...«

Er sah vor sich den Knecht, der kniend in dem steinernen Troge Ochsenmist, Tonerde und Gerstenhülsen nach den Regeln uralter Weisheit durcheinandermischte. »Aber binnen zehn Tagen« – fügte er hinzu – »wird der ganze Hügel, vom Meere aus gesehen, wie eine frische, rosenfarbene Wolke sein. Sofia hat mir geschrieben, um mich daran zu erinnern... Ist sie dir nicht wieder erschienen?«

»Heute ist sie mitten unter uns.«

»Jetzt lehnt sie am Fenster und sieht auf das sich purpurn färbende Meer, und die Mutter steht bei ihr am Fensterbrett, und sie sagt: ›Wer weiß, ob Stelio nicht auf jenem Schnellsegler ist, der dort vor der Bucht kreuzt und auf günstigen Wind wartet! Er hat mir versprochen, ganz unvermutet, auf dem Seewege, auf einem Segelschiff heimzukehren.‹ Und das Herz tut ihr weh.«

»Ach, warum betrügst du sie?«

»Ja, es ist wahr, Fosca. Ich kann monate- und monatelang fern von ihnen leben und fühle mein Leben völlig ausgefüllt. Und plötzlich kommt eine Stunde, in der es mir vorkommt, als ob es auf der Welt nichts Süßeres gäbe als jene Augen; und ein Teil meiner selbst ist untröstlich. Ich habe gehört, daß die Schiffer des tyrrhenischen Meeres das Adriatische Meer den Golf von Venedig nennen. Heute abend glaube ich, daß mein Haus am Golfe steht, und da scheint es mir ganz nahe gerückt.«

Sie waren an der Landungsbrücke. Sie warfen noch einen Blick zurück auf die Insel des Gebetes, deren Zypressen stehend gen Himmel ragten.

»Da unten liegt der Kanal der Tre Porti, der ins offene Meer führt!« – sagte der Heimwehkranke, der sich selbst auf der Brücke seines Schoners sah, angesichts seiner Tamarisken und seiner Myrten.

Sie schifften sich ein. Lange Zeit verharrten sie schweigend. Inzwischen senkte sich die Melodie auf das linde Inselmeer. Wie das Himmelslicht die Wasser mit sich sättigte, so legte sich der Himmelssang weit über die Lande. Aber Burano und Torcello schienen gegen den Glanz aus Westen wie zwei versandete Galeonen. Nach den Dolomiten hin aber türmten sich die Wolken in geschlossenen Massen.

»Jetzt, da der Plan deines Werkes feststeht, brauchst du für deine Arbeit nichts als Ruhe« – sagte die Frau, unmerklich das Werk der Überredung fortsetzend, während im Innersten ihrer Brust ihre Seele zitterte. – »Hast du nicht stets dort unten in deinem Hause arbeiten können? Nirgendwo anders kannst du die Unruhe, die dich erstickt, besänftigen. Ich weiß es.«

Er sagte:

»Du hast recht. Wenn die Sucht nach Ruhm uns packt, meinen wir, daß man die Kunst erobert, wie man eine belagerte, mit Türmen versehene Stadt erobert, und daß Trompetenstöße und Geschrei den Mut des Angriffes erhöhen, während doch einzig das Werk einen Wert hat, das in ernstem Schweigen heranreift; während doch einzig langsame und unbezwingliche Beharrlichkeit, strenge und lautere Einsamkeit, einzig die völlige Hingabe von Leib und Seele an die Idee, die wir inmitten der Menschen für alle Ewigkeit als eine beherrschende Kraft lebendig schaffen wollen, einen Wert haben.«

»Ach, du weißt es!«

Die Augen der Frau füllten sich mit Tränen bei seinen gedämpften Worten, in denen sie die Tiefe männlicher Leidenschaft fühlte und das heroische Bedürfnis moralischer Überwindung und den festen Entschluß, über sich selbst hinauszugehen und sein Geschick ohne Unterlaß zu zwingen.

»Du weißt es!«

Und der Schauer überlief sie, der einen bei gewaltigen Schauspielen übermannt; und vor diesem kühnen Wollen schien ihr alles andere nichtig; und die anderen Tränen, die ihre Augen verschleiert hatten, als er ihr die Blüten anbot, kamen ihr weibisch und verächtlich vor neben denen, die jetzt ihre Wimpern feuchteten, und die allein würdig waren, von dem Freunde getrunken zu werden.

»So geh also an dein Meer, auf deinen eigenen Grund, in dein Haus. Entzünde deine Lampe von neuem mit dem Öl deiner Olivenbäume!«

Er preßte die Lippen aufeinander und furchte die Stirn.

»Die gute Schwester wird wieder kommen und einen Grashalm auf die schwierige Seite legen.«

Er senkte die gedankenschwere Stirn.

»Du wirst dich ausruhen, wenn du am Fenster mit Sofia plauderst, und vielleicht seht ihr wieder die Herden vorüberziehen, die vom Berg in die Ebene getrieben werden.«

Die Sonne war im Begriff, die Riesenburg der Dolomiten zu berühren. Die Wolkenmasse zerteilte sich wie im Kampfe, zahllose leuchtende Strahlen durchdrangen sie und färbten sie blutigrot. Die gigantische Schlacht, die um jene unbezwinglichen Zinnen herum geschlagen wurde, nahm im Wasser noch gewaltigere Formen an. Die Melodie hatte sich im Schatten der nun schon entschwundenen Inseln gelöst. Die ganze Lagune bedeckte sich mit düsterer, kriegerischer Pracht, als ob Myriaden von Standarten sich senkten. Und das Schweigen wartete auf den Klang von kaiserlichen Fanfaren.

Nach einer langen Pause sagte er leise:

»Und wenn sie mich nach dem Schicksal der Jungfrau fragt, die die Klage der Antigone liest?«

Die Frau erbebte.

»Und wenn sie mich nach der Liebe des Bruders fragt, der die Gräber durchsucht?«

Die Frau zitterte vor Angst bei der Vorstellung.

»Und wenn die Seite, auf die sie ihren Grashalm legt, gerade die ist, auf der die zitternde Seele ihren verzweiflungsvollen und geheimen Kampf gegen das furchtbare Übel erzählt?«

Die Frau fand in ihrem plötzlichen Entsetzen keine Worte. Beide schwiegen; und sie starrten auf die schroffen Spitzen der fernen Kette, die aufflammten, als wären sie eben aus dem Urfeuer hervorgegangen. Der Anblick dieser einsamen und ewigen Große löste in ihnen beiden eine Empfindung geheimnisvollen, unerbittlichen Verhängnisses und fast unklaren Schreckens, die sie weder besiegen noch sich deuten konnten. Venedig wurde verdunkelt von dieser Masse rotglühenden Porphyrgesteins: es schwamm auf dem Wasser, ganz eingehüllt in violetten Dunst, aus dem die von Menschenhand gemachten marmornen Türme herausragten als Hüter der ehernen Glocken, die das Zeichen zum gewohnten Gebete geben. Aber alle Menschenwerke und -gebete, aber die alte vom Übermaße des Lebens müde gewordene Stadt, die zerbröckelten Marmorstatuen und die abgenützten Bronzen, aber all diese von der Last der Vergangenheit und des Verfalls niedergedrückten Dinge verschwanden neben der gewaltigen, feuriglühenden Alpenkette, die mit ihren tausend unentrinnbaren Schroffen den Himmel zerriß, eine gigantische, einsame Stadt, vielleicht in sehnsüchtiger Erwartung eines jungen Volkes von Titanen.

Nach langem Stillschweigen fragte Stelio Effrena plötzlich die Frau:

»Und du?«

Sie antwortete nicht.

Die Glocken von San Marco gaben das Zeichen zum englischen Gruße; und das machtvolle Dröhnen verbrettete sich in langen Wellen über die nun blutrote Lagune, die sie im Banne des Schattens und Todes hinter sich gelassen halten. Von San Giorgio Maggiore, von San Giorgio dei Greci, von San Giorgio degli Schiavoni, von San Giovanni in Bragora, von San Moisé, von der Salute, vom Redentore und weiter, weiter, vom ganzen Reiche des Evangelisten, von den entferntesten Türmen der Madonna dell Orto, von San Giobbe, von Sant Andrea antworteten die ehernen Stimmen, vereinigten sich zu einem gewaltigen Chore, wölbten über der stummen Verschmelzung von Stein und Wasser eine einzige riesengroße Kuppel von unsichtbarem Erz, deren Schwingungen mit dem Flimmern der ersten Sterne in Zusammenhang zu stehen schienen.

Beide schauderten, als die Gondel in die Feuchtigkeit des dunkeln kleinen Kanals einbog, unter der Brücke, die die Insel San Michele behütet, durchgleitend und die schwarzen Pfähle streifend, die längs der vermoderten Mauern faulten. Von den nahen Glockentürmen, von San Lazzaro, von San Canciano, von San Giovanni e Paolo, von Santa Maria dei Miracoli, von Santa Maria del Pianto antworteten andere Stimmen, und das Dröhnen über ihren Köpfen war so laut, daß sie es in den Haarwurzeln wie ein Erzittern ihres eigenen Fleisches zu verspüren wähnten.

»Daniele, bist du es?«

Stelio glaubte an der Schwelle seines Hauses, auf der Fondamenta Sanudo die Gestalt von Daniele Gláuro zu erkennen.

»Ach, Stelio, ich habe auf dich gewartet!« – rief in das Getöse der Glocken hinein die schmerzerfüllte Stimme. – »Richard Wagner ist tot!«

Die Welt schien verarmt.

Die heimatlose Frau waffnete sich mit ihrem ganzen Mut und bereitete sich auf die Wanderschaft vor. Von dem Helden, der auf der Bahre lag, kam dem edel empfindenden Herzen ein erhabener Sporn. Sie verstand ihn und wußte ihn in Taten und in Gedanken des Lebens umzusetzen.

Während sie ihre Lieblingsbücher, die ihr vertrauten kleinen Gegenstände, von denen sie sich nie trennte, die Bilder, denen für sie eine tröstende oder Hoffnungsspendende Kraft innewohnte, ordnete, kam unverhofft ihr Freund dazu.

»Was tust du?« – fragte er sie.

»Ich bereite mich zur Abreise vor.«

Sie sah sein Gesicht sich verändern, aber sie blieb standhaft.

»Wohin gehst du?«

»Weit fort. Über den Atlantischen Ozean.«

Er erbleichte ein wenig. Aber sofort stieg ihm ein Zweifel auf; er nahm an, sie sage ihm nicht die Wahrheit, sie wolle ihn nur prüfen; oder ihr Entschluß stünde noch nicht fest und sie wollte gebeten sein, zu bleiben. Die unerwartete Täuschung am Strande von Murano hatte in seinem Herzen ihre Spur zurückgelassen.

»Du hast dich also so ganz plötzlich entschlossen?«

Sie war einfach, ruhig und sicher.

»Nicht ganz plötzlich« – erwiderte sie. – »Meine Muße hat schon zu lange gedauert, und meine Familie lastet ganz auf mir. Bis zur Eröffnung des Apollotheaters und bis zur Vollendung *des Sieges des Menschen* gehe ich, um mich von den Barbaren zu verabschieden. Ich will für dein schönes Unternehmen arbeiten. Um die Schätze von Mykenä wiederherzustellen, braucht man viel Gold! Und alles um dein Werk herum muß den Anschein ungewöhnlicher Pracht gewähren. Ich will, daß Cassandras Maske nicht aus unedlem Material sei... Und ich will hauptsächlich die Möglichkeit haben, deinen Wunsch zu befriedigen: daß die ersten drei Tage das Volk freien Eintritt in das Theater habe, und späterhin beständig einen Tag in jeder Woche. Dieser Glaube erleichtert mir den Abschied von dir. Die Zeit fliegt. Es ist notwendig, daß, wenn die Stunde kommt, ein jeder auf seinem Posten steht, und zwar mit allen seinen Kräften. Ich werde nicht fehlen. Ich hoffe, du sollst mit deiner Freundin zufrieden sein. Ich gehe an die Arbeit; und diesmal fällt es mir sicher etwas schwerer als sonst wohl. Aber du, aber du, mein armer Junge, welche Last hast du zu tragen! Welchen Kraftaufwand verlangen wir von dir! Welch große Tat erwarten wir von dir! Ach, du weißt es ja...«

Sie hatte tapfer begonnen, in einem Ton, der bisweilen beinahe heiter klang, in dem Wunsche, als das zu erscheinen, was sie vor allem sein mußte: als das gute und sichere Werkzeug im Dienst einer genialen Macht, als die zuverlässige und bereitwillige Gefährtin. Aber irgendeine Woge der zurückgedrängten Bewegung brach sich Bahn, stieg ihr in die Kehle und ging in ihre Stimme über. Die Pausen wurden länger, und ihre zitternden Hände irrten zwischen den Büchern und Reliquien umher.

»Ach, möchte alles stets deiner Arbeit günstig sein! Das allein ist von Wichtigkeit; alles andere ist nichts. Seien wir mutig!«

Sie warf die Stirn mit den beiden wilden Flügeln zurück und reichte dem Freunde beide Hände. Bleich und ernst drückte er sie ihr. In ihren lieben Augen, die wie quellendes Wasser waren, sah er dasselbe Aufleuchten von Schönheit, das ihn eines Abends in ihrem Zimmer geblendet hatte, als die brennenden Scheite knisterten und die beiden großen Melodien, sich entwickelnd, ineinander flossen.

»Ich liebe dich, und ich glaube an dich« – sagte er. – »Ich werde dir getreu bleiben, und du wirst mir getreu bleiben. Aus uns wird etwas geboren werden, das stärker ist als das Leben.«

Sie sagte:

»Eine tiefe Melancholie.«

Vor ihr, auf ihrem Tisch lagen ihre Lieblingsbücher mit den am Rande umgebogenen Seiten, mit Randbemerkungen, hie und da ein Blatt, eine Blume, ein Grashalm zwischen zwei Seiten: Erinnerungszeichen an Schmerzen, die hier Trost oder Vergessenheit gesucht und gefunden hatten. Kleine, ihr lieb und unentbehrlich gewordene Gegenstände lagen vor ihr, seltsame, verschiedenartige Dinge, fast alle wertlos: ein Puppenfuß, ein silbernes *ex-voto-Herz*, ein Kompaß aus Elfenbein, eine Uhr ohne Zifferblatt, ein eisernes Laternchen, ein einzelner Ohrring, ein Feuerstein, ein Schlüssel, ein Petschaft, andere Kleinigkeiten: aber alle durch eine pietätvolle Erinnerung geweiht, vom Finger der Liebe oder des Todes berührt, alles Reliquien, die zu einer einsamen Seele sprachen und ihr von Hingebung und von Grausamkeit, von Krieg und von Waffenstillstand, von Hoffnung und von Niedergeschlagenheit erzählten. Bilder lagen vor ihr, die die Gedanken beflügeln und zum Nachdenken stimmen, Gestalten, denen die Künstler ein geheimes Bekenntnis anvertraut hatten, Zeichen voller Ränke, in die sie ein Rätsel eingeschlossen hatten, klare Linien, die wie der Anblick eines weiten Horizontes Frieden gewähren, geheimnisvolle Allegorien, hinter denen irgendeine Wahrheit verschleiert lag, die sterbliche Augen so wenig vertragen konnten wie das Licht der Sonne.

»Sieh her« – sagte sie zum Freunde, auf einen alten Kupferstich deutend. – »Du kennst ihn gut.«

Sie kannten ihn beide gut; und doch beugten sich beide gemeinsam darüber, um ihn zu betrachten, und er schien ihnen neu, wie Musik, die jedem Fragenden immer wieder eine neue Antwort gibt. Er war von Albrecht Dürers Händen.

Der große Genius des Menschengeistes mit den Adlerfittichen, der Genius ohne Schlaf, saß auf nacktem Stein, mit Geduld gekrönt, den Ellenbogen aufs Knie gestützt, die Wange an die Faust gelehnt, auf dem anderen Knie ein Buch, in der anderen Hand einen Zirkel haltend. Zu seinen Füßen lag schlangenhaft zusammengekrümmt das treue Windspiel, der Hund, der in der Frühdämmerung der Zeiten zuerst in Gesellschaft des Menschen jagte. An seiner Seite, auf den Einschnitt eines Mühlsteins, wie ein Vögelchen, fast hingekauert, schlief ein trauriges Kind, das ein Täfelchen und einen Griffel hielt, mit denen es das erste Wort seiner Wissenschaft niederschreiben sollte. Er war rundum von den Handwerksgeräten menschlichen Wissens umgeben; über seinem wachsamen Haupte, die Spitze des einen Flügels berührend, lief in einem doppelten Stundenglas der schweigsame Sand der Zeit. Im Hintergründe sah man das Meer mit seinen Buchten, seinen Häfen und seinen Leuchttürmen ruhig und unüberwindlich daliegen, über das hin, während die Sonne im Strahlenkranze eines Negenbogens unterging, die nächtliche Fledermaus flog, auf deren Flügel das Wort »Melancholie« geschrieben stand. Und jene Türme und jene Häfen und jene Städte: der geduldgekrönte Genius ohne Schlaf hatte sie erbaut. Er hatte den Stein für die Türme behauen, er hatte den Tannenbaum für die Schiffe gefällt, er hatte das Eisen für jeden Kampf gehärtet. Er selbst hatte die Zeit unter das Triebwerk gezwungen, das sie mißt. Er hatte sich niedergesetzt, nicht um zu ruhen, sondern um über neue Arbeit zu sinnen, und er sah fest ins Leben mit seinen mächtigen Augen, aus denen eine freie

Seele leuchtete. Aus allen Formen rund um ihn stieg Schweigen auf; mit einer Ausnahme. Einzig die Stimme des krachenden Feuers im Ofen war vernehmbar, unter dem Schmelztiegel, wo aus der sublimierten Materie sich eine neue Kraft entwickeln sollte, um das Böse zu besiegen oder um ein unbekanntes Gesetz zu entdecken.

Und der große Menschengeist mit den Adlerfittichen, an dessen Seite an stählerner Kette die Schlüssel herunterhängen, die da öffnen und die da schließen, antwortete also denen, die ihn fragten: »Die Sonne geht unter. Das Licht, das am Himmel geboren wird, stirbt am Himmel; und der eine Tag weiß nichts vom Lichte des anderen Tages. Aber die Nacht ist die Einheit, und ihr Schatten liegt über allen Gesichtern und ihr Dunkel über allen Augen, außer über dem Gesichte und über den Augen dessen, der sein Feuer entzündet hält, um seine Kraft zu erleuchten. Ich weiß, daß der Lebendige wie der Tote ist, der Wache wie der Schlafende, der Jüngling wie der Greis, denn die Umwandlung des einen ergibt den andern; und jede Umwandlung hat Schmerz und Freude gleichermaßen zu Gefährten. Ich weiß, daß die Harmonie des Weltalls aus Widersprüchen entstanden ist, wie bei der Leier, wie beim Bogen. Ich weiß, daß ich bin und daß ich nicht bin; und daß der Weg in die Höhe wie in die Tiefe derselbe ist. Ich kenne die Düfte der Verwesung und die zahllosen Keime der Verderbnis, die mit der menschlichen Natur verbunden sind. Dennoch fahre ich, trotz meines Wissens, fort, meine offenkundigen und meine geheimen Werke zu erfüllen. Einige davon sehe ich untergehen, während ich selbst noch dauere; andere sehe ich, die in Schönheit und verschont von jeglichem Elend, ewig dauern zu wollen scheinen, nicht mehr mein, wenn schon aus meinen tiefsten Leiden geboren. Ich sehe vor dem Feuer sich alle Dinge wandeln, wie vor dem Gold alle Güter. Ein einziges ist unverrückbar: mein Mut. Ich setzte mich, nur um mich wieder zu erheben.«

Der junge Mann legte seinen Arm um den Leib der Freundin. Und so schritten sie zum Fenster, ohne zu sprechen.

Sie sahen den fernen Horizont, die Bäume, Kuppeln und Türme, die äußere Lagune, über die sich die Dämmerung lagerte, und die Euganeischen Hügel, die nächtlich blau und ruhig dalagen, wie die im Abendfrieden zusammengefalteten Flügel der Erde.

Sie wendeten sich einer zum andern; und sie sahen einander tief in die Augen.

Dann küßten sie sich, wie um einen stummen Vertrag zu besiegeln.

Die Welt schien verarmt.

Stelio Effrena bat Richard Wagners Witwe, daß sie den beiden jungen Italienern, die an einem Novemberabend den ohnmächtigen Heroen vom Schiff ans Ufer getragen hatten, und vier von ihren Freunden die hohe Ehre gewähren möchte, den Sarg vom Sterbezimmer auf die Barke und von der Barke in den Waggon tragen zu dürfen. Ihre Bitte wurde ihnen gewährt.

Es war am 16. Februar um ein Uhr nachmittags. Stelio Effrena, Daniele Gláuro, Francesco die Lizo, Baldassare Stampa, Fabio Molza und Antimo della Bella warteten im Vorraum des Palastes. Der letztere war eigens von Rom gekommen und hatte zwei beim Bau des Apollotheaters beschäftigte Arbeiter mitgebracht, die bei der Leichenfeier die auf dem Gianicolo gepflückten Lorbeerzweige tragen sollten.

Sie warteten ohne zu sprechen und ohne sich anzusehen, jeder von dem Klopfen seines eigenen Herzens schmerzlich benommen. Man hotte nichts als ein leises plätschern auf den Stufen vor dem großen Portal, auf dessen an den Pfosten angebrachten Kandelabern die zwei Worte: *Domus Pacis* eingemeißelt waren.

Der Ruderer, der dem Helden lieb gewesen war, kam herunter, um sie zu rufen. Die Augen in seinem männlichen, treuen Gesicht waren von Tränen gerötet. Stelio Effrena ging voran; die andern folgten ihm. Oben angekommen, traten sie in ein niedriges, schwach erhelltes Gemach, in dem ein schwerer Duft von Essenzen und Blumen herrschte. Sie warteten einige Augenblicke. Dann öffnete sich die andere Tür. Einer nach dem andern traten sie in das anstoßende Zimmer. Einer nach dem andern erbleichten sie.

Die Leiche lag hier in den gläsernen Sarg eingeschlossen; und daneben, zu seinen Füßen, stand die Frau mit dem Gesicht von Schnee. Der zweite Sarg, aus poliertem Metall, stand offen auf dem Fußboden.

Die sechs Träger stellten sich um die Bahre, auf ein Zeichen wartend. Das Schweigen war grabestief, und sie zuckten nicht mit den Wimpern, aber ein leidenschaftlicher Schmerz durchwühlte wie ein Sturmwind ihre Seele und erschütterte sie bis in die tiefsten Wurzeln ihres Seins. Ihre Augen waren unverwandt auf den Auserwählten des Lebens und des Todes gerichtet. Ein unbeschreibliches Lächeln lag über dem Gesicht des dahingestreckten Helden: unendlich und ferne, wie ein Regenbogen auf Gletschern, wie das Leuchten des Meeres, wie der Hof um Mond und Sterne. Die Augen konnten es nicht ertragen; aber die Herzen glaubten, voll religiösen Staunens und religiösen Schreckens, die Offenbarung eines göttlichen Geheimnisses zu empfangen.

Die Frau mit dem Gesicht von Schnee versuchte eine schwache Bewegung zu machen, in ihrer Stellung starr wie ein Steinbild verharrend.

Da schritten die sechs Gefährten auf die Bahre zu; sie streckten die Arme aus und stählten ihre Kraft. Stelio hatte seinen Platz am Kopfende, Daniele am Fußende, wie damals. Auf den gedämpften Befehl des Führers hoben sie gleichzeitig die Last auf. Alle spürten sie in den Augen ein blendendes Flimmern, als ob plötzlich ein Sonnenstrahl das Kristall durchbrochen hätte. Baldassare Stampa brach in Schluchzen aus. Ein und derselbe Krampf preßte alle Kehlen zusammen. Der Sarg schwankte; dann senkte er sich; die metallene Hülle umschloß ihn wie ein Panzer.

Vernichtet blieben die sechs Gefährten um den Sarg herum stehen. Sie zauderten, den Deckel zu schließen, gebannt von diesem unbeschreiblichen Lächeln. Da hörte Stelio Effrena ein leises Rauschen und hob die Augen: er sah das Gesicht aus Schnee über die Leiche gebeugt, eine übermenschliche Verkörperung der Liebe und des Schmerzes. Der Augenblick galt eine Ewigkeit. Die Frau verschwand.

Nachdem der Deckel geschlossen war, hoben sie die doppelt schwere Last wieder auf. Langsam trugen sie ihn aus dem Zimmer hinaus, die Treppe hinunter. Von einem erhabenen Schmerze entrückt, sahen sie ihre brüderlichen Gesichter sich in dem Metall des Sarges widerspiegeln.

Die Trauerbarke wartete vor dem Portal. Über den Schrein wurde das Bahrtuch gebreitet. Entblößten Hauptes warteten die sechs Gefährten auf die Familie. Eng aneinandergeschmiegt kam sie herunter. Die Witwe war dicht verschleiert; aber der Lichtglanz ihres Angesichtes blieb für alle Ewigkeit im Gedächtnis der Zeugen.

Der Zug war kurz. Zuerst kam die Totenbarke; dann folgte die Witwe mit ihren Lieben; zuletzt das jugendliche Fähnlein. Der Himmel über der großen Wasser- und Steinstraße war düster umwölkt. Das tiefe Schweigen war würdig dessen, der zum ewigen Heile der Menschheit die Kräfte des Weltalls in unendlichen Gesang gewandelt hatte.

Ein Taubenschwarm, der flatternd und rauschend von den Marmorstatuen der Scalzi aufstieg, flog über die Bahre fort auf die andere Seite des Kanals und besetzte die grüne Kuppel von San Simeone.

Am Landungsplatze wartete schweigend eine Schar Andächtiger. Die großen Kränze dufteten in der düstergrauen Luft. Man hörte das Wasser unter den gebogenen Schiffsschnäbeln anschlagen.

Die sechs Gefährten hoben die Bahre von der Barke und trugen sie auf ihren Schultern in den Wagen, der auf der Eisenbahn bereit stand. DIe Andächtigen traten herzu und legten ihre Kränze auf dem Bahrtuch nieder. Niemand sprach.

Dann kamen die beiden Arbeiter mit ihren Lorbeerzweigen vom Gianicolo.

Es waren prächtige, kraftvolle Gestalten; unter den schönsten und stärksten ausgewählt, sahen sie aus, als wären sie nach dem Vorbild des antiken Römervolkes gemeißelt. Sie waren ernst und ruhig, und aus ihren blutig geäderten Augen leuchtete die wilde Freiheit des alten Rom. Ihre feurigen Gesichtszüge, die niedrige Stirn, das kurze Kraushaar, die starken Kiefer und der Stiernacken erinnerten an Köpfe aus der Zeit der Konsuln. Ihre Haltung, frei von jeder knechtischen Unterwürfigkeit, ließ sie ihrer Last würdig erscheinen.

Die sechs Gefährten, von gleichem Eifer beseelt, zogen um die Wette Zweige aus den Bündeln und streuten sie über die Bahre des Helden.

Sie waren von edelster Herkunft, diese römischen Lorbeern, im Haine jenes Hügels geschnitten, auf dem in fernen Zeiten die Adler sich niederließen, um Weissagungen zu künden, und auf dem vor kurzer und dennoch schon sagenhafter Zeit die Legionen des Befreiers endlose Ströme von Blut vergossen hatten um Italiens Schönheit willen. Sie hatten gerade, starke, braune Zweige, harte kräftige Blätter mit rauhen Rändern, die grün wie die Bronce der Springbrunnen schimmerten und sieghafte Düfte triumphierend ausströmten.

Und sie traten die Reise an nach jenem bayrischen Hügel, der noch im Frost erstarrt dalag, während die hochragenden Stämme im Lichte Roms, beim Murmeln verborgener Quellen, schon neue Triebe ansetzten.

Lightning Source UK Ltd.
Milton Keynes UK
UKHW02f0829290818
327980UK00008B/125/P